わたしたちが起こした嵐

母と祖母、いつでも生命を優先した二人に。

心やさしい読者のみなさんへ（著者まえがき）

マレーシアでは、孫たちには話さないというのが、祖父母たちの愛のかたちでした。より具体的には、一九四一年から一九四五年までのあいだのことについては、ということです。それは、マラヤ（独立前のマレーシアはこう呼ばれていました）を侵略した日本帝国軍が、イギリスの植民者たちを追い出し、平穏だった国を内戦のただ中に突き落とした時期にあたります。

肝心なのは、祖父母たちはそれ以外のことについてならなんでも話す、おしゃべり好きだったという点です。子どもの頃のことは教えてくれました。隣近所の人たちや、かつていっしょに遊んだ友だちのこと、大好きだった先生や大嫌いだった先生のこと、こわかった幽霊たちのこと。大人になってからのことも教えてくれました。顔を赤らめた初恋のこと、子育てのおそろしさ、わたしたち孫の顔にはじめて触れた時のこと。それでも、第二次世界大戦中のその四年間のことは、ほとんど口にしませんでした。教えてくれたのは、ひどい時代だったということ、そして彼らが生き延びたということくらいです。それだけを話すと、やおらわたしたちを追い払い、静かになさいと言いつけたものでした。

『わたしたちが起こした嵐』を書く前のわたしは、日本による占領について、五本の指で数えられるほどの事実しか知りませんでした。日本人たちが巧妙にも、タイを経由して北から自転車を使って侵攻したということは知っていました。その間、イギリス軍の機関砲は、南の海に向けられていたのです。日本人たちは残忍で、情け容赦なく殺したということも、自分たちが侵略しておきながら、同時に〈アジア人のためのアジアを〉と訴える赤い宣伝ビラを空中から撒いたことも。それは、警告であるとともに、武器を取って立ち上がれという呼びかけでもありました。

わたしは、父方の最初の孫でした。おかげで、父方の祖父母とはとても長い時間をいっしょに過ごしました。たっぷりと質問を浴びせるわたしに、二人は愛情豊かに答えてくれました。子どもの頃にこうして根掘り葉掘り尋ねたおかげで、祖母の口から、そのほかにもいくつか事実を拾い集めることができました。空襲にやられない方法（「地面にぴたりと腹這いになって、敵機が完全に飛び去るまで立ち上がらないこと。なぜなら、爆弾を落とすのは真上にいる時ではなく、前方斜め上にいる時だから」）。お母さんのお気に入りになる方法（「わたしの兄のようにハンサムな少年となり、戦争中に日本人に拉致され、生還した時にはなにも起こらなかったと主張すること」）。夫にやきもちを焼かせる方法（「戦争中、鉄道でいっしょに働いた心やさしい日本人という希有な存在から、二十五年間にわたって毎年、郵便でカレンダーを受け取ること」）。

わたしが長じるにつれて、祖母から真実を聞き出すことが、おしゃべりをとおした探しものゲーム《スカベンジャーハント》のようになっていきました。占領下のクアラルンプールで過ごした、十代の頃の生活はどうだった？占領下の生活はどうだった？　と尋ねると、祖母はいつもこう答えたものです。「普通さ！　みんなといっしょだよ」

それでも最終的には長い年月をかけて、真実だけを伝える冷静な声によって、わたしはさらに学んでいきました。だれもが家族を飢えさせないようにするのに必死だったこと、学校は閉鎖されたこと、日本の凶暴な秘密警察である憲兵隊が、イギリスの行政官たちを投獄し、中国系住民の抵抗運動をジャングルの奥でひねり潰したことを。

　そうした事実を、わたしは何年間もしまい込んだままにしていました。もっとほかにしなければならないことがあるし、行かなければならないところもある。そう思い込んでいたのです。仕事にしがみつき、お金を稼ぎ、自分自身の物語を語らなければならなかったからです。ところが二〇一九年のこと、里帰りをするようなかたちで、わたしはマレーシアの物語を書きはじめました。

　二〇一九年の後半に参加したライティング・ワークショップで、わたしはこんな話を書きました──この時は、課題をこなすためだけの書き捨てのつもりでした。家路を急ぐ十代の少女が一人。この子は外出禁止の時間がはじまり、日本兵たちが通りに溢れ出てくる前に帰り着きたいと必死なのです。これに対する、講師からの手書きのコメントをおぼえています。「この貴重な題材を手放さないように」とありました。「書き続けてください」

　わたしはそのとおりにしました。全世界を覆ったパンデミックのあいだ、小さな自分のアパートの中で書き続けたのです。母の早過ぎる死に接した時にも、マレーシアに帰郷できないという深い孤独の中にいた時にも。世代を超えて受け継がれる痛みについて、女性であるということについて、母たち、娘たち、姉妹たちについて。そして、わたしたちのした選択の影響が、いかにして、何世代もの家族といくつものコミュニティの中に思いもかけないかたちで伝わっていくのか、ということについて書きました。植民地化されたという事実を自分の身体の中に遺産として抱えて生きていくということ、人をだめにする男に惹かれていくということ、複雑な友情のこと、ずだずたに断片化された人生を生きること、生命に関わる状況下では、いかに善悪の境界があいまいになるのかということを。書き捨てのつもりだったあの課題は、この小説の第四章になりました。
『わたしたちの起こした嵐』を、そしてセシリー、ジュジューブ、エイベル、ジャスミンがこの世界を生きぬいていった姿を、お楽しみいただけることを願っています。この本を読んで、愛と驚嘆と悲しみと喜びを感じていただけることを、そしてなによりも、彼女たちの物語がみなさんの記憶に留まることを願っています。

読んでいただきありがとうございます。

つつしんで
ヴァネッサ

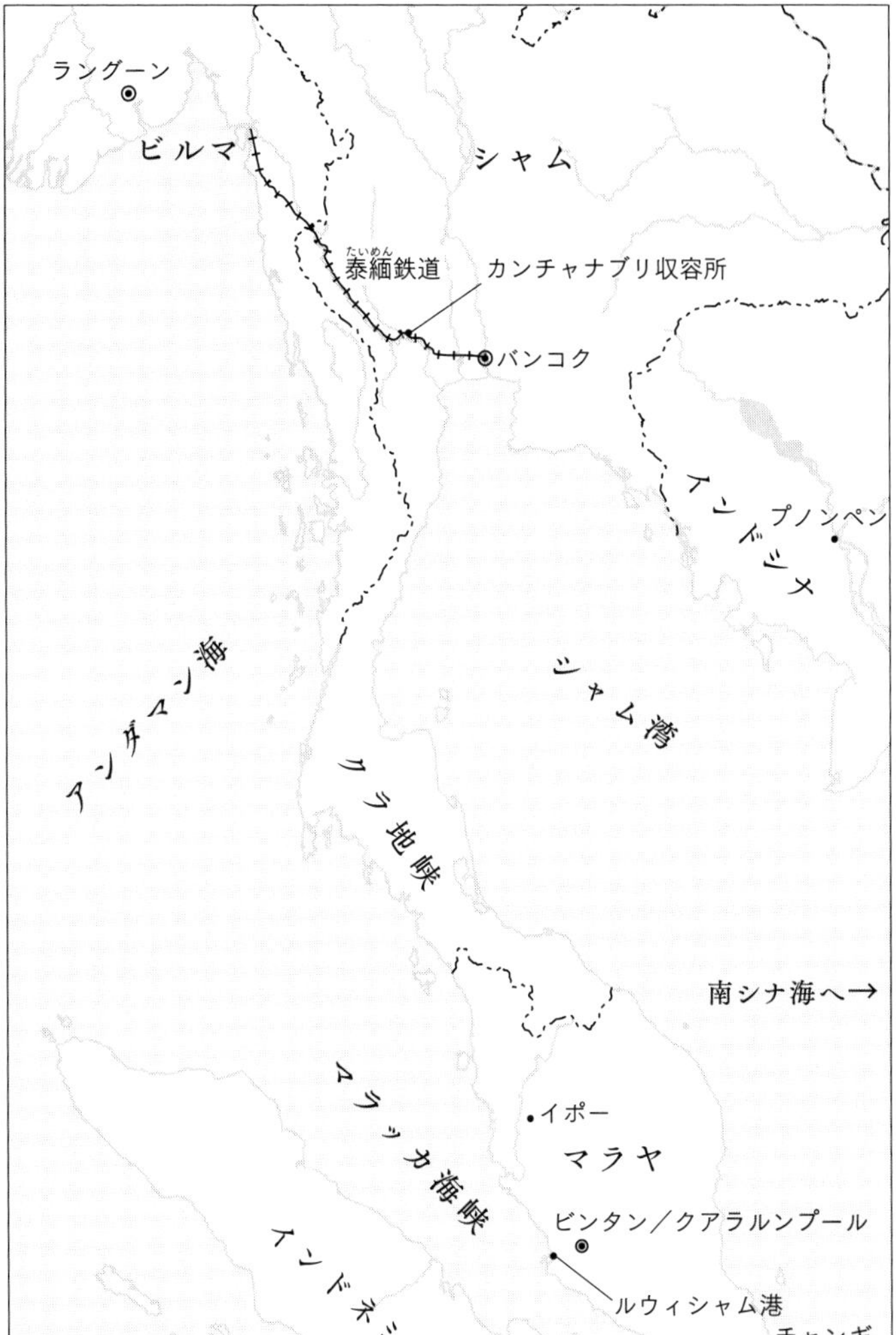
ラングーン
ビルマ
シャム
泰緬《たいめん》鉄道
カンチャナブリ収容所
バンコク
インドシナ
プノンペン
アンダマン海
シャム湾
クラ地峡
南シナ海へ→
マラッカ海峡
イポー
マラヤ
ビンタン／クアラルンプール
ルウィシャム港
インドネシア
チャンギ
刑務所
インド洋
シンガポール

第一章

セシリー

ビンタン地区（クアラルンプール）

1945年2月

日本占領下のマラヤ

十代の少年たちが姿を消しはじめていた。

セシリーが最初に耳にしたのは、五人いるチン兄弟の真ん中の子のことだった。揃って額が狭くて肩幅が広く、名前はブーン・ホック、ブーン・ラム、ブーン・コーン、ブーン・ヒー、ブーン・ワイといったが、母親は全員をアー・ブーンと呼んだ。母がだれを呼んでいるのか察知するのは、息子たちのほうの役割だったのだ。イギリス統治下にあった時期をとおして、チン兄弟は金持ちであることと、残虐なことで知られていた。五人が、茶色と金色に塗られたけばけばしい屋敷の裏手に集合するのは、日常の風景だった。彼らは、召使いを見下ろして立つ。そして、小枝を手にした一人がその召使いの肌を打ちすえると、全員が興奮に目をぎらつかせるのだ。一九四一年のクリスマス前に日本軍がやって来た時、兄弟たちは反抗的な態度を取った。パトロール中の憲兵たちを睨みつけ、近づいて来た者には唾を吐きかけたのだ。失踪したのは、真ん中の子、ブーン・コーンだった。ある日、まるで最初からいなかったようにふと姿を消し、チン兄弟はあっという間に四人になった。

セシリーの隣人たちは、少年の身になにが起こったのだろうと訝しんだ。タン夫人は、家出をしただけさ、と考えた。いつでも塞《ふさ》ぎの虫に取り憑かれているプアン・アズレーンは、喧嘩に巻き込まれて、どこかの排水路で行き倒れているんじゃないのかねえ、と心配した。おかげでご近所の人たちは、用足しに出かける時におそるおそる水路の様子をうかがうようになった。中になにが転がっているかわかったものじゃない、とおそれたのだ。母親たちの中には、首を振りながら、いじめっ子はそういう目に遭うもんさ、と話す者もいた。だれかの堪忍袋の緒がついに切れたに違いないよ、と。セシリーは、チン兄弟の母親の様子を見守った。玄関口に陣取って、新しい情報が入るのを待ち構えたりするのかしら、あるいは、恐怖に怯える母親の狂乱を演じたりするのかしら、と気になったのだ。だがチン夫人と家族は、外部との接触を避けて家に閉じこもった。ごくまれに外出する機会が訪れると、四人の少年たちは腱と筋肉でできた巨大な壁となった。青ざめた顔の両親を取り囲むことで、人の目にさらされないようにしたのだ。

　セシリーはたった一度だけ、チン夫人と行き合った。早朝の雑貨店でのことだった。イカ菓子の袋を見つめていた夫人の顔は、涙で光っていた。セシリーは、その静かさに驚いた。すすり泣いたり身を震わせたりせず、湿った頰をきらきらさせながら両目を濡らしているだけだったからだ。

「かれこれ五分もああしてるんだよ」店主夫人のムイおばさんが言った。自分の発見を人に伝える喜びでいっぱいだった。

　数週間が過ぎると、チン兄弟のことを気に懸ける者はいなくなった。あれ以降、苦悩する一家の姿を表で見かけることはなくなり、新たな噂話も集まらなくなったからだ。間もなく隣人たちは、チン兄弟のうち、どの子が失踪したのかすら忘れていった。

　それに続くように、何人かが短い期間に次々と失踪した。墓地の掃除人をしていた痩せた少年――遺族が墓石の上に残していった花を盗んで、市場で売っているに違いないと、セシリーが確信していた子だ。雑貨店の裏に住んでいた、ぽっちゃりした少年――自分の顔に泥を塗りつけ、ズボンの裾を結んで足が不自由なふりをしながら、物乞いをしていた子だ。食屍鬼《グール》じみた目つきをしていて、女子校のトイレを覗いている現場を捕らえられた少年。悪い子ばっかりね、とセシリーと隣人たちは囁き交わした。きっとみんな行いにふさわしい報いを受けてるんだわ。

　だがその年の半ば頃になると、セシリーの知り合いの息子たちまでもが姿を消しはじめた。隣に住む夫妻の甥っ子は、だれもがうらやむバリトンボイスの持ち主で、学校で開かれる弁論大会ではいつも優勝を収めていた。町の医者の息子はもの静かな少年で、小さなチェス盤を持ち歩き、だれに誘われてもすぐにそれを開いて対戦相手になった。クリーニング店を営む女性の息子は勤勉な十代の若者で、日本兵の軍服を一手に引きうけて洗濯していた。今ではその息子の仕事を、母親が一人でこなさなければならなかった。日本人たちは、彼女の家族に起こった不幸など気にも留めなかったからだ。

町を二分する大通りが一本、薬局が一軒、雑貨店が一軒、男子校と女子校が一校ずつ。そうした、ビンタンのような小さな町では、不安が容易に変質を遂げていく。囁き合いが再びはじまった。失踪した少年たちの家族にちらちらと視線が向けられた。彼らの運命について、低い声であれやこれやと憶測が交わされた。実際、少年たちの失踪はひそやかなものだった。まるで、怒られたくない一心でこっそり抜け出していったとでもいうように。そのことがセシリーの心を波立たせた。なぜなら十代の少年というのは、移動する時にこそ最も騒々しく音をたてるものだからだ。いろんなものにぶつかるし、足を踏み鳴らすようにして歩くし、じっと立っている時でも始終居心地悪そうにもぞもぞしている。身体に満ち溢れる新しいエネルギーや伸びたての手足を、制御することができないのだ。

「あいつらときたら、わしらを飢えさせて、ぶん殴って、学校を取り上げて、命を奪うだけじゃ足りないとでも言うのかね？　子どもたちまで狙わなきゃいかんのかね？」年寄りのチョンおじさんが言い立てた。チョン・シン・キー雑貨店のオーナーだ。店はビンタンの中心部にあり、スパイスやハーブから米や石鹸にいたるまでの生活必需品を、だれもがそこで買った。妻のムイおばさんは、夫の口元をぴしゃりと叩いた。それは反逆罪に相当しかねない言葉で、チョン一家にも息子はいたからだ。

ずっとこうだったわけではない。日本軍が最初にやってきた三年ほど前には、セシリーと夫、そして三人の子どもたちは、自宅の外に並んで軍用車列に向かって手を振ったものだった。ほかの家族たちといっしょになって、彼らを歓迎したのだ。セシリーは胸の高鳴りを感じながら、行列の先頭を行く禿げ頭でずんぐりとした日本軍の将軍、フジワラ・シゲルを指差し、「あの人が〝マレーの虎〟よ!」と子どもたちに教えたものだった。

フジワラ将軍は、七週間もかけずにイギリス軍を屈服させた。敵の意表を突く、見事な地上侵攻作戦を展開したのだ。タイと接する北の国境から自転車に乗ってマラヤに入った日本軍は、ジャングルを貫く灼熱の悪路を南下した。一方のイギリス海軍は海上からの攻撃に備えて、シンガポールと南シナ海のある南と西の方向に機関砲を向けていた。セシリーには、新しい時代の幕開けのように感じられた。だが、新しい植民者たちはましに違いないという期待は、たちまち砕かれた。日本軍の到着から数カ月も経たないうちに学校は閉鎖され、兵士たちの存在が辻辻で感じられるようになった。日本の占領軍が三年のあいだに殺した人数は、イギリスの植民者たちが五十年のあいだに殺した人数を上回った。マラヤのおだやかな人々は、その残虐さに衝撃を受けた。イギリス人は、錫《すず》の採掘量とゴムの収穫量が目標に達しているかぎり、上唇をこわばらせたまま退屈しきった無関心な態度を崩さなかった。住民はそれに慣れてしまっていたのだ。

先行きに怯えたセシリーは、毎晩点呼を取るようになった。三人の子どもたちが間違いなく帰宅したことをたしかめるためだ。夕食を支度する喧噪の中、「ジュジューブ!」と声を張りあげて呼ぶ。「ジャスミン! エイベル!」と。

そして毎晩、子どもたちは返事をした。ジュジューブは、顔を歪めながらも長女らしく真面目な態度で。ジャスミンは、小さな足で子犬みたいに床を駆け回りながら元気よく。そしてセシリーがいちばん心配していたのは、真ん中の息子、エイベルのことだった。「ママ、もちろんいるよ!」エイベルはそう声をあげながら母親のほうに身体を傾け、ぎゅっと彼女を抱きしめるのだった。

しばらくのあいだは、そのやりかたでうまくいくようだった。毎夕変わりなく日が沈み、蚊が夜ごとの合唱をはじめると、セシリーは名前を呼び、子どもたちは応えた。一家は擦り傷だらけの食卓について、その日の出来事を話し合う。身ぶり手ぶりたっぷりに話すエイベルのジョークに、ジャスミンが鼻を鳴らして笑う声に耳を傾ける。自分の髪の毛を引っぱるジュジューブの姿を見つめる。細かくカールしているところが、セシリーそっくりだった。そうやって過ごす数分のあいだだけ、セシリーは深刻な状況を忘れられた。戦争の恐怖と、味気ない毎日のことを。

だが、十五歳の誕生日を迎えた二月一五日のこと、エイベルは母親の呼びかけに応えなかった。姉や妹とは対照的に、髪が明るい茶色のエイベル、食糧が配給制になったせいでいつも飢えていたエイベル、去年一年間で十五センチ以上も背が伸びて家族でいちばんののっぽになったエイベル、そのエイベルが店から戻らなかったのだ。誕生日の蠟燭《ろうそく》が溶け、かさかさのバースデーケーキに垂れていく中、セシリーは悟った。悪いことは悪い人間の身に起こる。まさにわたしがそう、悪い人間なのだから、と。

実のところセシリーはここ数年のあいだ、自分の暮らしを支配するまざまざとした恐怖を押し隠せなくなっていた。己の過去の所業からは逃れられない、報いを受ける日がすぐそこまで迫っている、という確信だ。その恐怖は、神経質にねじ曲がる指先、すばやく子どもたちに向けられる視線、親しくない人間に対しては不信感を露わにするという態度に現れていた。そして今、大災厄が起きてしまうとセシリーは、身のうちで張りつめていた力がことごとく挫《くじ》けていくのを感じた。あとでジュジューブに教えられたところによると、その時のセシリーは低い苦悶の唸りを長々とあげてから籐椅子に座り込み、口をつぐんでおだやかな表情を浮かべたまま身じろぎ一つしなくなったのだという。

セシリーのまわりで、家族はせわしなく動き回った。夫のゴードンは、室内で行きつ戻りつしながら自分自身に向けてか妻に向けてか、声をかぎりに叫んだ。「店に行ったのかもしれない。警察の検問に引っかかったのかも。それかもしかしたら、もしかしたら」ジャスミンは、姉の親指を握りしめた。その顔には、七歳にしてはきわめて冷静な表情が浮かんでいた。いつでも実際的なジュジューブは、すぐに行動を起こした。ジャスミンの手を引き離すと、家の裏へと駆け出して行き、両隣のご近所に向かって声を張りあげて尋ねたのだ。「弟を見ませんでしたか？　弟を探すのを手伝ってもらえませんか?」だが、外出禁止となる八時は過ぎていて、隣人たちは呼びかけに応えようとしなかった。たとえジュジューブの叫び声に、心が張り裂けそうになっていたとしても。

セシリーはひと言も発しなかった。罪悪感で身動きが取れなくなるまでの数分間、自分の抱えていた恐怖が現実のものとなったことで、ほっとするような気持ちだった。ついにやって来たんだ。すべてはわたしの犯した過ちのせい。

わたしが引き起こしたことだ、なにもかも。

⁂

エイベルが姿を消した翌朝、セシリーの隣人たちはすぐに動きはじめた。アルカンタ―ラ家は立派な一家なのであって、立派な一家がこれほどの悲劇に見舞われてはならないのだ。男たちは捜索隊を組織し、看板を手にしてエイベルの名前を叫びながら町を練り歩いた。家々の裏手にある倉庫や、エイベルお気に入りの店の中を隅々まで確認し、遊び場や廃工場の中を見て回った。学校から転用されて日本軍の尋問所となっているかつての校舎には、視線を向けたものの、中には入らなかった。少人数のグループに分かれた男たちは、緑泥色の制服を着た憲兵たちがこちらを向くと、深くうなだれてやり過ごした。だが男たちの心の中には、ひそかな満足感があった。数ではこちらが優っていたし、少年を捜索するという行動が、小さな革命のように感じられたからだ。日本人に対するささやかな反乱だ。女たちは、子どもが生まれたりだれかが亡くなったりした時とおなじやりかたで、この事件に向き合った。食糧と慰めの言葉を、絶やすことなくアルカンターラ家に届け続けたのだ。だれもが、なにも心配はいらないんだから、と受け合った。エイベルはうっかりさんだから、どこかで眠り込んでしまったんだよ、だから今頃家路を急いでいるはずさ。エイベルは時間がわからなくなるほどなにかに夢中になってしまい、だれか友だちの家に泊まったんだろう。エイベルみたいにハンサムで魅力的で前途洋々たる少年が、いきなりいなくなるなんてことあるわけないんだから。

一方でセシリーは、ほかの女たちに言わせると、驚くべき恩知らずなのだった。食べ物を届けても礼を言わないし、戸口に立つ人たちをうちの中に招き入れてお茶を出すこともないし、泣いたり心の中を打ち明けたり卒倒したり、とにかくみんなが納得できるような反応を見せなかったからだ。セシリーのしたことと言ったら、おそろしいほど警戒心を剝き出しにして、常にきょろきょろとあたりに視線を向けながら、今にも飛びかかっていきそうな様子を見せたことくらいだった。いったいなにに向かって？　女たちにはわからなかった。そりゃあ、かわいそうだとは思うよ、と彼女たちは囁き合った。でもね、セシリーってなんでもやり過ぎるところがあるでしょう。子どもたちに聞かせていたあのお話、おぼえてる？

「もちろんよ、あの話でしょ？　お腹が飛び出るまで石鹸水を飲まされた男の話。そしたら日本兵たちが材木を持ってきてその男の上に載せて、シーソーみたいに両端に飛び乗ってお腹を破裂させたっていう」チュア夫人がそう言った。

「いやねえ、そんなひどい話、聞かせないでよ。でもそうね、その話！」とタン夫人が応えた。「うちの子たちなんて、おかげで何週間も悪夢を見続けたんだから！」

女たちは、こんなことを考えることもあった。セシリーったら、正しい振る舞いかたがわかっていないところがあるから。なにしろみんなおなじ母親同士じゃないの。母たる者がどういう行動をとるべきなのか、よくわかっているはずでしょう。息子を失ったのなら、泣くべきだし、卒倒すべきだし、ほかのお母さん仲間に慰めてもらうべきなのよ。なのに、あんなふうに自分の苦しみをひたすら盾のようにかまえてとげとげしく振る舞ったりして、そのせいでみんなが近寄りにくくなるなんて、あってはならないことだわ。

とはいえ、わたしたちは良いご近所さんなんだから、と女たちは思い直した。タン夫人は、熱々のスープ麺をアルカンターラ家に届け続けた。器は門扉の外側に置き、翌日立ち寄った時に、それがまったく動かされていないことに気づいても、気を悪くしないようにと努めた。チュア夫人は、ジュジューブとジャスミンの子守り役を買って出て、セシリーが一息つけるようにしてやった。ドラマチックな出来事に目がないプアン・アズレーンは、過去の失踪者たちについて知るかぎりの話を聞かせた。だがそのたびに、どうしてもおそろしいオチをつけることで話を膨らませてしまった。四肢を失って帰ってきた人がいるのだとか、顔をめちゃくちゃにされて戻ってきた人がいるのだとか。

ご近所さんたちに言わせると、少なくとも夫のゴードンだけは、彼らの厚意にしっかりと感謝の気持ちを抱いているようだった。ほかの男たちと町中を歩き回り、ほかの夫たちの背中を叩き、時間を割いてくれたことに礼を言った。以前よりずいぶんと良い人になった、と隣人たちは語り合った。もちろんこんなこと、だれの身にだって起こっていいはずがない。とんでもないことさ、とみんなは首を振った。だが彼らは、今のゴードン・アルカンタラのほうが好きだった。鼻っ柱を折られ、かつてみんなが嫌った、あの尊大な態度を失った彼のほうが。イギリス統治時代に官吏の職に就いていた頃のゴードンは、他人を全員下に見ていたのだった。

エイベルのいない日々は過ぎていき、やがて数週間が経った。当初男たちが毎日おこなっていた捜索は間遠になり、女たちが訪問する回数も減った。失踪する少年の数が増えていくと、隣人たちは自宅に閉じこもり、憲兵の刺すような視線から自分の息子たちを遠ざけようとするようになった。つかの間の反逆の喜びは消えていき、戦時下に唯一優先すべきは自分たちの家族であることを、隣人たちは再認識したのだった。他人の失踪した子どもになど、かまけている暇はないのだ。

⁂

姿を消す一週間前、エイベルは醜い雑草めいた花を一抱え持って帰ってきた。あきらかに道端で摘んだものだった。だが得意満面な息子の顔を見たセシリーは、それを花瓶に生けて、今まで見たことがないほど美しい花であるかのようにして飾った。失踪してからの数週のあいだに、雑草は乾燥してぼろぼろになっていった。それでもなお、セシリーは捨てる気になれなかった。そしてある日の午後、嵐のあいだ寝室の窓を閉め忘れた。マラヤ特有の、壁に激しく打ち付ける熱帯暴風雨だ。部屋の中は降り込む雨で霧が立ちこめたようになり、風がなにもかもを倒していった。エイベルの摘んできた乾いた雑草の入った花瓶も、粉々になった。その夜、嵐がおさまってから、ゴードンは指先を血塗《まみ》れにしているセシリーを見つけた。花瓶の欠片を接着剤でつなぎ合わせ、枯れた雑草をまっすぐ立つように整えて、息子の背丈とおなじくらいの高さにしようとしていたのだ。だが、十年前にセシリー自身が動かしはじめた一連の歯車同様、もはや手の施しようがなかった。時間を巻き戻す方法はなかった。

第二章

セシリー

ビンタン地区（クアラルンプール）

1935年

10年前、イギリス統治下のマラヤ

セシリーの家族はユーラシア系で、ポルトガル人の末裔だった。一五〇〇年代にマレー半島の浜辺に辿り着いた最初の白人入植者、銃と船で武装し、この地域における香辛料の貿易航路と計り知れない天然資源を手中に収めようと野心満々だった人々だ。セシリーの母は、名前と血に残るほんのわずかな白人の痕跡を慈しみ、周囲にいる人々をうっすらと悪意のこもった視線で眺めわたしたものだった。「うちは中国人やインド人とは違って、農場や鉱山で働く労働者としてやって来たわけじゃないのよ。それに、わたしたちはマレー人と違って征服されたわけでもない。わたしたちには白人の血が流れているし、キリスト教徒としてヨーロッパ人とおなじ神様に祈りを捧げてる。名前だって、あの人たちから受け継いだものなんだからね。ロザリオとかオリヴェイロとかセキエラとか」それが、母の口癖だった。

子どもだったセシリーの頭は混乱した。なぜなら、ユーラシア系の友だちや親戚の肌は、褐色だったり黒かったりとさまざまだったからだ。しかもその中には、イギリス人みたいに染みだらけで白かったり黄色かったりピンク色だったりする人間が、一人もいなかった。「あら、でもわたしたちの肌はほとんど白よ、あの人たちとおなじ」母はそう主張しながら、近くにいるイギリス人をうっとりと眺めたものだった。たいていの場合、その視線の先にいるのは、慣れない暑さで汗だくになっている教師や行政官や司祭だった。

セシリーは、自分のことを美しいと思ったこともなければ、他人に対して優越感を抱いたこともなかった。子どもの頃はかんじのいい少女だったが、目立つことはなかった。注目を惹きつけるほどの魅力がなかったのだ。その事実は、セシリーの泥茶色の髪の毛と瞳、そして肌の色を、気がなさそうに褒める母の言葉から伝わってきた。そこには、失望の響きが混ざり込む日すらあった。四つ年上の姉、キャサリンは人々の憧れの的だった。明るい褐色の肌と緑がかったグレーの瞳の持ち主だった姉は、最終的にアボットという名のイギリス人官吏と結婚した。そして妻を同道してイギリスに帰国した夫は、爵位を継承した。あれよという間に、キャサリンは貴族の令夫人におさまったのだ。だがセシリーのように地味な女の子たちは、たとえユーラシア系であったとしても、一九〇〇年代初頭に、熱帯地方の英国領にある小さな藁葺き屋根の家に生まれついたかぎりにおいて、与えられた役割をこなすべく地味な人生を歩んでいくものとされた。つまり、まず少女時代には良き夫を惹きつけるためのさまざまな技を身につけ、その次に妻として家の中をきれいに保ち、隣近所と良好な関係を築き、さらには母として自分の存在価値を証明するのに充分な数の子どもを産み、育てるという生き方だ。

そしてセシリーはそのすべてを静かに粘り強くこなし、三十歳になる頃には、ジュジューブとエイベルという子どもが二人、そして夫のゴードンがいるという状況にあった。通り二本離れたところに住むぽっちゃりとしたユーラシア系の少年だったゴードンが、今ではそこそこに快適な生活をさせてくれている。一家は、オレンジ色の屋根の小さな家に住んでいた。まったく美しくなかったが、機能的ではあった。それでもなお、セシリーの中には、耐えがたいほどの不満が鬱積していた。毎朝、暑いキッチンに立ち、夫と子どもたちのために半熟卵を作る。笑顔を浮かべながら小さなホウロウのマグカップにブラックコーヒーを注ぎ、時には歌を口ずさむこともあった。だが料理をし、鼻歌を歌い、ありとあらゆる雑事をこなすことで、おだやかでささやかな家庭のしあわせ、という真似事をしながらも、ぐつぐつと煮立っている卵を夫の頭に投げつけ、熱いコーヒーを子どもたちの顔にぶちまける光景を想像するのだった。そんなことを考える自分が恥ずかしくて吐き気がした。その変化がいつ、なぜ、あるいはどのようにして自分の中で起こったのか、わからなかった。そんな自分を正すこともできなかった。家の外にいても、そういう気持ちになることがあった。市場で魚や茄子《なす》の値段交渉をしていると、わめき散らしながら台をひっくり返し、上にぎっしりと並んでいる鱗《うろこ》だらけの魚や血を流している豚肉を、露天商の顔にぶちまけてやりたいという唐突な衝動に駆られたのだ。

一九三五年一一月最後の火曜日、セシリーは雲行きの怪しい空を見上げた。今にも雨が降りそうだった。灰色の雲が集まる様子は、信徒たちの集会を思わせた。そして彼女は悪臭を放つ塵《ごみ》に足首まで浸かりながら、身体のバランスを保とうと、サンダル履きの足で懸命に踏ん張っていた。力を入れ過ぎて、爪先の関節が白くなっていた。空気が蒸していた。熱帯のマラヤでは、ただでさえ午後になるとこうなりがちだ。それが、今すぐにでも降り出しそうな雨雲が潜んでいるのだからなおさらのことだった。雨が降る前に任務が終わらないのではないかと、気が気ではなかった。セシリーは塵の山を掘り返した。キャベツの葉や魚の骨、そしてどうやら動物の睾丸のように見えるものをかき分けていく。暑さのせいで炸裂している腐敗臭が、鼻孔を打った。こみ上げる吐き気を抑えながら、任務を呪う。そして諦めかけたその時、たった今引き裂いたばかりの塵袋《ごみぶくろ》の上に、ノートの切れ端が一枚載っているのを見つける。染みはついているが、ぐしゃぐしゃにはなっていない。まるで、そこで見つけられるのをずっと待っていたかのようだった。指先で紙切れをつまんだセシリーは、それを少しだけ振ってすぐに後悔した。紙に付着していた得体の知れない塵の汁が、滴となって顔に飛んできたのだ。だが少なくとも、曲線や図表、そして殴り書きと線図は無傷だった。筆跡はゴードンのものだ。

「いいぞ、セシリー」

その冷淡な声にぎくりとする。そのせいで、しゃがみ込んでいたセシリーの片足が滑った。とっさに両足を開いてバランスを保つ。頭から塵の山に倒れ込むところだったのだ。もしそんなことになったら、きわめて不快な事態に陥っていたはずだ。立ち上がり、踵を返したセシリーは、両手を前に持ち上げる。指先から滴る液体が、服に付着しないようにするためだ。「どうしてここにいるの?」

フジワラはセシリーの背後、三歩さがった位置に立っていた。その両手は色白で清潔だ。生塵の汁に濡れた、セシリーの褐色の手とは対照的だった。身に着けているリネンのスーツがくたびれているところを見ると、町中を歩いてきたようだ。フジワラは彼女のほうに一歩踏み出す。片腕を差し出し、紙片をよこせと手ぶりで示した。セシリーは眉をひそめる。計画した段取りと違ったのだ。しかもフジワラも承知しているとおり、セシリーは意表を突かれるのが嫌いだった。そんな行動をされたら、慎重に築き上げた二人の関係性が不安定になるし、その結果として彼女自身もまた不安定になるからだ。

フジワラは汚れていない角をつまみ、ノート用紙をセシリーの手から取り上げる。それから、乾かすために紙片を空中で振った。だが効果はなかった。高い湿度のせいで、空中ではためく紙はさらにじっとりと湿り気を増した。

「しまってちょうだい。そんなことしてたら、二人とも捕まってしまうでしょう」とセシリーは言った。落ち着かない気持ちをぐっと呑み込み、自分の声をできるかぎり冷たく響かせた。だが出てきた言葉は、甲高くかぼそかった。喉の奥に苛立ちがこみ上げる。

その日は、いつもどおり紙切れをチョン雑貨店まで持って行くことになっていた。亀裂の走る店の壁と、今にもバラバラになりそうな生理用品の棚のあいだを指先で探り、そこにある小さな隙間の中に、一週間のあいだに入手した機密情報を押し込む。それは、独創的な受け渡し場所だった。町で最も繁盛している店の中で、しかもだれからもまる見えの棚を使うのだから。男たちはその棚を避ける。女性の生殖器と関わり合いになるのがおそろしいからだ。そして女たちは、その棚のところにいる姿を見られたがらない。だから、足早にやって来てはさっさと立ち去っていく。そこを選んだ理由はそれだけだった。フジワラの信頼する料理人が、買い物ついでに隙間から機密情報を取り出し、それを彼に届ける。二人はもう何カ月もこの方法を続けていた。フジワラが手順を変更する理由はない。

「困るじゃないの」とセシリーは不満を露わにして言う。「あなたと話してるところを見られたらどうするつもり?」そしてすばやく表通りを見やる。二人の立っている路地と垂直に交わる道路は、人通りの絶えない目抜き通りだった。自動車が走り去り、それから人力車と自転車が通り過ぎる。だが、こちらに注意を向ける者はいないようだった。

「セシリー」とフジワラが囁く。その声は、決してそれ以上大きくならない。それが、セシリーを強く苛立たせるものの一つだった。この人、自分の力を意識しているのかしら、と彼女は訝しんだ。彼のおだやかなテノールの声そのものが、攻撃性を備えていた。だれもが否応なく足を止め、身体を寄せて耳を傾けるはめになるのだ。

セシリーは、フジワラから顔をそむけた。その高い鼻筋を目にすると、いつでも胃が跳ねる。フジワラは美しい男ではない。だが清潔感のある左右対称の造作が、その顔に貴族的な雰囲気を添えていた。セシリーは自分の意識をそこから逸らし、近くにあったホースに手を伸ばす。両手についた魚の鱗の臭気を洗い流すためだ。迸《ほとばし》り出た冷たい水が左掌に当たると、鋭い痛みが腕を貫いた。血液の泡が、ピンク色の筋となって水流に混ざり込む。

「セシリー、血が出ているじゃないか」

フジワラは、彼女の手もとを見ようと一歩踏み出す。二人を包む生暖かい空気に、彼のヘアクリームが放つミントの香りが混ざり、自分はいつでもこの男の虜《とりこ》なのだという事実を、セシリーに思い出させた。

「なんでもない。ただの引っ掻き傷」と彼女は言った。あなたが塵を漁らせたせいで負ったものだけど、と思ったが、口には出さない。その代わりに、どうにか温和な笑みを浮かべた。気取ったほほえみに近いその表情を作ることで、自分の中に湧き上がる欲望を隠そうとしたのだ。ほんとうはフジワラの手首を掴み、焦がれる気持ちを伝えたかった。この状態がすでに何カ月も続いていた。顔を合わせたのは数回でしかなかったが、そのたびに胃袋がかすかにひっくり返り、飢えると同時に酔っ払っているような気分になった。

「すまない。段取りを変えられるのが嫌いなことはわかっている」とフジワラは言った。

水流に手を差し入れると刺すような痛みが体内をたぎり、セシリーをひるませた。

「ただ、伝えなければならないことがあったんだ。待ちきれなかった」とフジワラが言う。

またた。セシリーの胃の中が、甘やかに澱《よど》んだ。フジワラはこれまで、おなじ気持ちだというそぶりを見せたことはなかった。そもそも、いかなる感情も見せたことがないのだ。

フジワラは右手を上げると、染みだらけのノート用紙を指で押さえ、自分の腿の上で伸ばした。セシリーは指を水から出し、花柄のスカートで拭った。傷はすでに塞がりはじめていた。血液の染みが付着し、生地に描かれた花弁の色が翳《かげ》る。だが、汚れはほとんど目につかなかった。まる見えの場所に隠れた怪物だ。

「伝えることって？」セシリーは尋ねた。自分の声が、懇願するように響くのがいやだった。

「ここにある数字は、いずれ役に立つぞ」フジワラはそう言い、彼女の質問を無視してノート用紙を見つめた。その眉間に皺が寄る。

紙片を観察するフジワラを、セシリーは観察した。眉の先に、小さな汗の粒がある。珍しいことだった。フジワラは、いつでも入浴してきたばかりのようにさっぱりとしていたからだ。舌を突き出して汗を舐め取り、ピリリとする塩気を味わいたい。セシリーはそう感じた。

「こいつを持ち帰って分析に回さねば」とフジワラは言った。一歩さがっていたせいで、その声はほとんど聞き取れないほどだった。「だが見たところでは、きみの旦那がつけている記録の一部のようだな。港内の干満差と、一時間ごとの水深を測定したものだ。観測結果を報告書にまとめたうえで、メモ書きを処分したんだろう」

セシリーはうわの空でうなずいた。必死の思いで、汗の粒から視線を逸らす。血を流している指が、恥ずかしさに疼いた。

「用件を話す気がないなら、わたしは戻る」とセシリーは言った。「いつまでもこんなところにいたら危険だし、子どもたちが待ってるから」踵を返しながら、息が詰まりそうになっていた。わたしは自分の意志で立ち去れる女なのだ。自分にそう言い聞かせた。

「ちょっと待ってくれ」フジワラの吐く息が、歯を鳴らした。近くにいたムクドリが啼く。まるで、行き止まりの状況にある二人を嘲《あざけ》るかのようだった。「あるドイツ人の話を耳にした。善人でもあり悪人でもある男だが、対英作戦では、われわれに勝利をもたらすはずだ」フジワラの声は興奮に震えていた。そのせいでますます聞き取りにくかった。

セシリーは後ずさりし、彼のほうに向きなおった。いつもと違っていた。これまでの二人は、取り引きによって結ばれた関係だった。情報提供者であるセシリーが機密情報を集める。それはたいがいの場合、夫のゴードンから盗んだ断片的な情報だった。塵として捨てられた紙切れや、ふと小耳に挟んだ会話の一部といったものだ。ゴードンは疑うことを知らない中間管理職で、イギリスの植民地政庁における公共事業部門、特に地質調査と土地利用を担当する部署に勤めていた。仕事を愛していたわけではないが、〈土地局部長〉という肩書きのおかげで、友人たちはそれなりの敬意を払ってくれた。だからゴードンはがまんしていたのだ。フジワラは、セシリーのもたらした情報を上官のもとに持ち帰る。日本人たちは小さなピースを組み合わせて複雑なパズルを解くことで、マラヤに百年居座っているイギリス人たちを追い出そうとしていた。フジワラのほうから彼女に情報を渡すことはほとんどなかった。セシリーの知識は、バリバリと音の割れたラジオのニュース放送から推し量った内容にかぎられた。だから、ドイツと日本の侵攻ははるか彼方のことで、現実とは感じられなかったのだった。わたしが待ち焦がれているような、マラヤの解放が達成されることなんてほんとうにあるのかしら。先行きを考えて途方に暮れる夜には、そう考えることもあった。

「人間なんて、みんな善人でも悪人でもあるんじゃないの?」とセシリーは尋ねる。「そんななぞなぞ、なんの意味もないでしょう」

「セシリー」フジワラの薄い唇の両端が、上向きのカーブを描く。「きみのそういうところがいちばん好きなんだ。僕は夢想家だが、きみはいつでも実際家だからね」

燃えるような感覚がセシリーの身体を駆け巡り、耳の先が火照った。これはたぶん、わたしに向けられた最も直接的な褒め言葉だ。〝好き〟。彼はそう言った。〝いちばん好き〟と。紅潮したのはうだるように暑い午後のせいだと、誤解してくれるよう願いながら、カールした髪の毛を耳に押しつけた。「きみも知っておくべきだ。知っておいてもらいたいんだよ。同盟が結ばれる……ドイツとイタリアと日本のあいだでね。大きな影響力を持つぞ。未来を方向づけるのはこの同盟なのさ」フジワラの声は、溢れる意気込みに震えていた。その気持ちはセシリーにも感じられた。二人は出会った時から、アジア人が自分たちの手で未来を選択できる世界について話し合ってきた。社会における自分の地位が、自分と白人とのあいだの距離に応じて決められるものではなくなる世界だ。ドイツとイタリアは、イギリスの同盟国軍を屈服させるためにめざましい成果をあげてきた。そして日本の指導者たちは、イギリスのもたらした苦難からアジアを解放すると誓っている。この三国の同盟が成立したら、すべては現実のものとなるかもしれない。セシリーは、自分でも気づかないうちに止めていた息を吐き出した。フジワラの漏らした言葉は少なかったが、それでもセシリーは自分が強く衝き動かされるのを感じた。大きな変化がすぐそこまで迫っているようだった。浜辺に立つ二人に向かって、波が押し寄せてきている。セシリーにはその波頭が見えた。そして今のところは、それだけで充分なはずだった。

⁂

フジワラがセシリーの人生に現れたのは、一九三四年の季節風《モンスーン》の時季だった。木々をなぎ倒しすべてを根こそぎにする熱帯低気圧の突風のように、突然吹き込んできたのだ。クリスマスを一週間後に控え、すぐそこまで来ている新年の気配があたりには満ち満ちていた。毎晩のように一年の終わりを祝うパーティーが開かれた。その夜は涼しさが感じられ、セシリーはほっとしていた。午後いっぱい嵐が吹き荒れたおかげだった。これで、パーティードレスの汗染みを心配しなくて済む。生まれてはじめて、夫妻は公使公邸でのパーティーに招かれたのだった。それは、新たな代理公使がビンタンに着任したことを祝う集まりだった。ゴードンはすでに、妻に三回着替えさせていた。ようやく落ち着いたのは、クリーム色のドレスだった。両脇に明るいピンクのストライプが入り、ぴったりしすぎてもゆったりしすぎてもいない。その場にふさわしく、かつ親しみやすい、と彼が感じた服だ。

長年公使を務めているのは、フランク・ルウィシャムという不機嫌そうな男だった。公使の仕事は、治安を維持し、ビンタンにおける錫とゴムの産出量が目標値に達するよう目を光らせておくことに大部分が占められていた。セシリーは新任の代理公使を観察した。ウィリアム・オマニーという名のその男は、痩せていて奇妙な見た目だった。そのうえ、おそらく緊張すると舐める癖があるのだろう、オマニーほどガサガサに乾燥して割れた唇の持ち主にはお目にかかったことがなかった。ゴードンはご満悦だった。オマニーの任命は、わが町ビンタンを擁するクアラルンプールが、イギリス領マラヤにおける植民地行政の重要な拠点となりつつあることの証しに違いない。ちょうど、隣接するシンガポールやペナンの島々のように。イギリスを支持し、信奉する者として、彼はそう推測したのだった。

「本国もついに、マラヤの持っている可能性が理解できたんだ！」着任の報に接したゴードンは、セシリーに向かってそう声を張りあげたものだった。

おおぜいの出席者たちが蠢《うごめ》き、おしゃべりの声がオーケストラの演奏のようにパーティー会場を満たしていた。時折、イギリス人女性が甲高い歓声をあげてそれを切り裂く。公使の住まいは堂々たる邸宅で、なめらかに刈り揃えられた芝地の中心に立っていた。庭には青々としたアンサナの木が点在し、嵐のあとのそよ風に葉が揺れている。蓄音機から流れるビリー・ホリデイの歌う旋律が、手入れの行き届いた芝生の上を漂っていた。雨の残していった霧が、夜を気だるくおだやかに感じさせた。セシリーは左右にそっとステップを踏んでいる自分に驚いた。これってダンスじゃないの？ 今まで一度も踊ったことないのに。自分らしくもなかった。今までは、ダンスなどかわいい娘《こ》のための気晴らしだと感じていたからだ。美しい身体の持ち主にしか与えられない喜びというものがあって、わたしみたいに地味な女はそれを感じることなんか許されないのだ、と。

次から次へと人を紹介され、その場かぎりのすばやい握手を繰り返していく中で、セシリーははじめてフジワラと出会った。とはいえその時の彼は違う名前を使っていた。英語はイギリス訛りだったが、のちにそれは母語ではないことを知った。

「ビングリー・チャンです」と彼は言った。〈リー〉を強く発音するせいで、喉が鳴った。握手のために片腕を伸ばしたその男について、この人は香港の貿易商で、東洋の産品を専門に扱っているんですよ、とだれかが説明した。

セシリーは相手を観察した。どうやらこのアジア人は、イギリス人たちから不思議な敬意を払われているようだ。鉱山労働者としてイギリス人に連れてこられた華南の人々は、丸みを帯びた顔立ちをしている。彼女はその特徴を見分けられるようになっていたのだが、目の前にいる男はそうではなかった。もっとも、マラヤ人以外のアジア人には、あまり会ったことがなかったのだが。

「で、チャンさん、あなたはドイツ人ともご商売をされるのでしょうか？ それとも、仕事相手はきっちりと英連邦にかぎられるおつもりですかな？」ゴードンが尋ねた。胸を反らし、随所で音を呑み込みながら話す。そうすれば、イギリス人たちの耳にも、上流階級出身者ふうに響くと思い込んでいるのだ。セシリーは、顔をしかめそうになる自分を抑え込んだ。

「ドイツ人には、香辛料と絨毯を売る商人など、お呼びでないことはたしかですね」ビングリー・チャンが答えた。声の調子はせり上がり、片方の眉が上がる。

「いまいましいドイツ人どもめ！」とだれかが叫び、その周囲にいた男たち全員が、高笑いをした。冗談を理解し合ったからというよりも、むしろ男性同士の連帯を表すためという、男連中に特有の振る舞いだ。ビングリー・チャンを名乗った男は口角を引き上げて、ほほえみに近い表情になった。だがセシリーは気づいた。自分同様、その男も笑わなかったということに。


公使公邸でのパーティー以降、ビングリーはアルカンタ一ラ家を訪れるようになった。姿を現すのは夕食後、子どもたちがベッドに入ってからの時間帯だった。アジア系とはいえ、有力者とのつながりを持つイギリス人が、自分たち夫婦との交友を求めているのだ。そう考えて舞い上がったゴードンは、喜んで彼を招き入れた。アルカンターラ家の社会的地位が向上したと捉え、その事実を大いに楽しんだというわけだ。男たちは、リビングにあるクッションつきの籐椅子にゆったりと腰かけ、ビングリーの持参した褐色のウィスキーをグラスに注いでは回したりすすったりした。ゴードンはその質の高さに驚嘆し、闇市場で手に入れたのかと尋ねられたビングリーは返答を濁した。一時間が経ち、それから二時間、三時間と過ぎていった。なんでもないことで騒々しく笑う二人の向かい側に座ったセシリーは、鷹揚《おうよう》にほほえみながら、その夜最初で最後の一杯となるグラスから、ちびちびと飲んだものだった。

間もなく、ゴードンが座ったままうたた寝をするようになった。水滴で濡れたグラスを持ったまま籐椅子の幅いっぱいに足を広げ、顔はウィスキーの酔いで弛緩していた。当初、きまりの悪い思いをしたセシリーは、夫のための言いわけを口にした。「あら、今日はたいへんな一日で疲れたのね」そして、客人への侮辱と捉えられかねないその振る舞いを謝罪しながら、ビングリーを玄関の外へと導いた。だが、三夜にわたって四苦八苦しながら夫をベッドまで引きずって行ったセシリーは、ついにビングリーの申し出を受け入れて手を借りることにした。こうして、そこからはじまったのだ。夜な夜な二人はゴードンを引きずった。やさしく両肩を持ち上げて寝室まで連れて行くこともあれば、乱暴に両腕を掴んで引っぱることもあった。そして服を脱がすこともなくベッドに放り込むと、鼾《いびき》をたてるゴードンの姿に、二人して子どものようにクスクスと笑った。この人は親切なだけなんだから、とセシリーは自分に言い聞かせた。かんじのいい紳士が、気の置けない夜を過ごしたあと、夫をベッドまで運ぶ手助けをしてくれているのだ、と。

だが万物は流転する。彼らの状況も同様だった。ゴードンをベッドに寝かせたあとも、ビングリーは家に留まるようになった。最初のうちは戸口でほんの数分間、ご近所の噂話をするだけだった。隣家に住む騒々しいカルヴァーリョ夫人の最近の奇行にあきれたり、夜になってもましにならない猛烈な湿気について不満を漏らし合ったり。きわめて急速に、他愛もない世間話は打ち明け話へと変化を遂げ、それにともなって、ビングリーの側も腰を下ろして耳を傾けなければならなくなっていった。

セシリーはイギリス人に対する冷ややかな思いを抱えていて、それはこれまで大きくなる一方だった。彼らを崇拝している母親や夫とは、相容れないものの見方だ。長じるに従って、身のまわりにいる白人たちのでき損ないぶりがますますセシリーの目につくようになってきていた。廃嫡された三男や四男たち、役立たずの兵士たち、アルコール依存症者たち——自分の家族や所属連隊に放逐され、一族の品格をほんのわずかばかりでも取り戻すべくマレー半島のような地の果てに送り込まれてきた連中だ。それがここでは、気候に合わないウールのスーツを身に着け、悪臭を放ちながら群れをなしてうろつき回っている。しかもセシリーに言わせれば、彼らはまったく根拠のない優越感を身にまとい、並外れてかたちの整った現地人娘の乳房を目にした時にかぎって、いつもはとろんと潤んでいるだけの両目を輝かせるのだ。

商店にいると、おなじく客として来ているイギリス人の妻が、自分のことを避けていく様子に気づくことがあった。そのたびにセシリーは、一抹のねじれた羞恥心が胸の中で閃《ひらめ》くのを感じた。あるいは、白人の同僚にわずかばかりお褒めの言葉を頂戴した夫が、それだけのことで大喜びしながら帰宅する時も同様だった。その白人は、彼の名前すら満足におぼえていないというのに。

そしてまた、子どもの将来に垂れこめる暗雲を感じることもあった。ある日、六歳のジュジューブが頬を真っ赤にして、目を大きく見開きながら帰宅するなり、まだ赤ん坊だった弟のエイベルを膝の上に載せて、耳元で「や・ばん・じん」と甲高い声でわめきはじめたのだ。エイベルはいっしょになって金切り声をあげ、それから泣きはじめた。息子のグレーの瞳は、沼の水面のように輝いていた。

「ジュジューブ！」セシリーはゾッとして怒鳴った。「そんな言葉、どこでおぼえたの？」幼い子どもの口から飛び出た、とてつもなく醜い言葉に、セシリーの全身を衝撃が駆け抜けた。

「学校の先生が言ってたよ、わたしたち、やばんじんなんだって！　だから先生たちが船に乗ってはるばる助けに来たんだって！　だからわたしたちは教会に行かなくちゃいけないんだって！　それで神様に見てもらうんだって！　わたしたちが改心したってこと！」ジュジューブは甲高い声で歌うような調子でわめき続け、〈改心〉を〈かーいしん〉と発音した。おぼえたての知識をそのまま反復しようと、顔をくしゃくしゃにして意識を集中させていた。セシリーはたじろいだ。ジュジューブを黙らせ、混乱しているエイベルを慰めるだけで精いっぱいだった。いくら自分たちは白人に近い存在なのだと自分に言い聞かせてみたところで、いくら自分たちの身体には白人の血がほんの少し流れているのだという事実にしがみついてみたところで、まったく意味がないのだということを、どうすれば娘に説明できるのか、わからなかった。

白人の血は、いずれ肌が褐色であるという事実を圧倒し凌駕していく。イギリス人支配者たちに仕えながら辛抱強くその時を待っていれば、やがては、たとえほんのかすかなものであっても白人の血筋を引いているという事実が白人によって認められ、ほかの人種のマラヤ人たちよりも上位へと引き上げてもらえるのだ。ゴードンとセシリーの母親はそう願っていた。だが明るい色の層が表に浮き出てくるのを期待して、どれほどきつく肌を擦ってみても、どれほどきれいに母音を発音してみても、どれほど大声で苗字を口にしてみても、どれほど懸命に正しい英語を話す時にどれほどきれいに母音を発音しても、白人の帝国主義者たちの目からすれば、自分たちは劣った存在でしかなかった。

ビングリーもまた、セシリーにこんなことを打ち明けた。イギリス人には常にいやがらせを受けている――目のかたちを嘲られ、悪意ある言葉をひっきりなしに投げかけられているのさ。不満を響かせることのないおだやかな声で、彼はそう話した。生まれて数日で亡くなった息子のことも話した。夫婦の関係、彼の妻との関係は、その出来事を乗り越えることができなかったのだ、と。ビングリーは唾を呑み込み、いつもならば揺らぐことのないその声に震えが走った。それこそが、セシリーの必死の抵抗が崩壊した瞬間だったのだということを、すべての出来事が起こったのち長い年月を経てから、彼女は悟ることになる。ビングリーの抱えていた脆《もろ》い部分を、自分が無理にさらけ出させたのだと感じた。そして、その日を起点として彼女が手を染めていったすべてのことは、打ちひしがれた姿を露呈させてしまったその一瞬を償《つぐな》うためにおこなったことだった。

セシリーは何年も経ってから、彼が正体を明かした夜のことを細かく思い起こしてみようと試みた。空気は暖かかったのか、ひんやりとしていたのか。思い出せなかった。わかっているのは、フジワラは蚊の羽音は聞こえていたのだろうか。満月だったのだろうか、それとも三日月だったのだろうか。フジワラはその時に見きわめたに違いないということだけだった——セシリーの背中の皮膚を一枚また一枚と剝いていく段階は終わり、ついにやわらかな層が露わになった、セシリーはこれで仕上がったのだ、ということを。夫が夫婦のベッドで眠りこけているあいだに、彼はフジワラという自分の本名を明かした。英語の訛りが変化し、ぎこちない日本語訛りになっていた。そしてセシリーは、フジワラが実のところ日本軍に属していること、また、アジア人のためのアジアを、勝利を収めるのが白人ばかりではない世界を、彼が夢見ていることを知ったのだった。

思い出せるのは、そう明かされてからの自分が、息を止めたままうっとりと耳を傾けたことだけだ。フジワラの語る理想は、論理的であると同時にロマンティックだった。二人のような見た目の人々が、大英帝国の支配の外へと出ていく世界が語られた。自らの手で自らの面倒を見られるアジア、自らの手で針路を決定できるアジア、白人たちによって押しつけられ、常に違和感を感じながらも、長い年月にわたってそれだけが大切なものなのだと教え込まれてきた構造を打ち棄てたあとの社会のことが。こうして秘密の夜を重ねていくうちに、セシリーは気づいた。自分にも、イギリスから取り返したあとの世界を思い描くことができるのだと。自分と子どもたちとその子どもたちが、単に目立たず愛想の良い装飾品以上の存在となり得る未来の世界を。

第三章

エイベル

カンチャナブリ収容所（ビルマとタイの国境地帯）

1945年8月16日

日本占領下のマラヤ

意識を取り戻すと、エイベルは鶏小屋の中にいた。水かきのある無数の足がガサゴソと周囲を動き回り、頭の中がその騒音でいっぱいになっている。一羽が立ち止まり、エイベルの鼻先を見下ろした。腹だけに白い羽毛の生えている茶色い雌鶏だ。つつかれないようにと、エイベルは静止する。雌鶏は心ゆくまで観察してから、足を引きずるようにして立ち去った。エイベルは身体を起こし、座ったまま自分の顔に触れてみる。乾いた血がこびりついていた。あたりを見回す。金網でできた鶏小屋は、幅二メートル半、高さ一メートル半程度しかない。鶏が四羽いた。先ほどの茶色い雌鶏のほか、つつき合いをしている白い雌鶏が二羽と、横向きに寝転がっている雄鶏が一羽。こいつ、死にかけてるんだ、とエイベルは推測する。強烈な悪臭を放っていたのだ。

収容所での強制労働がはじまってから六カ月が過ぎていた。だが、鶏小屋に入れられたのははじめてのことだった。小屋の中では立ち上がることすらできなかった。それで、しゃがんで身体を丸める。曲げた膝が胸に触れると、腹部に焼けるような痛みを感じた。再び土の上に横たわって仰向けになり、ぼろぼろに裂けた茶色いシャツをめくり上げて、自分の腹を調べた。紫と青の痣が蜘蛛の巣のように広がり、そこに明るめのピンク色や黄色、緑色の線が交差している。舌が乾燥し、大きく膨れ上がっているように感じた。まるで、大量の木片を縫い付けられでもしたようだった。咳払いをして声を出そうとするが、かすかなしわがれ声しか出てこない。茶色の雌鶏が振り返り、再びエイベルをじろりと睨んだ。

エイベルが鉄道のことをはじめて耳にしたのは、十五歳の誕生日前日のことだった。二月一五日には十五歳になる。戦争のせいでたいした祝い事はできないとわかっていたがそれでも、自分にとっては特別に重要な意味を持つ節目になると感じていた。雑貨店からの帰り道だった。店では友だちのヤオ・チュンが働いていて、煙草を一本と、煙草を吸っているかわいい女の子が描かれた古いラッキーストライクのポスターをプレゼントしてくれた。ヤオ・チュンはポスターを丸め、「ちゃんとこいつを活用するんだぜ」と言ってウィンクした。エイベルは、どぎまぎして顔をしかめた。だがポスターは受け取った。かわいい女の子の絵はなかなか手に入らないからだ。家までの道のりを歩きながら、煙草の煙たいタールを吸い込んだ。頭の中で考えていたのは、十五歳になることの意味だった。一年後には、志願入隊できる年齢になる。そうすれば、日本人たちを追い出してやれるぞ。

恰幅のよかった父は、日ごとに痩せ細り青ざめていった。板金工場での労働を強いられ、両手のかさぶたと生傷も増えていた。そんな姿を見るのはつらかった。エイベルにとってもっとつらかったのは、母の眉間の皺を見ることだった。仕事のあとで父が持ち帰るわずかな配給食糧を目にするたびに、その皺はどんどん深まっていった。つい先週など、行列に四時間並んだ父が血塗《まみ》れの肉片を一袋持ち帰ったのだが、それは牛の睾丸だった。エイベルは可笑しくてたまらなかった。馬鹿笑いの発作が起きて倒れ込み、「牛のキンタマ、牛のキンタマ」と大声で囃し立てた。その間、父は恥ずかしそうに袋の中身を母に見せていた。いつも真面目くさっているジュジューブまでもが笑顔を漏らした。だが、母はそういう浮かれ騒ぎには加わらず、「もう限界！」と叫んだのだった。そして、父といっしょに使っている狭い部屋へと足早に立ち去った。その下唇が震えていたのをおぼえている。その晩、母はそれきり閉じこもって出てこなかった。夕食には、茹でた睾丸に醤油をかけて食べた。廊下の先の部屋からは母の押し殺したむせび泣きが漏れてきたが、みんな聞こえていないふりをした。あの肉の臭さは、いまだに口の中に残っている。

「おい、きみ！」大きな声が響きわたり、誕生日の散歩に水を差した。ブラザー・ルークの姿を目にして、エイベルは驚いた。日本軍がやって来る前、ブラザー・ルークは歴史の教師だったのだ。イギリスからやって来た宣教師のうち、司祭は名前の前に〈ファーザー〉をつけて呼ばれた。だがそれ以外の場合、彼らはお互いへの敬意を表し、〈ブラザー〉と呼び合った。白人のイギリス人同士の連帯を匂わせると同時に、褐色の肌の人々よりも上位にいることを示す称号でもあった。教師として、船でマラヤに派遣されて来たブラザー・ルークは、男子校である聖ヨセフ学園の創立を手伝った。エイベルの通っていた学校だ。ブラザー・ルークはイエズス会の一員であり、厳格な教員だった。そのせいで、劣等生のエイベルとはそりが合わなかった。

「きみ！　産業革命で発明されたものを三つ挙げなさい！」エイベルを怒鳴りつけるブラザー・ルークのもみあげには、汗が噴き出していた。生徒たち全員を〈きみ〉と呼んでいたのは、そうしておけば名前の発音で頭を煩わされることがなかったからだ。

「蒸気機関、綿繰《わたく》り機」早口でそこまで答えて、詰まった。両目をきつく閉じて、三つ目の発明品を思い出せ、と自分の脳みそに命じた。だが無駄だった。エイベルは、黙って片手を突き出した。次にやって来るものがわかっていたからだ。鋭い痛みに備えて身構え、顔をそむける。ブラザー・ルークの手にしている木製の定規が、掌の最もやわらかい部分に接触する瞬間を見ないためだ。

だが誕生日の前日、目の前に立っていたブラザー・ルークは、エイベルの記憶にあるたくましい赤ら顔の教師だった人物が落とした影のようにしか見えなかった。あれほど肉の盛り上がった広い肩の持ち主だったのが、すっかり痩せ衰えていたのだ。頬がげっそりとこけ、片目は小さく潰れたように腫れ上がっていた。

「きみ、ちょっといいかね」変わっていないところもあるんだな、とエイベルは考えた。ブラザー・ルークは、まだ名前をおぼえていないのだ。

「はい、なんですか?」エイベルはそう応えながら、火の点いた煙草を身体の脇に隠した。

「きみ、いいかい?」ブラザー・ルークは、巻きひげのように漂う煙の筋を指し示した。隠しきれていなかったのだ。しかたなく、エイベルは誕生日プレゼントの煙草を手渡した。

ブラザー・ルークは、長々と吸い込んだ。それにつれて、ただでさえこけている頬がさらに深くくぼんだ。「親切だね、きみ」そう言いながら縁石に腰を下ろしても、まだエイベルの煙草を手放さなかった。「隣に座りなさい」

「またお会いできてうれしいです……先生」エイベルは落ち着かなげにそう言った。ブラザー・ルークに出くわしたことに動揺していた。ほかのイギリス人官吏や宣教師たち同様、日本軍がやって来た時に連行され、今頃は南にあるチャンギ刑務所に入れられているのだろうと考えていたからだ。

「先生、日本軍が出してくれたんですか?」エイベルは尋ねた。

その質問には答えないまま、ブラザー・ルークは無傷なほうの目の上に片手をかざした。二人は、夕方の熱い直射日光を浴びていた。「泰緬《たいめん》鉄道のことは聞いたことあるかな?」

エイベルは首を振り、「先生、釈放されたんですか?」と繰り返した。

「きみはぜんぜん勉強ができなかったからな。日本軍が建設中の鉄道だよ。物資の輸送が目的だ」

エイベルは眉をひそめた。鉄道が自分とどう関係してくるのかがわからなかったし、訊いたことへの答えも返ってこなかったからだ。

「きみ、家族を助けたいとは思わないかい？　彼らは労働力を求めている。苦力《クーリー》だ。仕事は簡単で稼ぎはいい。住む場所だって提供してくれるんだぞ」

日本軍のために、男の子をかき集めて働かせてる連中がいるらしいぞ。ヤオ・チュンをはじめとするエイベルの友だちは、そんな話を耳にしていた。申し出を受け入れてわずかな荷物をトランクに詰め、大型トラックの荷台に飛び乗って去っていった友人も何人かいた。目的地では、良い仕事が待ち受けていると信じながら。彼らは二度と戻ってこなかった。

とはいえエイベルは、イギリス人の仲介屋がいるとは知らなかった。ほとんどの場合、家族を配給食糧で養わなければならない現地人がそういうことをしているのだと聞いていたからだ。エイベルはじりじりとブラザー・ルークから離れ、立ち上がろうとした。

「どこに行く？」ブラザー・ルークは、煙草を持っているのとは逆の手を伸ばし、エイベルの右上腕部を掴んだ。驚くような力強さだった。

「ぼく、もう行かなきゃ。かあさんが心配するから」

「なあきみ、いっしょに来るんだ。わたしを助けると思って」ブラザー・ルークの良いほうの目の端が、どうしようもないほど痙攣しはじめていることに気づいた。「きみには来てもらわなきゃいかん」

「先生、だめです。帰らなくちゃ」エイベルは腕を引き離し、すばやく立ち上がった。そしてそのまま転びそうになる。

「そうしないと、私が刑務所に戻されてしまうんだ。頼むよ、きみ」ブラザー・ルークの良いほうの目からは、涙が流れていた。どす黒い絶望が二人を包み込み、エイベルは思わず顔をそむけた。

そして家まで走った。しわくちゃでみじめなありさまのブラザー・ルークを、道端に残したまま。

⁂

翌日、連中はエイベルのところにやって来た。十五歳の誕生日当日だ。その朝、母は息子の髪を指で梳かしながら、今晩はお楽しみがあるからね、と話していた。たいしたもののはずがないとは、エイベルにもわかっていた。最近では物資が乏しいからだ。でも、もしかしたらなにか甘いものを作ってくれるのかも。母は、乏しい配給食糧を使っておいしいものを作り出すのが上手だったからだ。

エイベルは、テルール・マタ・ケルバウにも思いを巡らせていた。水牛の目の奥のように、完璧な色の黄身が真ん中にある目玉焼きだ。その日の朝、再び雑貨店までお使いに出かけると、経営者であるヤオ・チュンの父親が、茶色の完璧な卵を五個もただでくれたのだった。

「でもおじさん、うちはお金が払えな――」とエイベルは言った。

「持って行きなさい。おまえさんの誕生日だろ。うちの鶏が産んだんだ」ヤオ・チュンの父親はそう言った。

そういうわけで、エイベルはぼんやりと卵焼きを思い描いていた。褐色の焦げ目がついてぱりぱりになった、縁の部分の味を。すると、怒鳴り声が響きわたった。「あそこにいるぞ!」

声がしたほうに顔を向けると、そこにはまたしてもブラザー・ルークがいた。前日にもましてひどい姿だった。無事なほうの右腕でエイベルを指差しているが、左腕は脇にだらりと垂れ下がり、おかしな角度にねじれている。そして良いほうの目の下瞼にも、乾いた血液がこびりついていた。もう片方の目は、腫れ上がってほとんど閉じてしまっている。あきらかに、あれからもう一度痛めつけられたのだ。

「ブラザー・ルーク！」エイベルは声を張りあげた。

「きみ」

行動を起こす間もなく、緑色の軍服を着た日本兵が二人、エイベルのまわりをじりじりと回っていた。一人はエイベルよりも四、五センチ背が低くてずんぐりとした体型。もう一人は珍しく背が高く、片足を引きずっていた。昔エイベルが読んでいたコミックに登場する、悪者の手下コンビを戯画化したような二人だった。

「ついてこい！」背の高いほうが言い、低いほうがエイベルの肩を乱暴に引っぱった。エイベルは、卵が五個入っているバッグを手放すまいときつく握りしめた。

背の高い男は苛立たしげに喉の奥を鳴らした。エンジンが唸るようだった。そして、重い軍靴を履いた足を持ち上げると、エイベルの膝の裏を蹴った。パキッという気分の悪くなるような音が聞こえた。そんな音をあげて硬くて熱い砂利を強打したのが、卵だったのか自分の膝だったのかは、はっきりしなかった。

兵士二人に両肩を掴まれて引きずられながら、エイベルは振り返った。身をかがめたブラザー・ルークが、舌を地面に押しつけていた。地面に吸い込まれかけている卵黄を舐めあげているところだった。

鶏小屋の中でうずくまっていると、ブーツの重い足音が聞こえてきた。いつものきつい体臭とむっとするような煙草の煙が、エイベルの鼻孔を突く。鶏小屋の奥に縮こまり、掛け金の掛かっている扉からできるかぎり離れようとする。その日は、作業の最中に膝が震え出したのだった。ただでさえ持ちにくい木箱の縁を掴んでいた両手から力が抜けかけて、エイベルは立ち止まった。箱を地面に置くと、目眩を鎮めるために、頭を膝のあいだに入れるようにしてうずくまった。二日間なにも食べていなかった。エイベルのあとに続いていた少年たちの列が、唐突に止まった。

「おい、立ち上がれよ」ラーマがエイベルの爪先を軽くつついた。「あいつが来るぞ」

「白人小僧」日本人の現場監督、アキロウ親方がマレー語で怒鳴った。「動け！」

エイベルは、自分の喉が締まるのを感じた。

「クズ白人めが！」親方は、エイベルに向かって突進して来た。両脇の下が汗でびしょ濡れになり、歪んだ唇がめくれ上がっていた。

エイベルは立ち上がり、痩せこけた身体で可能なかぎり背筋を伸ばした。そしてアキロウ親方を見下ろすようにして睨みつけ、「クズ日本人め」と呟いた。

それで鶏小屋に叩き込まれ、死にかけている雄鶏の傍らで血を流すはめになったのだ。

エイベルは、だれよりも背が高く色白だった。両の瞳は明るいグレーで、あなたの目には星空も映りそうね、と母親に言われたことがある。エイベルだけだった。両親の肌は濁ったコーヒー色だし、姉も妹もそうだ。ジュジューブの肌はさらに濃い色で、彼女はその事実を嘆いていた。

エイベル自身、色白の肌を気に入っていた。よちよち歩きの頃、母の腕に掴まっていると、年寄りの女性たちが道端で立ち止まっては撫でてくれたものだった。そしてこっそりと、大好きな梅のキャンディをくれたのだ。背が伸びてくると、道行く彼の姿を見てくすくす笑ったり、小突き合ったりしている女の子たちが現れた。その中には、年上の女子たちもいた。色白な肌、端正な顔つき、そして人懐こい笑顔のおかげで、エイベルはいつでもなんでも手に入れられた。人を惹きつける魅力というものについて、言葉をおぼえるはるか以前から理解していたのだ。

だがここ収容所においては、肌の白さが不幸をもたらした。直属の現場監督であるアキロウ親方は、エイベルを特に嫌悪した。思い描いてきた敵白人像に、最も近い姿をしていたからだろう。しかもアキロウ親方は、エイベルよりも痩せていて華奢だった。そんな男を、これほどまでにおそれなければならないという事実に、エイベルははらわたが煮えくりかえった。親方の小さく鋭い目を向けられるたびに、胃袋が飛び出そうになった。そして、その日口にできたほんのわずかな食料が喉元までこみ上げて、今にも噴出しそうになるのだった。

エイベルがやって来てから数日のあいだは、アキロウ親方のいじめは単純なものに留まっていた。

少年たちが列をなして穴を掘ったり重いものを運んだりしている傍らを歩いて行き、エイベルの近くに来ると、ライフルを地面に下ろして引きずりはじめる、といったようなことだ。それを彼の足に引っかけて、砂埃の中に転倒させようとしたのだ。やがて数日が数週間になり、数週間が数カ月になるにつれて、アキロウ親方はより手の込んだ虐待をするようになっていった。たとえば、ラーマと並んで立たせたことがあった。エイベルの色白の肌は日に焼けて赤くなり、泥汚れがまだらにこびりついていた。ラーマのほうは肩幅が広く、肌の色が浅黒い。そして指先には、傷とたこで白くなった部分が点在していた。

「こいつらの血はおなじ色だと思うか？　黒んぼと白んぼでよ？」アキロウ親方は一人呟いた。それから声を張りあげて、担当工区の少年と男たちに顔を上げさせた。「さあ、たしかめてみようじゃないか！」

エイベルは、ラーマのように気絶したかった。自分の腕に押し当てられたナイフの鈍い刃が、前後に引かれていた。親方は苛立っていた。なかなか血が流れないからだ。だがエイベルは悲鳴をあげなかった。舌を噛みしめて耐えた。それで、喉の中に血が流れ込んだ。

「おんなじだ！　こいつらの血はおんなじだぞ！」アキロウ親方は、エイベルとラーマの腕を掴み、試合に勝った選手のように高く持ち上げた。赤黒い血液が筋となって、二人の肘を流れていった。

エイベルは、鶏小屋の中からアキロウ親方のブーツを見つめた。色褪せて泥まみれになった爪先が、戸を蹴り開ける。ほかの少年たちが、夕食のために食堂に向かう時間だった。エイベルは、ぼろぼろになった自分の身体が、地面にねじれた影を落としていることに気づいた。無風で、空気はそよとも動かなかった。周囲では、蚊の大群が怒りに満ちた大合唱をしている。汚れたブーツが、エイベルの目の前で止まる。

「起きろ」親方のくぐもった声が聞こえた。

エイベルは顔を上げ、親方の鼻先を見つめた。アキロウ親方の顔から一粒の汗が滴り、嘘のようにエイベルの唇の上に落ちてきた。自分を痛めつける相手の身体から出た塩分と泥を、否応なく味わわされるはめになったのだ。

「起きんか」アキロウ親方はブーツをエイベルの身体の下にねじ込み、むりやり四つん這いの姿勢にさせた。親方のベルトのバックルがホルスターに当たり、金属音が夕暮れの静寂を切り裂く。これから起こることを悟り、エイベルの全身を恐怖が走り抜けた。それを呑み込もうとするかのように、蚊の羽音が大きくなる。親方のズボンが土埃で覆われた地面に落ち、エイベルはそよ風をかすかに感じた。そして扉のほうへ、死にかけている雄鶏のほうへと這って行こうとした。これから起こることから、なんとしてでも逃げ出したかった。だが親方は、エイベルのシャツを掴んで引き戻した。二羽の白い雌鶏がけたたましく啼いた。褐色の雌鶏はうつろな目でエイベルを見つめている。わかっているような目だ。アキロウ親方のペニスに身体の内側を擦られながら、エイベルは呟きを耳にする。「白人女とおなじだ。白人女とおなじだ」鶏小屋の扉の隙間から、遠くに沈みつつあるオレンジ色の太陽が見えた。エイベルは、倒れ込まないようにと膝に力を入れた。

第四章

ジュジューブ

ビンタン地区（クアラルンプール）

1945年8月16日

日本占領下のマラヤ

ジュジューブは、ティーハウスで苦しい一日を過ごしていた。苦しい一日ははじめてではない。かれこれ一年間は、そのティーハウスで働いているからだ。いやらしい視線や粗野な態度、乱暴な言葉くらいのものであれば、常連客の兵士たちの無作法にも慣れた。だがここ数週間は、雰囲気の変化が感じ取れた。まるで決壊寸前のダムのように、緊張が高まっていたのだ。

ティーハウスの中央にあるテーブルに、三人の兵士が座っていた。みな肩を落とし、どんよりとした目つきだった。

「おれたちは見棄てられたってわけだ。こんな地の果てでくたばれってか」がっしりとした体格で、円形脱毛症の兵士がそう言った。三人は、ジュジューブが日本語を理解できないと思い込んでいる。「爆撃してきたところで、アメ公なんか、わが軍の目じゃねえ」もう一人の若い兵士が、期待を込めて言う。

「どっちみち、おれたちは飲むってわけさ」三人目はそう呟くと濁った色の液体が入ったボトルを取り出し、回し飲みをはじめた。

ジュジューブは為す術もなく、ティーハウスの支配人であるドライサーミのほうを見た。時刻はまだ十一時だったし、店内での飲酒は禁止していたからだ。酒の匂いがつんと鼻を刺した。闇市で買ってきたのだろう、とジュジューブは考えた。今日日《きょうび》、そうでもしないとなかなか手に入らないからだ。ドライサーミは首を振った。〝放っておけ〟と口だけを動かして伝えてくる。ジュジューブはうなずいた。ドライサーミは正しい。兵士たちを叱責しても、良いことはなにもない。

その前の週、八月九日の晩に家族で食卓についた瞬間、父親が興奮して叫び声をあげた。植木鉢の中に隠してあった禁制品のラジオが、パチパチと音をたてていた。雑音がなくなると、声が聞こえてきた。アメリカ軍が長崎に原子爆弾を投下したと伝えるニュースだった。隣家のアンドリュー・カルヴァーリョが家に飛び込んで来て、電報を振り回した。板金工場で父の横に立って働いている人物だ。「キノコのかたちの雲が見えたらしいぞ！　町は全滅だ！」カルヴァーリョ氏は、父を立たせるためにその手を引いた。

「アメリカ軍か！」父はそう応えながら、よろよろと床から起きあがった。「アメリカ軍が勝ったら、私はアメリカに行ってトルーマン大統領と握手するぞ」

男たち二人は食事も忘れてラジオのそばに立ち尽くした。ジャスミンは姉に向かってウィンクをしながら、父の皿に残っていた料理を自分の皿に移した。

「お母さん、どうしようか？　晩ごはん、下げる？」とジュジューブが言う。

だが母の姿は消えていた。足音が廊下を進んでいき、寝室の扉が音をたてて閉まる。ジュジューブはため息をつきながら皿を重ね、食卓を片づけはじめた。そうして一人で家事をこなしていった。いつものように。

兵士たちのテーブルから目を逸らしてティーハウスの厨房に戻りかけると、ジュジューブの耳に低い囁きが届いた。「ごめんなさい。彼ら、恥ずかしいです」ジュジューブお気に入りの常連客、タカハシ氏が英語の時制につまずきながら話す声だ。

タカハシ氏がはじめて店に来たのは、去年の一二月、雨の降る日のことだった。ジュジューブがそこで働きはじめて三カ月ほどが過ぎていた。エプロンの紐を掴んだり、足許に唾を吐きかけてきたりする兵士たちとは違って、タカハシ氏は恥ずかしそうにテーブルの上を見つめたまま、日本語訛りの英語を話した。「私の名前はタカハシです」そして通りの向こうを指差し、「私は教えます。あちらの学校で」と言った。

それから何日間か、ジュジューブは、厨房とホールを隔てるガラス窓越しに彼の姿を観察した。兵士たちは、がたの来ている低い木製のテーブルに集まっていた。タカハシ氏はそこを避け、片隅にある小さな緑のテーブルを好んでいることに、ジュジューブは気づいた。騒々しい兵士たちから少し離れた位置だ。タカハシ氏は、毎日おなじ茶色のブレザーを着ていた。袖口は擦り切れ、脇の下は汗で黒ずんでいた。いつもひとりで、うわの空のまま地元の新聞をパラパラとめくったあと、指についたインクを灰色のズボンで拭った。あの汚れ、自分で落とせるのかな、とジュジューブはふと思った。背丈は、彼女よりほんの四、五センチほど高いだけで、まばらな口髭にはわずかに白いものが交ざっていた。両耳が普通の人よりちょっと前に向いてて、それがほんの少し目と離れ過ぎているかんじの太い眉毛とあいまって、ちょっとフクロウみたいな雰囲気の人なんだよ。ジュジューブは、のちにジャスミンにそう話したものだった。ジュジューブがお茶を注ぐと、必ず英語で「お願いします」、「ありがとう」と言った。

ある日、ジュジューブがテーブルのそばを通り過ぎようとすると、タカハシ氏がティーカップの縁から目を上げて、はにかみながらマレー語で話しかけてきた。「アパ・コバー？」

「カバー」とジュジューブは思わず訂正した。

以来毎朝、タカハシ氏は店に入って来ると、「お元気ですか《アパ・カバー》」とやわらかく軽快な調子でジュジューブに挨拶するようになった。そんな彼に、ジュジューブは自分でも気づかないうちにうなずき返していた。そしてある日、「元気です《カバー・バイッ》」と挨拶を返している自分に驚いたのだった。

タカハシ氏の目は子どものように輝いた。「元気です、私も！」

店に来るようになって二週間ほど過ぎた頃、タカハシ氏は手を振って、ジュジューブを招き寄せた。

「紅茶のお代わりですか？」ジュジューブはそう尋ねながら、手にした装飾付きの青いケトルをもう片方の手で指差した。注ぎ口からは湯気が上っていた。

「あなたにあげてもいいですか？」とタカハシ氏は尋ねた。目が合うと視線を手もとに移し、ティーカップの下のソーサーをジュジューブに見せる。すると、赤い食糧配給券のよれよれになった角が目に入った。

「あなたに」と彼はほほえんだ。「クリスマスのプレゼントに」

ジュジューブの家族に支給される食糧配給券は、一週間につき一枚だった。四分の一袋の米と交換できる。この二年間は、どこの家族もそうだった。苦しい闘いだった。弟と妹の腹が鳴り、その音が隣の部屋まで聞こえてきたこともあった。母は、ねっとりとしたキャッサバの根を米に混ぜるという方法に凝っていた。そうすると、ごわごわとべたついた食感になる。ジュジューブはそれが嫌いだった。たしかに胃袋は満たされた。だから、胃酸で穴が開きそうな感覚はなくなったが、なにもかもが糊の味になった。

失踪する前のエイベルは、そのことに延々と不満を漏らしていた。毎日新しい理由を思いついては、どうにかして母親を説得し、キャッサバの根を米に混ぜるのをやめさせようとしたのだ。「かあさん」とごねたものだった。「キャッサバの根って危険だって知ってた?」

「まったく。お母さんだって昨日今日生まれたわけじゃないんだからね」母はあきれ顔でそう言うと、エイベルを引き寄せて抱きしめた。

「かあさん」弟は悲鳴をあげて母の腕から逃れた。そして、「シアン化物が入ってるんだよ! みんな毒殺されるよ」と言いながら口の端から舌をだらりと垂らし、漫画の登場人物のような表情をしてみせた。「死んじゃうんだからね!」

「ちゃんと毒抜きしないで食べたりした場合はね、おばかさん。さあ、洗いものを手伝って」

タカハシ氏の赤い配給券があれば、食糧が倍になる。ジュジューブの口の中にじわりと唾が湧いた。ふかふかに炊き上がったご飯を思い浮かべたのだ。カレーや香辛料を吸ったご飯、べったりと固まったりしないご飯、呑み込む時に喉の奥をぐぐっと押し広げるようにして下っていくご飯。ジュジューブはソーサーの上にある配給券を掴み取り、掌の中で潰すと厨房に向かって歩きはじめた。そこで立ち止まり、「ありがとう」と言う。こちらに向けられたタカハシ氏の笑顔が、背中で感じられた。

それからは、二、三日おきに新しいプレゼントを持ってきてくれるようになった。本のこともあった。絵がたくさん載っている子ども向けの本は、ジャスミンのお気に入りになった。小説の時もあった。『スイスのロビンソン』や『ジェーン・エア』といった古典を、ジュジューブはむさぼり読んだ。何メートルもの綿布を持ってきてくれたこともあり、その時には母が家族全員に新しいシャツを作ってくれた。木彫りの亀や磁器の灰皿といった、きれいではあっても役に立たない装飾品のこともあった。だが、最高なのは水曜日だった。毎週水曜日の朝になると、タカハシ氏は、端のよれた赤い食糧配給券を一枚持ってティーハウスにやって来たからだ。そして毎週水曜日の晩は、家族全員で王侯貴族のような食事にありついた。ジャスミンは口を大きく開けて笑い、血色の悪い肌に皺ができた。そして運が良ければ、母親が満面の笑みを浮かべることすらあった。

最初のうちは、ほかの連中同様セックスを求めているのだとジュジューブは考えた。ある日ティーハウスの奥に連れて行かれて、ぐしょ濡れの生塵の上に押し倒されて、ナイフを首筋に当てられるなんてことが起こったらどうしよう。ジュジューブは、母親にそう相談したことがある。母の答えは簡潔だった。「じっとするの」最初の数週間、タカハシ氏が見返りを要求してくるのを、ジュジューブは待ち構えた。両手が震えた。だが、タカハシ氏は話をするばかりだった。鼻先に湯気を受けながら紅茶をすすり、あれやこれやとおしゃべりした。ジェーン・エアとロチェスター氏との関係について議論したこともあれば（ジュジューブはロマンティックだと思い、タカハシ氏は不適切だと感じた）、長崎にいるタカハシ氏の家族について話してくれたこともある（三菱重工業の工場で働いていて、船や弾薬を造っている。腕の良い金属加工職人の一家だったのだ。タカハシ氏だけが例外で、いつも本ばかり読んでいることをからかわれたものだった）。そうして十時二十分になると、タカハシ氏は急に立ち上がる。「休み時間は終わりです！」そう宣言すると最後の紅茶を飲み干し、学校へと戻っていった。

兵士たちが怒鳴り声をあげた。酔っ払いの口論が、ティーハウス中に響きわたる。
「心配、ありません」立ち上がりながら、タカハシ氏がそう言う。
「学校に戻られるのですか?」とジュジューブが尋ねる。
「はい。また明日会いましょう」タカハシ氏はそう応えた。

❖

正直に言えば、タカハシ氏を好きになりたくはなかった。もちろん、日本人の中にも良い人がいるとは聞いていた。家捜しをし、その家の住人を全員退去させろとの命令を受けた時に、一家のいちばん下の赤ん坊を塵取《ちりと》りの下に隠すことで救った軍曹のこと。あるいは、若い慰安婦に無害なウイルスを注射した医師のこと。兵士たちにいやがられる程度に発疹させることで、慰安所に送り返されないようにしたのだ。そして今度はタカハシ氏だ。だが、親切にすれば大規模な暴力行為が許されるというわけではない。親切にされてもエイベルは戻ってこないし、親切にされてもジュジューブの身の安全が保障されるわけではないのだ。わたしは利用しているだけ、自分にそう言い聞かせた。家族の命を支える赤い配給券を、うまく手に入れようとしているだけなんだから、と。

それに、タカハシ氏には堅苦しいところがあった。意外な瞬間に、いかにも学校教師然とした態度が表に飛び出てきたのだ。二人の不思議な友情がはじまって六カ月経った頃、戦争が終わったらなにがしたいですか?と訊かれたことがあった。ジュジューブはぎくりとした。自分についてじっくりと考えたことがなかったのだ。ジャスミンには、学校に戻らせたかった。エイベルが失踪する前、息子には公務員になってもらいたいと母が願っていたことは知っていた。安定した安全な仕事だし、狭くても充分に使える土地が供与される。そうしたらそこに家を建てて、自分の家族を持つことができる。でも、わたし自身のこと? ジュジューブは、タカハシ氏の質問に対して肩をすくめてみせた。学校に通うには年を取りすぎているかもしれないし、結婚している自分の姿など想像できなかった。どうでもいい。自分のことはどうでもよかったのだ。そもそも、戦争がいつ終わるのかなど、だれにもわからないのだから。

ジュジューブが肩をすくめるのを見て、タカハシ氏の目がきらりと光った。「自分のことをもっと考えなければ」と彼は言い、ジュジューブを驚かせた。「あなたは科学者にだって、ジャーナリストにだってなれる。そのために必要なのは……」そこで言葉を探しあぐね、日本語でこう話したのだ。

「……学歴です」

それから、椅子を背後に押し出しながら立ち上がると、声を張りあげた。「この戦争を生き延びたあと、死んだような人生を送るなんてだめです」額には、汗の粒が無数に浮き出ていた。

ケトルを持つ手がぬるぬるになったように感じた。今にも滑りそうだった。ぜったいに落としちゃだめ、ジュジューブは自分を戒めた。「タカハシさん、その、怒らせるつもりはなかったんです。ごめんなさい」と囁いた。

それでなくても息苦しかったティーハウスの中の空気が、さらに重くなったようだった。ほかの客はほとんどが兵士たちだった。彼らはティーカップを下ろし、二人を見やった。不揃いな口髭を生やしている兵士が、武器に手を伸ばした。

「ごめんなさい。わたし……わたし、どうしたらいいんでしょうか」ジュジューブは懇願するように尋ねた。こちらに向かってくる兵士の気配を感じた。

ドライサーミが、厨房の窓の向こうで必死に手を振っている。問題を起こすんじゃない、ドライサーミの目はそう訴えていた。

タカハシ氏はのろのろと腰を下ろし、歩み寄ろうとしていた兵士に首を振ってみせた。「必要ありません」それからジュジューブに向きなおった。タカハシ氏の目には、暗い後悔の色があった。「ごめんなさい」と彼は言った。「娘が長崎にいます。うちは二人だけ。母親はもういない。娘は、あなたと娘は――英語でどう言うのでしたかね――似ています」

それから何カ月も過ぎていくあいだに、タカハシ氏との会話は恒例の日課となり、そのまま続いていった。ジュジューブを座らせ、いっしょにシェイクスピアを読み上げることもあった。そんなときタカハシ氏は、〈まことに《フォスース》〉のような単語の発音につまずいた。長崎に住む娘に宛てた手紙を英語で書くこともあった（「英語を学んでもらいたいのです！」と彼は話した）。タカハシ氏は心配していた。娘からの返信がほとんど届かなくなっていたからだ。手紙が向こうに届いていないのだろうか？　郵便機が撃ち落とされたのだろうか？　それでもタカハシ氏は一途に書いた。ティーハウスの扇風機が音をたてる中、ジュジューブを呼び寄せては思い出せない単語について質問をした。「子どもが大きくなって大人になることを、なんて言うのでしたかね？」（「成長する《マチュア》」とジュジューブは答えたものだった)。書き上げた手紙を読ませることもあった。

「もっと愛情を感じてほしいのです。父から娘への」とタカハシ氏が言う。「愛情表現の方法は、教師になるための勉強では学びませんでした」

ジュジューブは答えた。「こうつけ加えるんです。〈おまえがいなくて寂しいよ〉って」

❖

うちの中も状況は良くなかった。エイベルがいなくなってから二カ月後、戸口に二人組の兵士が現れて、扉を力任せに叩いた。土気色の顔をした父が応対した。

「クーニャンはいるか?」《アダ・クーニャン・カー》一人がマレー語でそう言いながら、ライフルを地面に打ちつけてコツコツと音をたてた。

ジャスミンは、料理の手伝いをするために、キッチンで玉ねぎを刻んでいた。その手を止めてジュジューブのほうを振り返ると、「お姉、〈クーニャン〉ってなに?」と尋ねる。

「地下に。早く」ジュジューブはそう囁きながらジャスミンの腕を掴むと、不安定な木製の階段を下りた。父が作った狭い地下室へと続いているのだ。家に略奪が入った時に、貴重品や食糧を隠すための場所だった。カチリという音とともに、母が頭上の扉を閉める。一分後、軍靴の重い足音が聞こえてきた。

「娘はいるのか?」

ジャスミンは口を大きく開けて泣き出しそうな表情になった。ジュジューブはそれを掌で塞ぐ。

「いません。うちは男の子だけです。隣家を確認されてはいかがでしょう?」上のほうで父親の声が響いた。その揺るぎない口調に、ジュジューブは感銘を受けた。声にはしっかりとした芯が通っていて、戦争前の父を思わせた。説得力があって、こわいもの知らずだった父の。それが今では、いつでも咳をしていて、足を引きずるように家の中を移動するのが常だった。顔には不安の皺が深く刻まれている。うちは運が良いんだぞ。イギリス人の同僚たちはほとんどチャンギ刑務所に送られたし、中には途中で殺された人だっているんだ。父は家族に向かってそう話したものだが、言葉に反して、ありがたがっているようには聞こえなかった。悲しみでうつろに響いただけだった。

ジュジューブは、慰安婦のことは知っていた。南京大虐殺のあと、日本軍は占領地域での兵士たちによる強姦を防ごうと考えた。そこで、町や村に繰り出す許可を兵士らに与えるのではなく、女性たちのほうを〈慰安所〉へと送り込み、兵士がそこで性衝動を満たせるようにしたのだ。最初のうちジュジューブは、肌着を二枚重ねてできるだけ胸を平らに見せようとした。だが間もなく、思春期前の幼い少女のほうが好まれていることを知った。扱いやすいうえに妊娠しないからだ。粗暴な兵士たちが近隣を歩き回り、扉を叩いた。そして、「姑娘《クーニャン》」と言うのだった。「若い娘を差し出せ」と。

数分が数時間にも感じられた。だがすぐに、玄関の扉が音をたてて閉まった。母は乱暴にジャスミンの肩を掴むと、バケツの上に座らせた。

「セシリー」と父が懇願する。「よすんだ」

「これ以上、一人も失いたくない」母は泣きながら鋏を手に取り、ジャスミンのつややかな黒髪をすべて切り落とした。年齢以上の勇気と分別を身につけているジャスミンは、目をしばたたかせて涙をこらえながら、ジュジューブの手を握りしめた。その日から、ジャスミンはエイベルの着古しを着るようになった。埃だらけのズボンと、大きな白シャツだ。そして、外出を禁じられた。

その夜、ジュジューブは添い寝しながらジャスミンを抱きしめた。そして、不揃いに短く刈られた妹の髪に指を走らせた。ジャスミンは音をたてずに泣いていた。濡れた頬に触れてみないかぎり、泣いていることがわからないほど静かだった。ジュジューブは自分の指を妹の左手の指に添えて、窓の外に広がる星空に向けた。

「遠くで戦ってくれてる人たちがいるんだよ、わたしたちのために」ジュジューブはそう語りかけながら、空いているほうの手で妹の丸刈りの頭に触れた。

「どこで？」ジャスミンが囁く。「どこで戦ってるの？」

「ノルマンディ」ジュジューブは心許なげに答えた。「ダンケルク。アントワープ」

「アント――」ジャスミンが囁いた。「アント――なに？」

「アン、トワープ。トワープの意味、知ってる？」

ジャスミンが首を振った。

「トワープっていうのは、おばかさんのこと。ジャスミンみたいな！」ジュジューブは二本指で妹をくすぐった。ジャスミンは涙を流しながらくすくすと笑った。

わたしたち、忘れられたのかも、とジュジューブは考えた。ヨーロッパの前線のおかしな名前の土地、地図では確認できるけれど、どんなところかまったく想像がつかない場所で戦っている人たちからは。もしかするとわたしやジャスミン、エイベルみたいな人間のことはどうでもいいのかもしれない――アジアの東の果ての熱帯地方で生きている人間たちが、自分たちとほとんどおなじ顔つきの連中に痛めつけられていても。

夕暮れの訪れとともに、ティーハウスにいる兵士たちはますます荒れていき、ついには何人かが床一面に嘔吐するまでにいたった。胆汁の臭いが生暖かい空気を満たした。ドライサーミは、千鳥足の兵士たちが出ていくのに手を貸し、ジュジューブに灰色のモップを手渡した。

「仕事はわかってるな」そう言いながら、床に筋を描くようにして広がっている汚物を顎で指す。「出る時に施錠を忘れないように」

ジュジューブはまず時計の針に目をやり、それから沈みつつあるオレンジ色の太陽を見つめる。恐怖に喉が締まった。目がちくちくした。だが、泣いている暇はない。さっさと片づけて帰宅しなければ。家までの道のりはまっすぐだ。ゆっくり歩いても二十分はかからない。しかし、夜になると日本兵が街路を巡回しはじめる。夜間外出禁止令に違反し、八時以降に出歩いている者は例外なく捕らえられるのだ。

ジュジューブはバケツに水を満たし、くたびれた灰色のモップをそれに浸した。可能なかぎりの速さで掃除を進めていると、腕が痛んだ。そこへ、聞き慣れたおだやかな声が響いた。「学校のあとで来ました。あなたが遅くならないために、私の手助けが必要と思いました。夜間外出禁止令のためです」タカハシ氏はそう話した。

「どこから入って来たんですか?」

タカハシ氏は、鍵のかかっていない裏口を指差した。「ジュジューブ、今度から扉を閉めること。

安全のためです」

「でもそんなことさせるわけには――」ジュジューブは抵抗を示した。客に、しかも常連客にモップを渡して手伝わせたなどとドライサーミに知られたら、首にされる。

「だれにも話しません。秘密です」タカハシ氏は、人差し指を唇に当ててそう言った。

モップがけを終えると、日は完全に沈んでいた。ジュジューブは赤い革ベルトの腕時計をちらりと見た――八時十分前。腕時計は、両親が贈ったものだった。何年か前に、学校の統一試験でオールAを取ったご褒美だ。だがもちろん、今はもう学校などない。ジュジューブの学校は、イギリス人の設立したほかの多くの学校同様、日本軍によって尋問所に転用されていた。かつて明るかった窓は黒々とした影の中に沈み、校舎の横を歩いていると、血液と汗の酸っぱい臭いが隙間から漏れ出ているのを感じた。フジワラ将軍は兵士たちを送り出し、町中を巡回させていた。疑わしいとされた者――たとえば頭を下げる角度が浅過ぎたり、不遜な目つきを向けたとされたりした人々は、尋問所のじめつく部屋に放り込まれ、どんな内容のものであれ、とにかく自白するまで打ちのめされることになった。

イギリス人が戻ってきて、日本人など塵屑《ごみくず》のように片づけてくれるさ。日本軍がやって来た当初、献身的な大英帝国信奉者である父は、家族にそう話して聞かせたものだった。だがその希望も、占領六カ月目に板金工場での労働を命じられると同時に失われたようだった。切断されたばかりの鋭く尖った金属板を大量に抱えて運ぶため、今や両手は切り傷だらけだし、耳障りな咳が止まらなくなっていた。反抗的な態度を取る父の姿は、遠い昔の記憶となったのだ。財布の中には天皇裕仁の写真を入れて、日本人への忠誠の証しとして持ち歩いている。兵士を見かけると、必ず頭が地面に触れそうなほど深々と首《こうべ》を垂れた。ジュジューブにしてみると、それこそがほんとうの裏切りのように思えた。

ジュジューブは、いくつか開設された日本語学校に通うのを拒絶した。言葉など習いたくもなかった。日本語で挨拶をするたびに、喉の奥に苦い胆汁がこみ上げるのを感じた。もちろん、さりげなく巧みに抵抗する者もいた。日本兵に向かって「おはようございます」と挨拶する代わりに、エイベルは頭を下げながらこう呟いたものだった。「おはようおれのケツ洗え《ゴーツッ・マイアース》」。それを聞いたジャスミンは、いつもくすくす笑った。だが、ジュジューブはエイベルの痩せた腕をつねりたくなった。悪ふざけに命をかけるなんて、意味ある？　エイベルのことを思うと、ジュジューブの胸はきりきりと痛んだ。耐えようと、一瞬目を閉じる。

「ジュジューブ？」とタカハシ氏が言った。「仕事、終わりましたか？」

エプロンを外しながら、「鍵をかけなくちゃ」とジュジューブは応える。

「行きましょう」とタカハシ氏が言う。「私が送ります。そのほうが安全です」

「いけません」とジュジューブは断る。タカハシ氏は年を取っている。いっしょに歩いては速度が落ちる。

「いっしょに行きます」とタカハシ氏は食い下がった。

ジュジューブはしかたなく受け入れた。議論をしている時間はない。

五日前、タカハシ氏は土気色の顔をしてティーハウスに現れた。エイベルが帰ってこなかった晩にジュジューブが目にした、母の顔色とおなじだった。いつものテーブルにつくと、手を振ってジュジューブを呼び寄せるでもなく、ただ目をしばたたかせながら、傷だらけの木のテーブルを見つめた。左の肩がぴくぴくと引きつっていた。

「お茶をお持ちしますか？」とジュジューブは尋ねた。

タカハシ氏は、追い払うように片腕を上げかけた。だが、その意志も失ったというようにすぐに下ろした。「彼らに……彼らにやられたんです、ジュジューブ。私の娘です。爆弾……彼らが言うにはだれひとり……」

タカハシ氏の苦しみようが、ジュジューブには興味深かった。母の目からは光が消えてしまっていたが、タカハシ氏の目は狂気じみた光を放ちながら眼窩《がんか》の中で激しく動き回っていた。彼は立ち上がると、行きつ戻りつしはじめた。靴ではなく青いサンダルを履き、しかも片方の靴下しか履いていないことにジュジューブは気づいた。

「アメリカ人はなぜこんなことを？　なんの罪もない人たちがいるのですよ。罪のない人たちが！」タカハシ氏の声が震えた。そしてジュジューブは、われ知らず哀れみを感じていた。「将軍に手紙を書きます。可能性があります。小さな可能性です。もしかしたら娘はどこか別の場所にいたかもしれない。もしかしたら……」

その時、ジュジューブはなにが違うのかを理解した。母の目からはいっさいの希望が失われていた。だがタカハシ氏は、まだ完全には打ちのめされていなかった。そこが母との差だ。タカハシ氏は、もしかしたら娘はまだ生きているかもしれないと信じることができるのだ。

「きっと大丈夫です」ジュジューブは、そう言いながら紅茶を注いだ。「信じることです」

結局のところ、この人たちにはまだ希望を持つ余裕があるということだ。

タカハシ氏は、ティーハウスに毎日通い続けた。知り合い全員に宛てて手紙を書いた。大使、将軍、友人、親戚。英語と日本語で書いた。ジュジューブは英語の手紙に目を通した。

「非常に緊急のことで一筆申し上げます」とタカハシ氏が書く。

「緊急を要する件」ジュジューブはそう訂正しながら、紅茶のお代わりを注いだ。

「緊急を要する」タカハシ氏はそう走り書きをしてから顔を上げ、感謝を込めて彼女を見つめた。

「あなたは私の希望です」

⁂

二人は沈黙したまま歩いた。ジュジューブは兵士たちの姿に目を光らせながら、礼を失しないぎりぎりの速度で先を急いだ。突如として、足下の地面がごうごうと鳴りはじめた。ジュジューブは土の上に身を伏せた。必要に迫られて身についた反射神経だった。

「伏せて」と声を張りあげる。「地面に伏せるんです!」

タカハシ氏もジュジューブを真似て埃っぽい道路に伏せると、二人は空襲に備えた。もし家にいる時だったら、頭上に爆撃機が迫る中、瓦礫に押しつぶされて死なないように家族全員で外に飛び出ていたところだ。戦闘機というものは、わたしたちの頭に影を落としながら真上を飛んでいる時は、まだそれほど危なくないのよ。実際にいちばん危険なのは、斜め前を飛んでいる時。飛行機のテールから出てきた爆弾は一定の角度で落ちてきて、進行方向にあるものをなにもかも破壊するから。それが母の教えだった。

ジュジューブの頬の下で地面は振動し続けていたが、やがてそれも止まった。夜空は暗いままだった。

「ただの低空飛行ですね」ジュジューブはそう言いながら立ち上がると、服についた土をはたき落とした。そして、タカハシ氏を引き起こす。その両肩は震えていた。「心配しなくて大丈夫。空襲ではなかったんです」

「ありがとう」タカハシ氏はそう言いながら、自分の身体をはたいた。「どうして対処法を知っているのですか?」

ジュジューブは、どう返答すればよいかわからなかった。どう話せば伝わるのだろう。空襲が終わるとジュジューブとその家族は立ち上がり、お互いの背後を見わたしては、どの隣人の家が無事で、どの家が吹き飛ばされたのかを確認するのが常なのだということが。そして足で瓦礫を突《つつ》きながら、友人や親戚の身体の一部でも、あるいはそれ以外のなんでもいいからなにか見つからないかと探すのだ。きちんと埋葬をするために。

「どう思いますか——?　こういうかんじだったと……思いますか?　長崎でも」そう話すタカハシ氏の声は震えていた。

「行きましょう」とジュジューブは言った。

前方で明かりが光った。検問所だ。兵士たちが群れをなし、人々の長い行列を検《あらた》めている。弾薬やナイフ、闇市で手に入れた薬品や食糧といった物資を隠し持っている者を探しているのだ。ゲートに近づいていくと、一人の兵士がジュジューブの腕を乱暴に引っぱり、肩をねじった。明日には痛みが出るだろう。

「遅いぞ！　貴様のような婦女子が外出禁止時刻を過ぎて外にいると、どんな目に遭うかわかってるのか？」兵士は懐中電灯をジュジューブの胸元に向け、上から下へと全身を睨《ね》め回した。

ジュジューブは下唇を噛みしめた。こいつの前でだけは震えたくない。この青ざめて怒りに満ちた男。こいつは、わたしの着ているゆったりとした服に、少しでも膨らんだところがないかと必死に探している。汚らわしい手でわたしの身体に触れたくてしかたがないんだ。

「ご心配は無用です」タカハシ氏の日本語が聞こえた。「この子は私の連れなのです」

「年長者への礼儀がなっとらんな。頭を下げろ」兵士がジュジューブに向かって言う。そしてタカハシ氏には、「ご主人、こんな奴があなたとなにをしてるというのです？」と問いかけた。

ジュジューブの身体は怒りで熱くなった。すべきことは理解している。だが、身体が言うことを聞かなかった。頭を下げる代わりに、ジュジューブは反抗的に胸を反らしていた。背中がこわばっていた。

「頭を下げて」タカハシ氏は、強い調子の日本語で言った。そして骨張った長い指で、ジュジューブの背中を押す。タカハシ氏に触れられたのはそれがはじめてだった。彼は声をやわらげ、「お願いです。頭を下げてください」と懇願した。

タカハシ氏の言うとおりだ。うちの家族にはわたしが必要だ。これ以上の不幸に、あの人たちは耐えられない。歯を噛みしめながら、ジュジューブは深々と頭を下げた。土埃に触れそうなほどの角度だった。だが、懐中電灯が頭上のどこかに向けられている隙に、兵士の軍靴の傍らを目がけて、静かに唾を一筋、吐いてやった。

兵士は、ジュジューブの髪を引いて顔を上げさせた。「失せろ」そう言いながら、バリケードの向こうへと彼女を押し出した。

ジュジューブが振り返ると、手を振っていたタカハシ氏が踵を返し、ゆっくりと歩み去るところだった。

第五章

ジャスミン

ビンタン地区（クアラルンプール）

1945年8月16日

日本占領下のマラヤ

「ミーニ！　イーニー、ミーニー！」日本人少女の聞き慣れた甲高い声が、ジャスミンの耳に飛び込んできた。ジュジューブと二人で手足をからめるようにして寝ているベッドの上には窓があり、開いたままになっていた。

「出ておいでよ」囁き声がそう言った。

姉と寝ていると、いつの間にか足がからみ合っている。ジャスミンは熟練の動きで、まずは左の足首を、次に右の足首を引き抜いていく。その夜、雲のかかった月から届く明かりはほんのわずかだった。だがジャスミンは暗闇で過ごすことに慣れている。パジャマを腰までたくし上げ、猫のようにひそやかに玄関の門扉に向かうと、それを乗り越えた。

「ユキ！　シーッ！　うるさいよ。見つかっちゃうって！」とジャスミンは叱りつける。

「眠れなかったの。ウーンおばさんが扇風機つけてくれないから、すごく暑くて」ユキは大げさに自分を扇いでみせる。着ている黄色いパジャマが大き過ぎて、腕の下で束になっていた。

ジャスミンは目玉をぐるりと回してあきれ顔をする。でも、ユキに対してずっと腹を立てたままでいることなど、できたためしがなかった。

◆

ユキと出会ったのは一月で、兄が失踪するほんの数週間前のことだった。その日、ジャスミンはエイベルに連れられて薬屋を訪れた。父の咳に効くものがないかと探しに行ったのだ。焼け付くように暑い午後だったことをおぼえている。空はどこまでも広がり、珍しく雲一つ浮いていなかった。二人で歩きながら、ジャスミンは鼻を上げて蒸し暑い空気を吸い込んだ。自分の名前とおなじ、ジャスミンの花の甘い香りがした。そこに、泥水の饐《す》えた臭いが混ざる。タリーム川とメーボー川の合流地点にある澱《よど》みから立ちのぼってきているのだ。エイベルは、妹が匂いを嗅いでいる姿を見やり、くすくすと笑った。

「おかしなやつだな」そしてジャスミンの鼻先をつまむ。

「エイベル！　やめてよ！」ジャスミンはそう言い、エイベルの指先から鼻を引き抜いた。

「じゃあ、犬みたいにクンクン嗅ぐのはやめろよな、ランサ」エイベルはそう言い、妹につけたあだ名をもごもごとつけ足す。ランサというのは、かつていっしょに食べていた果物の名前だった。外側の皮を少しだけ齧って穴を開け、中にある透明な果肉を押し出す。その食べかたを教えたのはエイベルだった。山盛りにしたランサを、指がべとべとになるまで二人でむしゃむしゃと食べたものだった。だがもちろん、それは戦争前の話だ。

薬屋に着くと、エイベルは必要以上に長々とカウンターに留まった。ふっくらとした体つきの助手、ペク・ルンが働いている時には、兄はいつでも長居するのだ。ジャスミンはそのことに気がついていた。

「今日は髪を結んでるんだね」エイベルがペク・ルンに話しかけるのが聞こえた。声に神経質な震えがあった。

ジャスミンは笑いをこらえた。ちょっと馬鹿みたいに見えるけれど、兄の笑顔が好きだった。最近では、みんなほとんど笑顔を見せなくなってしまった。ジュジューブなんて、いつも口元をぎゅっと締めたまま歩き回っている。笑いかたを忘れちゃったのかも、とジャスミンは疑っていた。姉がいなくなったようで寂しかった。以前の姉に会いたかった。ジュジューブはよく、身をかがめては頭と手の指先を前に突き出して、ジャスミンのお腹に突進してきたものだった。ジャスミンは全身の力が抜けるまでくすぐられて笑いが止まらなくなり、クッションの上に倒れ込むのが常だった。なのに、今の姉がすることといったら、ジャスミンの手をぎゅっと握りしめることくらいなのだから。そのたびにジャスミンの掌には、爪の痕が残った。

「ボードーなの？　その人って」

声が聞こえてきて、ジャスミンはあたりを見回した。兄のことを〝お馬鹿さん《ボードー》〟と呼ぶのはだれなんだろう？　ジャスミンとジュジューブだけに許された特権のはずなのに。たしかに、エイベルはちょっと変わってる。だが最近の母をくすくす笑いさせられるのは、兄の繰り出すジョークや、ジャスミンのお気に入りのコミック本に出てくるキリンのレーアーのもの真似をする兄の姿だけなのだ。

振り返ると、目の前にはひどく不思議な見た目の少女がいた。その子の顔の右半分はきれいだった。通りを歩いている数少ない日本人女性たちがみな持っている紙のように白くなめらかな肌で、細く整った薄い眉毛が一重瞼の上を走っている。だが顔の左半分は、ゴムベラで押し潰されたようになっていた。そちら側の肌は浅黒くざらざらに荒れていて、頬には無数の筋が入っていた。そして左目は、目尻の側に引っぱられているように見えた。ジャスミンは思わず後ずさりしそうになった。だがそんな自分を抑え、その子の気分を害さないようにじっとその場に立ち続けた。

「ジャスミン、そろそろ帰ろうか」エイベルに声をかけられ、ジャスミンは兄に駆け寄った。

その不思議で生意気な少女は、家に向かう二人のあとについてきた。ジャスミンは、背後でせわしなく動くその姿に気づいていた。二人が角で立ち止まるたびに、少女も止まったり動いたりしていたのだ。

エイベルは、ペク・ルンと交わした会話のせいでぼんやりしていて、少女には気づいていなかった。ジャスミンもなにも言わなかった。家の前に着いたところで振り返ると、少女の姿は消えていた。

そして五月、エイベルがいなくなってから三カ月後、少女は家にやって来た。窓の下で縮こまり、姉に密着して寝ていたジャスミンの耳に、囁き声が聞こえたのだ。「起きて！」

ジュジューブの腕の中から抜け出して窓台から外を覗くと、あの不思議な少女が真下に立っていた。頭は、窓枠に届くか届かないかの高さのところにあった。

「出てきなよ」と少女が言った。「遊ぼう」

ジャスミンはその子を訝しげに見つめた。窓のところで吸う夜の空気は、ひんやりとしていて気持ちよかった。斜めに傾いた月は四分の一だけ欠けて、明るく輝いている。裸足になって駆け回り、足指のあいだに湿った草を感じたくてたまらなくなった。だがこのゴムベラ顔の不思議な少女は、知らない子なのだ。

「顔、どうしたの？」ジャスミンは尋ねた。

「髪の毛、どうしたの？」日本人の少女はそう応え、舌を突き出した。

ジャスミンは、不揃いに刈られた自分の髪を引っぱった。エイベルの服を着て、家の中に留まっているかぎり、こわがる必要はないんだからね。新たな慰安婦をスカウトして回っている連中が玄関前から立ち去ると、ジュジューブはジャスミンにそう受け合ったのだった。だが、彼らは再び戻ってきた。翌週に一回と、その次の週に三回。最初のうちは父が戸口で応対し、その間にジュジューブがジャスミンを急きたてて地下室に隠れさせた。だがそのうち、地下室に逃げ込むのが間に合わなかったらどうしよう、と家族は案じはじめた。あるいは、日増しに消耗し、生気を失っていく父親を兵士たちが押しのけたはずみに、ジャスミンを地下室に押し込もうとしているところを見られてしまうかもしれない、と。そういうわけで今では毎朝、姉妹は夜明け前に目を覚ますようになっていた。ジャスミンは姉にお別れのキスをしてから、地下室に向かう。そして、夜間外出禁止の時刻が訪れるまで、一日中そこに留まるのだ。夜がやって来て、兵士たちが戸別の取り調べをやめるまで。

ジャスミンの家族は、その狭い空間をできるかぎり居心地よくしようと工夫した。父は小さな机と、クッションの敷いてある椅子を運び込んだ。ジャスミンは退屈すると、記憶を頼りにクッションカバーの柄を辿ってみることもあった。赤みがかったピンク色の鮮やかな生地に、黄色の小さな水玉模様だ。だが暗い地下室はどこまでも暗く、赤は錆を思わせる褐色に、血液の色に見えた。家族には、床板からわずかでも明かりが漏れてはいけないと言われている。それでジャスミンはしばしば、暗闇の中に座ったまま、頭上を動き回る家族が落とす影を眺めて過ごした。時には、まったく違う家族が上で生活していると想像してみることもあった。超人的な力を持つ一家で、兄は木を引っこ抜いたり、百万人の兵士を投げ飛ばしたりできるのだ。姉は光の速さで移動でき、ジャスミン自身は透明になって人々を観察する。

ジュジューブは、手に入るかぎりの本を持ってきてくれた。中には、姉がティーハウスで友だちになった、日本人の先生からもらったものもあった。だが読書をするには暗すぎることが多かった。そのせいで、痛む目を細めて読むことすらできなくなった。床板の隙間に鼻を突っ込んだ父が、クンクンと犬みたいに大きな音をたてて笑わせてくれることもあった。だが、そうすると父は必ず咳き込むことになり、ジャスミンは悲しい気持ちになった。家族全員が全力を尽くしていることはわかっていた。家族みんなのことが大好きだった。その強烈な思いに胸が痛むことすらあった。食事の時間になると母が下りてきて、二人で静かに食べた。エイベルがいなくなると、母はなにも話さなくなった。以前はおしゃべりの止まらない人で、手当たり次第にぼやきを漏らしっぱなしだったのに——天候、怠け者のわが子たち、戦時下で一家を支える苦労、薄汚い飼い犬をうろうろさせているご近所さんのことなどなど。母の姿からは、全身から放たれるとてつもなく深い悲しみが感じられた。それが、母と行き合う人全員をちくちくと突き刺すのだ。そして週に一回、母は歯を食いしばりながらジャスミンの髪に鋏を当てる。そのたびに、ジャスミンはいまだに泣いてしまうのだった。

だが最悪なのは、エイベルのことを忘れかけている気がすることだった。兄の服を着はじめたばかりの頃は、エイベルの匂いに包み込まれて逃げ出せないような気分になった。ところが服からはやがて、自分の匂いのほうが強く感じられるようになった。それで記憶を蘇らせようとすると、エイベルの顔が薄れてきているように感じられたのだ。ジャスミンは目をぎゅっと閉じて、なにか思い出してみようとした。朝食の時に兄が飛ばしたジョーク。学校から帰ってくると、片方だけしか靴下を脱がなかった兄。片方は臭い靴下、もう片方は臭い裸足という姿で、家中を走り回っていたっけ。静脈の浮き出たその足のことはおぼえていたが、兄の顔の端のほう、話す時に持ち上がる両頰の輪郭、顎のあたりにできる穴——母はそれを〝えくぼ〟と呼んでいた——そうした思い出はすべてぼんやりとしていて、思い浮かべるのが難しくなっていた。

それに、みんながどれだけ一生懸命掃除をしてくれても、地下室は埃っぽかった。じっとりと湿気て息苦しい空気からは逃れられなかった。まるであたりでなにかがうじゃうじゃと蠢《うごめ》いていて、息を吸い込むたびに喉の奥に忍び込もうとしてでもいるみたいに。ジャスミンは、可能なかぎり浅い呼吸を心がけた。身体が、全力でその空気を拒絶しようとしていた。咳を抑えるのは難しかった。悪いタイミングで物音一つたてようものなら、連れ去られてしまうのだということは理解していた。

家々を訪れている人たちはなにをしているのかと、ジュジューブに尋ねたことがある。

「あんたも聞いたでしょ。若い女の子を集めてるの」

「でもお姉、それってなんのため？」とジャスミンは食い下がった。

ジュジューブの顔は暗くなり、茶色の目がどんよりと翳《かげ》った。「悪いことをするため。あんたを痛めつけるためだよ」そう言いながら、姉はジャスミンの股間を指差した。「あんたのそこを」

翌日の午後、一人で地下室にいる時に、ジャスミンはパンツを下ろして自分の陰唇に触れてみた。

「なんでこんなのを？」と彼女は不思議に思い、指先を嗅いだ。「おしっこの臭いがするだけなのに」

⁂

「出ておいでよ！　遊ぼうってば！」その最初の夜、日本人の少女は哀れっぽく声をあげた。

「だめ」ジャスミンは首を振った。「お姉ちゃんに聞こえちゃうから」

少女は窓まで片手を伸ばしてきた。「ビー玉持ってるよ」掌には、小さくてつややかな玉が三つあった。ピンク、青、白、緑、黄色の鮮やかな筋が月明かりに輝き、ガラス玉の中で揺れながら混ざり合っていた。その色彩に、ジャスミンはうっとりとした。ビー玉の遊びかたを教えてくれたのはエイベルだった。親指と人差し指の先で、ひんやりとしたガラスをつまむようにして持つという方法、親指を使ってビー玉を軽く弾くことで、ほかのビー玉ははね飛ばすけれど自分自身は飛んでいかない程度の力を加えるという方法。兄に怒られたことは一度しかなかった。それは、エイベルお気に入りのビー玉で練習していた時のことだった。黄色の縞が入った黒いもので、兄は〈虎のビー玉《グーリ・ハリマウ》〉と呼んでいた。ジャスミンは、それを弾こうとして力を入れ過ぎた。草むらから飛び出ていって、家の外を流れる水路に転がり込んでしまったのだ。浅い水の中に落ちるポチャンという小さな音が聞こえ、茶色く汚れた排水路に溜まったヘドロの中へと消えていった。

「エイベル、ごめんなさい」とジャスミンは言ったが、兄は妹を押しのけてその場を立ち去った。

それから数日のあいだ、危なっかしくバランスを取りながら排水路の中へと下りていく兄の姿を見かけた。怖気《おぞけ》をふるいながらも、悪臭を放つ汚水に片手を浸し、ビー玉を探していたのだ。手伝いを申し出ると、空いているほうの手を黙ったまま振り、ジャスミンを追い払った。兄は鼻に皺を寄せて、舞い上がる臭気に耐えていた。犬の糞やぐしょ濡れになった塵、それに腐った野菜が排水路の壁にへばりついていた。

エイベルの誕生日には、宵の口に滝のような雨が降った。母がいつも神の怒りと呼んでいた種類の嵐だった。「神様が泣いている。だれかが怒らせるようなことをしたのね」轟く雷に子どもたちが身をすくませると、母はそう囁いたものだった。エイベルは悲しげに排水路を眺めていた。嵐の中で汚水は轟音をたて、今にも縁を越えてきそうな勢いですべてを川へと押し流していった。塵も動物の糞も、そしてたぶんビー玉ももろともに。

「ほんとにごめんなさい」ジャスミンは泣きながら兄の腰にしがみついた。エイベルは痩せていたが、それでもジャスミンの小さな腕では、抱きしめるには長さが少し足りなかった。

「どっちにしろ、ただのビー玉だからな」エイベルは静かにそう言った。その数日で、ジャスミンに話しかけた最初の言葉だった。二人は窓際に立ったまま、雨の弾ける光景を眺めた。

翌日兄が帰宅しなかった時、どこかでビー玉を探しているだけでありますように、とジャスミンは願った。排水路の流れを辿って川まで行き、岸辺を捜し回っているのかもしれない。悪臭に顔をしかめながら。

それから何カ月も経った。ジュジューブの瞳は冷たく凍りつき、父はほとんど言葉を発さない。そして母は、まったくなにも話さなくなってしまった。

⁂

ジャスミンとユキには日課ができた。家の脇にある草むらに、向かい合って寝転がるのだ。そこなら、ジュジューブの部屋の窓からも、時折通りかかる巡回中の兵士たちからも死角になる。ジャスミンは、ブーゲンビリアの茂みの中に隠してあるチョンカのボードを引っぱり出して二人のあいだに置く。それはボートのかたちをした木の板で、両側に七個ずつ穴があり、両端にはプレイヤーたちの〈陣地〉となる大きなくぼみがくり抜かれている。

チョンカは数学的なゲームで、二人のプレイヤーは、長方形のボードに並ぶ穴から穴へとビー玉を移動させることで対戦する。そして色鮮やかで光と美しさに満ちた玉を、自分の陣地により多く集めたほうが勝者となる。だがジャスミンは勝ち負けのことよりも、ビー玉一つひとつを陣地へと導くことで救っていくゲームだと考えるほうが好きだった。

ある晩、ジャスミンはひとりでこのゲームをしながら、もし自分が七席しかないボートに乗っていたとすると、だれを乗せようかと想像してみた。うちは五人家族だから、その想像上のボートには席が二つしか残らない。だれの席になるかな？　ペク・ルンかな。薬屋にいたあのぽっちゃりとした女の子だ。エイベルはすごく喜ぶだろうし、いつでも薬が手に入るようになる。それか、ジュジューブから聞かされている、あのフクロウみたいな日本人のおじいさんはどうかな。ティーハウスのお客さんで、ジュジューブは気に入っているようだ。しばらくのあいだは、彼から食糧配給券が手に入るだろう。いろんなプレゼントもくれたし、このチョンカ・ボードもそうだ。プレゼントをくれるやさしい人がいっしょにいるのはいい。ユキはどうかな？　きらきら輝く目と、でこぼこの顔をした女の子。ジャスミンとおなじ年頃に見えるのに、どういうわけかずっと年上に感じられるユキ。指のあいだの切り傷を隠そうとしたり、股間を殴られたみたいに足を引きずって歩くこともある、あの子。ユキはいつもその日一日のこと、自分の生活のこと、そしていっしょに暮らしている人たちのことを話しはじめるのだが、最後まで聞かせてくれたことがなかった。そこでジャスミンは思い出す。ほんとうは席が三つ余る。二つじゃなくて。エイベルがいなくなったから、今やうちは四人家族なんだ。エイベルの席は必要ない。そのことを思い出し、ジャスミンの胃がちくりと痛んだ。

二人はいつものようにゲームの準備をはじめた。草に膝の裏をくすぐられながら、ボードを互いのあいだに置く。ジャスミンはパジャマの裾を調節して、草の葉が腿に当たらないようにする。時々、痒いミミズ腫れになることがあったのだ。ユキはうわの空のようだ。草を引き抜いては、自分のパジャマの上に撒き散らしている。

「ユキ、血が出てるよ」ジャスミンは、ユキの脚の内側を指差した。

ユキはパジャマの裾を引っぱる。「もう痛くない」

「ユキ、どうしたの？　遊びたくないの？」ユキの身体のあちらこちらに傷があるのは見慣れていたが、脚の血はまだ新しそうだし、瞳の輝きも少し翳っているようだったのだ。

「今日来たおじさん、乱暴だったんだ」

「どういう意味？　おじさん？」

ユキは首を振って、ビー玉をひとつかみ持ち上げた。そして、「わたしが先攻ね」と言う。

何日か前、どこに住んでいるの？と尋ねた時、ユキはチョンカのボードをじっと見つめたまま、「別のところ。臭いんだ」と応えたのだった。

「うちの地下室も臭いことあるよ」とジャスミンは言った。「ネズミの糞なんだって、ジュジューブが言ってた」

汚い話ならユキを笑わせられると踏んだのだ。ほかのことだってなんでもくすくす笑う子だったからだ。だがその時のユキは、視線を逸らしただけだった。家のことを話すと、いつもこうなる。ユキがほかのおおぜいの女の子たちといっしょに住んでいて、その家にはウーンおばさんという年上の女の人がいることは知っていた。ユキは、ほかの子たちについて文句を言うこともあった。持ち物を盗んだり、意地悪をしてくるのだと。ある時ユキは、ほかの子の櫛をごみ箱に投げ込んでから、二度と使えなくするために熱い油をかけてやったのだと話した。ジャスミンはゾッとした。家族同士でそんなにひどいことをするなど、自分のうちならあり得ないことだったからだ。ユキはもっと家族に感謝すべきだとジャスミンは思った。夜、部屋の隅で丸くなり、姉の身体に密着したまま寝るのは大好きだった。月明かりの下で眺めると、昔のジュジューブが目に見えるようだったのだ。物語を読み、医者や校長のような大物になることを望んでいた頃の姉の姿が。

ビー玉をカチカチ鳴らしながらボードのくぼみに入れ終わると、ユキが言った。「そこになにかが入ってきたらどんな感じがするかわかる?」そして、ジャスミンの膣を指差した。

ジャスミンは、陰唇の中に指を入れたら小便の臭いがした時のことを考えた。だが、ユキにはその話はしなかった。「わからない。なんで? 痒くなるの?」時々、きちんと拭かなかったり、配給されたトイレ用のちり紙がなくなったりすると、ヒリヒリして赤くなることがあった。そういう時にはジュジューブがそこに氷を押し当ててくれて、そうすると痒みがましになるのだった。

「逆方向に吐くかんじ」とユキは言った。「下から殴られて、身体の中身がぜんぶそのまま口から飛び出ていきそうになる、みたいな」

ジャスミンは、胆汁が喉にこみ上げるのを感じ、涙で目の裏がちくちくした。ユキの声がこんなふうに震えるのははじめてのことだった。ジャスミンは、姉の姿を思い浮かべた。いつも真面目で強くて、どんなことにも落ち着いて対処できるジュジューブ。母に怒鳴られている時でも、ジュジューブの指を握りしめてさえいれば不安を感じない。

「ユキ、うちのお姉ちゃんと話してみない? あの人ならほかの人に話したりしないから」

「そんなことしたら、あんた、きっと抜け出したことを怒られるよ」とユキは言った。「てゆうか、もう遊びたくない」ユキはチョンカのボードを傾け、ビー玉がすべて草の上に転がり落ちていくのを眺めた。ジャスミンはぎょっとして抗議をしかけたが、ユキのほうが先に口を開いた。「このゲーム、退屈。来なよ。いいもの見せてあげる」ユキは跳ねるようにして立ち上がり、脚についていた血を拭った。黄色のパジャマには茶色の筋が残っていて、ジャスミンはそこから目を離せなくなった。

「さあ！　行こう！」ユキはジャスミンを引っぱり起こし、荒れた色白の手をジャスミンの褐色の手の中に差し入れた。

並んで走るユキとジャスミンの足許を、月光が照らした。二人のパジャマが音をたててはためいた。黄色と白が混ざり合って一体化し、小さな亡霊が跳びはねているように見えた。ジャスミンは頭がくらくらした。大切な話をたくさんしたのに、ほんとうの意味を掴めなかったような感覚だった。二人のあいだで交わされたわずかな言葉は、ジャスミンにもきちんと理解できていたはずなのに。

「どこ行くの？」ジャスミンは荒く息をつきながら、ユキについていこうと懸命だった。地下室に隔離されていたせいで、息切れしやすくなっていた。以前のような速度では走れない。両脚がゴムになったようで、動きが不安定だった。

「世界でいちばん好きな場所を見せたげる」月が雲の後ろに隠れ、ユキは影に呑み込まれた。両目だけが光っていた。「秘密の場所なんだよ。そこにいれば見つからないの」

草が濡れていて、ジャスミンの履いている薄いサンダルに浸み込んできた。ユキはいつもこうなのだ。なぞなぞみたいな話しかたをする。いったいその場所はどこにあるの？　そこにいればだれに見つからないの？

「ユキ、疲れちゃった。まだ着かないの？」ジャスミンは、歯を食いしばりながら息をついた。背中を、汗が細い筋になって伝い下りていく。二人は川の先にある低い丘を駆け上った。泥の臭いが二人の汗の臭いと混ざり合い、ジャスミンの鼻の中で渦巻いた。そのせいで目が回り、不快だった。ジャスミンは不安になった。ジュジューブが目を覚まして、わたしがいないことに気づいたらどうしよう？

「あと少し。あんた、走るの遅いんだもん。ウーンおばさんといっしょに暮らしてなくてよかったね。そんなんじゃ、おばさんの杖から逃げるなんて無理だから！」とユキは言った。

ジャスミンは喉が詰まるのを感じた。そして荒い息をつきながら、「からかうのはやめて！」と無理に声を張りあげて、むせた。

ユキが打ちひしがれた顔になった。荒れてまだらになっている側の唇がぶるぶると震えた。雲の隙間から月光がこぼれ落ち、ユキを照らした。その顔に刻まれている裂け目が、ひときわ深く見えた。ジャスミンは、すぐに申しわけない気持ちになった。彼女には、その場の雰囲気に合わせて反応する癖が身についていた。だれかが声を張りあげたり、目を涙でいっぱいにしたりして、部屋の中の緊張が高まって息苦しくなったりしたら、自分は笑ったり、目玉をぐりぐり動かしてみせたり、だれかの膝に飛び込んだりすればいい。そうすれば、その場の雰囲気はがらりと変わる。

ジャスミンは口を大きく開いて寄り目にした。唇の端から少しだけ唾が滴り、顎に垂れた。それから、どさりと大げさに地面に倒れ込んでみせる。「死ぬぅぅぅ」ジャスミンは芝居じみたうめき声をあげた。

ユキは噴き出し、笑いが止まらなくなった。夜の静寂《しじま》に、笑い声が風鈴のように響きわたった。ジャスミンは、自分の身体の緊張が解けるのを感じた。二人は道行きを再開した。

数分後、ユキが立ち止まる。「着いたよ！　静かに！」

道端の看板には、〈ようこそ〉と記されていた。二人の目の前すぐのところに、おなじかたちの木製の小屋が並んでいた。屋根はニッパヤシの葉で葺かれ、窓が一つと狭い木の扉がある。開いたままの扉もあったが、ほとんどは閉ざされていた。ジャスミンは人差し指を突き出し、扉を数えた。十四あった。小屋につながるぬかるんだ道は、ブーツの深い足跡だらけだった。それが畝《うね》となって、月明かりの下で縦横に交差している。汗まみれの身体や血の臭い、そして腐敗臭が漂っていた。ジャスミンには親しみのない臭いばかりだ。ユキは自分の口に指を当てて、ジャスミンを手招きした。小屋の脇の道を駆け抜けながら、ジャスミンは開いている扉の内側を覗き込もうとした。中は暗かったが、一軒の前を通り過ぎる時に少女の姿が見えた。おそらく十二歳くらいだろう。横向きに寝そべっていた。軍服を着た男が見下ろすように立っていて、背中を戸口に向けていた。ジャスミンとユキが小走りに通り過ぎようとすると、男は扉を閉めた。だがその寸前、床に横たわっている少女と目が合った。うつろで、暗い目だった。

「ユキ、わたしこわい」ジャスミンは、友だちの身体に身を寄せた。脇の下の酸っぱい汗の匂いがした。

「あんたってほんとに臆病なんだから！」ユキは、ジャスミンを小道のカーブへと引き寄せる。「いっしょに来な。隠れ家を教えてあげるから」

「うちに帰りたい。ジュジューブがもう起きてるかも」とジャスミンは泣き言を漏らす。

「でももう着いたんだよ、ミーニ！　いいからそこに入って！」ユキが身ぶりで示すほうには、明るい青に塗られた手押し車があった。狭い草むらの片隅に立てられている。小屋の列からは十歩と離れていなかったが、道がカーブしているおかげでそこは完全な死角となっていた。手押し車そのものは、驚くほど清潔で新しい。

「車輪が外れかけてるんだ」ユキは前輪を指し示した。「だからだれも使わない」

「これでなにするの？」とジャスミンは尋ねた。

ユキは黄色いパジャマをたくし上げ、手押し車の中へと身体を持ち上げた。そしてジャスミンに手を差しのべる。「さあ！　ここで遊ぶの。わたしのお城。どこからも離れてるし、だれにも見つからないんだから」

「これって手押し車だよ、ユキ。うちのおとうさんも持ってる」

「ここなら安全」とユキは言う。「大人には見えないんだよ。魔法がかかってるから」

ユキは、歯を見せて明るくほほえんだ。その笑顔を見るたびに、ジャスミンは太陽を見つめているような気持ちになる。ジャスミンは手押し車の中に入り、胡座をかきながらユキの正面に腰を下ろした。二人の膝が触れ合った。するとユキが、膝の下からシーツのようなものを引っぱり出して広げる。二人でその下に入ると、生地の薄くなっているところからうっすらと月光が差し込んできた。ジャスミンにはほとんどなにも見えなかったが、ユキの両目だけは別だった。目を合わせた二人は、くすくす笑いが止まらなくなった。

「シーッ！」ユキはそう言いながら、自分の笑いを懸命に抑えようとする。「だれかに聞かれちゃうよ！」

ジャスミンには、なぜ二人して笑っているのかわからなかった。あるいは、なぜ爆発的な喜びに全身を満たされているのかが。だがこのユキの城の中で、この小さな青い手押し車の中で、いっしょにかがみ込みながら温かいシーツをかぶっていると、二人だけの世界を築き上げられたような気持ちになった。ここにいればだれにも見つからないし、この世界はだれにも取り上げられないのだ。

第六章

セシリー

ビンタン地区（クアラルンプール）

1935年

10年前、イギリス統治下のマラヤ

諜報活動はセシリーに向いていた。目立たないでいる才能があるうえに、フジワラの言う〝重要なものを見分ける嗅覚〟を備えていたのだ。加えてゴードンが昇進し、公共事業における指揮系統の上から三番目に位置するようになった。そのおかげでセシリーは、塵を漁りメモ書きや書簡を探し出すという作業を卒業し、重要な会合の場で耳にした機密情報を報告する立場になれた。情報源はゴードンにかぎらず、その上司たちも含まれていた。

フジワラはわたしの気持ちを知っていて、それを利用したのかしら。セシリーはよくそんなことを考えた。こちらが欲していることを見抜かれているのかもしれない。そう考えると屈辱をおぼえた。時にはフジワラが自分の名前を口にするだけで、全身の毛穴からありとあらゆる分泌物が漏れはじめるように感じるのも悔しかった。汗や欲望や渇望といった卑しいものすべてとともに、全身がとろけ出してしまうのが。一方ではまた、強烈な切望のおかげで、優秀なスパイとして機能しているようでもあった。内側で渦巻く動揺を抑え込みながらその先へと突き進むためには、ニューロンを一つ残らず発火させる必要があったのだ。脳を精確に、望みどおりに機能させるためだ。

とはいえ、現実に目を閉ざして、やみくもに心酔していたというわけではない。男というものは、ベールが外れ、女性のあたりまえな姿を目にした途端に――その女性もまた小便をし、血を流し、泣き、鼾《いびき》をかくことを知った途端に興味を失う。だが女性のほうは、男を身近に感じれば感じるほど相手のことを好きになる。女性は神を崇めない。壊れたおもちゃを――思いどおりのかたちにこね上げ、自分の印を刻み込めるようなものを――求めるのだ。馬鹿馬鹿しい。セシリーは、そんなことを考える自分を嫌悪した。だが、女性の抱く理想とはそういうものなのかもしれない。手の届かぬ理想郷《ユートピア》を追い求めるのではなく、目の前にあるものを少しはましなものにしたいと考えるのが。なにしろ、完璧なものなど手に入らないということは、人生をある程度の長さ生きてきた女性なら、だれもがわかっているのだから。

⁂

協力関係がはじまってからちょうど一年が過ぎたところで、フジワラが家にやって来た。キッチンの窓から、すばやいと同時にゆったりとしたその歩みが見えたのだった。フジワラの足運びは早いが、そうは見えない。さっさと歩いているにもかかわらず、無頓着でくつろいだ印象を与えるのだ。お昼近くの通りは静かだった。男たちは仕事に出かけ、女たちが用足しに外出するには暑過ぎるという狭間《はざま》の時間帯だからだ。セシリーは、後頭部を片手で押さえた。耳の後ろの髪の毛がどうしても跳ね上がってしまうのだ。塵捨て場で最後に話してから数週間が過ぎていた。セシリーの家を正式に訪問してからは、一年以上経っている。二人のあいだのやり取りは、雑貨店の生理用品棚を介した堅苦しい文書の交換だけになっていた。だがその日、フジワラが姿を現してもセシリーは驚かなかった。明日の夜には、これまでで最大の任務が控えているからだ。

フジワラは裏門の格子をノックした。カタンカタンと大きな音が響き、表通りで騒々しく遊んでいた子どもたちの声が止まる。ジュジューブが声を張りあげた。「お母さん、だれなの?」

「お友だちが会いに来ただけ。あなたたちは遊んでなさい」

表の喧噪が戻る。近所中の子たちが集まり、大声を出しながら信じられないくらいの真剣勝負に挑んでいるようだった。喧嘩ゴマをして遊んでいるのだ。セシリーには、目を向けなくてもその光景を思い描くことができた。エイベルは大きなグレーの瞳で、色鮮やかな皿形のコマが回転するのを睨みつけている。そして責任感の強いジュジューブは、イギリス人の図書館から借り出した本をむさぼり読みながらも、弟から目を離すことはない。

「なにしに来たの?」セシリーは錆びついた門を開きながら、フジワラの進路を塞ぐ位置に立った。

「明日の任務について打ち合わせが必要だ。公使公邸の」

「こんなふうに会うのは危険——」と言いかけて、諦める。いつもそうなのだ。フジワラを先導して屋内に入り、キッチンで両手を洗う。セシリーは、フジワラを香辛料棚の背後に立たせた。子どもが飛び込んで来た場合に、すばやく裏門から逃げ出せる位置だ。

遊んでいる子どもたちの叫び声が聞こえた。

「子どもはいいね」とフジワラが言った。

セシリーはうなずく。過去一年のあいだは、ましな母親でいることができた。その点についてはフジワラに感謝している。子どもたちがいなくなることを願ったり、自分自身が失踪したいと考えたりするような衝動は、薄れたようだった。ゴードンに対しても、良き妻でいられた。聞き上手で、世話焼きで、家事をこなし、ご近所づき合いも欠かさなかった。いちばんやかましいカルヴァーリョ夫人の相手までこなしたのだ。そして、入り用な時にかぎって売り切れなんだから、とうんざりしている時ですら、雑貨店のムイおばさんに礼儀正しく接することができた。子どもたちには読み書きを教えた。ジュジューブは母を見習った。セシリーでさえ追いつくのが難しいほどの速度で読み、読破した本の山を積み上げていったのだ。しかも、セシリーは最近ではよく笑うようになっていて、そんな自分自身に驚いてもいた。子どもたちの語る支離滅裂な話に笑い、家の中でネズミとゴキブリが追いかけっこを繰り広げた時にも笑った。ジュジューブがそのネズミとゴキブリを家から追い出そうとした時に、怯えたエイベルとゴードンがテーブルの上に飛び乗ったのには大声で笑った。夜には、ゴードンにくすぐられて笑った。夫に身体を許すことすらできた。しあわせが、自分の身体を包み込み守ってくれているようだった。そして夫はもちろん、そんなセシリーの姿に喜んだ。「きみ、しあわせなんだね」ゴードンは喜びに背中を丸めながら、そう言ったものだった。

「明日の晩餐会について、もう一度教えてくれ」フジワラがそう言葉を発するのと同時に、セシリーは「お茶はいかが？」と尋ねていた。

二人は気まずそうに互いの顔を見つめた。セシリーは、苛立ちのため息が鼻から漏れそうになるのを抑えた。夜を徹して家族や理想や未来のことを、あれほど自然に語り合っていた二人はどこに行ってしまったのだろう？　今の彼らは、見知らぬ者同士のようにぎこちなかった。

ゴードンは今や、公共事業部門における上級監督官の地位にあった。「長官までわずか三階級か四階級ほど下のところさ」昇進が決まった時、セシリーに、誇らしげにそう伝えたものだった。彼の専門分野には、砂や潮の流れの調査が含まれる。それに加えて、港内に錨を下ろしている軍艦や補給艦の把駐力《はちゅうりょく》に関する情報を入手でき、この点が最も重要だった。ゴードンは、何時間もかけてルウィシャム港の底の土砂を分析した。イギリス公使の名前から取られたというこの平凡な名の港は、かつてはマングローブの生い茂るタリーム川の湿地帯だった土地に作られている。ゴードンは夜、腕を赤い刺し痕だらけにして帰宅することもあった。港の入り口にかがみ込んで、蚊に食われながら測量結果を書き留めていたのだ。そのうちマラリアに罹るのではないかとセシリーは案じた。

湯気を立てているティーカップを、フジワラに手渡す。「気をつけて、熱いから」とセシリーは言い、母親めいた自分の口ぶりをすぐに後悔した。

フジワラはそれを聞いていなかったかのように、指をぴたりとカップに押しつけて持った。

セシリーは、簡潔に概略を話した。「晩餐会は公使公邸で開かれる。ゴードンによると、総督も出席の予定。ウッドフォード卿という名の人物よ」

フジワラは、張りつめた表情で意識を集中させている。この情報が重要であることは、セシリーも承知していた。だがこうして彼の姿を見つめていると、ほかのことはどうでもよく感じられてくる。

セシリーは、この瞬間を楽しんでいた。まばたき一つしないフジワラの視線が、自分の身体を焼きながら貫くのを感じる。「ルウィシャムは、港での調査結果をゴードンに発表させたいと考えている。連合軍の戦闘機を運び込んで修理するのにふさわしい場所かどうか、その点をイギリス空軍のために検討するのが目的」

ゴードンはこの晩餐会のことをセシリーに話すと、文字どおり興奮に身を震わせながら総督の名を口にし、「アルジャノン・ウッドフォード卿。アルジャノン。ウッドフォード。ウッドフォード」と繰り返したのだった。

「これは重要だ。大いに重要だぞ」フジワラは、紅茶に息を吹きかけながらそう言った。

セシリーはうなずきながらも、落ち着かなげに視線をあちこちに走らせた。それは、これまでにゴードンの塵箱から拾い出してきたどのノートの切れ端にもまして重要な情報だった。イギリス空軍が、連合軍の戦闘機を港に運び込もうと計画している。それはつまり、そこがイギリス軍にとって急所になることを意味する。晩餐とそれに続く男たちの集いは、情報で溢れかえることだろう。図表、地図、座標を含む、まさに機密情報の宝箱だ。それでもなお、こんなお昼前の時間帯にうちにやって来るなんて。フジワラのこの大胆な行動はなにを意味するのだろう？　セシリーは、ざらりとする恐怖が腹の底で蠢くのを感じたが、口は開かなかった。

「日本にとっての転機となる可能性がある」とフジワラは言った。

表で歓声があがった。喧嘩ゴマの勝負がついたに違いない。セシリーは、フジワラの顔に笑みが漏れていることに気づいた。

「ごめんなさい、あの子たち、夢中になってるだけなの」

「いいや、セシリー。押しかけてしまって申しわけない。ただ……私はその……顔を合わせて話し合いたかったんだ」眉のあいだに皺ができた。かすかに顔をしかめているのだ。フジワラはうわの空のまま、カウンターの上にあった籐籠に手を伸ばし、ニンニクをひとかけ持ち上げる。そして、ボールのようにそれを右手から左手へ、左手から右手へと交互に投げはじめた。

急に身体が笑い出し、セシリーは自分でそのことに驚いた。「やめて。指から匂いが取れなくなるわよ」

フジワラはニンニクを籠に投げ戻したが、的を外す。彼に対するやさしい気持ちが、セシリーの全身に広がった。

「臭うかな」フジワラはそう言い、セシリーの鼻先に指を突き出す。

「強烈」と彼女が応え、二人は笑う。

セシリーは、立ったまま身じろぎしなかった。手足の隅々まで意識を行きわたらせていた。腕組みをしたりやめたりして、自意識過剰になった。だがなにも言わなかった。これまでに交わした会話の数は少なかったが、そこから学んだことが一つだけあった。フジワラを相手にする時には、空間の静寂を保たねばならない。しばしば、ほんの一瞬の沈黙の先に情報が待っていたからだ。だからセシリーは待った。部屋の空気はニンニクと朝の太陽でひりつくようだった。外にいる子どもたちも静かになり、だれもが息を止めているようだった。

「きみのしてくれていることすべてに感謝しているよ」とフジワラは言った。

セシリーは唾を呑み込む。神経が昂《たかぶ》っていた。

「晩餐会で会おう」と彼は続ける。

「心配なの。わたしひとりで行ったほうがいいのかも。耳を澄まして、できるかぎりの情報を集めてくるから。いっしょにいるところは、見られるべきじゃないと思う」とセシリーは言った。

「失敗は許されないんだ。二人いれば、はるかに多くの情報が手に入るしね。だいいち、きみひとりにやらせたくはない。きみを——こんな機会を失うわけにはいかない」

きみを。セシリーの心臓が高鳴った。今はこれだけで満足だ。満足しなければ。


公使公邸での晩餐会に到着してみると、宴は最高潮を迎えていた。すべての窓が開け放たれていたが、人の溢れている邸内は蒸し暑く息が詰まるようだった。一度ならず耳元で蚊が羽音をたて、セシリーはそれをぴしゃりと叩いた。ゴードンの興奮は、繰り返し膀胱を空にしたくなる衝動となって顕れた。がまんの限界に達するたびに、漏れないよう小走りでトイレに向かったのだ。セシリーは、そのたびにひとりその場に取り残されることになった。招待客の妻たちは、だれもがセシリーの映し鏡のようだった。花柄のドレスを身に着け、忍び笑いを漏らし、女性らしさという名のマントを身にまとうことで不可視の存在となった人々。

　おなじ女性の中にも断絶があった。白人女性たちはいくらか距離をおいて、セシリーに背を向けていた。彼女らの青白い腕が連なっているさまは、飾り輪《サークレット》を思わせた。セシリーは、ほかのアジア人女性たちの中に立っていた。植民地における現地人として、白人男たちに従属する立場で働く夫を持つ者ばかりだ。そこには、リンガム夫人も含まれた。彼女の夫はイギリスの貿易会社ガスリーに勤めていて、ゴムとパーム油を取り引きしていた。また、一介の錫抗夫から、ジャーディーンズ社の営業部長にまで上りつめた夫を持つロウ夫人も同様だった。綿や紅茶、絹から阿片の取り引きまでを手がける商社だ。セシリーらの輪の中で最もかしましいのは、ヤップ夫人だった。夫のヤップ・ロイ・サンは、地元の華人の頭領《カピタン・チーナ》として、植民地行政府の要職に就いていた。そして彼はまた、ビンタンの土地の三分の一を所有するとともに、中国人坑夫を組織することで錫採掘の事業をほとんど支配しているマフィアでもあった。ヤップ・ロイ・サンとイギリス公使のあいだには、不安定な休戦協定があった。ヤップが商売を続けるには、イギリスに上納金を差し出さなければならない。だがその見返りとして、イギリス人はヤップの指導者としての立場を認め、中国系住民たちの頭領《カピタン》とした。つまり、ヤップに反旗を翻す人間はひねり潰しても良いというお墨付きを与えたというわけだ。カピタン・ヤップが上に立つことで、ほかの民族とのあいだには不安定ながらも平和が築かれた。それはつまり、イギリス人たちの懐も温かくなることを意味した。

　セシリーには、ヤップ夫人ががまんならなかった。夫人の声はまともな音域より一オクターブ上で、まともな音量より何デシベルも大きく感じられたのだ。口にする言葉はすべて壁に反響し、鼓膜を打った。そのせいで、耳鳴りが抗議の声をあげはじめたほどだった。セシリーより年上といっても、五歳と離れているはずはない。それなのにヤップ夫人には、いつでも噂話の収集に余念がないはた迷惑なおばさん、といった雰囲気があった。

その晩のヤップ夫人は本領を発揮していた。引き詰めた髪をぼってりと結い、汗の臭いと、闇市で手に入れた高価な香水の力強く高圧的な匂いを身にまとっていた。女性の一団の中でリンガム夫人に耳打ちしていたのをやめると、セシリーのほうへと身を乗り出した。「ねえ、セシリー、あのかた、どなたかご存知?」そう言いながら、セシリーの脇腹を指でぐいと押した。その勢いが強烈で、セシリーは喉の奥を突き上げられたように感じた。

「どのかた?」セシリーはそう応えながら、無邪気さを装う。

「あそこの、ほら、あの男の人よ」ヤップ夫人は身ぶりでフジワラを指し示した。「どうして今まで会ったことがなかったのかしらぁ」とセシリーの耳に向かって声を張りあげる。本人は囁いているつもりなのだ。しかも彼女は、部屋の反対側にいるフジワラを露骨に指で差した。

室内に閉じ込められた空気は、そよともしなかった。セシリーは、汗が自分の腰を伝い下りていくのを感じた。周囲ではスカートやイギリス軍の制服が衣擦れの音をたて、人々は互いの肘に触れ合ったり、挨拶を交わしたりしていた。セシリーは視線を上げ、まともにフジワラの顔を見た。彼は、麻のズボンからなにかを拭い取っているところだった。すると、フジワラのほうもまっすぐにセシリーのほうを見る。まるで彼女の恐怖を嗅ぎ取ったようだった。

「あらまあ、こっちに来るわよ!」ヤップ夫人は大声でそう囁き、イギリス人女性たちまでもがそちらに振り返った。すべての女性たちの視線が、ビングリー・チャンとして知られる貿易商に注がれていた。麻のジャケットが、その歩みとともにかすかに擦れた。

「みなさん《レイディーズ》」と彼は話した。「ヨーロッパでの最新のファッションの動向に、いささかのご興味をお持ちとうかがいました。私はちょうど、短い出張でパリとロンドンに赴いてきたところなのです」

フジワラは、歯切れの良いイギリス訛りに切り替えていた。それを耳にしたセシリーの胃から、酸っぱいものがこみ上げた。

数分のうちに、ビングリー・チャンことフジワラは、すべての女性の心を掴んでいた。イギリス人も現地人もおなじようにその周囲で蠢きながら、彼の披露する嘘の一つひとつに熱心に耳を傾けた。手袋の長さはこのくらい、帽子の高さはこのくらいといった具合に、フジワラは、自分の嫌悪する大陸の住人である女性たちの最新ファッションを説明してみせたのだ。セシリーは、あきれ顔をしそうになる自分を抑え込んだ。何事にも動じない冷淡なまでのあの男、軽快に弾む日本語訛りで話す、わたしの知っているあの男はどこに行ってしまったのだろう？　フジワラは礼儀正しい貿易商のビングリー・チャンとして歪んだほほえみを浮かべながら物語を語り、沈黙が生じれば機知に富んだ辛辣な言葉をイギリス訛りで聞かせていた。誘惑するように女性たちの肘に触れ、彼女たちの目を見つめた。フジワラのことなど、心配する必要はなかったのだ。

晩餐は、苛立ちの靄《もや》に包まれたまま過ぎていった。新たなファッション・アドバイザーにすっかり夢中になったルウィシャム卿夫人は、わざわざ座席カードの位置を入れ替えまでしてフジワラを上座の近くに移動させ、自分の隣に置いた。セシリーとゴードンは、ほかの現地人エンジニアやその妻たちとともに、まったく別のテーブルについていた。いつものセシリーなら気にもならないことだった。これがイギリス人のやりかただからだ。彼らにとって、現地人とはかさぶたのようなものなのであって、生きていくためには必要とするが、剝けるようになるやすぐに捨て去る。だがその夜は、肌の表面が嫉妬心でふつふつと粟立った。セシリーは、ドレスの袖のあたりを掻いた。ゴードンは食後に控えている発表のせいで緊張し、ほとんどなにも口にできていなかった。普段であれば、案じ顔を装いながら騒ぎたてて、皿に料理を移してやったり、匙で米をすくってはそれを口の中に入れてやったりするところだった。ちょうど子どもたちにしてやったように。しかしその晩だけは、どうしてもそうする気になれなかった。女性の手がフジワラに触れるのを目にするたびに、セシリーの腹の中ではますます怒りが煮えたぎり、それを抑え込むために持てる力のすべてを要した。白人の中でくつろぐフジワラの姿が、セシリーを面食らわせた。月夜の晩にセシリーの自宅で彼が見せた、あの怒りに満ちた失望との矛盾がはなはだしかった。

二人とも任務を遂行しているに過ぎないことは、セシリーも理屈では理解していた――フジワラは魅力的な異邦人の招待客を演じ、セシリーは従順な妻を演じることで。だが、二人のあいだにかろうじて築き上げられたわずかばかりの対等な関係、つまりは薄っぺらな協力関係をこういうふうに解体されてみると、セシリーの全身は凍りつき、身体がなにか苦く腐敗したものへと変質していくような気がした。

左隣にいるヤップ夫人は首をめぐらせて、背後にあるイギリス人たちのテーブルを観察した。「ビングリーだなんて、おかしな名前ね。ねえセシリー、そう思わない？　香港の人たちがジェーン・オースティンなんて読むのかしら」夫人はそう話し、ひとりでくすくすと笑った。セシリーにはそれが驚きだった。カピタンの妻が、いつも六カ月遅れでビンタンに届くヨーロッパのファッションカタログ以外のものを、まさか読んでいるとは思わなかったのだ。

「そうね。おかしな名前」セシリーは、ヤップ夫人の言葉を繰り返した。フジワラには多くのことを教えられたが、これもその一つだった。相手を怒らせることなく、最小限の労力で会話を続けるには、相手の言葉をそのまま返すのが最適なのだ。それを聞いた時には画期的な方法だと感じたものだが、あとになってから腑に落ちた。なにしろ人間というのは、空っぽで退屈な存在なのだから。

「こういう晩餐会にも、時にはぐったりさせられることがあるわね」ヤップ夫人がそう言った。口紅を塗った唇のあいだから、小さなため息を漏らす。その吐息が、セシリーの耳をくすぐった。エシャロットとミルクの香りがした。不快ではなかった。

「そうね。ほんとうにぐったりさせられるわ」とセシリーは応えた。フジワラの低く笑う声が、部屋の中に響いた。

食後酒まで済むと、席を立つ招待客たちの椅子の音や、メイドたちが片づける食器の音の中で、二つの食卓についていた人々は自ずと三つのグループへと分かれていった。一つ目のグループは、会合に参加する男たちで構成されていた。彼らは、ゴードンの調査結果をもとに、港がイギリス空軍機の修理に向いているか否かについて議論をする。役人以外の男たちは、第二のグループとなってその場を離れた。葉巻を吸いながら喫煙室の肘掛け椅子に腰を下ろし、男たちがいつもするようなおしゃべりをする。三つ目が女性たちのグループだった。応接室で白人も現地人も交ざり合い、ヘアピンの長さや料理における香辛料の大切さといったことについての、とりとめのない世間話を余儀なくされるのだ。

ゴードンは胸を反らし、最初のグループのほうへとしっかりした足どりで歩いていった。そして、廊下の先にある青い壁紙の部屋に入る前にすばやくトイレに立ち寄り、緊張状態の膀胱をもう一度空にした。第一グループの男たちが、いくらか急ぎ足になっていっせいに立ち去ると、あいかわらずおしゃべりを続けている二番目と三番目のグループがあとに残された。フジワラは、二番目のグループへと移動していく男たちとともに部屋の片隅に立っていた。葉巻の煙と湿った革張りの椅子の、くらくらするような匂いが、すでにダイニングルームにまで漂いはじめていた。

フジワラがこちらの視線を捉えようとしているのが、セシリーにはわかった。磨き上げられた靴の爪先が、床板を軽く叩くのが見えていた。苛立ちを隠そうとする時に出る、彼の癖だった。任務の次の段階は、セシリーの肩にかかっている。だが彼女は、個人的な怒りを振り払えずにいた。視線を逸らし、真っ白な壁をじっと見つめる。くるくると空回りする意識をテーブルの上の扇風機に集中させ、その規則正しい唸りに呼吸を同期させようとした。三番目のグループの女性たちは腕を組み合い、さらさらとスカートを鳴らしながら、応接室のほうへとのんびりそぞろ歩きをはじめた。一見、一体となっているようでいて、その実、自然と肌の色で分かれている。背中に向けられたフジワラの焼け付くような視線が、セシリーには痛いほどに感じられた。間もなく、招待客たちの離合集散も落ち着くはずだ。

セシリーは、小指を曲げて薬指の下に押し込んだ。そして、両方の指に痛みが走るまでぎゅっと力を入れる。それが彼女自身の癖だった――身体的な苦痛によって、多少なりとも痛みの軽いほうを圧倒しようというのだ。セシリーは顔を上げてフジワラの目を捉えると、かすかにうなずく。彼の鼻の穴が広がった。控えめに息を吐いたのだ。だがそれを見ただけで、セシリーの心はゾクリと躍った。フジワラの顔一面に安堵が広がり、顎がゆるんだ。こんなふうにして男の命運を握るのが、権力ということなのだろうか？　そんなことを考えている暇はない。次に一芝居打つのは、セシリーなのだ。

息を吸い込み、テーブルクロスの端に手を伸ばしながら出せるかぎりの大声でうめくと、気を失って床に倒れ込んだ。

そこからの数分間は、混乱したざわめきの中で過ぎていった。目を閉じて身じろぎしないままでいるセシリーにとって、周囲の様子を掴むためには耳と鼻だけが頼りだった。女性たちの叫びがいくつもあがり、その中でひときわ高く響いたのがヤップ夫人の声だった。「あらまあ、この人卒倒したわ！　水と塩を持ってきてちょうだい！」

二番目のグループの男たちがいっせいにダイニングルームへと戻って来る。だれもがセシリーに注目していた。二人の狙いどおりだった。この陽動作戦について最初に話し合った時、セシリーは納得がいかなかった。わたしの持ってる最大の武器は、人目につかないことなのよ、とフジワラには訴えた。わたしが気絶したって、だれも気にしない、と。フジワラはその時、珍しくほほえみを浮かべてこう応えた。「きみは人目につかないのではない。見くびられることと、人目につかないこととは、まったく別ものさ」

目をぎゅっと閉じたまま、セシリーはフジワラの姿を思い浮かべた。人々の意識がこちらに向けられている隙に、彼はこっそりと足を忍ばせて廊下を進んでいく。セシリーの任務は単純だった。じっとしていればいいのだ。しかし、だれもがこれほど不器用に助けの手を差しのべてくるとは、予期していなかった。人々は、セシリーの両脚を掴んで抱え上げようとしたり、それを両腕に切り替えたりしていた。手足をどこかに打ち当てられるのではないかと気が気ではなかった。あるいはくすぐられたりしたら、最悪の事態になる。セシリーの顔面に向かって水を吹きかけたり、花の鋭い香りがする塩を振りかけたりする者たちもいた。みながみな大声をあげ、一つひとつの声を聞き分けるのが難しくなっていった。セシリーは、唾液まじりの水しぶきを顔から拭いたいという衝動と闘った。

青い壁紙の部屋、その外のどこかでしゃがみ込み、ゴードンの参加している会合から漏れ聞こえてくる言葉に聞き耳をたてているフジワラ。セシリーはその姿を頭の中に思い描いた。かがみ込むことに慣れていないが故に、いくらか苦労しながら立ち上がるフジワラ。そんな弱点を持つフジワラに、やさしい気持ちが湧き上がった。このあとフジワラは、会合のおこなわれている部屋に飛び込んでいく。滑稽なまでに半狂乱で両腕を振り回しながら、ゴードンに告げるのだ。きみの奥さんが倒れて食卓を丸ごとひっくり返したんだ。ゴードンの顔は真っ赤になり、それから紫色に変わるだろう。妻によって、栄光の瞬間を乱暴に断ち切られたからだ。ウッドフォード卿、ルウィシャム卿、オマニー氏、そしてその他の男たちは、一列になって上品に部屋を出てくるに違いない。卒倒した褐色の肌の女性の身を案ずるような表情を、作法どおりに浮かべてみせながら。フジワラは部屋の中に留まり、セシリーにはどうしても名前をおぼえられないドイツ製の小型画像記録装置を操作する。慌てて出ていった男たちが残していった、地図や図表、メモといった機密情報の複製を手に入れるためだ。

女性の一人がセシリーの顔の上に、香草の香りのする葉の束を投げかけたようだった。ヤップ夫人の息に混ざっているミルクとエシャロットの匂いが、顔の上に漂っていた。鼻がむずむずし、心臓が胸の中でいやな脈打ちかたをする。セシリーは舌を嚙み、自分を落ち着かせようとした。またしても、内側のざわめきを鎮めるために、肉体的な痛みを引き起こしたのだ。節くれ立った手に踝《くるぶし》を掴まれ、セシリーの中に不安が湧き上がった。床板の棘が、頰のやわらかい肌に食い込む。目で見なくても、白人女性たちの顔に浮かんでいる非難の表情が感じられた。ルウィシャム卿夫人は唇を固く結んだまま、現地人女性の〝情緒不安定《ヒステリック》〟ぶりについて囁いていることだろう。自分のパーティーでこんな騒ぎを引き起こされるという、屈辱的な事態に苛立っているのだ。セシリーは、スカートの中を覗き込もうとしている男たちの姿も思い浮かべた。そして、脚をどういう角度で折り曲げながら倒れたのか、思い出そうとする。

「セシリー！」ゴードンの声だった。ゴードンの口から放たれる呼気が、そしてゴードンの酸っぱい匂いが上方に漂った。それとともに人々の声は低くなり、囁きとなっていった。彼らが道を開けて、ゴードンを通す光景が思い浮かんだ。今だ。

「目を覚ましたぞ！」

「やれやれ、ずいぶん長いあいだ気を失っていたじゃないか！」

「ゴードン」とセシリーは息をつく。「わたし、どうしちゃったのかしら。すごく目眩《めまい》がしたの。パーティーを台無しにしてしまってごめんなさい」

なかなか目の焦点が合わず、セシリーはすばやく目をしばたたかせた。二人のために全員が一歩後退し、靴やスカート、ズボンの裾が周囲で閃いた。顔を上げると、礼儀正しく視線を逸らす人たちも何人かはいたものの、ほとんどは興味津々で見つめ返してきた。

ゴードンは腹を立てるだろうとセシリーは考えていた。煎じ詰めれば、わたしのせいでスポットライトの下から引きずり出されたのだから。あれほど崇拝している白人男たちの前で、ほんの数分のあいだだけ輝けるはずだったのに。だがゴードンはセシリーを驚かせた。彼には、こういう面を見せることがあったのだ。

「ほんとうに心配したよ。あんなふうに僕をこわがらせるのはやめておくれよね」そして間をおいてから、囁き声でつけ足した。「妊娠したのかな」

セシリーの頭を抱きかかえているゴードンの間近に、それでもあえて距離をおいてひざまずいているフジワラの姿が見えた。そのヘアクリームのミントの香りのせいで目が回り、今度はほんとうに気を失うのではないかとセシリーは感じた。男たち二人に助け起こされると、背中がひどく痙攣した。セシリーは、みなに視線を向けた。恥ずかしさにうつむく数人を除いて全員が、詮索好きのまなざしを返し、無遠慮にこちらを見つめ続けた。

フジワラは、自分の胸の前で手を握り合わせた。そしてうなずいてみせる。機密情報は手に入った。二人は見事に作戦を成功させたのだった。

第七章

エイベル

カンチャナブリ収容所（ビルマとタイの国境地帯）

1945年7月17日

日本占領下のマラヤ

収容所に到着した時の記憶は、大部分がぼんやりとしていた。トラックの荷台に横たわっていたことはおぼえている。でこぼこの道を何日も進んだこと、腐敗臭、体臭、空気中に漂う血液の臭いはおぼえている。シャベルを渡されるや「掘れ」と命じられ、毎日太陽が沈むまで掘り続けたことはおぼえている。そのおなじ太陽に灼かれて背中が真っ赤になったことをおぼえているし、雨が降りはじめて一息ついたのもつかの間、地盤の弱い泥地が緩んで山の斜面が地滑りを起こし、悲鳴をあげる少年たちもろとも崩れ落ちていったこともおぼえている。夜になると足を引きずるようにして宿舎に戻ったこと、背中は凝り固まって痛み、両手両足にできた擦り傷がじくじくしていたことをおぼえている。ほかの少年たち全員とともにコンクリートの床に倒れ込むと、どれだけ身体を小さく丸めても、寝場所として割り当てられた幅六十センチほどの空間に、百八十センチを超える自分の身体を押し込むのは不可能だと悟ったことをおぼえている。日付がわからなかったこと、眠れぬ長い夜には雨が打ち付けているニッパヤシの天井を見つめて過ごしたこと、周囲に漂う膿汁《のうじゅう》と小便の臭い、憔悴しきり粉々に打ち砕かれたような状態になっているせいで眠れもしなければ泣けもしなかったことをおぼえている。

「ねえ」

エイベルはびくりとしてすばやく目を開く。踝《くるぶし》についている泥が乾燥して固まりつつあるのを感じた。夜明けだ。鶏小屋に丸一日いたことになる。どこから囁きが聞こえてきたのかとあたりを見回し、またしてもあの茶色い雌鶏と目が合った。こちらをじっと見ている。アキロウ親方はいなくなっていた。自分の穿いていたグレーの細いズボンは引き上げられ、さいわいにも下半身が隠されていることに気づく。

「エイベル、エイベル」瞼を引き剝がすようにして開けると、見誤りようのない、フレディの青い瞳と目が合った。フレディは鶏小屋の金網の外にしゃがみ込み、節くれ立った膝頭を頰に押し当てていた。

「水だよ」フレディはそう言いながら、金属のコップを金網の隙間から押し入れる。そのはずみに水をかけられても、死にかけの雄鶏は身じろぎ一つしなかった。「うわ、こいつもうだめだな」

エイベルはそちらに這い寄った。泥で膝が擦れる。「ありがと」しゃがれ声でそう言いながら、水をすする。舌の周辺を湿らせ、乾ききった口中を水で満たしていく。

「ひどく痛めつけられたもんだな」フレディはそう言い、エイベルの身体を上から下までその大きな瞳で見つめていく。

「たいしたことないさ」とエイベルは応える。腹の打ち身がズキズキと痛んだ。

「ヴェールーのやつ、アコーディオンが弾けるんだぜ」フレディは、収容所仲間の一人のことを話した。

「昨日の晩もみんなで歌ったのか？　また見逃したな」

フレディは首を振る。両目が心配そうに曇る。「おまえ、最近じゃいろんなことを見逃してるぞ。あんなもの飲むせいだよ」

そう言われたエイベルは、渇望が戻ってくるのを感じた。胃袋の中で渦巻く酸っぱいもの、喉の内側を甘く焼くようにして下っていく最初の一口、ゆるんでいく手足、傷も心も痛みが軽くなったようなあの感覚。

「フレディ、持ってきてくれたかい？」エイベルは懇願する。「ひと瓶預けといたろ。今必要なんだよ」そう言いながら、自分の傷をあいまいに指し示す。

「エイベル、ほんとにやめたほうがいいって。こいつは毒だよ。おまえ、ぶっ倒れて馬鹿みたいなことを口走るんだぞ」

フレディはなんにもわかっちゃいない、とエイベルは考える。ズボンの尻のところに血だまりができるのがどんなかんじなのか。だがエイベルはこう応える。「まあ、おれはアキロウなんかの言いなりにはならないってことさ」

「ほらよ」フレディは顔をしかめながら、汚いぼろ切れで包んだ瓶を手渡す。エイベルはあたりに視線を走らせ、近づいてくる者がいないことをたしかめる。それからぼろ切れを外し、瓶の中で渦巻いている濁った液体を剝き出しにする。胸の悪くなるような甘い匂いが鼻孔を突くと、なじみ深い恍惚感が押し寄せるのを感じた。たっぷりと一口飲み下し、それからもう一口飲んだ。ヤシ酒《トディ》が、からからに乾いた喉の内側を焼きながら下っていき、空っぽの胃袋に達する。いつもの心地よい静けさが全身を包み込んだ。

トディは、ここ数カ月のあいだに収容所での暮らしに加わったものだった。噂によれば、歩哨の一人が闇市と通じていて、毎月の補給物資がトラックで運び込まれるたびに、米などの食糧とともにトディの詰まった木箱が届くのだという。荷下ろしの作業に就いている少年たちが、時折こっそりとその一部をくすねた。補給物資の管理というのは、兵士たちが得意とする仕事ではないのだ。

収容所にやって来る前から、トディにはさまざまな呼び名があることをエイベルは知っていた。イギリスの新聞は〝労働者の阿片〟と呼んだ。皮肉なのは、イギリス人たちの所有するゴム農園において、インド人の出稼ぎ労働者を管理する手段としてしばしば用いられていたことだ。父は、軽蔑を込めて〝労働者の飲み物〟と呼んだ。最も安い酒だったからだ。かつては年上の友人たちが、だれかの誕生日にこっそりとひと瓶持ち込んだものだった。だがそれは過去のことだ。その甘い飲み物をすするとたちまち効き目があらわれて、少しのあいだ温かいほろ酔い気分を味わうとすぐに醒めたものだった――エイベルがそれだけで満足できていた時代の話だ。収容所で出回っているトディはもっと強烈だった。より長い時間をかけて発酵させたヤシ酒に、ほかの得体の知れない酒が混ぜられていたのだ。そのせいで色は濃くなり、本来は霞がかった白色なのが、濁ったベージュ色をしている。しかも今のエイベルは、それをゴクゴクと勢いよく飲むようになっていた。

収容所では、おおぜいの少年たちが飲んだ。だがエイベルと違って、彼らは少しずつ飲む。ひどい味に顔をくしゃくしゃにしながら、沁みないように鼻をつまんで飲んだ。彼らにとっては、時間をやり過ごすための手段、傷の痛みをわずかばかり軽くするためのものだった。最初のうちはエイベルにとってもそうだったのだ。ここで一口、あそこでもう一口という具合にして、毎日を押し流していた。だがやがて、強烈な渇望をおぼえはじめた。夜、寝床に入る前に飲みたいと感じた。その日一日の恐怖を洗い流し、眠りに就くために必要だったのだ。飲みたいという気持ちは、鈍い疼きから鋭い痛みへと変化した。渇望を抱えたまま汗まみれになって目を覚まし、飲み残しをすする。そこから次第に、収容所中をうろつき回っては放置されている瓶を集めて隠したり、隠せそうにもない場合にはその場で一気に空けたりするようになっていった。もちろん、トディは感覚を鈍らせてくれる。だがそれにもまして重要だったのは、立ち上がって叫び出したいという衝動を抑えられることだった。反抗し、自分の訴えを突きつけてやりたいという衝動を。いつでもうまくいったわけではない。だから、鶏小屋に押し込まれるはめになったのだ。それでもほとんどの日は、トディがあればさまざまなことがどうでもよくなり、命令に従うことができた。そうしていれば生き延びる可能性も高まるわけで、それこそがトディを飲む最も重要な理由なのかもしれない。エイベルは自分にそう言い聞かせた。

「もう行けよ、フレディ。アキロウが来るかもしれない」アキロウはすでに立ち寄ったあとだということを、フレディに教える必要はない。

フレディは金属コップを取り上げ、エイベルの抱えているトディの瓶をじっと見つめた。いやいやながら、エイベルはそれを金網越しに手渡した。ほとんど空だった。首を振りながら、フレディは痩せた足で立ち上がる。「相棒、その死んだ雄鶏からは離れておけよ」

「そいつ、まだ死んでないんだろ?」エイベルは雄鶏を見やった。鶏は死んでいた。

フレディは、エイベルの二カ月遅れで収容所に到着した。エイベル同様、ほかのおおぜいの少年たちとともに、トラックの荷台から放り出された。みな不潔で血に塗《まみ》れ、狂気じみた目つきだった。フレディの存在に気づいたのは、明るい青色の瞳をしていたからだった。ユーラシア系の中でも珍しい色だった。だが収容所では、感情を露わにするフレディの青い瞳と、エイベルよりもさらに白い、明るいピンク色の肌は、あらゆる苦難を引き寄せることになった。

「白人ぼうず二番!」現場の監督官たちはそう怒鳴り、ライフルの銃床でフレディの顔面を殴っては青痣を作った。「貴様らみたいな奴らにはいい気味だ」

はじめのうち、エイベルは安堵した。監督官たちの怒りが別の人間に向けられるのは、歓迎すべきことだった。おかげで、たまには疲れた身体を止めて一息ついても、殴られなくなったからだ。おかげでトディをぐいとあおり、喉を下る鋭く熱いものに意識を集中できるようにもなった。ラーマかヴェールーかアズラーンかアー・ラムが、ふざけてだれかの睾丸を殴る真似をしたり、ペニスをしごく仕草をしてみせる時に、たまには彼らと目を合わせることができるようになったのもそのおかげだし、ほんとうに笑いそうになるのをこらえたりあきれ顔をしたりしても、地面に殴り倒されて死にそうになるまで蹴り上げられることがなくなったのもそのおかげだった。

だが、日中の生活がかすかに改善された一方で、夜は苦しかった。汗の臭いや鼾《いびき》に取り囲まれていると、次第に目が冴えていったのだ。思いは、しばしば十五歳の誕生日以前の日々へと舞い戻った。あれが家族に会える最後の機会だとわかっていたら、あれがしあわせのようなものを感じる最後の機会だとわかっていたら、自分はどう振る舞っていただろうかと考えた。もう少し用心深くなって、だれかにブラザー・ルークのことを話したうえで別の道を通って帰宅していただろうか。ピリピリと神経を張りつめているジュジューブにあきれることなどあっただろうか。モンスーンで水かさの増していた排水路に虎のビー玉を落としたからといって、ジャスミンに声を張りあげることなどあっただろうか。イギリス統治下の〝古き良き時代〟について偉そうに語る父を、無視することなどあっただろうか。米にキャッサバの根を混ぜる母に、あれほどは文句を言わなかったのだろうか。米のことを考えると、口に唾が湧いた。今では、常に空腹を抱えていた。胃の中に、飢えた齧歯類《げっしるい》でも棲んでいるかのようだった。だが、収容所で叩きつけるようにして目の前に置かれるボウルには、薄い粥しか入っていなかった。穀類の浮いている灰色の水には、尖ったものが混入していた。金属や木の破片、塵、そして一度などは、釘の先端部が入っていたこともある。吐き出す前に口の中が切れて、舌の上に溜まった血液を呑み込むと、鉄と泥の味が喉の奥に残った。

フレディがやって来て一週間ほど過ぎたある晩、エイベルが天井を見つめながら横たわっていると、カサカサとなにかが擦れる音が聞こえてきた。鼾や足を蹴る音、あるいはたまのすすり泣きといった、ほかの少年たちのたてる聞き慣れた物音とは異なっていた。ラーマを挟んだ向こう側に、だれかが身体を起こして座っていた。そこに、屋根の隙間から一筋の月光が差し込んでいた。首をうなだれて意識を集中させているのが見えた。エイベルは上半身を起こし、隣人を蹴らないようにと痩せた長い両脚を尻の下に引き寄せて正座した。身体を緊張させながら見ていると、それはフレディだった。二人のあいだにはラーマの身体がこんもりと横たわっていて、ちょうど手が届かない程度に離れている。月光に鼻先を照らされながら、フレディは左手で小枝のようなものを持ち、床にあるなにかをじっと見つめているようだった。時折、左手の小枝を床まで下ろす。エイベルのことには気づいていなかった。気づいていたとしても、そのそぶりは見せなかった。月明かりの落とす影と、フレディの身体のせいで、床でなにをしているのかは見えなかった。

エイベルは再び横になった。そうやって見ているのが間抜けに感じられたのだ。


以降、数日おきにものの擦れる音が聞こえてきて、そちらを見やると、フレディが座ったまま床を見つめている姿が目に入った。時折、フレディは目を細めているようだったが、はっきりとはわからなかった。ひときわ明るかったある晩のこと、フレディの頬が巨大な青痣になっているのが、ちらりと見えた。それは青と黒と黄色がまだらになった、肉体に刻まれた苦痛の万華鏡だった。

フレディは年齢のわりに小柄で、現場では苦労を強いられた。フレディが十四歳で、自分とたった一歳しか離れていないと知って驚いた時のことを、エイベルはおぼえている。せいぜい十一歳か十二歳だろうと考えていたのだ。フレディにはしばしば、さほど力を要せず、より繊細な運動神経を求められる作業が割り振られることに気づいた。溶接や、金属パーツを組み合わせていくというような仕事だ。だがそういうものにも、フレディは苦しめられるのだった。

三晩観察したところで、エイベルは好奇心を抑えきれなくなった。

「なあ、ラーマ。場所変わってやろうか」とエイベルは言った。「おれの真上の天井には穴が開いてるから涼しいぞ。空気が通るんだ」

ラーマにはなにか訊かれるかもしれないと、エイベルは覚悟を決めていた。どう答えればいいのか自信はなかった。しかしラーマはただ、関心なさげに肩をすくめただけだった。そしてエイベルが寝ていた場所に転がり移ると、目を閉じてすぐに鼾をかきはじめた。

ラーマの寝場所に落ち着くと、エイベルはいつもの姿勢になった。背中を床につけて両目を上に向け、天井で重なり合っているニッパヤシの葉の輪郭を観察しはじめたのだ。隣にいるフレディは、背中をこちらに向けて横たわっていた。エイベルは目の端で、フレディのシャツの裂け目を捉えた。薄い肉の下を走る背骨がくっきりとした影の線となり、服の穴から覗いている。エイベルはどうにかして眠ろうと、きつく目をつぶった。自分自身の馬鹿げた好奇心を、うちやってしまいたかった。

間もなく、いつものカサカサという音が聞こえてきた。エイベルは目を開いた。フレディは上半身を起こしている。すぐ隣にいるエイベルには、フレディがちり紙を一切れ手にしているのが見て取れた。自分の掌とほぼおなじくらいの面積しかない、小さな四角形だ。収容所では、五、六センチしかないこの粗い黄褐色の紙切れを毎日支給される。尻の穴についた便を拭うためだ。少年たちがコレラで死にはじめたために導入された、収容所側の新たな施策ということのようだった。フレディのもう片方の手には、出来の悪い絵筆のようなものがある。影と月明かりでよく見えなかった。だがエイベルの目には、四角いちり紙に人間が描かれているように見えた。

「場所、入れ替わったんだな」フレディはそう言い、エイベルを見下ろした。その青い瞳は、冷たく落ち着いていた。

エイベルは驚いた。予想に反して、フレディの顔に恐怖の色がなかったからだ。しかもその言葉は、ほとんど冷淡と呼んでもいいような、おだやかな囁き声で発せられた。フレディが上半身を起こしていたせいで二人の位置は接近していた。エイベルの顔は、フレディの膝のすぐそばにあった。

エイベルは身体を起こし、フレディと視線の高さを合わせた。「なにしてるんだい?」

「絵を描いてる」

「なんで?」

「ここでのことを忘れないため」フレディは、絵筆に手を伸ばした。

エイベルには理解できなかった。おれは、収容所のことをどうやったら忘れられるかってことばかり考えているのに。こいつはなにをおぼえておこうとしてるんだろう?

「それ、どこで手に入れたんだ?」エイベルは絵筆を指差した。「見せて」

「自分で作ったんだ」そう話すフレディの目の奥では、なにかが燃え上がっているようだった——怒りなのだろうか? エイベルにはよくわからなかった。「壊すなよ」フレディはエイベルに筆を手渡した。

軸には、ゴツゴツとした小枝が使われていた。筆先には明るい茶色の繊維が紐で固定されている。エイベルは指で筆先を撫でた。「これって――髪の毛？」

フレディは自分の頭を指差した。エイベルが目をやると、まだらに禿げているのがわかった。ピンク色になったりかさぶたで覆われたりしている部分もある。髪はきれいに引き抜かれていた。

「それって……？」

「ありあわせのものでやってるんだ」ちり紙が何枚も並べられていた。エイベルの目に疑問が浮かぶのを見て、フレディはにやりとした。「用足しには葉っぱを使ってる」

「絵の具にはなにを？」

その時、少年の両腕に切り傷があることに、エイベルは気づいた。新しいものも、かさぶたで覆われているものもあった。色白の肌に、茶色いギザギザの線が走っている。エイベルは身震いした。現場での作業中に負傷することはある。今日だって巨大な金属部品が落ちてきて、すぱりと足を切り落とされた子がいた。だが目の前にいる少年は、おそらく絵の具の代わりにするために、自分で自分を傷つけているのだ。エイベルにはそれが、もっとおそろしいことのように感じられた。それで、〝牛のキンタマ〟事件の翌日、父が大喜びで帰宅した時のことを思い出した。父は、紐の先につないだ子ヤギを連れ帰ったのだった。

「闇市で手に入れたんだ。今晩はごちそうだぞ！」誇らしげに顔を輝かせながら母を見つめていた父の顔が、今でも思い浮かぶ。牛の睾丸で大敗を喫した、前日の晩の埋め合わせをしたい一心だったのだ。「エイベル！　ジュジューブ！」父は声を張りあげた。「血抜きをしなくちゃいかん」

ヤギの首に切り込みを入れてから、胸に沿ってきれいに切り開いていく父の姿を見ながら、ゾッとしたことをおぼえている。中に手を突っ込むと温かった。なめらかでべたつく感触を残しながら、ヤギの体内から出て庭のぬかるみへと流れていったもののこともおぼえている。あたりは、腐敗臭と鉄の臭いでいっぱいになった。

エイベルは、フレディの腕から目を逸らした。「痛い？」

「べつに」気詰まりな様子のエイベルに気づき、フレディはこう言った。「あのさ、これって、色のためにやってるだけなんだよ。たいていは樹液と混ぜ合わせて使う」そして、自分の腕を指しながらつけ足す。「深い傷じゃないんだ」

「でもなんのために？」趣味のために自分の身体を切るなど、ずいぶんと自虐的ではないか。

「ここを出た時のためだよ。みんなに見せるんだ。説明するために」フレディは頑固そうに顎を突き上げた。色とりどりになっている頰の痣が、影の中から出現した。

エイベルは、フレディの前の床に並んでいる四角いちり紙を仔細に眺めた。錆色の線で、顔がいくつも描かれている。使っている道具は原始的だったが、薄暗い月明かりの下でも顔が見分けられた。驚くほど細部にいたるまで描き込まれていた。弓形の眉毛、一重瞼、はっきりとかたちのわかる鼻には影も加えられている。アキロウ親方は鋭く細い目をしていた。フジワラ将軍の顎は丸い。収容所の中で見かける、ほかの監督官や日本軍将校たちの顔もあった。目、鼻、唇が、ペラペラのちり紙の切れ端に見事に描き付けられていた。夜風がかすかに吹き込んできて、紙切れが一枚飛ばされた。エイベルは手を伸ばしてそれを押さえつける。掌を持ち上げると、そこには、エイベルの胸の内に怒りを煮えたぎらせる顔があった。

「おまえもこいつのこと知ってるの？　こいつに連れて来られたのか？」エイベルは声を震わせながら囁いた。ブラザー・ルークの血色のいい顔がこちらを見つめ返していた。
「次に会ったら、殺してやる」フレディはそう言った。声はおだやかで、揺るぎなかった。

エイベルは、二人の友情に驚いた。ほとんど道ならぬ関係のようにすら感じられた。日中の二人は、補給物資の詰まった重い箱を運んだり、鉄道線路になる金属を敷いたりといった作業を続けながら、せいぜいうなずき合うことで互いの存在を認めることしかしなかった。食堂ですら、エイベルはほかの少年たちとテーブルにつき、どろりとした薄粥をすすった。一方フレディはひとり静かに腰を下ろし、それでも孤独であることなど気にも留めていない様子だった。フレディの目はいつもなにかで翳《かげ》っていた。それが怒りなのか無関心なのか、エイベルにはわからない。ところが夜になると二人は、宿舎の片隅で何時間でも囁き交わした。フレディはひとりっ子で、父はイギリス人、母はユーラシア系であることがわかった。日本軍がやって来ると、ある晩、フレディの父親は息子を部屋に呼び寄せ、母親の面倒を見るようにと言いつけると、その夜のうちに姿を消した。逃げ出したのか、日本軍に捕らえられたのか、フレディにはまったくわからなかった。それから間もなく、ブラザー・ルークが日本兵をともなって玄関口に現れた。一人の兵士がフレディを引き離し、もう一人の兵士が母を押さえつけると服を引き裂いた。エイベルはその話を聞きながら、唇の内側を噛みしめている自分に気づいた。身体の震えを止めようとしていたのだ。だが、フレディはまばたき一つせずに話し続けた。声は震えることもなく、おだやかなままだった。
フレディは、エイベルに絵の描き方を伝授しようとしたが、無駄な試みに終わった。エイベルには才能がなかったのだ。その代わりにエイベルは、この新しくできた友だちが絵を描くのを眺めた。鼻腔は、錆っぽい血の臭いで満たされた。エイベルは思い出せるかぎりのことを囁いて聞かせ、フレディはそれを絵にした——収容所のこと、ほかの少年たちのこと、アキロウ親方の残忍さ、ブラザー・ルークの裏切り。人間の顔を描き終えたフレディは、情景へと移っていった。収容所生活の断片が、血に塗れたちり紙のキャンバスの上で命を吹き込まれた。二人で取り組んでいることの、記録することの大切さが感じられた。フレディは、エイベルの家族すら描きはじめた。エイベルは妹の目の曲線と、小鼻の広がりを描写して聞かせた。フレディは、ジャスミンの真っ赤なスケッチを描いた。鼻のかたちはあまり正確ではなかった。ジャスミンの目の輝きについては、周囲の人間すべてにほほえみを浮かべさせたジャスミンの純粋さについては、説明のしようがなかった。それでも、そこにいたのはジャスミンだった。いちばんちびすけの妹だと見分けられたのだ。エイベルは、目の奥にこみ上げてくる涙を感じた。夜陰がありがたかった。フレディに見られないで済んだからだ。

⁂

夜になり、鶏小屋に集まる蚊の大合唱は最高潮を迎えた。昼行性の鶏たちは、落ち着かない休息に入ったようだった。やかましく鳴き声をあげるものはいなかった。だが雲の背後から月が顔を覗かせると、茶色の雌鶏がまだこちらを見つめているのがわかった。エイベルの剝き出しの両腕は、赤い刺し痕だらけで痒かった。いくら叩き潰しても、蚊は皮膚に取りついて血を吸った。寝転んでじっとしたまま、蚊に食わせておくのがいちばんいいのかもしれない。蚊に刺されて死ぬことなんてあるんだろうか？　そんなことがあり得るなら、理想的かもしれない。

「いやだ、やめてくれ。放してください！　後悔させませんから。男の子たちを連れてきます。以前のように！」鶏小屋の外から、子音を飲み込むように発音する英語が聞こえてきて、蚊の唸りを引き裂いた。蚊のほうが、あたかも騒ぎに耳をそばだてるために動きを止めたかのようだった。声はくぐもっていた。だが聞きおぼえがあるぞ、という気持ちが胸の中で膨れあがった。知っている声だ。まず、汗まみれになった兵士たちの体臭が鶏小屋の中に漂い、それから軍靴の響きが届いた。叫び声は、やかましいすすり泣きへと変化していた。鶏小屋の重い掛け金が回された。懐中電灯の光がエイベルの目を貫き、なにも見えなくなった。

「入れ！」

ドサリという大きな音がそれに続く。

「白人ども二人は、朝までここに入れておけばいい」アキロウ親方の声がそう言った。

エイベルは後ずさりし、懐中電灯のどぎつい光から逃れようとした。そうしているうちに、鶏小屋の戸が閉まった。目が暗闇に慣れてくるとともに月光が雲の隙間からこぼれ、スポットライトのように鶏小屋の内部を照らした。死んだ雄鶏の傍らに横たわっていたのは、見おぼえのある身体だった。怯えた視線をエイベルのほうに返してくる、赤ら顔についている腫れ上がった両目。日本兵は、ブラザー・ルークを鶏小屋に放り込んだのだ。

蚊の大群が再び唸りをあげはじめた。

第八章

ジャスミン

ビンタン地区（クアラルンプール）

1945年8月17日

日本占領下のマラヤ

ユキと遊んだあとでこっそりとベッドによじ登ると、テーブルの上に置いてある時計が、すでに翌日になっていることをジャスミンに知らせた。長針も短針も、二を指していたのだ。全身が臭く、ジュジューブの横にもぐり込む前に着替える必要があった。できるかぎり物音をたてないようにしながらきれいなパジャマを探し出した。クリーム色で、それまで着ていたパジャマに最も近いものだった。脱いだほうは、ジュジューブといっしょに使っているタンスの、いちばん上の引き出しに放り込んだ。土埃や泥汚れに加えて、しっかりと目立つ血の染みがあったのだ。おそらくはユキの傷口に触れたか、小屋の壁かどこかに付着していたものだろう。すっかり疲れ果て、瞼が下に引っぱられているようだった。ジャスミンは、姉に触れないよう注意しながらマットレスに這い上がった。ジュジューブはため息を漏らしたが、目は覚まさなかった。汚れたパジャマをどうするかは、目が覚めたら考えよう。

⁂

「ジャスミン！」

ぼんやり目を開けると、ジュジューブの顔が真上にあり、起き抜けの熱い吐息を吹きかけてきた。窓の外にある太陽はぼやけたオレンジ色の玉で、かろうじて地平線の上に顔を出したところだった。まだ日の出にすらなっていないのだ。ジャスミンの全身が、目を閉じろとわめきたてた。ほとんどまったく眠っていないような気がした。

「起きなって！　教えてあげるから」

「なに……？」ジャスミンの手足はどうしても言うことを聞かなかった。寝返りを打ち、手で瞼を覆った。空気はまだ涼しかった。あともう何時間か、それを楽しみたかった。目を覚まし、黴臭い地下室に戻っていく時が来るまでのあいだ。

「ねえ、ほんとに起きて。お母さんに見つかる前に説明しておかなくちゃ」

「ほっといて」ジャスミンは口ごもった。

「これ見つけたの」ジュジューブは、昨夜ジャスミンが着ていた汚れだらけのパジャマを、目の前に掲げていた。それは悪臭を放つカーテンのように広げられていた。後ろ側には血の染みがある。

ジャスミンは息が詰まるのを感じた。どうして洗っておかなかったんだろう？　どうして引き出しになんか放り込んでしまったんだろう？　そんなことをしたせいで、いつでも責任感いっぱいの姉に見つかってしまった。

ジュジューブは声をやわらげ、ゴツゴツとしたマットレスに横たわっているジャスミンの傍らに腰を下ろした。そして妹を膝の上に引き上げると、パジャマを床に投げ捨てた。

「あんたの身体は変化してるんだよ、おちびさん」ジュジューブは口を開いた。「パジャマを見つけたのはわたし。血がついててこわかったでしょう」

ジャスミンは目を擦りながらジュジューブを見つめた。わけがわからなかった。

「あんた――」ジュジューブは、居心地悪そうに自分の指を重ねてねじった。「昨日の夜、はじめて血が出たの？　あんたはまだ小さいから……教えてあげるのはまだ先のことだと思ってたんだけど」

ジュジューブの言葉は、呼気とともに勢いよく迸《ほとばし》り出た。

「ちがうの、あれ、わたしの血じゃないの」とジャスミンは言った。「あれは……」

眠気に包まれたまま、ジャスミンの頭は高速回転した。コンクリート床に走る割れ目を見つめる。

それはのたくるミミズのようだった。ジャスミンは嘘がつけない。だが、どのように真実を伝えればいいのかもわからなかった。ジュジューブは激怒するだろう。最近では、なにもかもがとてつもなく難しくなっていた。人の話す言葉にはいつでも別の意味があって、一生懸命考えなければ理解できなかった。今、ジュジューブは血と身体について話している。だがこれは、ジャスミンの血でもなければ、ジャスミンの身体から出たものでもないのだ。

「こわがらなくていいの」ジュジューブはジャスミンの肩を握りしめた。「女の子はみんな経験することなんだから。あとでナプキンの当てかたを教えてあげる。というか、パンツも汚しちゃったんじゃない?」ジュジューブはジャスミンを立ち上がらせた。「マットレスに染みをつけないようにしなきゃ。お母さんが怒るから」

血のついたナプキンや布きれなら、ジャスミンも家の中で見たことがあった。母か姉が血を流していたということだ。ジャスミンは恥ずかしかった。自分は嘘をついているのに、姉がやさしくしてくれるのが申しわけなかった。「生理になったのはわたしじゃないの」とジャスミンは言った。

ジュジューブは衝撃を受けたような顔をした。ジャスミンが汚い言葉を口にしたとでもいうような表情だった。「どうしてその言葉を知ってるの?」

「わたしは赤ちゃんじゃないよ。いろんなこと知ってるんだから」

「そう、ならどうしてパジャマが汚れてるの?」ジュジューブのやさしい口調が変化していた。眉間に皺が寄りつつある。姉が混乱していたり、怒っていたりする時に現れる皺だ。

「わたし……わたし……」

「あんた――あんた、外に出たの?」ジュジューブの声は平板で、やわらかかった。だが、危険な響きがあった。ジャスミンは、いっそのこと怒鳴ってもらいたかった。

「友だちに会いに行ったの」ジャスミンは小声で応えた。

もし姉のことを知り尽くしていなければ、その怒りには気づかなかっただろう。ジュジューブは身じろぎ一つすることなく、マットレスの端に腰かけていた。両足はぴたりと床に押しつけられている。足の甲が乾燥して皮が剝けていた。もともとはなめらかな褐色の肌に覆われていたところに、白い小さな斑点ができていたのだ。ジュジューブの身体で唯一動いていたのは喉だった。すばやく繰り返し唾を呑み込んでいるかのように、首が波打っていた。ジャスミンはそのうねるような動きを鎮め、姉の緊張を解きほぐしたかった。

ジュジューブは不意にジャスミンの髪を一房握りしめると、言葉もなく妹を引き起こした。ジャスミンは悲鳴をあげた。痛かったからというより、おそろしかったからだ。今までジュジューブが乱暴な振る舞いをしたことは一度たりともなかった。ジュジューブは妹の腕を掴み、寝室から引きずり出した。すさまじい力で引っぱられ、薄いパジャマの縫い目がミシミシと音をたてた。

「ジュジューブ、やめて！　ごめんなさい！　もう二度としないから！」

ジャスミンには、姉の荒い鼻息が聞こえた。

「ジュジューブ、なにしてる。なにがあったんだ？」父親が自室から飛び出てきた。パジャマのズボンが、片方だけ垂れ下がっている。「どうしてジャスミンがわめいてるんだ」

「やめて」ジュジューブは、氷のように冷たい目で父を睨みつけた。だがそれよりもジャスミンを震えあがらせたのは、姉の声だった。またしても完璧に平板で大声にもならず、感情の欠けた口調だったのだ。ジュジューブに掴まれている腕から噴き出た汗が、パジャマに浸みていくのを感じた。

「ねえ、放してってば！　もうしないから！」ジャスミンは泣き声をあげた。

ジュジューブは地下室への扉を蹴り開けた。そして、「中に入りなさい」と言いながら、はじめてジャスミンの顔を見た。ベッドから引きずり起こして以来、今にいたるまで一度も妹に視線を向けていなかったのだ。

「わたしお風呂入りたい。身体が臭いんだもん。夕食の時は出してくれる？」ジャスミンの声は低くなり、哀れみを誘うすすり泣きへと変わっていた。

「家を抜け出したあんたにそんな権利はない。ちゃんと反省するまでここにいなさい」ジュジューブは声を張りあげた。集まってきた両親は、二人とも口をぽかんと開けたままそれを聞いている。寝癖頭の父親は、姉妹のほうへと一歩踏み出した。だがジュジューブは片手を突き出して進路を塞いだ。そして地下室に駆け下りると、椅子の上に立つ。それから低い天井に吊されている小さな電球に手を伸ばし、それをねじり回して抜き取った。

「ジュジューブ、なにをするんだ。それはひどいぞ。相手はおまえの妹じゃないか」父の目が大きく見開かれていた。

「この子、抜け出してたの。昨日の晩、だれかに見られたかもしれない。家まで尾《つ》けられたかも。この子のこと、ぜったい見つからないようにしておかなきゃ！」ジュジューブの冷静な声が、そこで少し震えた。「こうするしかないの」

母は、娘に手を伸ばそうとするかのようにして両腕を上げたが、そのまま下ろした。ジャスミンは階段を下りて地下室の床にうずくまると、両手で頭を抱えた。目がひりひりした。木製の扉が頭上で音をたて、閂《かんぬき》がカタンといった。はじめて聞く音だった。南京錠が二度カチカチと鳴り、ジャスミンは暗闇に閉じ込められた。

全身が爆発して、目から噴き出たみたいだった。大粒の涙が滝のように頬を伝い下りた。痛いほどのむせび泣きがこみ上げてきて止まらなかった。ジャスミンは音を出した。あえぎ声とうめき声が混ざり合い、喉の奥を震わせた。手で鼻水を拭ったが、いくらでも垂れてきた。家族なのになんでこんなことができるの？　こんなところにずっと閉じ込めて出してくれないなんて。真っ暗な中に。食べ物はもらえるのかな？　あの人たち、わたしを殺すのかな？　そんな考えが頭に浮かび、ジャスミンは衝撃を受けた。これまでにも悲しみに沈んだり、怒りに駆り立てられたりしたことはあった。だが、こんなひどい仕打ちを受けるのははじめてだった。ジュジューブは、妹が暗闇をこわがっていることがわかっている。二人で寝ているマットレスを窓際に移動させたのも、それが理由だったのだ。そのおかげでジャスミンは、閉じた瞼越しに月明かりを感じられるようになり、だれかが、あるいはなにかが、夜のうちに手を伸ばしてきて自分を掴むのではないかと思うこともなくなった。それが今、このおぞましい地下室の中に、永久に閉じ込められてしまったのだ。夜には漆黒の闇になるだろう。ジャスミンは恐怖を呑み込んだ。目が慣れると、椅子やテーブルのぼんやりとした輪郭が見えるようになった。だが、身体は凍りついたように感じられた。うずくまったまま、根が生えたようだった。身動きできなかった。ジャスミンは、ただうめき声だけを漏らし続けた。

頭上からは、くぐもった叫び声が聞こえてきた。父は声を張りあげ、母はぐるぐると歩き回っている。それから、ジュジューブの声がした。鐘のように鮮明に響いた。有無を言わさぬ口調で、おそろしかった。

「あの子にはわからせなくちゃいけないの。生き延びる方法が身についてないのは、あの子だけなんだから。あの子を守るためにはなんでもしたけど、本人が耳を貸さないんだからしかたないでしょう」

ジャスミンは叫びたかった。「ちゃんと聞くから外に出して!」だが、自分でもよくわからない反抗心が、熱い怒りとともに湧き上がってきて、ジャスミンの全身を包み込んだ。顔を上げて片頬を嚙み、自分のあえぎやうめきを押し殺した。これからは、もし泣くなら家族にはぜったいに泣き声を聞かせないぞ。わたしを、腐った野菜みたいに地下室に放り込んだあの人たちには。階上で言い争う声が静まるとともに、ジャスミンの泣き声も静まっていった。あの人たちには負けないいんだから。

⁂

「おちびさん?」

ジャスミンは目を開けた。眠りに落ちていたようだ。口を開いて咳払いをする。埃が喉にへばりついていた。閂をずらす音が聞こえ、母の姿が見えた。地下室への階段の上で、扉を押さえながら光の中に立っている。

喉がひりひりした。「わたし、どのくらいここにいたの?」目を光になじませようとしながら、尋ねる。

「おばかさんね、まだ何分かしか経ってませんよ。お姉ちゃんはティーハウスに出勤したわ。つまらない喧嘩なんかして! 出ておいで。ホーリックを淹れてあげるから」母は扉を開けたまま手で押さえていた。

ホーリックは甘い麦芽飲料で、極端に高価だった。闇市でも手に入りにくい。アルカンターラ家では誕生日を迎えた人間が半杯だけ飲んで、それでおしまいだった。ジャスミンは咳をした。地下室の湿気のせいで、だれかが胸の上に座っているみたいに感じられるのだ。大好きな姉に、どんなことがあっても妹を守ると誓ったジュジューブに、暗闇に閉じ込められてから数分しか経っていないとは思えなかった。階段の途中にいる母の傍らを通り抜けようとすると、抱きすくめられた。母の汗と脇の臭いがした。母の頬が濡れていた。それが汗なのか涙なのかは、ジャスミンにはわからなかった。

「お姉ちゃんにはあとで話しておくから。それでいいでしょう？　あなたたちは姉妹なんだから、なんとかなるわよ。なにもかも戦争のせい。戦争のせいでいやなことが起きるの」

ジャスミンは母の腕から逃れた。普段は抱きしめられるのが好きだったし、汗っぽくても気にならなかった。だが、今日は普段とは違う。ジュジューブに裏切られた衝撃のせいで、ジャスミンの身体の感覚はおかしくなっていた――胸の中には重い岩が詰まっているようだったし、視界を覆っていた幕が引き上げられて、物事がはじめて鮮明に見えるようになった気がしていた。生まれてからずっと愛してきたこの家族、この家族のために笑顔を絶やさず、この家族のために楽しそうにしていたのに、この家族がわたしを見棄てたんだ。母がキッチンに入っていくと、いつものように湯の沸きたつ音が聞こえてきて、ホウロウのマグカップにコンデンスミルクを注ぎ、そこにホーリックの粉末を加えてかき混ぜるスプーンの音も聞こえてきた。「さあ、あったかいホーリックよ。これで気分も良くなるわ」窓のほうに顔を向けたまま、母はそう話した。

すばやく、だが迷うことなくジャスミンは行動に移った。パジャマの裾を踝《くるぶし》の上までたくし上げると、音をたてずに小さな家の中を駆け抜け、玄関から外に出た。ホーリックを混ぜながら慰めの言葉を囁き続けている母の声が聞こえた。だがその囁きは、ジャスミンが姿を消したことに気づいた瞬間、甲高い悲鳴に変わった。ジャスミンは、家の外の草むらを全力で横切った。口からは熱く湿った息が出た。そして、サンダルがちぐはぐなことに気づく。片方はオレンジで、もう片方は青だった。ジャスミンは走り続けた。全速力で右へ左へと曲がりながら、町までつながっている道路に入る。自分の名を呼ぶ母の叫びが聞こえてくるたびに、びくりと身をすくめた。

やがて母の声は聞こえなくなった。立ち止まったジャスミンは、ぜえぜえと息をつく。呼気が勢いよく喉を通り抜け、痛いほどだった。汗が浸み込み、パジャマが背中や脇の下にへばりついた。これまでのところは曇り空だったが、空気はぴたりと静止したまま、湿気を吹き飛ばす微風もなかった。ジャスミンはおおよそのところ町の中心に向かって駆けてきた。だが何度も角を曲がりながら進み、大通りには出ないようにした。母が隣人たちを駆り出し、自転車で捜索をはじめた場合に備えてのことだ。一度か二度は、煙草を吸いながら木立の下をぶらついている兵士を見かけた。だが、彼らの注意を引くことはなかったようだった。左足が痛んだ。見ると、もともと磨り減って薄くなっていたオレンジ色のサンダルの底に、穴が開いていた。足裏が、直接熱い地面に触れて擦れていたのだ。足を引きずりながら歩いていると、アドレナリンが退いていった。あたりを見回し、薬屋の近くにいることに気づく。金は持っていなかったが、もしかしたらペク・ルンがなにかくれるかもしれない。足にはすでに水ぶくれができはじめていたのだ。

店に入ると、ドアの上の小さなベルが鳴った。ペク・ルンがカウンターを出て近づいてくる。「あら、そんなに汗まみれになって。こっちに来て座りなさい」そう言うと、ジャスミンの腕を取って椅子に腰かけさせた。いつもなら、薬を待つ老人たちがいる場所だ。「なにがあったの?」

ジャスミンは床を見つめた。家族の裏切りを、どう説明したらいいのかわからなかった。ジャスミンはただ、こう応えた。「お兄ちゃんがいなくなっちゃった。どこかに行っちゃったの」「聞いたわ。かわいそうに」ペク・ルンは両手で頭を抱えた。「わたしの従兄弟も仕事があるって言われてついていったの。でも今じゃまったく連絡がない。手紙もなにも届かないのよ」

ペク・ルンは高まる感情のままに、ジャスミンをきつく抱きしめた。ジャスミンが小さな悲鳴を漏らすと解放し、自分自身の潤んだ目をそっと押さえた。それから、ジャスミンのサンダルがちぐはぐになっていることに気づく。「あらまあ、いったいどうしたの？」ペク・ルンはそう言い残してカウンターの背後に回ると、紙袋を手に戻ってきた。それからしゃがみ込み、「足を出して」と言う。

ジャスミンは、傷ついた左足を伸ばした。ペク・ルンは小さく舌を鳴らしながら、臭いにたじろぐこともなく自分のほうに足を引き寄せた。ジャスミンは顔をしかめる。酸っぱくて黴臭い自分の足に、息が詰まったのだ。ペク・ルンは、ジャスミンの足の裏に、しっとりと濡れたやわらかい布を押し当てた。それから、水ぶくれのできている土踏まずの部分に、軟膏を塗る。一瞬痛みが走るものの、すぐに退いていき、ひんやりとした感覚へと変化していった。ペク・ルンは、水ぶくれになりかけているところには絆創膏を貼った。それから、かさかさと音をたてながら紙袋の中を探す。「違ったわ、ここだ」一筋の強《こわ》い髪の毛がポニーテールから飛び出て、ペク・ルンの顔にかかる。彼女はそれを片手でかきのけてから、新品の青と白のサンダルをジャスミンのほうにぽいと投げた。ジャスミンは、ためらうことなくすぐにそれを履いた。

「ありがとう」ジャスミンは口ごもった。それ以外の言葉を思いつかなかった。

扉のベルが再び鳴った。ペク・ルンは立ち上がり、入り口に向きなおる。客を迎える時に浮かべるいつものほほえみが、彼女の顔からすっと消えるのがジャスミンに見えた。

「将軍、閣下」ペク・ルンは目を伏せ、両手を重ね合わせた。手の震えを抑えようとしてるんだ、とジャスミンは気づく。

戸口には、背の低い丸々と太った軍服の男が立っていた。だが、ジャスミンの知っているほかの兵隊たちとは異なり、男の服には汚れも染みもなかった。きちんとアイロンがけされていて、ナイフのように鋭いズボンの織り目と、固くのり付けされた襟が目に入った。背筋はまっすぐに伸び、背の低い人間にしては大きく見える。男は眉間に皺を寄せたまま、室内を見わたした。その視線は左手のほうに向けられてから移動しはじめ、薬草棚を通り過ぎ、錠剤の入った白い瓶やさまざまな色の液体が入っているガラス瓶を経てから、ペク・ルンの立っているカウンターを捉える。手前には、赤い漢字の記されているカレンダーがあり、それを見た男の眉間の皺がさらに深まる。それから、ペク・ルンとジャスミンの上で視線が止まった。ジャスミンは落ち着かなげにパジャマの裾を引っぱった。兄でも父でもない男に、パジャマ姿でいるところを見られるのはおかしな気分だったのだ。

「で、きみはだれかね？」と男は尋ねた。日本語訛りの英語で、そっけなくはあったが、やわらかい口調だった。

「将軍、その子はただのご近所さんです。だれでもありません」ジャスミンは、ペク・ルンの存在を忘れかけていた。この小男が身にまとっている人を引きつける力は、それほどまでに強かったのだ。

室内の空気すべてが、男に吸い尽くされたかのようだった。それでも、ジャスミンは男から目を離せなかった。

「何歳かな？」震えているペク・ルンを無視し、男は尋ねた。

「もうすぐ八歳」とジャスミンは答えた。「一月が誕生日なの」

将軍は、それを聞いて頭を片方に傾けた。「だれの子どもなのかな?」

「わたし――わたし――」とジャスミンは言葉に詰まった。ペク・ルンが首を硬直させるのが見えた。鎖骨が浮き上がるほど力が入っていた。ペク・ルンは、できるかぎり目立たないようにしながら、かすかに首を振った。

「きみ。仕事に戻りなさい」将軍は手を振り、彼女を追い払った。ペク・ルンはカウンターの背後で縮みあがった。

声をわずかばかりやわらげ、男は片膝をついた。ジャスミンにも、その顔の表情がさらによく見えるようになった。「きみを傷つけたりはしないよ。私の名はフジワラだ。きみの両親がだれなのか知りたいだけだ」

「おとうさんはゴードン」とジャスミンは口を開いた。将軍は蠅《はえ》を追うような仕草で手を振り、その情報を脇にのけた。「お母さんはセシリー……」

将軍の額に刻まれた皺が深まり、顔面が今にも二つに割れそうに見えた。「きみの苗字は?」彼は固唾《かたず》を呑むようにして尋ねた。ジャスミンの背後、カウンターの内側にいるペク・ルンが息を吸い込むのが聞こえた。「アルカンターラかい?」と将軍が尋ねる。

ジャスミンは黙ったままうなずいた。将軍はすぐ近くにいた。それで、ジャスミンはいちばん得意なことを実行できた。つまり、観察するということだ。ジャスミンは、将軍の眉間の皺が溶け去るのを見た。ほほえみが現れてまばらな口髭を両脇に引っぱると、そこに付着していた小さなパン屑が唇の上に落ちた。それを払いのけた将軍は、そのおなじ手で汗をかいてもいない額を拭った。それからジャスミンは、目で見るより先に耳で聞いていた。大きく轟くような笑い声が振動しながら将軍の腹を通り抜け、胸を過ぎ、口から飛び出てくると、軍服に包まれた身体全体を前後に揺らしたのだ。「きみたちをあちこち捜し回っていたんだよ！　行こう！」ひざまずいていた将軍が、助けを求めることもなくなめらかな動きで立ち上がった。いつも子どもたちのだれかに引っぱり起こしてもらっている父とは違うことに、ジャスミンは気づいた。

「将軍、この子はだれでもない子です。お探しの子ではないと思います」ペク・ルンの震える声が店内に響きわたった。

「安心しなさい。私はこの子の両親を知っているんだ」と彼は言った。そしてジャスミンのほうに手を伸ばすと、彼女は後ずさりした。「さあ、お嬢ちゃん、名前を教えておくれ」

将軍はジャスミンの身体を回転させた。驚くほどのやさしい手つきだった。そして、パジャマのラベルを引き出した。母は、いつもそこに子どもたちの名前を縫い付けるのだ。将軍は青い刺繍を読みながら言った。「ジャスミンか、なるほど。うちのハウスボーイに言って、ちゃんとした昼食を作らせよう」

ジャスミンは、頭が混乱して目眩《めまい》をおぼえた。数分前にはおそろしい人間に見えた将軍が、今ではやさしい親戚か近所のおじさんのように、食事を与えてくれようとしている。たしかにお腹は空いていた。ジュジューブに地下室に放り込まれて以来、なにも食べていなかったのだ。そのことを思い出したジャスミンは、苦々しげに唇を突き出した。家になんか帰るもんか。わたしがいなくてもいいと思ってる家族なんかいらないんだから。腹がぐうと鳴った。ジャスミンは、将軍の手の中に自分の手を差し込んだ。そして、その肌がなめらかなのに驚いた。二人が薬屋を出ると、扉がチリンと鳴った。

外では、青い車がエンジンを切らずに停まっていた。先の尖った縁なし帽をかぶった運転手が駆け寄ってドアを開け、問いかけるように将軍を見やる。そしてうなずきが返ってくると、今度はジャスミンのためにドアを開けて押さえる。ジャスミンはためらった。母にも姉にも、知らない人の車に乗ってはぜったいにいけない、と幾度となく注意されてきていたからだ。兵士たちがやって来て玄関の扉を叩き、〝クーニャン〟を引き渡せと要求したあの日のことも思い出された。だがジャスミンは、これほどすてきな車には乗ったことがなかった。座り心地のよさそうなシートだった。しかも、左足に塗ってもらったひんやりとする軟膏の効果は薄れて、痛みが戻りはじめていた。

「おいで」将軍はジャスミンにほほえみかけた。口髭がおどけたように持ち上がり、芋虫のように見えた。ジャスミンは笑いをこらえて乗り込んだ。豪華な車だった。茶色のシートは抱きとめるようにジャスミンの身体を支えた。うちにあるマットレスよりも快適だ。そして将軍は、ジャスミンから目を離せないようだった。二人はベンチシートに並んで座っていたが、ジャスミンには、将軍が自分の横顔をしげしげと観察しているのがわかった。それで、その視線を受けとめるために背筋をぴんと伸ばした。汚れたパジャマが気になり、胸の前で腕を組んだ。暑い空気が窓から吹き込み、ジャスミンの頭を心地よく撫でた。

「お母さんはどうしてそんなふうに髪を切るのかな？」将軍は、ジャスミンの頭にできている小さな禿げを指差しながら尋ねた。先週、母が誤って切ってしまった部分だ。

ジャスミンは口を開いたが、再び閉じた。家に男たちがやって来ることを、どう説明したらいいのかわからなかった。母親にバケツに座らされることも、エイベルの服を着ていることも、そして大人たちが口を揃えて〝あそこ〟を傷つけられると話していることも。答えを待つことなく、将軍は呟いた。「セシリーがそんなことをするなんて、おかしいな」

「お母さんのこと、知ってるの？」ジャスミンは尋ねた。

「まあね」彼はそう言い、窓外を流れていくアンサナの木を眺めた。将軍にはそれ以上話したいことがないのだと感じ取り、ジャスミンもまた窓の外を見つめた。無言のままそれから五分が過ぎていった。だが、気詰まりではなかった。ジャスミンは、自分には大人たちのことを見きわめる感覚が備わっているのだと考えるのが好きだった。意地悪な大人と親切な大人を見分ける力があるのだ、と。揚げバナナ《ピサンゴレン》の屋台で、いつもあきれ顔をしている女の人は意地悪。薬屋で助手をしているペク・ルンは親切。うちまでやって来て、玄関の扉をバンバン叩く兵隊たちは意地悪。ジュジューブに関してだけは間違っていた。ジャスミンの中にある〝親切な人リスト〟のいちばん上にずっといたのに、急にいちばん意地悪な人間になってしまった。そしてフジワラ将軍は、いちばん冷ややかな表情をしている時にも、親切な人のように感じられる大人だった。そう評価を下して安心したジャスミンは、シートにゆったりともたれかかった。


手でやさしく揺り動かされていた。「起きなさい。着いたよ」

「寝てなかったよ！」ジャスミンは甲高く叫んだ。きまりの悪い思いをするよりも先に、運転手がドアを開けてくれた。将軍はジャスミンに片手を差し出し、ジャスミンは自分の手を預けて車を降りた。

車は、大きな白い屋敷の前に停まっていた。これほど大きな家を見たのは、ジャスミンには生まれてはじめてのことだった。ご近所でいちばんの金持ち、ラージャ・ザインの家よりも、その妻で通り二本離れたところに住んでいるファリダーおばさんの家よりも大きい。ラージャ・ザインはマレー王族の末裔で、家は二階建てだったし、大きな犬を飼っていた。ジャスミンはその犬がこわかった。すぐに唸るからだ。曲がりくねった長い道の先にやわらかい緑の芝地があり、その中央に屋敷が鎮座していた。右側にも左側にも隣家はなかった。一軒だけ、ぽつんと独立して立っていたのだ。

「かつては、イギリス公使がここに住んでいたんだ。それを私が引き取ったのさ……」フジワラ将軍は言葉を切った。それから、「まあいい。さ、中に入りなさい」とジャスミンを手招きした。

邸内に入ると、やわらかい布製の室内履きに両足を収めた。将軍に手渡されたものだ。そしてジャスミンは、装飾柱の足許にきまり悪そうに立った。将軍は姿を消し、その代わりに日本人のハウスボーイが現れた。糊のきいた白い服を着て立っている。ハウスボーイはエイベルとおなじ年頃で、爪先立ちになるとひょいと身体を上下させた。それから両手で小さなコップをかたちづくり、それを口元へと運んで見せる。

「それってお水?」ジャスミンは尋ねた。

彼はうなずくと、冷たい水を充たしたブリキのコップをジャスミンに差し出した。そして、手招きで籐椅子に座らせる。その上に敷かれているクッションは、ジャスミンには経験したことがないほどの気持ちよさだった。まるで、ひんやりとした抱擁に包み込まれたようだった。間もなく、大きなお椀とともにハウスボーイが戻ってきた。白米から湯気が立ちのぼっていた。その上に載っている魚の切り身には、ニンニクと醤油がかかっていた。かぐわしい香りが部屋を充たし、ジャスミンは目が回った。ハウスボーイは、お椀をジャスミンの鼻先に差し出す。「おまえ」と彼は言い、スプーンを渡した。

最後の米をスプーンでかき込んでいるところに、将軍が下りてきた。ジャスミンは舌を突き出して、上唇についた米粒を口の中に入れる。ほんのわずかでも無駄にしたくなかったのだ。長いあいだ、これほどおいしい食事にありついたことはなかった。将軍は明るい色のゆったりとしたズボンと、袖なしのシャツに着替えていた。大きな穴から脇の下が覗いている。将軍はこのかっこうをしていると、さらに背が縮んだように見えた。年を取っているようにも見える。ジャスミンが知っている最も年寄りの人間は父親だったが、その父よりも老けて見えるくらいだった。

「どうしてお母さんのこと知ってるの？」とジャスミンは尋ねた。母が、家族やご近所以外の人間を知っていたことが驚きだった。なぜならジャスミンが思い出せるかぎり、母は外に出かけるのをいつもこわがっているようだったからだ。激しい嵐がやって来ると、まず小さな稲妻が空に走ってから、すさまじい雷が鳴り響くものだ。ジャスミンは、稲妻と雷鳴の狭間に感じる、次にやって来るものへの恐怖に震えあがるのが常だった。だが母ときたらいつでも、その狭間の時間の中で生きているように見えた——いつでもぶるぶると震えながら、空がピシャリと割れて雷が轟く瞬間を待ち構えているのだ。

「そうだねえ」と将軍は言った。そのやさしくおだやかな声は、ジャスミンの心をおだやかな静寂へと導いていった。「きみのお母さんは私を変え、世界を変えた人なんだよ」

第九章

ジュジューブ

ビンタン地区（クアラルンプール）

1945年8月17日

日本占領下のマラヤ

鎧戸の隙間から陽が差し込んでいた。いつもなら、ジュジュープは日の出とともに店を開ける。だが今日は、ジャスミンが家を抜け出していたと知って逆上したことで、いまだに頭の中がくらくらしていた。鋭い罪悪感が胸につかえたまま消えていない。うちに駆け戻って妹を地下室から出し、ぎゅっと抱きしめてやりたかった。でも、ジャスミンが暗い地下室をがまんできるのは、一日に数時間だけだということはわかっている。日暮れ時に出してやればなんの問題もないはず。ジュジュープはそう自分に言い聞かせた。あの子には、一度しっかりと思い知らせてやる必要があった。ジャスミンは時々、ほんとうに無邪気すぎることがあるから。ジュジュープは、背反する気持ちに引き裂かれていた。妹のそういう無垢なところを失わせたくないと感じながらも、同時に、自分で自分の身を守れるようにするために、妹に道理を叩き込んでやりたいとも感じていたのだ。あの子が危機に陥った時に、いつでもわたしが守ってやれるとはかぎらないのだから。おばかさんで無邪気なジャスミンは、人を信用しないようにしなければ。さもなくば——ジュジューブは身震いし、その先の想像を頭の中から押し出した。

くたびれた木製の鎧戸を開いているところに、タカハシ氏が飛び込んで来た。日だまりの中に立ち、長い影をコンクリートの床に投げかけた。

「今日は早いですね！」タカハシ氏が、いつもの茶色のブレザーとグレーのズボンという姿ではないことにジュジューブは気づいた。白い袖なしシャツを身に着けていて、開いた袖ぐりから筋肉のない腕が剝き出しになっていた。ジュジューブは目を逸らした。

「ジュジューブ！　ニュースがあります！　あなたに最初に知らせたかった！」

タカハシ氏の目の中で光がゆらめいた。先週は丸一週間、そんなふうに輝くことはなかった。手紙書きと不安とちぐはぐな靴で終始したからだ。

「はい？」

「生きています！　私の娘は、離れていたんです！」

ジュジューブとおなじ戦争を生き、その中で命を失ったとされていたタカハシ氏の娘、ジュジューブの共感を引き出し、タカハシ氏との絆の源となった娘のことだ。

「私の妹を訪ねて、大阪にいるのです！」

奇妙な感覚だった。鈍く重い風を腹で受けたみたいだった。それでも、常に警戒を怠らずにすばやく働くジュジューブの脳は、すかさず喜びに満ちた笑顔を浮かべさせた。そして口からは、祝福の言葉を次から次へと吐き出させる。「すばらしいニュースです！　ほんとうによかったですね！」

ジュジューブは、すべてを見逃さずに感じ取れた――床にあるオレンジ色の染みは、もう一人のウェイトレスがサフランティーをこぼしてできたもの。肩の痛みは、一昨日の夜、検問所の兵士に掴まれたところ。タカハシ氏の白い袖なしシャツには灰色がかった箇所があり、まるで汚れた水で洗ったように見える。わたしは喜ぶべきなのだ。この人に笑顔を見せるべきなのだ。この親切な人はわたしの友だちで、その人の娘の命が助かり、人生をもう一度生きていけるのだから。しかも、この親子はそうできて当然なのだ。なにしろタカハシ氏は、文学やジュジューブの将来への期待や思いやりや食糧配給券によって、毎日を明るくしてくれたのだから。いい人の身にいいことが起きた時は、自分の中に生まれた小さな喜びを捉まえて自分のものにするべきなのだ。こういうことはたまにしか起こらないのだから。身体の中で脈動している怒りなど、存在してはならない。

「ジュジューブ！　ジュジューブ！」

叫び声が、思いに沈むジュジューブを現実に引き戻した。ティーハウスの入り口に立つ母親の姿に衝撃を受けた。まばゆい朝の光を背中に受け、母は黒い影と化していた。「お母さん！　ここでなにしてるの？」

「あなたの……あなたの……」荒く息をつく母の口から唾液の飛沫が飛び、ジュジューブの顔にかかった。母は鼻水を流していた。左の鼻孔から鼻水がだらりと垂れている。ジュジューブは、大人が絶望する姿から目を逸らした。その朝、二度目のことだった。

「あなたの妹が逃げ出したの！」母はようやくそう絞り出した。

ジュジューブは、自分がどう反応すべきなのかわからなかった。あたりまえの人なら、矢継ぎ早に質問を浴びせかけるはずだ、と彼女は考えた。どうやって出ていったの？　お母さんが外に出したの？　どこに行ったの？　あたりまえの人なら、叫ぶとか泣くとか、とにかくこの場にふさわしく恐怖に駆られた表情を見せるはずだ。あたりまえの人なら、とにかくなんらかの反応を見せるはずなのだ。だがジュジューブは、床に根が生えたようになっていた。身体の奥からこみ上げてくるもので、頭の中が波打っていた。胸を通り、喉を抜けてまっすぐ頭へと突き上げてくる怒り。その強烈さに、目の前がほとんど見えなくなっていた。頭の骨肉に押しつけられ、その障壁がなければたちまちのうちに噴出してティーハウスの床に飛散し、その過程であらゆるものを燃やし尽くしていたことだろう。

自分でも気づかないままに目を閉じていた。開いてみると、ティーハウスの床に座り込み、ひたすらしゃくりあげながら泣いているだけの母をタカハシ氏が慰めていた。

「ジュジューブ、行きなさい」タカハシ氏が言った。その声には悲しみが溢れていた。「支配人には私から話しておきます」

ドライサーミが厨房から姿を現し、ジュジューブの心は沈んだ。叱られるものと覚悟したのだ。大騒ぎはやめて仕事に戻れ、と言われるに違いないと。

「すみません。妹が――母によると妹が――」とジュジューブは口ごもった。

「行きなさい」とドライサーミは言い、出ていくようにと手を振る。「今日は私一人で大丈夫だから」

そのやさしさが、ジュジューブには衝撃だった。黙ったままうなずき、母の腕を取った。思った以上に乱暴な掴み方になった。タカハシ氏に向きなおると口を開いたが、礼の言葉を言えるほどの感謝の気持ちがかき集められなかった。

侵略者であるこの人たちの願いは、希望を抱く図々しささえ持ち合わせていればかなえられるんだ。ジュジューブが考えられたのはそのことだけだった。タカハシ氏は娘を取り返した。どうやらその代償を払うのはわたしみたいだ――ジャスミンを失うことで。ジュジューブの胸のつかえは腫れ上がり、火付けの放った炎のように全身に広がっていった。


帰宅すると、家の中はうだるような暑さになっていた。時刻は十一時くらいで、手で触れるとすべての壁が温かかった。蟻の行列がキッチンカウンターを這い上がり、緑色の小さなホウロウのマグカップに群がっていた。青い丸顔の描かれた、ジャスミンのお気に入りだ。放置されたホーリックの中で、勝手に溺れている蟻もいた。ジュジューブがマグカップに手を伸ばし、残った飲み物を捨てるよりも先に、母が手刀を切るようにしてカウンターの上のものをなぎ払い、すべてが弾け飛んだ――ゴムベラ、食用油の瓶、中華鍋、木枠に入った家族写真、蟻にたかられたマグカップ。床を打つ一つひとつのものが、それぞれに耳障りな音をたてた。中華鍋はガランといい、ゴムベラはカタンという。食用油は静かにストンと着地するが、黄色い液体をあたり一面に撒き散らす。家族写真は胸の悪くなるようなガシャンという音をたて、緑のマグカップは空っぽになった。蟻たちが小さな点となって、人間の足やこぼれた液体のあいだを大慌てで逃げていく。マグカップは一度、二度と跳ねたあと、捧げもののようにジュジューブの足許で静止した。

「お母さん、やめて。キッチンがめちゃくちゃになるから」とジュジューブは懇願しながら、べたつくホーリックの麦芽飲料と、いやな臭いのする食用油の上をまたいだ。セメントの床の表面で、その二つは一体化しながら凝固しつつあった。

「わたしのせいよ」ジュジューブの母親が呟いた。

「違うって」ジュジューブはそう言い、拳を自分の胸に押しつけた。母ではなく、わたしのせいだ。ジャスミンを追い出したのはわたしだ。妹をこわがらせ、居場所がなくなったと思い込ませたのだ。ジュジューブは、頭を抱えて床にしゃがみ込んでいる母のもとに向かいかけた。母は、狂ったように荒い息をついている。床の汚れを避けるために、蟻たちが彼女の足を利用していることにすら気づいていないようだった。

「工場に行ってお父さんを連れてくる」ジュジューブはそう言った。だれかがちゃんとしなくちゃ、と彼女は考えた。

恐慌状態であえぎながら、母が言う。「あの人には貸しがある。あの人ならわかるはず」

「だれがわかるの？　お母さん、だれのこと？」

母は口をつぐみ、自分の左手の指をひねり上げた。折れるのではないかとジュジューブが心配になるほどの強さだった。ジュジューブは床にしゃがむと、油の上を這って母のほうへと移動した。今、母のところまで行かなければ事態は悪くなるばかりだと、どういうわけか確信していたのだ。

ほかのユーラシア系の母親たちと異なり、ジュジューブの母は娘の見た目を気にしたことがなかった。将来どういう結婚をするのか、あるいは男の子たちを惹きつける力をどのようにして身につけるのか、ということについても同様だった。ティーハウスで働くことになった時、ジュジューブは母を説得し、家計の助けになると理解してもらうのは骨が折れるだろうと考えた。ところが母は珍しくほほえむと、ほとんど誇らしげとも呼べる表情を見せたのだった。

それでも母は、あまりにも長いあいだピリピリと不安に神経を昂《たかぶ》らせていた。母が姿を現した途端に、その部屋の雰囲気が翳《かげ》るほどだった。いつでも自分で自分の手をねじりあげていて、眉間に刻まれた深い皺のせいで顔面が二つに割れているように見えた。だが、母が以前から神経質で殺気立った女性ではなかったことを、ジュジューブは知っている。自分が幼かった頃に、満面の笑みを浮かべたり、首を反らして哄笑したりしていた母の姿をおぼえているのだ。だがそういう記憶はすでに薄れ、摩耗していた。靴で壁を擦っても、うっすらと痕跡が残るばかりで、足跡と呼べるものが刻印されることはない。かつての母の姿は、ジュジューブの中でそれとおなじ状態になっていた。ジュジューブは、お気に入りの隠れ場所でしゃがみ込んでいた時のことを思い出した。キッチンの窓の下には細い排水路があって、ジュジューブは日陰になるその中が好きだったのだ。すると、窓からなじみのない男の声が漏れてきた。それからさらに驚いたことに、腹の底から笑う声が聞こえてきたのだ。その声にはなじみがあった。母だったからだ。それはまた、なじみのない声でもあった。母がそんなふうに笑うことはほとんどなかったからだ。ジュジューブは心の中で、その男のことを歯磨き粉おじさんと呼んだ。歯磨きをしたあとのような、すがすがしいミントの香りをさせていたからだ。一度だけ、雑貨店の外に立っているのを見たこともある。ミントの香りに気づいたジュジューブは、キッチンの窓の下に隠れていた日々のことを思い出して振り返った。すると、背の低い、顔の肌のなめらかな男が、こちらを見ていた。母も気づいたのだろう。ジュジューブの手を握る指に力が入り、掌がいやなかんじにべたついた。母は一瞬のあいだ目を閉じ、喉の奥を鳴らしながら小刻みに息を吸い込んだ。それから目を開くと、店の中へとジュジューブを引き入れた。知らない人の前を通り過ぎたみたいに、歯磨き粉おじさんを無視したまま。

ジュジューブが成長するうちに、歯磨き粉おじさんは物語の一つとなった。夜、ジャスミンといっしょに身体を丸めて月を眺めながら、語り聞かせたお話だ。兵隊たちが来ても、歯磨き粉おじさんが助けてくれる。歯磨き粉おじさんが、エイベルを家に帰してくれる。歯磨き粉おじさんが、お父さんの咳を止めてくれる。

「歯磨き粉おじさんって、どんなかっこうしてるの?」ある日、ジャスミンがそう尋ねた。ジュジューブの膝の上に収まり、大きな目をしばたたかせて姉の顔を見上げていた。だがどれだけ努力しても、ジュジューブには、その男の顔の特徴が一つも思い出せなかった。ただ、あのミントの香りだけが鼻の奥をくすぐった。

第十章

セシリー

ビンタン地区（クアラルンプール）

1936年

9年前、イギリス統治下のマラヤ

セシリーは分類するのが好きだった。秩序に癒やされる性質《たち》だったのだ。主婦とスパイに二分された生活ですら、必要に応じて蓋を開け閉めできるこぎれいな小箱のように感じられた。ほとんどの日は現地人行政官の妻として、特徴のない、だれの記憶にも残らない役割を演じた。まわりに違和感なく溶けこみ、だれにも疑いの目を向けられず、存在していることにすらほとんど気づかれないという女性だ。子どもにとっては非の打ちどころのない母親だった。ほかの母親たちと交わり、ご近所の些細なゴシップを囁き合い、自分の子どもたちには食事を与え、服を着せ、本を読み聞かせた。ゴードンはそんな彼女のことをつねづね、妻と母の素質をすべて兼ね備えた人、いつも先回りして面倒を見てくれる人、平凡な人生をおおむねしあわせに生きている人、と語った。

大日本帝国軍に情報を提供する者としてのセシリーは、それにふさわしい周到さを身につけていた。機密情報と不必要な情報とを嗅ぎ分ける能力と、ゴードンの会合に軽やかに出入りする要領の良さを持っていたのだ。そうやって小耳に挟んだ情報の欠片を、フジワラとともに結び合わせていった。情報収集というのは、大きなパズルを解く作業に似ていた。小さなピースはあちこちにあった。計測記録の断片、地図の切れ端、囁き交わされていた会話の言葉尻。そうした小さな情報をフジワラとともに組み合わせ、彼の上官たちに提出するための具体的な報告書にまとめ上げている時には、計り知れない力を手に入れたように感じられた。この世界で自分にできないことはないような気持ちになった。

秩序を愛するということはすなわち、思い焦がれる気持ちを楽しめないことを意味する。フジワラに焦がれる気持ちが報われそうに感じられる日もあった——フジワラがほほえみを浮かべた日、なにもかもが良い方向に進んでいるとフジワラに告げられた日、特別に難解な情報を解読できた日。だがそうでない日には、自分の思い焦がれる気持ちに震えあがりパニックに陥りそうになった。すべてはフジワラに認められるかどうかにかかっていて、認められなければ自分は使いものにならなくなってしまいそうに感じられたからだ。焦がれる気持ちとの、恐怖に満ちた苦闘の中で、フジワラの上唇の上、より堂々として見えるようにと彼が伸ばしつつあるまばらな口髭の上にわずかに覗く肌に、キスをしたことがあった。セシリーの唇が押しつけられているあいだ、フジワラは身じろぎ一つしなかった。前のめりにもならず、後ずさりもしなかった。身を引き離すと、セシリーの口の中には塩味が残り、ヘアクリームの放つミントの香りが身体中にまとわりついていた。フジワラはセシリーを見つめて「ありがとう」と言い、二人で進めていた湿地帯の地図を解読する作業に戻った。まるで、セシリーにはただ単に書類を手渡されたか、こんにちはと挨拶されたに過ぎなかったかのように。

セシリーはその焦がれる気持ちをゴードンに向けて吐き出し、夫は大いに喜んだ。「もうへとへとだよ」特に旺盛だった夜のあと、ゴードンがそう漏らしたことがあった。シーツもセシリーの身体も、彼の汗にまみれていた。開け放した窓からは、生ぬるい微風が入ってきた。「僕くらい運の良い男もいないだろうね」セシリーは歯を食いしばり、暗い寝室を睨みつけながら満たされない気持ちを抑え込んだ。

一九三六年のはじめ、モンスーンの風向きが北東から南西へと変わりはじめた頃、町は港の放火事件の話で持ちきりになった。公使公邸での晩餐会における大胆な諜報活動からは、ちょうど二カ月ほどが過ぎていた。その朝、新聞には怒りを露わにした大文字が躍っていた。

二月のルウィシャム港火災、犯罪行為の疑い

前夜、近所の人々はいっせいに外に飛び出ると、オレンジ色の炎が夜空に渦巻き、月に手を伸ばして触れようとしているかのような光景を眺めた。セシリーには、灰まじりの空気に勝利の香りが感じられた。これはイギリス空軍にとって壊滅的な打撃である、と新聞は書きたて、破壊された空軍機を数え上げた。そしてイギリス空軍機が港で修理を受けていた事実は、〝内部〟情報に通じる者にしか知り得ないことであると論じた。〝内通者〟がいるのだと。セシリーは、格納庫の黒ずんだ残骸の写真も見た。川の泥水を背景に揺れる、骸骨のようだった。新聞紙に手を押しつけると、指先が灰色になった。ゴードンに見られていないところで、インクを舐め取った。聖餅《せいへい》のような味がした。いや、唯一無二の味だった。唇に力を入れて細い直線のかたちにし、心配そうな真顔を保った。だが内側では、二人の成功を喜ぶ温かい気持ちが迸《ほとばし》り出ていた。自分の手に入れた機密情報が、日本軍の行動に直接影響を与えたのだ。おなじ日の後刻、セシリーは雑貨店に赴き、生成りのノート用紙を一枚置いてきた。それは彼女が手に入れた最新の機密情報だった。近所を流れている川の植物を、ゴードンが記録したものだ。しわくちゃになった紙片の裏の片隅に、セシリーはこう走り書きした。

幸甚のいたり。次は？

それからの二週間、ビンタンは動揺と恐怖に満ちた憶測に呑み込まれた。セシリーのまわりでは、男たちが連行され尋問を受けた。イギリス人たちは、内通者を駆逐しようと躍起になっていたのだ。隣近所を噂が駆け巡り、柵越しに囁きが交わされ、夜になっても帰宅しない夫たちがいた。その妻たちは半狂乱になり、隣人の家の扉を叩いて情報を求めた。だが扉はぴしゃりと閉ざされた。裏切り者の疑いをかけられた男の妻と、共謀していると見られたがる者は一人もいなかったのだ。

当初セシリーの中に湧き起こった歓喜は、たちまちのうちに萎んでいった。ゴードンは毎日、眉根を寄せて帰宅した。目の下には、不安の皺がいくつも刻まれていた。セシリーは夫を質問攻めにした――だれが尋問に連行されたの？　当局はどこから情報が漏れたと考えてるの？　なにを根拠に、内通者だって判断されるの？　連行された人たちは、尋問でどんな目に遭わされてるの？　ゴードンは辛抱強かった。答えられることは少なかったが、最善を尽くした。今日はリンガムが連れて行かれたよ。情報がどこから漏れたのかを特定することは難しいな。書類は一枚も紛失していないからね。ただ、港の中でも特に軍事的に重要な区画を狙って放火されたということを示す証拠しか手に入っていないんだ。犯人さえ捕まえれば、内通者だとわかるってイギリス人たちは考えている。だが、尋問ではどんなやりかたで情報を引き出すの？とセシリーが食い下がると、ゴードンの顔は暗くなった。

「いろんな方法があるのさ」と彼は言った。「きみは知らないほうがいい」

だがセシリーは知りたかった。そして情報の欠落を埋めるようにして、セシリーの見る夢は拷問の想像でいっぱいになった。顔のない男たちに死ぬほど殴られ、それを見ている子どもたちが悲鳴をあげるのだ。死ぬには無限の方法がある。セシリーの頭の中は、そのことでいっぱいになった。「ゴードン」ある晩、子どもたちを寝かしつけてからセシリーは尋ねた。「首を吊られて死ぬのと溺れ死ぬのと、どっちがましかな」そう口にしてからすぐに後悔した。ゴードンの顎が震えはじめ、怪訝そうに見つめる両目が濡れて輝いたからだ。「ごめんなさい」と彼女は言った。「こわいだけなの」

ゴードンは両腕をセシリーの身体に回した。「僕たちは安全だよ」と彼は耳元で囁いた。「忠誠心を疑わせるようなことはなにもしていないからね」

罪悪感をおぼえるべきであることはわかっていた。なにも知らない哀れなゴードンは、自分の肉体によって妻に安心感を与えようと一生懸命なのだから。自分を盾にして、最悪の事態から守ろうとしてくれているのだ。だがセシリーは、ぴりぴりと刺すような嫌悪を感じた。肌がカッと熱くなった。フジワラならこんなことはしなかっただろう。こういう弱さを見せることはなかったはずだ。

とはいえ、実際フジワラはどこにいるのだろう？　火事からの十五日間、セシリーはフジワラからの接触を待ち続けた。なんらかの指示が届くものと考えていたのだ。たとえそれが、目立たないようにしているように、というだけのものであっても。情報を提供しはじめて二年になるが、これほど長い期間、連絡が途絶えたのははじめてのことだった。ちょっとした物音にもびくつくようになった。町角をくまなく見わたして、フジワラの影を探した。だが見つからなかった。いつでも、接触してくるのはフジワラのほうだったのだ。指示を出し、会う場所を伝えてきたのはフジワラだった。そして今、その錨を失ったセシリーは途方に暮れていた。こんなふうに男に依存するなど、いまいましいかぎりだった。男の側の沈黙が、セシリーを混乱の悪循環の中に叩き込んだ。時には怒りが湧き上がり、それが恥ずかしさや恐怖になることもあった。そういう渦巻く感情が硬い岩となって、腹の底に腰を据えた。それがあるおかげで、すべてをこなすことができた。食べる、排泄する、眠る、存在するといった、とてつもない努力を要することを。あたりまえの生活を保つためには、自分の中にある力をすべて傾ける必要があった。子どもたちを食べさせ、夫に挨拶をし、市場に出かけ、ほかの妻たちと噂話に花を咲かせ、道端で会う人に「こんにちは」と言い、夕食を作り、単純な日常を演じる。その一方で、セシリーの身体は途切れることなく叫び声をあげながら、一人の男を求め続けていた。どうやら、いちばんそばにいてほしい時に自分を見棄てたらしい男を。

　イギリスの植民地当局による捜査は、停滞や再始動を繰り返したあとで、中国系住民に的を絞った。周恩来の送り込んだ共産党のスパイが、行政府内部に存在すると確信したのだ。ヤップ夫人の夫、カピタン・ヤップはただちに第一の容疑者となった。そして時をおかず、対立関係にあるグループの頭領たちは、追いつめられた彼が潜んでいた隠れ家を明かした。未亡人となっていた義理の娘の家に潜伏していたのだ。逮捕しに現れたイギリス人警察官たちは、獣を扱うようにカピタン・ヤップの首に鎖をかけ、トラックの荷台に放り込んだ。以降、彼の姿を見た者はいなかった。

　カピタン・ヤップの逮捕により、ビンタンでは暴力が解き放たれた。指導者を失った中国系住民の各グループは、その地位を手に入れるべく抗争をはじめた。人々は内戦の勃発を噂した。パーム油とゴムの生産に携わるアールン・リンガムを夫に持つリンガム夫人は、イギリス人たちに対する激しい怒りを露わにした。「わたしたちばっかり目の敵にして疑うんだから！　自分たち西洋人《グウェイロウ》自身はどうなのよ？　身内を疑うべきじゃないの？」

　カピタン・ヤップが逮捕されると、妻たちはヤップ夫人の家に集まることで支援の姿勢を示した。

慰めの言葉を囁いたり、熱いお茶を持ち寄ったりしたのだ。セシリーは、常日頃からそういう小芝居が嫌いだった。ほんとうに気に懸けている者など一人もいないのだから。みな新しい情報を仕入れたくてうずうずしているだけなのだ。あとで身内のあいだで語り合えるような、ちょっとしたネタを。それは妻たち自身が輝くための宝石であり、持ち帰って夫たちに披露できる収穫物だった。そして夫たちのほうもまた、ご近所の噂話などどうでもいいという顔をしながら、なにもかも知りたいという気持ちでは妻たちとおなじなのだった。

ヤップ夫人は、緊張病《カタトニア》に近い状態に陥った。床に座り込んで身体を前後に揺らし、顔は浮腫《むく》んで丸く腫れ上がった。醜態だった。愛っていうのはある意味で、おしなべて屈辱的なものね、とセシリーは考えた。愛するとは、自分の魂を砕いて小さな欠片にして、その破片をだれか別の人にパズルとして差し出すという行為なのだ。〝自分を元どおりにしたいから手伝って〟というわけだ。やさしく語りかけたり空騒ぎを繰り広げたりしている女たちのあいだに腰を下ろしながら、セシリーはヤップ夫人の後頭部を観察した。普段のヤップ夫人の髪は、頭の中心部にきれいな線を描いて分けられ、高々と束ねられている。だがその日は、ギザギザの分け目に凹凸ができ、髪の束は怒れる蛇のように持ち上げられていた。

「なにか欲しいものはある？」セシリーはヤップ夫人に囁きかけた。応えは期待していなかった。

「ここから連れ出して」という囁きが返ってきた。ヤップ夫人の息は、もはやエシャロットとミルクの香りではなかった。鼻を突く苦い匂いがした。何日もうがいをしていない人間の息だった。

罪悪感を抱いてしかるべきだという自覚はあった。この家族は、わたしが手を染めた犯罪によってばらばらに引き裂かれたのだから。だが、ヤップ夫人にはなにも感じなかった。セシリーの中には、痛いほどフジワラを求める心があるばかりだった。それこそが、最も屈辱的なことだった。自分はフジワラによって変えられてしまった。そして、フジワラの手によって変えられた自分の中の小さな一部分を、誇らしく思う気持ちもあった。それはつまり、フジワラは、自分自身のなにかをセシリーの中に残していった、ということを意味するからだ。フジワラに与えられたのは、より大きく、より聡明な自分なのだ。そしてこの新しい自分自身を味わってしまったセシリーの中には、もっと、もっと、と切望する気持ちが生まれた。

「水を持ってきてあげるわね」ヤップ夫人にそう言い残して立ち上がったセシリーはキッチンへと歩いていき、振り返ることなく裏口の戸を開けて立ち去った。

第十一章

エイベル

カンチャナブリ収容所（ビルマとタイの国境地帯）

1945年8月18日

日本占領下のマラヤ

エイベルの目がすばやく見開かれた。またしても朝だ。鶏小屋に入れられて三日目、まるで鶏小屋で暮らしているような気分だった。毎朝、茶色い雌鶏に突かれるのが日課となっていた。こちらが縄張りに侵入しているようなことに苛立ち、怒っているのだ。昨夜、エイベルとブラザー・ルークは、対角線上の位置に陣取り、暗闇の中で睨み合った。エイベルは、ブラザー・ルークのところまでにじり寄り、顔がぐしゃぐしゃになるまで殴り付けてやろうかと考えた。なにしろあいつに売られたせいで、こんなひどい生活をしているのだから。だが、身体がここまで衰弱していては、取っ組み合いをしても勝てそうになかった。対するブラザー・ルークのほうは、エイベルのことがわからないようだった。それがエイベルの怒りをさらにかき立てた。こいつのせいで、ほかにどれだけの人たちがおなじ目に遭ってるんだろう？　こいつはほかに何人の男の子をさらって日本人に売り飛ばしたんだろう？　その見返りはなんだったんだろう？　ブラザー・ルークは今、エイベルとおなじ鶏小屋に閉じ込められている。

扉の掛け金が再び外された。少年と男はそれぞれ片隅で縮こまり、最悪の事態に備える。

「白人ぼうず！」アキロウ親方が、鶏小屋の低い天井に合わせて身をかがめながらそう言う。

ほっと安堵したブラザー・ルークの両肩が下がる。エイベルはそれに気づき、怒りに拳を固めた。こんなのおかしい。

「おまえ、こいつが好きだろ？　欲しいか？」アキロウ親方はフラスコ瓶を開け、中の液体を揺らした。誤りようのないトディのあの甘さが、湿気と鶏の糞の臭いの中をエイベルのほうへと押し寄せた。

エイベルは歯を噛みしめて自制し、自分をぼろ雑巾のようになるまで殴り付けた男を拒絶したかった。こいつはほんの数時間前に――いやだ、あの出来事については考えたくもない。だがエイベルの身体がその意志を裏切った。トディへの激しい渇望から、思わず狂った獣のように空中を嗅いでいた。そしてドアのほうへ、アキロウのほうへ、トディのほうへと這い出していたのだった。食道をチリチリと焼きながら下っていくあの感覚が必要だった。神経を伝わり広がっていく温かさが必要だった。身体中の神経が今、切り傷や打撲や咬み傷や骨折で悲鳴をあげている。頭の中の悲鳴が単調な唸りに変わり、全身を毛布のように包み込んでくれるまで飲み続けたかった。

「おっとっと、ダメだぞ」アキロウ親方はさっと引き下がり、フラスコ瓶に蓋をした。「ただというわけにはいかんのだ、白人ぼうずよ」アキロウは地面をまさぐると、家畜の檻に餌を放り込むような仕草で、エイベルに向かってなにかを投げた。それは大きな音をたてて地面を打ち、死んだ雄鶏以外の鶏たちがやかましく啼き声をあげた。さかんに羽ばたきながら、憤然として小屋の隅へと移動していく。アキロウ親方が投げたのは、細長い鋼材の切れ端だった。エイベルは、これまでに幾度となく鋼材には触れていたし、運んだり配置したりしたことがあった。ほかの少年たちとともに携わっていた、鉄道線路を敷設する作業の一環だったからだ。

顔を上げたエイベルは驚いた。入り口だけでなく小屋の周囲にまで小さな人だかりができていたのだ。日本兵とともに少年たちの姿もある。見物しやすい場所を争い、押し合いへし合いしていた。群衆を見わたすと、アー・ラムがいた。アズラーンもラーマもいる。それから、いつものように少し離れたところにフレディが立っていた。青い目を細めてブラザー・ルークを見つめている。エイベルは口を開き、鋼材をどうしろって言うんだ、と尋ねかけたが、出てきたのは喉を詰まらせたような音だけだった。アキロウ親方は、底意地の悪い笑い声をかすかにあげた。

「おまえは殺す。アキロウ親方は飲み物をやる。おまえを出してやる」アキロウ親方はそう言った。

鶏小屋の外にいる少年と兵士たちが歓声をあげた。「やれ、やれ、やれ！」

ブラザー・ルークはすでにして悲鳴をあげていた。「だめだ。きみ、頼むからやめてくれ」

世界は残酷だ、とエイベルは考えた。足の先には、願いをかなえるための道具が転がっていた——エイベルの人生を破壊し、エイベルを奴隷として売り飛ばし、愛するものすべてをエイベルから引き離した男を殺すための。だが今ここで求められているのは、娯楽として、まわりにいる者全員が楽しむための殺人だった。自分自身の犯された肉体を駆使し、アキロウ親方に睨《ね》めつけられながら。普通なら罪悪感をおぼえるはずの場面だ。恐怖でもなんでもいい、とにかくなにかを感じるべきなんだ。だがエイベルは、骨が砕けそうな疲労しか感じなかった。鋼材を持ち上げる力さえ、残っているかどうか怪しかった。

「やれよ、白人ぼうず。さもなきゃ一生出られんぞ。そしたらそいつに殺されるぞ」アキロウ親方は、エイベルから十センチも離れていないところに座り込んでいるブラザー・ルークを指差した。エイベルがあたりを見わたすと、観衆は小屋の金網に顔を寄せながら、少年も兵士も区別なく音高く足を踏み鳴らしていた。小屋全体が揺れていた。茶色い雌鶏は恐怖のあまり啼き声をあげながら羽をばたつかせている。振動とともに、雄鶏の死体が跳びはねた。エイベルは、入れ替わりたいと願った。腐りかけの死体になって隅っこに転がってるのがおれだったらよかったのに。憎たらしいこの男の生き死にを握ってるのが、おれじゃなかったらよかったのに、と。

「エイベル、やるしかない」背後の金網の外で声がした。フレディだった。エイベルに最も接近できる場所に、回り込んでいたのだ。フレディはまばたきもせずエイベルを見つめた。混乱の中で、不安をかきたてる静けさをたたえて。

赦しは、ありとあらゆるかたちで与えられるのだ。エイベルはそう気づいた。ブラザー・ルークは、赦しを与えられるのは神だけだと生徒たちに教えていた。ならば、アキロウがエイベルを内側から壊した時、神はどこにいたのだ。ブラザー・ルークが自分の身を守りたい一心で幼い少年たちを売り渡した時、神はどこにいたのだ。殺すか、死よりもひどい運命に身をゆだねるか。二つに一つの選択肢しかない今、神はどこにいるのだ。フレディは、十四歳の痩せっぽちのフレディは、幼い身空であ りとあらゆることを目にしてきた。そして今、エイベルの背中を押していた。ならばフレディのためにやってやる。ブラザー・ルークは、フレディからも奪ったのだから。

エイベルは立ち上がった。頭を小屋の天井に打ち付けないように、膝と肩を曲げる。自分の影が鋼材を持ち上げ、振りかぶり、両腕にありったけの力を込めるのが見えた。自分の影は鋼材を空中で止め、それからブラザー・ルークの歯に向けて振り下ろした。

⁂

「だれか吐いた奴がいるぞ」エイベルの視界は霞《かす》んでいた。苦い胆汁の臭いが鼻腔を襲う。

「立てよ、ぼくには持ち上げられないよ」霞の向こうからフレディの声が聞こえてきた。背中にだれかの肩が当たっていた。こちらの身体をむりやりに引き起こして座らせようとしているのだ。それで背筋を伸ばしかけるとたちまち吐き気がこみ上げて、口から噴き出そうになった。そうか、てことは吐いたのはおれだったのか。

「エイベル！　身体を起こさないと窒息するぞ」

「なにがあったんだ？」頭の中に綿を詰められたようなかんじだ。

「壁にもたれかかって」フレディはそう指示を出し、エイベルの左肩を壁に押し当てる。自分たちが宿舎の外にいることに、エイベルはようやく気づいた。歪んだ太陽と、斜めに丸まっている影のかたちからすると、時刻は午後の半ばくらいに違いない。「あれをいっぺんに飲み過ぎたんだよ」

朝の出来事が断片的に蘇った。鋼材がブラザー・ルークの歯に当たった時の砕ける音、その歯が一本飛んできて腕に刺さったこと。顔を血だらけにしたブラザー・ルークがうつ伏せに倒れ込み、そのまま這って逃げようとした時に収容所で湧き起こった歓声。エイベルは無意識のうちに自分の腕に目をやった。肉に突き刺さっていたブラザー・ルークの歯は、もうない。だがそこには血に染まった切り傷があり、滲み出た膿汁が玉になりかけていた。血塗《まみ》れになった鋼材を、逃げようとしているブラザー・ルークの背中に振り下ろした時に聞こえた、二回目のぐしゃりという音。そしてそのあと、横たわっているブラザー・ルークが痙攣しはじめたこと。死んでいるのか生きているのか、エイベルにはわからなかった。錆っぽい匂いが充満し、鶏は啼き声をあげ、汗と死の臭いが鼻にツンときた。足を引きずりながらアキロウ親方に歩み寄り、フラスコ瓶をひったくるといつまでも飲み続けた。焼けるような感覚が喉を下り、空っぽの胃に達し、目が回りはじめてどちらに顔をそむけても太陽に目を射られ、それからようやく解放が訪れて暗闇に包まれたのだった。

エイベルは身体をずらし、両肩を壁に押しつけた。太陽に温められた石はひどく熱い。だが皮膚には痛みをほとんど感じなかった。トディの効き目が消えていないのだ。ぎこちなく重心をずらそうとすると、なにかが背中をつついた。火傷しそうなほどの熱だ。視線を下ろすとそれは鋼材で、端が濃い錆色に染まっている。乾いた血だ。鋼材は中ほどで折れ曲がっていた。ブラザー・ルークの身体に打ち付けた部分だった。

「あいつは——？」

「ブラザー・ルークなら、原っぱに運ばれていったよ」原っぱとは、死体処分場のことだった。日本兵たちは、深く掘った穴の中に少年たちの死体を積み上げた。そして、太陽に照りつけられて腐乱した死体で穴がいっぱいになると、土をかぶせて埋めるのだ。

「ありがとう」フレディは小声で言った。頭の中に綿がぎっしりと詰まっているエイベルには、ほとんど聞き取れないほどの声だった。

「なにが？」エイベルは尋ねた。

フレディは、エイベルの背中に当たっていた鋼材を引き抜いてやろうとする。そして熱くなった金属に指が触れた瞬間に悲鳴をあげてから、それを木立の中へと放り投げた。葉がバサリと音をたててから、茂みの向こうのどこかで地面を打つ鈍い音がエイベルの耳に届く。鋼材は視界から消えた。

「べつに理由なんかないけど、ありがとう」フレディはそう言い、エイベルの顔を正面から見つめる。エイベルの意識が戻ってから、はじめてのことだった。フレディの両目は、空のように青く澄みわたっていた。「それじゃ、いっしょに立ち上がるよ」


人を殺すと、昼と夜の境目が溶けはじめる。鋼材がブラザー・ルークの歯を打つぐしゃりという音が頭の中で延々と再生され、それがエイベルにとっての一日の区切りとなった。ブラザー・ルークの歯が刺さった傷からは本格的に浸出液が滴りはじめ、膿汁と血が腕を伝い下りた。治りかけてかさぶたに覆われるたびに、エイベルは傷口をつついた。人殺しに癒やしはない。エイベルに癒やしは訪れないのだ。

それでもなお、収容所での毎日は続いた。日中は、これまでどおり過酷な労働をこなした。鉄道線路は完成間近だった。木材と鋼材の線が、なめらかに平行して走っていた。だが夜になると、今までにはなかった新しいものが空気中に漂った。少年たち自身には明確に正体を見きわめられない、ある自暴自棄の感覚が現れたのだ。収容されている少年たちの中で、だれよりも日本語が流暢だったラーマは、兵士たちの会話を小耳に挟んだ。日本本土の都市が次々と爆撃されていること、アメリカ兵たちのこと、降伏のことが話題にのぼっていた。一日ごとに、作業を監視する兵士の数が減っていった。毎夜、多くの兵士が収容所を脱走していたのだ。ラングーンとバンコクのあいだで物資を輸送する鉄道を建設したって、もはや意味なんてない、と彼らは不平を漏らした。なぜなら、すでに輸送すべき補給物資がないのだから。あとに残った兵士たちは、残忍になると同時に柔和になった。退屈すれば以前にも増して少年たちを蹴ったり殴ったりしたが、少年たちの作業を監視しようという意志ははるかに薄くなっていた。アキロウ親方は居残り組の一人だった。だがその顔はますますやつれ、エイベルとフレディへの関心も失ったようだった。携行している小さなトランジスターラジオに日がな一日かじりつき、雑音だらけの日本語ニュースに耳を澄ましていたのだ。

夜はにぎやかになり、日本兵たちがそれを気に留める様子はなかった。少年たちは奇妙な親密さを見せた。宿舎に集まり、互いに身体を押しつけながらひしめき合ったのだ。この収容所において、彼らに残されたものは互いの存在だけだった。脚と脚、腕と腕が重なり、縮こまった足は身体の下敷きとなり、べとつく脇の下は肩や首に密着した。その近さが、その汗の匂いが、慰めのようなものをもたらした。自分は生きている、自分はまだここにいる、その事実を思い出させてくれたのだ。

そうした集まりはまた、ある新しいものに、希有なものに取って代わられていった。ささやかな喜びの瞬間だ。それぞれの宿舎の中で暑さにうだりながら酒を飲む息苦しい夜が、音楽や歌で満たされていった。メロディーとハーモニーが、熱気のように空中に立ちのぼった。ラーマは歌えることがわかった。腹の底から、甘く力強い旋律を大声で歌い上げた。古いマレー民謡もあれば、ジミー・ディヴィスやクリフ・エドワーズ、フランク・シナトラの曲もあった。アズラーンは、その長く器用な指先を駆使し、収容所内で手に入る廃材を組み合わせて手製のアコーディオンを作った。二人は歌と演奏をこなし、ほかの少年たちはそれに合わせていっしょに声を張りあげた。その中には、仲間よりも歌の才能にすぐれた者たちもいた。特別に思いきったことをしたくなると、ディズニーによる風刺短篇映画『総統の顔』の主題歌をがなった。ただし、歌詞の中の「総統《フューラー》」を「天皇《エンペラー》」と言い換える。そうすることで、断固とした不服従の姿勢を見せているような気分に浸ったのだ。

フレディのお気に入りは『星に願いを』だった。夢想家と希望についての素朴な曲で、エイベルには少し鼻につくように感じられた。決して大声では歌わないフレディだったが、この曲がはじまるとたちまち生き返ったようになり、目を明るく輝かせながら熱烈に歌った。もしかするとおれたちは生き残れるかもしれない。フレディの真っ青な瞳は、エイベルにそう感じさせた。

ある晩、ラーマがその曲をとりわけ熱っぽく歌ったあと、フレディはエイベルに向きなおった。「これってぼくらのことだよ、エイベル。ぼくたちだって夢を見られるんだよ」そこで彼は腕を巡らせて収容所全体を示し、「こんなところにいても」と言った。

「なんの夢だよ」とエイベルは小馬鹿にした。「この間抜けな収容所以外にどんな夢があるんだよ。おれたちはここで飢えて、ここで死ぬんだぞ？」

「希望を持つことが悪いとは思わないな」フレディはおだやかにそう言った。

「だいたい、なんであんな歌が好きなんだよ」エイベルは不機嫌そうに言う。トディを飲んでいると、気が短くなることがあった。

「酔っ払ってる時のエイベルとしゃべるのは嫌いだ」フレディは肩を動かし、エイベルから離れた。

日本兵は自分たちの心配事に気を取られ、ますます酒の管理をなおざりにした。最近では飲みかけの瓶をいたるところに放置するようになり、トディは日に照らされて蒸発するがままになっていた。エイベルは、その飲みさしをあおった。時には、ほとんど中身の減っていない瓶をくすねることもできた。小便に立った兵士たちが、屋外便所の脇に置きっぱなしにしたものだ。それはまったく新しい魔法の国だった。薄く淡いその空間の中にいれば痛みもなく、あらゆるものが揺らいでいたし、あの胸の悪くなる音、ブラザー・ルークの歯に当たった鋼材のたてたぐしゃりという音を思い出すこともなかった。あるいは、そのあとで足にこびりついた血だまりのことも。

「飲むの、やめたらいいのに」フレディはそう続けた。

「おい、なんだってんだよ」フレディの腕を掴んだエイベルは、自分がひどく力を込めていたことに驚いた。いまだに膿み続けている傷に、鋭い痛みが走ったのだ。

「やめろよ」フレディはエイベルの手から腕を引き抜いた。鋭い口調だった。

「ごめん」エイベルはそう言った。舌はうまく動かず、目は潤んでいた。エイベルは顔を逸らした。やめられるのならやめたかった。何時間か飲まないだけで身体が震え出したり、汗が噴き出したりしなければいいのに。しかもこのところ、目も言うことを聞かなくなっている。たぶんトディのせいなんだろう。もしかすると、忘れようとし過ぎているからかもしれない。とにかく、興奮すると恥ずかしいほど涙が湧き出てくるのだ。だから、ほかの少年たちに見られないようにとその場を立ち去る。裸足のまま宿舎を出ると、地面はやわらかくぬかるんでいるが、足の裏で触れるとひんやりしていた。エイベルはわずかにふらつく。さっき便所の裏で見つけた瓶には、半分残っていた。そのトディがようやく効き目をあらわしたのだ。エイベルの中に澱んでいたものが、きれいに洗い流されていく。頭の中の声が低くなり、夜の音が——コオロギの鳴き声や少年たちの笑い声が、なめらかになった。エイベルはよろめきながら小道を歩き、立ち並ぶバラックから離れていった。工事現場を過ぎ、積み上げられた木材と鋼材の傍らを通り、ほとんど完成した鉄道線路も越えていく。

トディを飲めば、ブラザー・ルークの身体を砕くあのぐしゃりという音は止まった。だが、奇妙なかたちで記憶が飛ぶのは防げなかった。たとえば夜だ。友人たちの騒々しい歌声と、楽しんでいる彼らの身体から噴き出る汗を尻目に、その場を離れたことはおぼえている。フレディにカッとしたことも、謝らなきゃと考えたこともおぼえている。だが次に思い出せるのは、それから何時間も経ってからのことだった。前後に身体を揺すっていると傍らにはフレディがいて、またしても鶏小屋の中にいた。いつからここにいるんだろう？　どうしてここにいるんだろう？

「しっかりしろよ、エイベル。またここに戻ってきてたんだぞ。さあ、行こう」

フレディはいったいなにを言っているんだ？

「おれ、最後にここに来たのはいつ？」エイベルは尋ねた。

「エイベル、きみは毎晩ここに戻って来るんだよ」

「なんでかわからない。おれは――あれから――」支離滅裂な言葉が飛び出そうになった。

「アキロウに閉じ込められてからのことだよね。わかってるよ」

腹の中がざわりとした。恥ずかしさと絶望に圧倒され、溺れそうになる。アキロウ親方にされたことを、フレディは知っているのだろうか？　エイベルは身震いした。ベルトのバックルが埃まみれの地面を打つ音が、蚊の唸り声が、ギラギラと輝く夕陽が蘇った。

「ブラザー・ルークのせいだね」フレディのやさしい囁き声が震えたようだった。「あいつにあんなことしたくなかったんだよね。わかってるよ」

エイベルは、嚙みしめた歯のあいだからシュウと音をたてて安堵のため息を漏らした。フレディはアキロウのことを知らないんだ。ありがたい。ささやかなことだけど、ありがたいことはたしかだ。

エイベルはもう、これ以上の屈辱には耐えられなかった。

「フレディ、おまえ毎晩迎えに来てくれてるのか？」とエイベルは尋ねた。

「いつもだよ」とフレディは答えた。

第十二章

セシリー

ビンタン地区（クアラルンプール）

1936年

9年前、イギリス統治下のマラヤ

一九三六年の、一年で最も暑くなる六月頃のこと、夫とともにチョン・シン・キー雑貨店を営むムイおばさんは、耳を貸す者にはだれかれかまわずこんなことを話していた。セシリー・アルカンターラは頭がおかしくなっちまったんだよ、と。中等学校で働くプアン・アズレーンには、アルカンターラさんは日に日にかっこうがだらしなくなっていくね、脂ぎった髪からは不潔な臭いがするんだから、と語った。紳士用装身具の店を営むチュア夫人にはこう話した。アルカンターラさんは一日二回、時には三回も店に来てはアイスクリームを買っていくのさ。まったく、子どもたちがあれだけの量のアイスを食べてたら、いったい歯がどんな状態になることやら。

そして実際に、正気を失いつつあることをセシリー自身が自覚する日もあった。セシリーは毎日毎日、だれかがやって来るのを待ち構えた。警察官、軍人、あるいはイギリス諜報機関のスパイが現れて、自分は連れ去られるのだと思い込んでいたのだ。だれかが玄関の戸を叩くと必ず飛び上がり、子どもたちがスカートを引っぱればビクリとした。眠る前にお話をせがまれたが、どうしても声の震えを抑えられず、読み聞かせはやめた。雑貨店に向かう時以外には家を出なくなった。かつてフジワラとのやり取りに利用していた棚の裂け目にむなしく手を走らせ、そのたびに期待に胸を高鳴らせた。どうせなにも見つからないのだと、自分でもわかっていたにもかかわらず。警察官たちに逮捕される時、ゴードンに向けて話す台詞の練習もしていた。「ごめんなさい、だめな妻で。子どもたちのことをよろしく」セシリーは、頭の中でありとあらゆる可能性を思い描いた。フジワラに宛てた手紙をだれかに見つけられる。フジワラと話しているところを見かけただれかが推理して、真相に辿り着く。あるいは、逮捕されたフジワラが自白して、セシリーを売った可能性もある。セシリーはこうして、絶望的な、突き刺すような不安で朦朧としながら暮らしていた。今日が何曜日なのかすら、わからなかった。胃が締めつけられ、それがますますきつくなっていった。

「情けないこと、あんなにだらしなくして！」プアン・アズレーンは、雑貨店のカウンターに寄りかかりながら、ムイおばさんにそう話した。

「少なくとも、娘はすごくよくできた子って聞くわよ。一人でちゃんと学校まで歩いて通ってるっていうんだから、ほんとによかった」タン夫人がそう言い、おしゃべりに加わった。

「旦那さんはどう思ってるのかしらねえ？　パーティーで気を失った時のこと、おぼえてる？」裕福なファリダー・マンソーがそう言うと、二人は首を振った。彼女たちの夫は、招待されるほど高い地位にはいないのだ。

「ユーラシア系の女性は不安定なことがあるって聞くわ。だってほら、いろんな血が混ざってるわけでしょう？」特に口さがないリンガム夫人はそう話したが、だれも耳を貸さなかった。彼女が〝血の混ざった〟赤ん坊を産みたがっていたのは、周知の事実だったからだ。そのために、ユーラシア系の男性に狙いを定めて結婚相手を探していたのだが、相手にしてくれる者が見つからなかったに過ぎない。

だが、セシリーを訪ねてくる者はいなかった。カピタン・ヤップは処刑されたのだと噂された。そしてヤップ夫人は、バッグ一つに荷物をまとめて、ある晩ひっそりと出ていったのだと人々は話し合った。置き手紙もなく、転居先の住所も残されていなかったのだと。母親の住むイポー市に戻ったんだろう。きっとこのまま消息不明になるに違いない。だれもがそう考えた。

「せいせいしたわ」とロウ夫人が言った。「あの人ときたら、いつもほんとにやかましかったから」

「ああいう粗野な人がいなくなっても、さびしいとは思わないわね」公使の妻である、ルウィシャム卿夫人が言った。

　こうしてすべてが終わってしまうと、裏切り者を探すイギリス人たちがわが家の玄関の扉を蹴破って押し入って来た時に感じた恐怖と憤りを、人々はたちまちのうちに忘れ去った。そして、些末事を話題にする日々へと戻っていったのだった――野菜の価格、肉屋の娘と校長の息子が結婚したという嘘のようなニュース、イギリス国王エドワード八世による不埒極まりない退位。あんな〝アメリカ人〟と結婚するなんて、と話すゴードンは、妻となったウォリス・シンプソンの名を発音するだけで、顔をしかめずにはいられなかった。

　ゴードンなりに、セシリーの身を案じはした。数週間のあいだは、午前中の休み時間と、一時間ある昼食時間に事務所と自宅のあいだを行き来して、妻の様子をうかがったのだ。ゴードンは、懇願と逆上のあいだを揺れ動いた。

「セシリー、頼むからなにが起こっているのか教えてくれないか？」ある日、自分の身体に触れたゴードンから逃れたセシリーに、彼はそう尋ねた。「きみのうちはヒステリーの家系なのかい？」別の日には、ゴードンが大声を張りあげたために、カルヴァーリョ夫人が塀越しに頭を突き出したこともある。そういう時には、「いいかげんにしろよ！　きみは妻として失格だぞ！」と声を張りあげることさえあったが、「戻ってきてくれよ。僕らにはきみが必要なんだよ」と懇願する日がほとんどだった。

　だが、セシリーが必要としていたのはフジワラだった。スイッチを切り替えるように代わりのきくものではなかったのだ。ゴードンに愛されていることはわかっていた。それでもゴードンには、妻の言動に外的な要因があるとは思いもよらないのだ。まさか、罪悪感と恐怖がセシリーを蝕《むしば》んでいるのだとは。ゴードンにとってのセシリーは、罪悪感を背負い込むほど極端な行動のできる人間ではない。単純に、そういうことなのだ。ゴードンの言うセシリーの〝気分〟とは、彼女が生まれつき持っている特殊な気質に起因するものなのであって、その身体の中に埋め込まれたなんらかの欠陥が、彼らのささやかな家庭生活のあるべき姿とは相容れることのない、望ましくない行動をセシリーにとらせているのだ、という見方だ。そう考えるほうがゴードンにとっては楽であることを、セシリーもわかっていた。そうしているかぎり、妻に疑いの目を向けなくて済むからだ。だがそれゆえに、ゴードンを軽蔑する気持ちはセシリーの中でさらに強烈なものになった。相手の現実に目を閉ざしたまま愛するなんて、単なる妄想と変わらない。セシリーはそう考えた。

セシリーは、フジワラとともに過ごしたひそかな時間を頭の中で再生した。月の下で正体を明かされた晩のこと。公使公邸から機密情報を見事に持ち出したあの快挙の前日、自宅のキッチンでニンニクを投げ合ったこと。他人同士のような顔で町中《まちなか》を歩いている時に、肩と肩が触れ合ったこと。みすぼらしいホテルの一室で密会し、隣室からあえぎ声が聞こえてくるたびにビクリとしたこと。今この瞬間にも、フジワラは拷問を受けているのだろうか？　厳しく追及されれば、彼女の名を共犯者として明かすのだろうか？　あの人はそんなことしない、とセシリーは自分に言い聞かせた。だがほんとうに正直なところでは、セシリーは確信を持てなかった。フジワラの中には日本という国への熱情があり、大日本帝国の掲げる理念のためになら自ら進んですべてを犠牲にするだろうということを、セシリーは理解していたからだ。だが、わたしに対する気持ちはどうなんだろう？　フジワラにとって自分が大切な存在なのかどうか、セシリーにはわからなかった。

それでもなお、ビンタンでの生活が小さくてとりとめのない普段の状態に戻ると、アルカンターラ家には思いがけない幸運が訪れた。ゴードンが昇進し、公共事業部門に勤める非イギリス人としては最高の地位に就いたのだ。それには、収入と人々からの敬意と変化がともなった。召使いを雇い入れ、子どもの食事や彼らが学校に着ていく服の用意をまかせられるようになった。かつてはセシリーの手縫いで粗く繕ってあった服が、町の仕立屋の手によるなめらかな縫い目の服に取って代わった。白人男女のあいだに混ざり、服を誂《あつら》えることができるようになったのだ。業者を雇い、家の裏に小さな部屋を二間、増築した――ジュジューブとエイベルがそれぞれの個室を持てるように、そしてもう一部屋は〝将来のために〟とゴードンは話した。その目は希望に輝いていた。

快適な生活のために理想を捨て、その二つを同時に手に入れることはできないと理解する。たぶん人は、こうやって大人になるんだろう、とセシリーは考えた。そして何カ月もが過ぎていき、その間に一家の暮らし向きが良くなり、フジワラの沈黙が続くうちに、セシリーは雑貨店に行くのをやめた。自暴自棄になったまま指示書を求めて棚の隙間をまさぐるのはやめた。いつ呼び出されるのかと待ち構えるのはやめた。胃を絞りあげられるような感覚は、時とともに鈍い痛みへと変化し、それすら感じることはまれになっていった。そしてたまに、モンスーンのにわか雨が降りそそぐような日にだけ、古傷のように疼いた。

⁂

〈ザ・クラブ〉という名が、〈ザ・フェデラル　白人専用カントリークラブ〉の略称であることは、知る人ぞ知る事実だった。奇怪なかたちをした建物は巨大で、窓の周辺にはチューダー様式が用いられ、それが、水牛の角のように弧を描いて聳《そび》える伝統的なミナンカバウ様式の屋根と組み合わせられていた。東洋と西洋の様式を融合させたこの建築は、調和を象徴するものとされた。だがセシリーの知るかぎり、ザ・クラブは白人男性専用の静養地《リトリート》としてしか機能していなかった。白人男たちはここに来れば、一般大衆と交わることの苦悩から解放され、氷の溶けかけたジントニックをすすりながらトランプに興じることができる。汗をかかないようにと、だらしなく肘掛け椅子に腰かけたまま、男たちだけで無意味な議論に花を咲かせられるというわけだ。

とはいえ、選び抜かれた少数の現地人行政官とその妻たちにザ・クラブの門戸が開かれる夜も、まれにはあった。モンスーン舞踏会は、一年に二回、三月と十月に開催される。モンスーンの風向きが変化することを祝う催しだった。そんなものが舞踏会を開く理由になるなんて、とセシリーは思った。だが同時に、パーティーを開くためになら、イギリス人たちがどんなに些細な口実でも利用することもわかっていた。そうしたパーティーには、毎日顔を合わせているいつもの顔ぶれが揃い、いつもの噂話を囁き交わす。違いは、舞踏会にはいつもよりおめかしして行く、という点だけだった。

地位が上昇したことにより、ゴードンはイギリス人社会とそこで開かれるパーティーの上澄み部分に受け入れられた。かつては数年に一度招かれるだけで興奮していた自分たちが、今では押し寄せる無数の招待の波に溺れんばかりになっていることに、セシリーは気づいた。とうていすべてに参加するのは不可能なほどの数だったし、そうするだけの財力もなかった。それでも、モンスーン舞踏会を欠席するわけにはいかなかった。セシリーはその夜のための身支度を進めながら、メイドにいつもの指示を与えた。そしてふと立ち止まり、ほんの数カ月前と比べて自分たちの暮らしがどれほど変わってしまったのかと驚嘆した。それから、ゴードンと手に手を取って、モンスーンで湿った夜へと足を踏み出したのだった。二人は進化を遂げていた。セシリーのごわつく黒髪は、最新のヘアスタイルに整えられていた。ほとんど肩に触れない程度の長さで、毛先はカールしている。身に着けている袖の長いシフォンドレスは、セシリーの肌を引き立てる緑の色調で、広がった肩まわりがウエストを細く見せた。ゴードンは、ぽっちゃりとした体型を隠すためにヘリンボーン柄のダブルのスーツを着た。仕立屋に作らせたもので、イギリス人の同僚たちが着ているものとよく似ていた。美しいとまでは言えなくとも、見栄えのいい夫婦ではあった。セシリーの中にあったゴードンへの軽蔑も、ここ何カ月かのあいだにやわらいでいた。生活に余裕が生まれたことによって気がまぎれ、愛ではないにせよ、ぼんやりとした好意のようなものを、夫に対して抱くようになっていたのだ。

「さて奥方よ、われらが堅牢なる馬車に乗り込む準備はよろしいかな?」ゴードンは、自動車に乗ろうとするセシリーに向けて片手を差し出した。

「準備万端ですわよ、旦那さま」セシリーは、そう言いながら手を取る。たちまち二人はバランスを崩し、笑い声をあげた。笑うのは気持ちがよかった。

ザ・クラブそのものも、招待客同様、着飾っていた。建物のアーチには巧みに絹布が掛けられ、それが十月の夜の微風にはためいている。片隅では楽団が演奏していた。じっと静止したまま自分の番を待つトロンボーン奏者の姿を、セシリーはほれぼれと眺めた。彼女には、存在を無視されている者に弱いところがあるのだ。淡い色のドレスを着た白人女性たちが、くすくすと笑い合いながら部屋の中を漂っていく。一瞬、セシリーは自分の姿が気になり、胸が締めつけられるような気持ちになった。彼女の着ているドレスは、たしかに上等な仕立てだったが、たった今目にしたパリやロンドンのオートクチュールから取り寄せたサテンドレスの前では、見劣りするように感じられた。袖がなく露出の多いドレスが流行していることを、セシリーは知らなかったのだ。

手袋をした手で肘を撫でられ、つかの間の不安は断ち切られた。表情を整えながらセシリーは振り返った。瞬間的に心をよぎった、かすかな冷笑が顔に出ないようにするためだ。手袋が、息苦しいまでに蒸す熱帯地方にふさわしい装いだと考えたのは、どこの愚かな白人女なのだろう。だが冷笑は衝撃に変わり、マティーニグラスの繊細な脚《ステム》が指のあいだで滑った。ジンが跳ねて、女性の手袋にかかる。

「あらまあ《アィヤー》」女性はそう言い、濡れた箇所に視線を走らせた。「気にしないで。腐るほど持ってるから！」と彼女は含み笑いをする。「へえ、アルカンタ－ラさん、今晩はすごくきれいね！」

セシリーの目の前にいたのは、ヤップ夫人の複製だった。顔はおなじだ。なめらかな頬、離れ過ぎの両目、広い額。だがセシリーの記憶にある、マフィアの妻としてのヤップ夫人は、香水のきつい匂いを振りまき、明るい色がいくつも衝突し合って目がくらみそうな服を着ていて、無作法でやかましい人だった。今、目の前にいるのもまた無視しようのない女性ではあったが、肌とドレスはともにひどく淡い色で、まるでなにも身に着けていないように見える。唯一、唇だけが際だっていて、果物のように真っ赤に染まっていた。今のヨーロッパでファッショナブルとされるタイプの痩身で、その肌をかすめるようにして包み込むドレスは水の流れを思わせた。すべやかで曲線を浮き上がらせなかったのだ。それから髪型だ。セシリーの記憶にあるヤップ夫人は、長い髪を後頭部にきれいにまとめ上げていた。だが目の前にいる女性の髪は危険なまでに短く、不適切とすら見なされそうなほどだった。周囲の男女は、振り返って彼女を見つめた。ヤップ夫人であることに気づき、目を見張った女性たちもいた。彼女たちは、セシリー自身の表情を映し出す鏡だった。

「アルカンターラさん、ほんとうにすてきよ」ヤップ夫人の複製がそう言った。声までもが変わっていた。かつては頭痛がするほどの甲高い声だったのが、今はビロードのように耳を撫でてくる。

「ヤップさん」とセシリーは言った。

「いいえ、リーナと呼んでちょうだい！　使いたくないの……その名前は」隠れていた痛みが、彼女の額に皺を寄せさせた。セシリーは恥じ入り、謝罪の言葉を口にしかけた。ヤップ夫人はセシリーの手を取り、自分の手の上に置いた。手袋が、こぼれた飲み物で湿っている。セシリーの褐色の掌は、ヤップ夫人の濡れた白い手袋の上でくつろぐネズミのように見えた。

「気にしないで」かつてのヤップ夫人は、息を吸い込んだ。「さあさあ、知り合いに出会えて、わたしはうれしいのよ」セシリーには、この垢抜けた女性の温かさが不思議に感じられた。セシリーの腕を取り、人ごみと会話をかき分けながら進んでいくその姿に、過剰な自意識の気配は微塵もなかった。セシリーは、遅れを取るまいとつとめて早足で歩きながら、もう片方の手にある飲み物を心配そうにすする。大きく口の開いたグラスから、中身がこぼれそうになったのだ。

「新しい夫を紹介させてちょうだい」そう話しながら、彼女は長い首を伸ばす。セシリーはその見おぼえある姿にはっとした。かつて出会いや噂話を求めてパーティーに参加していた頃、ヤップ夫人が、いや、リーナがあたりを見回す仕草とおなじだった。セシリーもまた、首と背筋を伸ばした。マフィアの妻を清楚な中国系女性へと変身させたのがどんな男なのかと、思わず興味をそそられたのだ。

「あなた、油断ならない人ね！　どこに消えてらしたの？」リーナはそう叱りつけながら、リネンのスーツを着た男の腕に自分の腕をからみつけた。

なじみ深い香りがセシリーに吹き寄せた。ミントの刺激が鼻孔を通り、喉を下っていく。腹の底に穴が開き、その男の存在を感じ取るよりも先に、セシリーの身体は欲望を蘇らせた。「アルカンターラさん、たいへんご無沙汰しています」声がそう囁いた。身体を傾けて近寄らなければ聞き取れないほど小さな声だった。

セシリーの胸は潰れ、身体が二つに折れた。手にしていたグラスのステムが小さくパキッと音をたててから、床を打つ。指先に痛みが走り、ガラス片でできた傷から血が滲み出した。

⁂

フジワラのはずがない。セシリーの目には彼の袖だけが映った。ヤップ夫人が、いや、リーナが引っぱったからだ。顔すら見なかった。とにかく、反応をする間もなく、手にしていたグラスが砕け、セシリーは指から血を流しながら急ぎ足に立ち去ったのだ。最後に彼の身体のそばにいた時から、かれこれ一年が経っていた。だが、いくら自分に対して否定したところで、真実は変わりなかった。彼の匂いを嗅ぎ、彼の声を聞き、全身で彼の存在を感じたのだ。そして今セシリーは、ザ・クラブの小さな図書室に腰を下ろし、リーナに世話を焼かれていた。

「ああいうグラスはほんとに危険ね！　アルカンターラさん！　ちょっと切れただけだから、運がよかったわ！」セシリーは、リーナが手袋を外していることに気づいた。それは椅子の上にきれいに掛けてあり、指先の部分には血液が付着していた。リーナの指は色白でふっくらとしていた。かつての体重のなごりだ。

「手袋のこと、ごめんなさい」とセシリーは言った。

「とんでもないわ。こちらこそおどかしちゃって、ほんとうにごめんなさいね」リーナはそうまくしたてながら、セシリーの手にちり紙の束を押し当てた。それを傷から離す時に角がちぎれ、血に濡れた紙片が一筋、指先から垂れ下がった。

「わたしは大丈夫、ヤ――ごめんなさい、リーナ、わたしが不器用過ぎるだけなの」

パーティー会場に流れている音楽の旋律が、化粧室の中でも聞こえた。先ほどのトロンボーン奏者がソロを演奏していた。力いっぱい吹いてはいるが、うまくはなかった。外れた音がたくさん混ざり込んでいる。リーナはセシリーの隣に腰を下ろし、彼女の手を取ってじっくりと見つめた。リーナの手がたこだらけであることに、セシリーは気づく。厳しい労働によって、指先が硬くなっていた。この硬い指先で、フジワラの身体に触れたのかしら？とセシリーは考えた。あの人のやわらかい掌に、この手を押しつけたのかしら？　結婚生活のおだやかな親密さの中で、指をからみ合わせたのかしら？

「すごくびっくりしたでしょう、あれからだいぶ時間が経っていることだし」とリーナは言った。「よりによってビングリー・チャンといっしょになるなんて」そこでしばらく口をつぐみ、「自分でも信じられない時があるわ」と続けた。

つまり、フジワラは擬装したままリーナと結婚したのだ。リーナは彼の正体を知らない。いや、知っているのだろうか？　セシリーは尋ねようと口を開きかけた。だが質問を思いつかなかった。再び口を閉じ、手にへばりついた紙切れを弄ぶ。

「夫が……前の夫が処刑されてから、わたしはビンタンを離れたの。母のところで暮らしてて、これでおしまいだと思った。私の人生はここまでだって。死ぬことも考えたし、死ぬべきだとも感じたわ。

でも、ビングリーが訪ねてきてくれたのよ。ほかの人はだれも来なかったのに。みんな、わたしに触れたらなにかの病気がうつるって思ってるみたいだった。ビンタンに帰ってくるようにとあの人に説得されて、そうしたってていうわけ」

セシリーは床を見つめた。なるほど、あの人はそこにいたわけね。わたしが探し回っていたあいだじゅう、わたしが恐慌状態で震えながら、雑貨店にあの人からの手紙が届いていますようにと念じながら暮らしていたあいだじゅう。

「旦那さんに禁じられたせいで、わたしに手紙が書けなかったんでしょう？」とリーナが言った。セシリーの静かな怒りを、彼女は罪悪感と取り違えたのだ。

こちらはずっと彼の身を案じ、自分の身を案じ、二人とも投獄されるのではないかと案じていた。その間ずっと、彼はほかの女を慰め、その女と距離を縮めていたのだ。セシリーの耳は屈辱で燃えるように熱くなった。

「あの人、わたしにすごくやさしくしてくれたの。わかるでしょ？」リーナは潤んだ目で、すがるようにセシリーを見つめた。そのせいでリーナは若く見えた。ほとんど、赦しを乞う子どものような顔だった。セシリーは、ビングリーが自分にもやさしくしてくれていた頃のことを思い出した。リーナの顔に浮かぶ苦悩に満ちた脆《もろ》さが、セシリーの目に留まった。イギリス人たちのもとで味わった苦痛が蘇り、頬が震えていたのだ。リーナは、強い女性を演じるために歯を噛みしめていた。自分もこんなふうだったんだろうか、とセシリーは訝しんだ。何年も前に、自宅の改修前のキッチンで、自分の抱えている悲しみを漏らし、どういう不当な扱いを受けてきたのか打ち明けた時の自分は。それだけでフジワラは女を誘惑できたのだろうか――やさしさを見せるだけで？　だとしたら、女というのはなんと弱い性《さが》であることか。なんてだましやすいんだろう。そう考えながら、指から垂れている紙の切れ端をねじっていると、ばらばらにほどけて汚らしい屑となっていった。

「おしゃべりが過ぎたわ。ごめんなさい。久しぶりに戻ってくると、みんなからはじろじろ見られるし、つらかったの」リーナはそう言い、「あ、血は止まったみたいね」と包帯を取り出した。彼女がそんなものを持っていたことにすら、セシリーは気づいていなかった。リーナはそれをセシリーの手に巻き付け、セシリーの心の動揺の証しを覆い隠した。端を折り込んで包帯を固定したリーナは、ほんの少しのあいだそのまま手を握り続けながらセシリーを見上げた。以前のようなけたたましい響きはなく、新たに身につけたビロードのようなテノールの響きもない、はじめて耳にするはにかむような小声で、彼女はこう言った。「よかったら……お友だちになってほしいの」

リーナの求めていることをセシリーが理解するよりも先に、男たちが部屋に飛び込んで来た。そしてそれぞれに声を張りあげて威張り散らす。「セシリー、大丈夫かい？　きみの姿が見えなくなって探してたんだよ！　そしたらだれと会ったと思う、なんと昔懐かしのビングリーさ！」ゴードンがそう叫んだ。

セシリーはすばやく立ち上がった。部屋が回転し、足首から力が抜けた。

「きみ、大丈夫かい?」ゴードンはそう言いながらすばやくセシリーの傍らにつき、背中を腕で支えてバランスを保った。

「たいへん、目眩がしてるんだわ。血が出たのよ、手を切って」リーナは、セシリーの包帯を指差した。

「セシリー、もう出よう。いっしょに家に帰るんだ」ゴードンはそう言いながら、セシリーを戸口へと導いた。

「ではおやすみなさい、アルカンターラさん」フジワラは片手を伸ばし、ゴードンの手を握った。

「奥さん」フジワラの手が空中に差し出され、セシリーが握り返すのを待った。その夜はじめて、セシリーは顔を上げてフジワラと目を合わせた。記憶の中よりも痩せて、頬がこけていた。だが、あのすっと通った鼻筋は変わらない。あのおだやかな声もおなじだ。セシリーは弱々しくフジワラの手を握り、反応は見せなかった。硬い紙切れの角が自分の掌に押しつけられ、二人のあいだを隔てる障壁のように感じられた瞬間も。セシリーは、震えないように唇を噛んだ。肉体の触れ合ったところに、電流が流れたように感じた。

その夜のうちにセシリーは拳を開き、フジワラが書きつけた三角形のメモを伸ばした。

オリエンタル・ホライズンズ
明日
三時

セシリーは紙の端を鼻に当てた。そしてさっと舌を出して舐めた。ミントの香りがした。酸っぱい味がした。

翌日、セシリーはフジワラよりも早く7A号室に着いた。階段の間近にあり、緊急時にはすばやく脱出できる部屋だ。セックスのあとにここで吸われてきた無数の煙草。その臭いが染み込んだ壁。汚れを隠すため、ベッドの端に折り込まれている花柄のベッドカバー。低い天井はまるで、ここで目撃したありとあらゆることの重みでたわんでいるようだった。オリエンタル・ホライズンズでは、これまで二回しか会ったことがなかった。町外れにある灰色のみすぼらしいホテルで、ここにいるところを目撃されたがる客はいない。従業員ですら例外ではなかった。イギリス人たちが娼婦を連れ込み、愛人たちが関係を結び、政治家たちが船でやって来た自分たちの白人妻をやり過ごすために、アジア人のガールフレンドや子どもたちを押し込んでおくための場所だった。

合流地点として選定されたこのホテルの持つ低劣なきわどさが、セシリーの気分を昂揚させ、同時に嫌悪感を抱かせた。以前ここで会った時、二人はひたすらベッドを避けた。フジワラは身体をこわばらせたまま、扉か部屋の奥にある窓にもたれかかり、セシリーはその反対側の隅にある醜い緑色の椅子に腰かけたのだった。二回とも五分ほどそっけなく言葉を交わしただけで、打ち合わせはすぐに終わった。公使公邸での任務について途切れがちな指示が出されたり、北にある規模の小さめな港における潮汐パターンについて、機密情報の入手を求められたりした。どちらの時も、セシリーは床に生えている黴《かび》を見つめていた。自分が座っているこの不潔な椅子は、ぜったいにバイ菌だらけのはず、そう考えると身体がムズムズした。そして二回とも帰宅してから、自分が下着を濡らしていたことに気づいた。彼を求める気持ちで、身体が痛いほどだった。

その朝、フジワラが先に到着して自分を待ち受けていなかったことに、セシリーは腹を立てた。恩義を感じて礼を尽くすべきなのは、あっちのほうでしょう――でもいったいなんの恩義なんだろう？

セシリーにはわからなかった。それでもとにかくなにかあるはずだ。あっちのほうが恩に着るべきなのだ。

前夜、セシリーはベッドに横たわったまま、ゴードンの胸から出たり入ったりしている呼吸音に耳を傾けながら、フジワラに言う台詞を頭の中で練習したのだった。

「どうしてわたしを置いていったの?」求め過ぎだ。

「なにがあったの?」攻撃的過ぎる。

「がっかりしたわ」失望した母親然とし過ぎている。

「わたしたち、これからどうするの?」これならいいだろう。だが〝わたしたち〟というものはもはや存在せず、存在する可能性すらない。今やフジワラは、リーナに乗り換えたのだから。あの人はどうしてリーナを選んだんだろう、とセシリーは考えた。中国系マフィアの頭領の、汚名を負わされた妻を。フジワラの追い求める大義にとって、リーナがどんな助けになるのかがわからなかった。リーナは町で孤立していた。モンスーン舞踏会に顔を出せた理由はただ一つ、ビングリー・チャンの妻だからだ。カピタン・ヤップとイギリス人たちとのあいだで交わされた取り引きに関する情報が必要だったのだろうか。だがそんなものを盗んだり探り出したりするのは容易《たやす》いことだ。結婚という契約を結び、関係を築く必要はない。真実というものは時として単純で、陰謀に覆い隠されていたりなどしないのだということを、セシリーは理解している。考えるのも苦しいし、認めたくはなかった。だがもしかするとフジワラは、ひどく単純な話で、リーナに恋したということなのかもしれない。その真実に思いいたると、経験したことがないほど強烈な痛みが、セシリーの全身を貫いた――耳鳴りがやまず、怒りが胸にこみ上げ、頭は重くて持ち上げていられなかった。セシリーは立ち上がり、暗い部屋の中を行きつ戻りつしはじめた。腰かけたままでいると吐き気がした。

扉が軋み、いつもの香りが、彼の姿を目にするより前にセシリーを打った。

「よく来てくれたね」とフジワラは言い、先ほどまでセシリーの座っていた緑の椅子に、身体を丸めるようにして腰を下ろした。

セシリーは片方の足からもう片方へと、ぎこちなく重心を移動させた。その日のフジワラは輝くようだった。リネンのスーツには皺一つなく、髪の毛はいつも以上にミントの香りを放っていた。ヘアクリームのついていない逆毛に気づいたセシリーは、それを押さえつけてやりたいという自分の衝動に抗った。首筋から釣り針のように飛び出ていたのだ。フジワラは椅子の上で前後に身体を揺すり、指でズボンの膝を叩いた。いつもは感情のない無関心な仮面を着けているフジワラの顔が、火照っているようだった。両耳の下にある二つの斑点がピンク色に染まり、呼吸も浅い。

「死んだのかと思った」とセシリーは言った。

「連絡できなかったんだよ、わかるだろう——」とフジワラは言った。その声はぴりぴりと張りつめていた。わたしへの欲望を感じさせられないのなら、せめてほかのなにかを感じさせてやる。「無事を知らせることができなかったってこと？　捜査の手がわたしに及ぶことはないって教えることはできなかったってこと？　こっちはめちゃくちゃになってたのに、あなたはそのまま放ったらかしにしたのよ」セシリーは、剝がれかけている壁紙に両手を押しつけた。掌に黄疸のような黄ばみがついた。

「それで戻ってきたと思ったら……あの人と？」

自分の声が感情的に響いているという自覚はあった。だが肉体が理性を制し、怒りが羞恥心を突き抜けた。「しかも失うものがあるのはわたしだけ。わたしには家族がいる。あなたにはいない——あなたのことを気に懸けてくれる人なんて一人もいないじゃないの。だからあの人と結婚したの？　あなたが死んでしまうんじゃないかって気にしてくれる人を手に入れるために？」

フジワラが頬を引っ込めるのが見えた。自分を抑えるために頬の内側を噛んでいるようだ。理性よりも先に、身体は自分の傷のありかを察知する。セシリーは、その傷口に圧力をかけていく自分の姿を客観的に見つめていた。

「あなたにはだれもいない」と彼女は繰り返した。「だから馬鹿みたいな女たちとつき合ってたのよ」

「やめてくれ」フジワラは、自分の脇腹を手で押さえた。まるでそこが痛んでいるようだった。「そんなことを言うのはやめてくれ」

「それから、亡くなった息子さんは数に入らないわよ。こっちは、生きてる子どもたちの面倒を見なきゃいけないんだから」

セシリーは、スローモーションのように動くフジワラを見つめた。椅子から立ち上がると曲がっていた膝が伸び、ズボンの折り目がまっすぐになり、両足が床を横切り、両腕が伸ばされ、こちらに向かって来る。セシリーは恐怖をおぼえた。だが腹の底と骨盤の上にある深い穴は、さらに大きく口を開いた。その穴は飢えていた。打ちひしがれるフジワラの姿を見ることに、たまらない喜びを感じていた。フジワラの感情に対してこのような影響力を行使できることに、そしておそらくは、ほんの一瞬であっても狩る側の気持ちを味わえることに。

フジワラは、不潔な壁紙にセシリーを叩きつけた。片手で肩を押さえ、もう片方の腕を首の後ろに回す。セシリーは不規則に息をしながら、フジワラの首の筋肉が膨らむのを見つめた。二人の背丈はおなじだった。それで、セシリーはまっすぐにフジワラの目を睨みつけることになった。黒い虹彩が大きく拡張していき、吐息が頬に吹き付けられた。想像していたより酸っぱい匂いだった。

「女の子たちにはいつもこうするの?」とセシリーは嘲《あざけ》った。「リーナにこうしてるの?」

こめかみで脈打つ血管に、噛みついてやりたくてたまらなかった。フジワラのすべてを自分の中に注ぎ込ませたかった。自分を壊してもらいたかった。フジワラは、息を震わせながら長々と吸い込んだ。その胸が広がり、セシリーの胸に押しつけられた。フジワラは硬くなっていた。セシリーの膝に当たっていたのだ。これほど強烈にだれかを欲したことはなかった。

それからフジワラは一歩さがり、両手をセシリーから離した。左手が震えていた。指を丸めて拳を握ると、背中の後ろに両手を隠した。顔は羞恥に青ざめていた。

「私は、私は行かなくては」と彼は言った。

フジワラの背後で7A号室の扉がバンと音をたてて閉まり、セシリーは窓を開けて深々と息を吸い込んだ。通りの湿り気が、全身をぐつぐつと煮立たせた。傷ついた身体が疼き、熟れた果物のように濡れていた。

第十三章

ジャスミン

ビンタン地区（クアラルンプール）

1945年8月22日

日本占領下のマラヤ

フジワラ将軍の家で目覚めるのは、これで五日目だった。ジャスミンは、広くて風通しのいいところが大好きだった。かくれんぼに使えるちょっとした片隅や角がたくさんあるからだ。欲しくなったらいつでも、おいしいおやつや冷たくて甘い飲み物をハウスボーイが持ってきてくれるところも大好きだった。だがなによりも、毎日家に帰ってきた時の将軍が大好きだった。埃っぽい軍服姿で堂々と入って来ると、ジャスミンにほほえみかける。それから水音が聞こえてきて、何分か経つとさっぱりとした将軍が、袖なしのシャツにゆったりしたズボンという姿で、再び戻って来る。二人は屋外に並べて置いてある籐椅子にそれぞれ腰かけ、結露で濡れているグラスから冷たい飲み物をする。将軍のグラスには苦い匂いのするなにかが入っていて、ジャスミンのグラスにはホーリックのように砂糖たっぷりの飲み物が入っていた。ハウスボーイは蚊帳を下ろして、テントのように二人の椅子を覆う。ジャスミンにとっては、はじめて見る蚊帳だった。ガーゼのように軽くて、ほとんど透明なのだ。細かい網目は風を通し、微風が感じられた。周囲で蚊が唸りをあげていたが、蚊帳を通り抜けては来なかった。中にいれば刺されないのだ。蚊の大群はオーケストラのように音をたて、夜の曲を奏でた。コオロギが鳴きはじめる頃になると、太陽はゆっくりと地平線の彼方に沈んでいった。

将軍は、大人にしては無口だった。ジャスミンは、身のまわりの人たちの大声に慣れていた。近所の人たち、姉と兄、両親、だれもが相手よりも大きな声を張りあげることで、自分の話を聞かせようと必死だった。だがフジワラ将軍は、注目を集めたり、話を聞かせたりすることなど、どうでもいいようだった。将軍には、努力をする必要などなかった。ありのままでいればよかったのだ。将軍といると、ジャスミンの心は安らいだ。もう長いあいだ、大人たちのまわりでは感じたことのない感覚だった。夜、繭のような蚊帳の中は、将軍の温かいミントの香りでいっぱいになった。将軍のそばにいると、ジュジューブが夜寝る前に話してくれた物語を思い出した。その中に、歯磨き粉おじさんと名づけられた男が登場したのだ。「歯磨き粉おじさんが助けに来てくれるから」ジュジューブはそう語ったものだった。「みんなを安全なところに連れてってくれて、なにもかも良くなるんだよ」ジャスミンの想像の中では、歯磨き粉おじさんはぽっちゃりとした陽気な人で、サンタクロースよろしくありとあらゆるすてきなものを届けてくれる。さまざまなプレゼントやごちそうだけでなく、兄も返してくれるのだ。時々、夜のお祈りをする時に、イエスの名と入れ替えることもあった。「歯磨き粉おじさんの御名において祈ります、アーメン」エイベルがいなくなってから長いあいだ、門が開くたびにジャスミンはそちらを見やったものだった。人をほっと安心させるようなやさしさとミントの香りを身にまとった歯磨き粉おじさんが、兄を家まで無事に送り届けてくれるのではないか、兄と腕を組んだ姿で現れるのではないか、と期待したのだ。

母のことを知っているとフジワラ将軍に告げられた時、ジャスミンが心配したのは、家に連れ戻されるのではないかということだけだった。家に帰れば大目玉を食らってしまう。だが、将軍が家族のことに触れたのはその時一度きりだった。滞在二日目、将軍はジャスミンを見やるとこう尋ねた。

「私がこわいかい?」

ジャスミンは首を振って否定した。

「家に帰りたいかい?」

ジャスミンはさらに激しく首を振った。そして「いや!」と声を張りあげた。家には帰れない。地下室に閉じ込められて永久に出してもらえず、やがては埃で喉が詰まり、話すことも息をすることもできなくなるからだ。「ここにいてもいい? ねえ、しばらくのあいだだけでいいから」

「ここにいるほうがしあわせなのかな？」

ジャスミンはきっぱりとうなずいた。自分がいなくなったことを知れば、家族が恐慌状態に陥ることはわかっていた。ちょうどエイベルがいなくなった時のように。自分がそういう痛みを与えるのだと考えると、胸が締めつけられた。だが、そのことは頭の中から押しのけた。自分を安心させ、愛してくれる人たち。ジャスミンは、それ以外の家族のありかたを知らなかった。だがエイベルが失踪して以来、家族の中にあった楽しいことはすべて失われてしまったようだった。母も父も姉も、昔の自分たちの影のような存在になってしまった。痛みに翳《かげ》った両目には、なにも映っていなかった。でもわたしはここにいるんだよ。ジャスミンはしばしばそう叫びたくなった。わたしはまだここにいるよ！

ジュジューブにあんなことをされてから、家族といっしょにいたいという気持ちはまったくなくなってしまった。将軍がどういう人なのかはよく知らなかったが、それでもジャスミンが安心できるよう、居心地よくいられるように気を配ってくれた。ジャスミンの心の痛々しいまでの動揺を、やわらげてくれたのだ。将軍のそばにいると、世界は静けさに満ちていた。ほんの少しのあいだだけでも、ジャスミンは将軍のそばに留まりたかった。心の落ち着きを取り戻したかった。

「ならばここにいたらいい。きみ自身が決めたらいいのさ」そうして将軍がかすかな笑みを浮かべると、目元に皺が寄り、鼻が膨らんだ。それを見ると、ジャスミンはしあわせな気持ちになった。

毎日夕暮れになると、二人はテントの中に入った。そしてジャスミンがそのまま静かに口をつぐんでいると、将軍がお話を一つか二つ聞かせてくれる。それはいつも、ジャスミンに似ているという女の人の話だった。勇敢で賢かった、英雄だったんだよ、とフジワラは話す。ジャスミンは、将軍からこうした夕暮れのお話を聞くことだけを考えて生きていた。その時、将軍の顔に落ちる黄昏のやわらかい光、将軍のおだやかな声といったもののためだけに。

「その人、どんな顔してた?」最初の晩、ジャスミンはそう尋ねた。

「きみにそっくりだったよ」フジワラはそう答えた。ジャスミンの耳は興奮でぴんと立った。英雄がわたしにそっくりなの?「あの人は特別だったんだ。実際、すごくきみに似ていたよ。すごく可笑しくて、愛情たっぷりだった」

ジャスミンは、誇らしい気持ちでいっぱいになった。特別な人、わたしに似てる。特別な人になるのは大好きだった。将軍はわたしを選んでくれた。姉のように頭がいいわけではないし、兄のようにハンサムなわけでもないわたしを。単なるおまけで、いつでもみんなを楽しませていなければ家族の中に居場所がなくなると感じていた、このおまけみたいなわたしを。

「その人、かわいかった?」ジャスミンは尋ねた。ジュジューブが読んでくれた本には、時々、金色の髪をきらきらさせている、かっこうのいい女の人たちの写真が載っていた。将軍の話している勇敢な女性も金色の髪の毛なのか、気になったのだ。

「その人は、自分のことを醜いと思っていただろうな。でもそれは、美しさの基準は一つしかないと、白人が私たちに思い込ませてきたからなんだ。だけどあの人は輝いていた。それに、いつでも希望でいっぱいだったよ」

好きなところはたくさんあったが、将軍が大人のように話しかけてくれるところがいちばん気に入っていた。ぜんぶの意味がわかったわけではない。頭がこんがらがることもあった。だが将軍とおしゃべりしながら過ごす夕暮れ時には、家族に裏切られたことを忘れられた。一つしかない地下室の電球を抜き去られ、真っ暗な中にひとりぼっちで取り残された時、ジャスミンのお腹は鈍く痛んだ。だが家族のみんなは、そんなことを気に懸けはしなかった。

「でも、どうやって知り合ったの？」

「あの人とは……いっしょに仕事をしたのさ」将軍の目は半ば閉じられている。飲み物を片手に、椅子にゆったりと背中を預けていた。

「その人は……ヒーショ？」ジャスミンが尋ねる。隣に住むアンドリュー・カルヴァーリョさんの奥さんが、いなくなる前にしていた仕事だ。ジャスミンが隣のおばさんのことを尋ねると、家族は気まずそうに囁き交わしたものだった。やがて父が、「ティーナおばさんは亡くなったんだよ」という話に落ち着かせた。それはつまり、もうおばさんは帰ってこないという意味なのだと、ジャスミンは理解した。家の外でするほかの仕事といえば、姉がティーハウスでしている仕事しかジャスミンは知らない。でもその仕事に勇気が必要とは思えなかったし、わくわくするかんじもなかった。

　将軍は沈黙し、深々と息を吸い込んだ。眠ってしまったのではないかとジャスミンが感じるほどだった。「いいや、あの人は愛国者だったんだよ」

　ジャスミンは、その言葉を聞いたことがあった。ジャングル地帯の縁《へり》に住む中国系の男たちのことを、父がそう呼んだのだ。その中国系の男たちが日本兵を殺しているという話を、家族がひそひそと話し合っているのを聞いたこともある。男たちは悪夢に出てきた。背後から忍び寄って来た彼らが、不潔な指の爪でジャスミンの首を絞めるのだ。ジャスミンは混乱した。将軍の話していた勇敢で賢い女性像が、怒りに燃える男たちの姿とまったく合致しなかったからだ。だが、そのことは胸の内に留めた。中国系の男たちが日本兵を殺しているという話を、将軍が聞いて喜ぶとは思えなかったからだ。

「その人、なにしたの?」ジャスミンは尋ねた。

「あの人のした勇敢なことについては、また今度話してあげよう」将軍はそう言いながら立ち上がる。

「でも今は、寝る時間だ」

⁂

将軍と過ごす夕暮れ時を楽しみにしていたジャスミンだったが、日中は退屈を感じるようになった。家とは違って一日中地下室に隠れる必要はなかったものの、将軍には屋敷から出ないようにと言われていた。その間、いっしょにいるのはハウスボーイだけだった。親切ではあったがほぼ日本語しか話さなかったし、ジャスミンに注意を向けることはほとんどなかった。最初の数日間は、屋敷中をスキップして回った。上から下まで、ちょっとした片隅から足の裏が真っ黒になるほど埃だらけの部屋にいたるまで、あますところなく探検した。ゴキブリを追い回しながら、スキップする足の裏がひんやりする感覚を楽しんだ。外が暑くても、屋敷の中はいつでも涼しいみたいだ。ジャスミンの甲高い笑い声を聞いてハウスボーイが駆け付けてきた。そしてジャスミンの追いかけているゴキブリを見つけると日本語で何事か叫び、素手でぐしゃりと潰した。ジャスミンはぎょっとして背中を向けた。家では、ジュジューブに言われて虫を捕まえるのはジャスミンの役目だった。それはゴキブリでもおなじで、いつも小瓶に閉じ込めてから、外の草むらか排水路の中に放したものだった。

　だが屋敷を隅々まで探検し尽くすと、することがなくなってしまった。それで昼食のあと、ジャスミンは屋敷の外まで足を伸ばそうと決めた。ハウスボーイが野菜を洗っているあいだに裏口から抜け出した。彼はこちらを見ようともしなかった。はじめはどこに向かえばいいのかわからなかった。将軍はジャスミンに、綿のズボンにシャツという男の子の服装をさせた。家で家族と暮らしていた頃とおなじだ。ただし、将軍はジャスミンの身体に合った服を見つけてきてくれた。おかげでズボンの裾で床を引きずったり、シャツが肩からずり落ちたりすることはなかった。それに、将軍のくれたシャツには小さな札がついていた。日本語の文字だったが、そこには〈フジワラ家所属〉と記されていることを教えてくれた。そして、兵隊に呼び止められることがあったら札を見せるように、そうすれば危険はないから、と言われた。どこに行く時でも、将軍の一部といっしょだと考えるとうれしかった。自分が重要人物で、守られているような気持ちになったのだ。ジャスミンは曲がりくねった私道を、道路のほうへと駆け出した。自分がいなくなったことに気づくハウスボーイの姿を想像して、くすくすと笑った。ジャスミンが出ていったことを知ったら、将軍に叱りつけられることだろう。そう考えると、少し罪悪感をおぼえた。だが、そんなことはすぐに頭の中から締め出した。日暮れまでには帰ってくるのだから、たいしたことではない。いなくなったことにすら気づかれないはずだ。

私道の先は大通りにつながっていた。サンダルを通して、地面の熱が伝わってきた。ジャスミンは左に曲がって数歩進んだ。すると心臓の鼓動が速まった。こうして外に出てみると、おそろしかった。ジュジューブの言葉が頭の中で鳴り響いた。「あいつら痛めつけるんだよ……あんたのそこを」ジュジューブ。姉のことを考えると、ジャスミンの顔は歪んだ。そして再び、光一つない地下室に閉じ込められる恐怖と怒りが全身を満たした。ジャスミンはぐっと胸を反らして歩き続けた。わたしだって、将軍の話してた、あの女の人みたいになれるんだから。愛国者に。

午後の強烈な陽光へと変わりつつあった。数分歩いただけで、ジャスミンは疲労を感じた。膝の裏が汗疹《あせも》でむず痒かった。汗をかき過ぎるといつもそうなるのだ。家ではジュジューブがチューブ入りの軟膏を持っていて、汗疹ができたら首筋や膝の裏に塗り込んでくれた。匂いが嫌いだったけれど、効果はあった。むず痒さは消え、気持ち悪い赤いミミズ腫れも退いていったのだ。そろそろ諦めて将軍の家に引き返そうかと考えた時、視線の先に見おぼえのあるものが現れた。傷だらけの赤い看板に、〈ようこそ〉とある。ユキの家まで歩いて来たんだ！　興奮したジャスミンは足早になった。もう何日も経っていた。ものすごくユキに会いたかった。

着いてみると、ユキの家は静まりかえっていた。このあいだの晩とは違う。あの時には女の子がおおぜいいたし、うろついている男たちも何人かいた。今日はなにもかもが暑さで萎《しお》れているように見えた。そして開け放たれた小屋の扉から中を覗き込んでみると、女の子たちが床の上で仰向けになったりうつ伏せになったりしていた。下着姿で涼をとりながら、おしゃべりに興じている。ジャスミンはこのあいだの晩とおなじように、見つからないように足音を忍ばせてそこを通り過ぎた。

ユキがどこにいるのか、どうやって探したらいいのかわからないことにジャスミンは気づいた。だが壁に沿って移動しているうちに、記憶が蘇った。色褪せたシーツの下で動く頭と、青みがかったゴムの車輪が目に入った。やっぱり。二人の手押し車だ。

ユキの顔がひょいと出てきた。目を大きく見開いて警戒している。「ミーニ！　どこ行ってたの？うちまで行ったのに、あんたいなかった！」

ユキに引き上げられて、手押し車に乗る。二人は中に落ち着き、胡座をかいて向き合った。

「どうしてうちにいなかったの？」ユキがそう繰り返した。傷痕のない側の顔を、怒りに歪めている。

ジャスミンは、自分の胸がぱかりと開いたような、中にため込んでいたものがぜんぶ飛び出していくような気持ちになった。身体を前に傾け、ユキの身体に両腕を回した。ユキは鼻を刺すような、どこか酢を思わせる匂いを発していたが、気にならなかった。ジャスミンは友だちを取り戻したのだ。

⁂

二日後、ジャスミンは手押し車に戻った。

「合い言葉は?」ユキが囁いた。

「ララ・チャカ・チャカ・ウーカ!」ジャスミンは、こみ上げる笑いをがまんしながら囁き返す。合い言葉の響きが、可笑しくてたまらなかった。思いついたのはユキだった。何度も繰り返し練習して、ようやくジャスミンにも言えるようになった。今でも、〈ウーカ〉なのか〈ウィーカ〉なのか迷うことがある。

「入っていいよ!」ユキはシーツを持ち上げ、手押し車の中へとジャスミンを引き上げた。ジャスミンは、ユキを将軍の家に連れて行ったことはない。将軍がユキのことをどう感じるかわからなかったし、とにかく、ユキの家以外では会いたくなかった。二人でいるところを、ジュジューブか母に見つかってしまうかもしれないからだ。

ジャスミンはいまだに、ユキが暮らしている場所で見かける悲しげな顔をした女の子たちのことがよくわからなかった。だが、その子たちが男と歩いているところを見かけたら、視線を逸らすようにした。たいていの場合はぴたりと壁に沿って足音を忍ばせながら移動し、手押し車に着くまで息も止めたままにしたのだ。

ユキとは手押し車の中で遊んだ。イギリス貴婦人のお茶会ごっこをしたり、代わる代わる死体になってはお互いを手押し車に載せて、あたりをぐるぐる回ったりした。その間、大声で笑わないようにと懸命だった。一度、ユキがジャスミンを載せて押している時に、手押し車が小さな石に乗り上げてひっくり返った。一瞬、ジャスミンは身体中の空気が抜けてしまったように感じた。

「ジャスミン、ジャスミン、お願い起きて!」ユキは声をあげた。

ジャスミンはしばらくのあいだ、ふざけて目を閉じたままでいた。そして、自分のいたずらにくすくす笑いながらようやく目を開けてみて衝撃を受けた。ユキが泣いていたのだ。涙が顔の傷痕をなぞるように流れていた。

「ユキ」とジャスミンは言った。「ごめんなさい」

ユキは顔をそむけた。「ほっといて。あんたのために泣いてるんじゃないんだから」

とはいえ、たいていの時間は、将軍といっしょに住んでいる新しい家についてジャスミンがいろいろな話をし、ユキが楽しそうにそれに耳を傾けて過ごした。ユキは将軍に関する質問を何度もした。「髪の毛の匂いのことをもう一度話して。あと、家のことも」ユキは、うっとりとした顔でそう言ったものだった。するとジャスミンは、ミントの香りのヘアクリームや、大きくて風通しのいい白い家のことを話すのだった。

⁂

ハウスボーイには気づかれていないようだった。それがジャスミンにはうれしかった。昼食のあとで抜け出しても、将軍が帰宅する夕食時までには家に戻り、身体をきれいにしておきさえすればいいのだ。夜ごとのおしゃべりは続いていたが、将軍がいよいよ疲労の色を濃くしていることに、ジャスミンは気づいた。眠りに就こうとしていると、行きつ戻りつしている将軍の足音が聞こえてきた。夕食後には、よくラジオを点けた。ほとんど日本語の放送だったが、ジャスミンにもわかる単語があった。「降伏」、「爆弾」、「終戦」。

この屋敷にやって来た次の晩、大きくなったらなにになりたいんだい?と将軍に訊かれた。ジャスミンはその質問に戸惑った。これまでは、答えははっきりしていた。大きくなったら、ジュジューブになりたい。ジュジューブは賢くて面倒見がいいし、いつでもすべきことをわかっていた。だが今や、ジャスミンは確信が持てなくなっていたのだ。

その沈黙に気づいた将軍は、こう尋ねた。「学校には行っているのかい?」

ジャスミンは首を振り、「でも本は読めるよ」と応えた。

「読書は好きかい?」

ジャスミンは再び首を振った。読んでもらうほうが好きだった。最近では、母や姉に読み聞かせてもらうのがますます難しくなっていたのだが。

「その点では、お母さんや私とは違うんだね」将軍は言った。

ジャスミンは、そこにかすかな失望の響きを聞き取った。それが気になった。「でも、わたしも勉強したら好きになれるでしょう?」と彼女は言った。

将軍は弱々しくほほえんだ。「きみが勉強できるようにしておこう。私の身になにが起こっても、きみの面倒を見てくれる人がいるように、ちゃんとしておくよ」

将軍は両手を差し出した。ジャスミンは、抱きしめられるのかと思ったが、将軍は両手を下ろした。

「おやすみ、ジャスミン」

第十四章

ジュジューブ

ビンタン地区（クアラルンプール）

1945年8月24日

日本占領下のマラヤ

ジャスミンが消えてから、七日と五時間二十三分が過ぎた。ジュジューブは、町の隅々まで捜し尽くしたような気がしていた。最初の数日間は、隣人や家族の友人宅を訪ねることからはじめた。カルヴァーリョ家の人たちは、なにも見ていないし聞いてもいないと話した。タン家の人たちは、いつものように想像力たくましい憶測を披露した。ジャスミンはサーカス団に入ったのかもしれない、もしかしたら犬に咬まれて道端に倒れているのかも、それとも、ジャスミンはロビーおじさんの裏庭に生えている不思議な力を持ったランブータンの木から実を盗んだのかもしれない、そのせいで三人の幽霊が出てきて神隠しに遭ったのかもしれない。予知能力があると噂されるスウィー・ランおばあさんは、ジャスミンの話を聞くと深刻そうに首を振った。だがジュジューブは、それ以上の話を引き出すことができなかった。胃袋にのしかかるむかつくような重い感覚が日ごとにひどくなり、苦く酸っぱい恐怖が膨らんでいった。

絶望に駆られたジュジューブは、排水路や大きく積み上げられた塵《ごみ》の山の中を捜しはじめた。なにが見つかると考えていたのかはわからない――服の切れ端なのか、一本の指なのか、一人の女の子なのか。夜には、妹といっしょに使っていた小さなマットレスの上で悪夢を見た。大声で助けを求めるジャスミンに近づいていくと、その顔色が青ざめた灰色に変わり死体と化すのだ。だが、目覚めている時のジュジューブに取り憑いて離れないのは、死んでいるかもしれないというおそれだけではなかった。ジャスミンはだれかに捕まったのかもしれない、だれかが妹の身体を使ったあと、血を流しているジャスミンを道端に放置したのかもしれない、殺すことなく妹の人格だけを破壊した者がいるのかもしれない。

その日の午後、ジャスミンを捜し回ってから帰宅したジュジューブは、全身から悪臭を放っていた。

内側とおなじくらい、外側も腐敗していたのだ。朝十一時の陽光に輝く塵の汁が、身体中に飛び散っていた。家の中に入る前に、母親が窓台に置いている細くなった石鹸を掴み取ると、両手両足をごしごしと洗った。水が肌に触れると気持ちがやわらいだ。陽を浴びていたホースから出てきた水は、温かかった。だが一度勢いよく流れはじめると、水温は下がっていった。ジュジューブは流れていく水を見つめた。草むらの中を進み、やがては家の外にある細い排水路へと飛び込んでいく。子どもの頃、家族の中でその水路を嫌わなかったのはジュジューブだけだった。エイベルは、いろんなものをそこに落としてなくした。虎柄のビー玉を探していた弟の姿を、ジュジューブはおぼえている。水路に手を突っ込み、何日もかけて、つるつるのビー玉を見つけようとしていたのだ。ジャスミンは水路をひどくこわがった。モンスーンの嵐で天候が荒れはじめると想像を絶した勢いになり、あんなに細い水路なのにとだれもが驚くほどの轟音をたてるからだ。だがジュジューブは排水路が大好きだった。両側の縁が盛り上がっていて、ちょうどまたげる幅なのがすごく気に入っていた。幼かった頃、ジャスミンが生まれる前、日本軍がやって来てなにもかもを破壊してしまう前の日々には、水路をまたいで両側の縁に足を乗せた状態で、流れている水をマグマに見立てて前進したものだった。灼熱の太陽を浴びて水路が干上がる季節には、家の中で家族のたてる騒音に辟易《へきえき》すると、ジュジューブは排水路の中に腰を下ろした。前を見ても後ろを見ても水路はカーブを描いていて、ジュジューブを外の世界から守ってくれるようだった。その中でだれにも見られることなく、ジュジューブは本を読んだ。イーニッド・ブライトンの児童文学の中へと逃げ込んだのだ。その世界では、山登りをする人が木々に運ばれて別の土地に移動したり、ディケンズの物語を思わせる勇気ある孤児たちが、圧倒的に不利な状況を生きぬいた先でこの世に居場所を見つけたりした。排水路はキッチンのすぐ外にあった。それで、母の声が聞こえてくることもあった。かつてはよく口ずさんでいた短い歌のこともあれば、くすくす笑いのこともあった。だがジュジューブには、母がだれと話しているのかわからなかった。そして、名前を呼ばれて夕食のテーブルにつくと、「どこに行ってたの？　さっきから姿が見えなかったけど」と母に訊かれる。するとジュジューブは愛想良くほほえみ、「どこにも行ってないよ、お母さん。遊んでただけ」と応えたものだった。

最近では、身体の腱がすべて伸びきってぶるぶると震え、今にもちぎれそうだった。ジュジューブは疲れ果てていた。催眠にかけられたように、地面を流れる水に沿って排水路のほうへと歩いた。足下では、ぬかるみがぐしゃぐしゃと音をたてた。両足から先に、水路の中に降りた。ホースの水が排水路を生き返らせていた。細い流れが底を濡らし、落ち葉や塵の欠片を剝がしながら、両方の壁面に鳥の乾いた糞を塗りつけていく。暑さのせいで、立ちのぼる悪臭がひどくなっていた。それでも、ジュジューブは水路の内側に腰を下ろした。閉ざされた空間の安心感を味わいたかったのだ。ほんの少しのあいだだけだから、と自分に言い聞かせながら、一息つこうとする。ここに座って、どうすればいいのか考えよう。まずはどの問題から解決していったらいいんだろう。頭の中を整理して、心臓の鼓動を鎮め、心を落ち着かせるにはどうしたらいいんだろう。ジュジューブは目を閉じた。太陽光が、怒りにまかせて扉を叩く小さな手のように瞼を打った。「起きろ」と太陽は叫んでいた。「妹を見つけるのはおまえだぞ」

「ジュジューブ！」耳慣れた声が上のほうから聞こえてきて、水路の壁面に反響した。なにか重いものがドスンと地面を打ち、チーンと鳴った。自転車とベルだ。「ジュジューブ、どこですか？」

こんなところまで来てどういうつもりなんだろう？　ジュジューブはため息をつき、下唇を嚙んだ。

このまま隠れていたい気持ちもあった。ここでタカハシ氏をやり過ごし、諦めて自転車に乗って行ってしまうのを待つのだ。だが同時に、タカハシ氏がいい人であり、心配してくれていることもわかっていた。ジュジューブは身体を引きずるようにして立ち上がり、水路の壁面にもたれかかったまま顔を上げた。

「おや、ロンカンでなにをしているのですか?」タカハシ氏の鼻の頭には汗の玉が浮き出ていた。自転車をこいでいたせいで息も荒い。〝水路〟を意味するマレー語の単語を知っているということが、かわいらしくも感じられた。ジュジューブはほほえみそうになった。

「さあ、上がってきなさい」タカハシ氏は、排水路の縁で危なっかしくバランスを取りながら、ジュジューブを引き上げた。力の強い人ではなかった。機敏なジュジューブは、これまで幾度も、助けを借りることなくひとりで水路から這い上がってきた。だが今日にかぎっては、タカハシ氏の腕の中でだらりと身体の力を抜いた。外に出てみると、立ち上がる力が残っていなかった。地面にぺたりと座り込むと、湿った草むらから立ちのぼる熱気を顔に感じた。

「なんでここにいるんですか?」ジュジューブは口ごもるように言った。

その言葉が聞こえたのかどうか、タカハシ氏は一方的に話し続けた。「たいへんだ。だれかに突き落とされたのですか? あなたのお母さんはどこですか? なんと、びしょ濡れではないですか!」タカハシ氏はジュジューブを立たせようとしながら自分もよろめき、それから彼女の腕を自分の肩に回した。「さあ、こっちへ。家の中に入りましょう」

「うちは汚いから」ジュジューブはそう言いながらも、運ばれるがままに身をまかせた。

家の中は事実、ひどいありさまだった。長崎に爆弾が投下されたあと興奮状態になった父は、しばらくのあいだは昔の姿を取り戻したように見えた。日本軍が追い出されるさまを想像してはそれについて話し続け、また公共事業部門で働けるかもしれない、と口に出して思いを巡らせた。だがジャスミンの失踪は、父のかき集めた希望をすべて吸い出してしまったようだった。父は空気の抜けたボールのような姿で部屋の中を歩き回り、唾液を撒き散らしながら咳き込み、両手にできた痛々しいかさぶたを剝がした。工場で扱う板金でできた切り傷だ。仕事から帰ってくると、傷ついた動物のように、自室の隅に引っ込んだ。そして夜には小さく丸まって横たわり、身じろぎ一つしないまま不規則な呼吸をしたのだった。

母のほうはもっとひどかった。ジャスミンが消えて数日が経つと、謎の〝あの人〟のところに行って助けてもらうのだ、と小声で呟きはじめた。だが、ジュジューブがどれだけ探っても、それ以上のことはわからなかった。今や母は、日中はほとんど自室にこもりきりだった。部屋の中でうろうろしたり、意味のわからないことを呟いたり、時々外に出てきたりする物音が、ジュジューブにも聞こえた。髪の毛は乱れ放題で、目は血走っていた。浴室まで母を引きずって行こうとしたこともあった。柄杓《ひしゃく》で水をすくい、悪臭を放つ母にかけようとすると、思いがけない力で押しのけられた。母はそのまま浴室の片隅にしゃがみ込み、目に涙を溜めたまま空中を睨み続けた。それでしかたなく、ジュジューブは母を寝室に連れ戻した。ジュジューブは、家の中をきれいにしておこうと努めた。だが、わずかばかりの配給食糧を調理する時間がかろうじてあるばかりで、掃除をする暇などなかった。

タカハシ氏は、キッチンに漂うひどい悪臭についてはなにも言わなかったが、床を這う蟻の太い行列には悲鳴を漏らした。母が油とホーリックを床に撒き散らして以来、どうしても虫を駆除できないでいたのだ。タカハシ氏は、リビングにある小さな籐椅子にジュジューブを座らせると、蟻の行列と台所の惨状を横切り、ケトルを火にかけた。

「今日は私がお茶を淹れましょう！」と彼は言った。「あなたを助けます。座っていてください。私は心配したのです。あなたが何日間もティーハウスにいなかったからです。支配人にあなたがどうしているのか尋ねます……」タカハシ氏は、時制を混乱させながらぎこちなく話し続けた。食器棚を開け、ティーカップと茶葉を見つける。

それから三十分以上のあいだ、ジュジューブはただ眺め続けた。ジュジューブの手にティーカップを持たせたタカハシ氏は、キッチンの中をいじり回して箒とモップ、そしてぼろ切れを見つけ出すと、床やテーブルを掃除しはじめた。上手とは言えないことに、ジュジューブは気づいた。いたるところに油の筋が浮き上がっていたのだ。だがそんなことは気にならなかった。

掃除の試みを終えると、タカハシ氏はジュジューブの向かい側の床に腰を下ろして胡座をかいた。

「だめです。椅子に座ってください」ジュジューブは立ち上がった。

「だめです。あなたは疲れている。座るのはあなたです」タカハシ氏は、新たに淹れたティーカップを手渡した。お代わりを注がれていたことにも、ジュジューブは気づいていなかった。紅茶の出来も良くはなかった。充分に蒸らされておらず、味が薄かった。だが湯気は心を鎮めた。タカハシ氏は、床に座ったままジュジューブを見上げた。大きく見開かれた目が、迷子の犬を思わせた。「妹さんの新しいニュースはない？」彼は尋ねた。

ジュジューブは首を振った。なにも話すことがなかった。おそらくは沈黙を埋め、戸惑っているタカハシ氏に助け船を出そうとしたのだろう。「あなたの娘さんはどうですか？」と口を開いたことに、ジュジューブは自分でも驚いた。

その質問にタカハシ氏の目は輝いたあと、すぐに曇った。少し高い位置から見下ろしていると、タカハシ氏の頭の中で動いている思考が手に取るようにわかった——娘が見つかったことの喜び、ジュジューブの妹が見つかっていないという事実への罪悪感。

女の子や大人の女性たちは、男たちがなにを望んでいるのか、男たちがどういう慰めを求めているのかをいつでも察知して、それに合わせて演技をしているんだ。ジュジューブはそんな思いを巡らせた。女たちは絶えず計算を続けながら、自分の中のどの側面を男に見せたらいいのか、自分の中にある悲しみのどの部分を見せると男たちが壊れてしまうのかを、いつでも把握している。母が、父を相手にそうしていることにも気づいていた。仕事のことで興奮している父に対して、母は自分自身の抱えている心配事や悲しみを呑み込んだまま、どんな一日だったの、と質問を投げかけていた。そして、土壌や潮汐について熱心におしゃべりを続ける父に、うなずいたりほほえみかけたりしたものだった。従順でしあわせな妻を演じながら。

「いいんです、教えてください」とジュジューブは言った。なんといっても、タカハシ氏はこれまでずっと親切にしてくれていたのだから。

その言葉だけで充分だった。タカハシ氏は、ポケットの中からしわくちゃになった写真と、電報のようなものを取り出した。「イチカです！」

いつも写真を持ち歩いているんだろうか。それとも、わたしに訊かれた時のために持ち歩いていたんだろうか、とジュジューブは訝しんだ。なるほど、イチカという名前なのか、タカハシ氏の娘は。喉の奥で渦巻くいつもの怒りを呑み込み、ジュジューブは前かがみになった。頭を下げて写真を見る。その子は、ジュジューブより少しだけ年上のようだった。二十一くらいだろうか。髪は耳の後ろにまとめ、驚いたことにズボンを穿いていた。

「私の娘はすごく進んでいる女の子なのです。学校に通っています。芸術を学んでいます。それから看護も」タカハシ氏はそう言った。イチカのことを話す時、タカハシ氏が胸を突き出すようにして両肩を後ろに引くことに気づいた。まるで、ズボンを穿いているこの女の子を誇りに思う気持ちと、彼女への愛情は、自分の胸の中には収まりきらないほどの大きさなのだと言わんばかりだった。

よくもそんな真似ができるものだ、とジュジューブは考えた。だがタカハシ氏に対しては、感謝の気持ちに溢れた女の子を演じ続けた。心を砕く自分の絶望は呑み込んだまま、心配事から解放された男が漏らす、安堵や喜びの言葉に耳を傾ける女の子の役を。

第十五章

セシリー

ビンタン地区（クアラルンプール）

1937年

8年前、イギリス統治下のマラヤ

案の定、ビングリーとリーナ・チャンは、社交界に再びやすやすと溶けこんでいった。ヤップ夫人だった頃の金にものを言わせたのだろう、とセシリーは想像した。二人はザ・クラブや公使公邸で開かれる数々のパーティーに出席すると同時に、自分たちもまたパーティーを主催した。比較的モダンな見た目の広壮な屋敷に、イギリス人の植民地高官たちを招いてはもてなしたのだ。イギリス人社会の記憶があっという間に薄れたことに、セシリーはぎょっとした。

「一年前には、だれひとりあの人に話しかけようとしなかったのに！」セシリーはゴードンに不平を漏らした。だがゴードンは二人が大好きだった。特に、ビングリーことフジワラが。そして夫妻を、長いあいだ会えなかった旧友のように迎え入れた。パーティー会場でフジワラを見つけたゴードンが小躍りしながら声を張りあげるたびに、セシリーは身のすくむ思いがした。フジワラが目の表情を変えることなくうっすらとほほえみながら、ゴードンの崇敬を受けとめてやる姿を、彼女は眺めた。あの時のことをゴードンが知ったらどうなるんだろう、とセシリーは考えた。彼女の身体は、フジワラによって壁に叩きつけられた日を蘇らせていたのだ。手首には薄れかけた青痣があった。フジワラが残したものだ。セシリーはそこに親指を走らせ、疼くような快感をおぼえた。

イギリス人たちもフジワラがお気に入りのようだった。ビングリー・チャンとしてのフジワラはいつでもおだやかなほほえみを浮かべていて、セシリーの知るぎこちない不機嫌さは微塵も見せなかった。その代わりに自虐的なユーモアを演じてみせては、彼女を呆れかえらせるのだった。

「チャンさん、妻をどこかで見かけませんでしたか？」ある日セシリーは、招待客が溢れかえっているパーティー会場で、一人のイギリス人行政官がフジワラにそう尋ねるのを耳にした。

「とんでもない。なにせこの小さな目では、はっきり見えるものなんてなに一つありゃしないんですから!」そして二人は声を合わせてどっと笑った。

自分を物笑いの種として活用する許しを、イギリス人たちに与えたということだ。そうすることで、彼らの敬意を勝ちとったのだ。この男は見た目こそあいつらの仲間だが、考え方はわれわれとおなじだ。連中はそう考えたようだった。恥じるべきだと自覚してはいるが、ほんとうのところは恥じたくないとわれわれが感じているようなことを、この男は口に出させてくれるのだ、と。仲間として受け入れられるためだけに、他人に心の保護膜の内側までをも削り取らせていると、魂はどれほど深く傷つくんだろう、とセシリーは驚嘆の思いで考えた。高級官吏夫人として敬意を払われる立場になった今ですら、こちらから近づいていくと口をつぐむ白人妻たちがいる。子育てに関して、嫌味な言葉を投げかけられることもあった。

「ご存知?」ランドリー夫人は、息を弾ませながらそう話した。夫のアリステア・ランドリーは、中間管理職だ。「あの人たちときたら、娘が生理になっても放っておいて、家中血だらけにするらしいわよ」

「ご存知? あの人たちときたら、十代になるまで子どもを全裸で走り回らせてるらしいわよ」

「ご存知?」

フジワラは、自分自身を嘲りの対象にしてまでも、セシリーからすれば低俗としか呼びようのない社会に受け入れられようとしていた。そのことを考えると、彼女の心は張り裂けた——信念を貫くために、いったい自分自身をどれほど犠牲にしなければならなかったんだろう? そして今あの人の中には、犠牲にできるような本来の自分自身というものが、どれほど残されているんだろう? そうしたくはなかったが、セシリーはどうしても哀れみを感じた。

リーナは、社交界の華という新しい役割を悠々と余裕たっぷりにこなしているようだった。肌とおなじくらい明るい色のドレスを身にまとったその姿を、セシリーは見つめた。うれしそうに挨拶の言葉をかけてくる人々のあいだを、彼女は美しい幽霊のようにふわふわと通り抜けていった。イギリス人警察官たちは、彼女の最初の夫を逮捕し、おそらくは吊るし上げたうえで死ぬまで拷問を加えたのとおなじ連中であるわけだが、リーナを丁重に扱った。そうして彼女が踵を返して立ち去ると、その身体にあからさまな称賛のまなざしを浴びせた。セシリーは、その露骨な偽善に激怒した。そして、その辱めを生活の一部として進んで受け入れているリーナにも憤慨するのだった。

何週間ものあいだ、セシリーは二人を避けた。手に手を取り、映画スターのように人ごみの中を漂う彼らを、距離をおいて眺めた。そして、ゴードンが王族に拝謁《はいえつ》を求めるようにして二人に向かって突進していく場所では、セシリーは奥の部屋にそっと逃げ込んだ。二人の身ぶりからなにか読み取れないものかと、その離れた安全な場所から観察を続けたのだ。セシリーは、リーナの前腕を掴むフジワラの握力を思い浮かべた。フジワラの鼓動は、脇腹を通してリーナにまで伝わるのだろうか？　リーナの身体の温かさや冷たさを、フジワラは自分の身体で感じるのだろうか？　こっちに振り返れ、とセシリーはフジワラに念を送った。わたしを見て、と叫びをあげた。二人は、7A号室でのあの日以来、連絡を取り合っていなかった。だがフジワラは、セシリーの心の中でウイルスのように突然変異を遂げていた。どこに行っても、フジワラの姿が閃《ひらめ》いた。路地の向こうに消えるリネンスーツのズボンの裾、店を出たところに漂う頭をくらくらさせるようなミントのヘアクリームの香り、にぎわう繁華街にふと浮かび、人ごみの中で見分けようとするうちに消える顔。突然自宅にやって来たフジワラが、廊下を見わたすや、すくい上げるようにしてセシリーを腕に抱え、そのまま連れ去ってしまう、という馬鹿げた妄想もした。そうした、子どもじみた妄想の数々には身がすくんだ。だがそれでも、7A号室での、自分自身のあの恥知らずな振る舞いを思い出す時よりはましだった。あの日の自分にいったいなにが起きたのか、セシリーにはわからなかった。今では、羞恥心に縮みあがるばかりだった。

何度か、リーナのほうから話しかけようとしてきたことがあった。パーティーでにじり寄ってきたのだ。路上で行き合ったこともある。「どちらへお出かけ?」リーナはそう言いながら、ひんやりとした手でセシリーの腕を握りしめた。

「べつに。どこにも」セシリーはそう呟くと、動揺したまま別の方向へと足早に立ち去った。

一度だけ、意図せずに出会ってしまったことがあった。セシリーとゴードンは、子ども二人を連れて遊び場に向かって歩いているところだった。セシリーは、こちらに近づいてくるチャン夫妻に気づいたが、両手が塞がっていたために、すばやく家族全員の進む方向を変えさせることができなかった。片手は、悲しげに地面を蹴っているエイベルに取られていたし、もう片方もまた歩きながら読書にふけるジュジューブに握られていて、放すわけにはいかなかったのだ。

男たちは、いつものように騒々しく挨拶を交わした。

「あら、かわいい」リーナはそう言うと、しゃがみ込んでエイベルと向き合った。「おちびさん、お名前は?」

エイベルは睫毛をしばたたかせた。すでに長く伸びていて、抜け落ちた毛が目の中に入り、炎症を起こすこともあった。「エイベル」と恥ずかしそうに答えた。「ぼくは」と言いながら指を六本立てる。

「違うよ、おばかさん。もうすぐ七歳でしょ」ジュジューブが、本から顔を上げもせずにそう言った。

セシリーは、力なく自分の家族を見わたした。ジュジューブの言うことは正しいけど、ああいう無神経なもの言いは一度叱っておかなくちゃ。エイベルは姉に意地の悪いことを言われて、顔をくしゃくしゃにしていた。そしてゴードンは、大声を張りあげながらフジワラの背中を叩いている。その音に、道行く人々が何事かと振り返ってこちらをじろじろと見た。

リーナは、両手を打ち合わせてくすくすと笑った。「おもしろいお子さんたちだこと！」そして、セシリーの苦痛を感じ取ったかのように、夫の腕を引いた。「さあ、ビングリー、行きましょ。足止めさせちゃ悪いわ。こんなに暑いんだもの。すてきな服が汗でびしょびしょになってしまう！」

「彼女、あんまりかんじがいいとは言えないな」ゴードンは、チャン夫妻の背中に向かってぼやいた。セシリーはなにも言わずに子どもたちの肘を掴むと、歩きはじめた。

「どうしてきみが避けてるのか、わかるよ」ゴードンは、汗まみれの額をハンカチで拭いながらそう言った。「彼女、われわれとは身分が違うからね。次から次へと新しい服に着替えてごまかしても変わりはしない。卑しい身分なのさ」そして、片手を髪に走らせる。その時にはじめて、ゴードンがオールバックにしはじめていたことに、セシリーは気づいた。フジワラとおなじ髪型だった。

⁂

だが二月初旬に入ると、がまんはこれまで、とセシリーは心に決めた。

イデオロギーもあの男も、すでに自分の体内からはすっかり洗い流したと感じていた。だが距離というものは人の感覚を欺く。心も立場も安定したと感じ、中流階級の上層に属する植民地臣民として、新しい生活にも完全に適応できた、とセシリーはすっかり思い込んでいた。しかしフジワラとリーナの帰還が、またしても日常を揺り動かした。そして今、羞恥と欲望の発作を交互に起こしながら、セシリーは日本軍の侵攻についての情報を渇望していた。彼らがマレー半島沿岸部に到達するまで、あとどのくらいかかるのだろうか。目的を持つことの心地よさを、セシリーは思い出していた。恥じ入る必要のない秘密を持ち、自分一人の人生よりはるかに大きなものを追求することで得られる、あのすばらしい感覚を。自分の中の、フジワラによって育てられた一部分が恋しかった。そして、身のまわりにいるすべての人の中で、ただ一人自分だけが正しい知識を持っているという、あの感覚が恋しかった。ほかの妻たちや自分自身の夫から、鼻であしらわれていると感じるたびに、セシリーを救ってきたのはその優越感だった。なにかを心の底から気に懸けている女性、家や家族の付属物ではない女性だった頃の自分が、セシリーは恋しかった。

⁂

セシリーは、自らの苦境に対処しようと決めた。朝早くに思いついたことがあった。どう考えても理にかなっているようだったので、ベッドから飛び起きるやいなや、自分の気が変わらないうちにと、母親が〝ヨーロッパ式のパイ〟と呼んでいたものを作りはじめた。ランチョンミートとジャガイモ、マッシュルームをスライスし、煮詰めた鶏ガラスープの中にウズラの卵とともに入れてから、隠し味を少々加える。ウスターソースだ。これが〝ヨーロッパ式〟と呼ばれた所以なんだろう、とセシリーは推測した。

「なにしてるんだい？」ゴードンがそう尋ね、ランチョンミートを一切れくすねた。セシリーは夫を追い払い、仕事場へと送り出した。

ホウロウのオーブン皿にパイ生地を敷き、できあがったドロドロとしたものをすべてその中に空ける。それからパイ生地の蓋に、〈リーナとフジワラ〉の頭文字として〈L&F〉と刻みつけかけて誤りに気づいたセシリーは、Fの字をぎこちないビングリーのBへと変えた。セシリーは一歩さがり、出来栄えをほれぼれと眺めた。娘のすることをほとんど褒めなかった母ですら、これには胸を張ることだろうとセシリーは悦に入った。

午後も半ばになると、セシリーは報告書を折って封筒に入れ、表に〈チャン、ビングリー〉と書いた。ゴードンは、うかつにもキッチンテーブルの上に仕事用の紙挟みを放置していたのだが、セシリーはその中に報告書を見つけたのだった。いつも書類をいろんなところに置き忘れるゴードンは、見あたらないものがあれば事務所に置いてきたと考えるか、何人もいる秘書に命じて複製を作らせるだろう。そうしてヨーロッパ式パイに覆いを掛けてから、セシリーは通りを歩きはじめた。「雨が降りませんように、雨が降りませんように、雨が降りませんように」と彼女は囁いた。

チャン家に到着すると、玄関扉の前には女性の靴が山積みになっていた。よかった、お客さんがいるんだ、とセシリーは考えた。パイだけを渡して、ゴードンからビングリー宛ての書類が入っている、とリーナに告げて帰ればいい。簡単なことだ。

扉を開けたリーナは、金色のワンピースを着ていた。午後の茶会にしては、華美な装いだ。

「あらまあ、だれかと思ったら！」リーナが声をあげた。

声に熱意がこもり過ぎている、とセシリーは考えた。「こんにちは、リーナ。パイを作ったから、届けたかっただけなの」

女性たちの声が屋内に響きわたった。「ほかの女の人たちもいるのよ。あなたもおしゃべりしていきなさいよ」

セシリーはためらった。ここに留まり、よく知らない女性たちと気詰まりな会話をする気にはなれなかった。外にある靴の品質から判断して、イギリス人妻たちの集まりなのだろうとセシリーは推測した。すっきりと美しいかたちをした、ぴかぴかのレザーパンプスばかりだったのだ。こちらはきちんとした服も着ていないし、彼女たちに見下される心構えもできていなかった。

「だめよ。お客さんがいらして――」

「いいのよ、セシリー。さあ、入って。子どもたちはだれが見てるの？」

「使用人が」セシリーは、しかたなく認めた。

「ならいいじゃないの。こんなふうに、熱い太陽の下でおしゃべりを続ける必要なんてないわ！」リーナは両手を振り回して、セシリーを招き入れた。逃れるすべはなさそうだった。セシリーは茶色の靴を脱ぎ、恥ずかしい思いをしながら、そこにあった靴の山の下に押し込んだ。

見事なまでに生活感のない家だった。セシリーの家は、改築によって広くはなっていたものの、いつでも乱雑に散らかっていた。だが、そのおかげで家の中は居心地の良い空間になっているのだ、とセシリーは考えたかった。椅子やクッションがでたらめに配置されていて、腰を下ろすところはいくらでもあったし、床にはマットが敷かれ、子どもたちはその上で遊べるようになっていた。そして空いている空間には、隙間なく家族写真を立ててある。だがチャン家の邸宅には汚れ一つなかった。壁は乳白色で、今のリーナが好んで着るドレスの色とよく似ていた。正面の玄関ホールがそのまま別の部屋につながっていて、床に敷物はなかった。輝く白いタイルの上を、セシリーは裸足で歩いた。足の裏がひんやりとした。リーナに導き入れられたところは、応接間と見えた。装飾物は一つしかないようで、青と白で描かれた大判の抽象水彩画が、壁と空間全体を圧倒していた。ひとの視線をそこに引きつけるべくデザインされていることはわかったが、見る者にそれ以上の情報を差し出すことは拒絶していた。絵の中心点がどこにあるのかすら、わからなかった。花柄のワンピースを着た三人の女性たちが、高い背もたれのついた椅子に腰かけていた。小さなティーカップをつまむ手の小指を立て、澄ましかえっている。戯画《カリカチュア》のような光景だ。セシリーは下唇を噛み、こみ上げる笑いをこらえた。緊張のせいなのか、この状況が可笑しいせいなのかは、自分でもはっきりしなかった。

「ワージング卿夫人、チャンドラー夫人、ルウィシャム卿夫人よ。こちらはセシリー・アルカンターラさん。みなさんもたぶんご存知ですね！」とリーナは言った。「パイを持ってきてくださったのよ！」

ルウィシャム卿夫人は、公使の妻だった。前年、フジワラとともに遂行した任務のために気絶を装ったセシリーに対して、きわめて強い非難の色を見せた人物だ。フジワラのことを考えると、セシリーの胃が痛んだ。ふと、ソーサーの傍らに水滴のついたグラスが立っていて、その中には透明の液体が入っていることに気づく。立ちのぼるジュニパーの香りから、それがきわめて濃厚なジントニックであることをセシリーは察知した。この女性たちは酒を飲んでいたのだ。

最も金色の髪をした女性、ワージング卿夫人は、覆いを掛けてあるセシリーの皿をくんくんと嗅ぎ、「ありがとう、でもやめておくわ。食事は済ませてきたのよ」と言った。残りの二人は、挨拶代わりにうなずいてみせ、それからセシリーの全身をざっと眺めわたした。セシリーは顔を赤らめた。着ている服と、ほんの何時間か前にはあれほど誇らしく感じていたパイを値踏みされていることが伝わってきたからだ。

キッチンに案内されたセシリーはパイをテーブルの上に置き、盗んだ書類の入っている封筒をその傍らに添えた。「ゴードンから、あなたのご主人に」とセシリーは口を開いた。

「わあ、すてき！」リーナが声をあげた。パイの覆いを外し、パイ生地の表面に指で触れる。Lの文字と、修正を加えて乱れたB。そしてリーナは、指先を拭うこともなくセシリーの手を両手でしっかりと握りしめた。

「ビングリーが話してたの。あなたのご主人は……」リーナはそこで、遠回しな表現を探しあぐねたかのように、言葉を途切れさせた。「ゴードンは、わたしの過去の……過ちになかなか目をつぶることができないのかもしれないって」

セシリーは虚をつかれた。だがそれは、リーナが〝過ち〟という言葉を正確に使ったという事実とはいささかも関係がない。しかもフジワラは、セシリーが交わりを避けている理由について、うまい説明を見つけたようではないか。セシリーは、脇腹が疼くのを感じた。

「でもわたしはあなたのことが大好きだし、仲良くしたいの。悪いことをしていたのは元夫。わたしじゃなくて。そこのところをわかってもらいたくて」

セシリーは、リーナの掌が汗でべたつきはじめているのを感じた。完璧に磨きあげられたその女性像に、亀裂が走っていた。それがセシリーには驚きだった。リーナにとって、わたしなんか必要ないはずじゃないの。リーナはその気さくな魅力を駆使して、社交界のヒエラルキーを再び独力で頂点まで上りつめたのだから。セシリーのパイは、フジワラと接触し、諜報活動に復帰したいと伝える方便として考えついたものだった。それ以上の望みはなかった。ましてや、傷つきやすい内面を露呈するように痙攣しているリーナの顔面、期待を剥き出しにしたその表情を目にするなど、思いもよらないことだった。これほどの上品さと大胆さを併せ持つリーナが、セシリーに対してほぼ承認に等しいものを求めているのだ。気まずさを感じさせられると同時に、どういうわけか心を引きつけられた。

「さあさあ、リーナ」とセシリーは言った。「あの人たち三人を、ティーカップといっしょに放っておくわけにはいかないわ。どんな破壊行為に及ぶか知れたものじゃないでしょう？」

うれしそうにため息をついたリーナは、セシリーの腕に自分の腕をからめた。そうして二人は応接間へと戻っていった。そこでは女性が三人、ティーカップはうちやったまま額をぴたりと寄せ合って、忍び笑いを漏らしていた。

「なんの噂話かしら？」リーナはさえずるようにそう言い、肘掛け椅子にどかりと腰を下ろした。セシリーは、重心を右足に移したり左足に移したりしながら、どこに座ったものかと思案した。するとリーナが、自分の隣にある籐椅子へと彼女を招き寄せる。セシリーは、ありがたくそこに腰を下ろした。

「なんでもないのよ」ルウィシャム卿夫人はそう言った。だが、口の端がひくりと動いたところを見ると、もう一度おなじ質問をされたくてうずうずしていることが、セシリーにはわかった。

「あら、いいじゃないの、みなさん。話しておしまいなさいよ」とセシリーが言った。

「そうね」小馬鹿にしたような態度を崩さない、金髪のワージング卿夫人が口を開いた。「もし旦那がいなかったとしたら、どの男性と遊びたいか、っていう話をしていたのよ」

「現地人男性の中で、ってことよ、もちろん」チャンドラー夫人がそう言った。この中では最もかわいらしい顔立ちで、話しかたもおだやかな女性だった。彼女はジンのグラスを口元へと持ち上げ、三人はいっせいにくすくすと笑った。

「へえ、それは……おもしろいわね」セシリーは、そっけなくそう言った。背筋が伸び、硬直するのを感じる。まるで、無意識のうちに身体が防御態勢に入ったかのようだった。

三人の女性は、それぞれに品定めをはじめた。

「リンガムさんは？　背が低過ぎるわね。肌の色も黒過ぎるし」ワージング卿夫人が、唇を丸めながらそう話す。

「チョンさんは？」チャンドラー夫人が尋ねる。

「商店主の？　ぜったいにあり得ないわ。お店の匂いをぷんぷんさせてるんですもの！　シーツに黴の生えたアンチョビの匂いがついていてもいいの？」ルウィシャム卿夫人が鼻で笑った。

「ラーマンさんは？　副校長の。ああ、あの人ならいいわ」チャンドラー夫人が目を閉じながら言う。

「あの完璧に小麦色の肌」ルウィシャム卿夫人が言う。

「わたしにはわからないわ」ワージング卿夫人が唇をすぼめながら言う。「あの人は少し……学があり過ぎる。西洋化され過ぎよ。わかるでしょう？　肌が浅黒いだけで、中身はわたしたちと変わらないというか」

セシリーは息が詰まった。今日の午後をこんなふうに過ごしたかったわけではないのだ。現地人の女の子たちに欲望を抱く、イギリス人男性の話は聞いたことがあった。彼女たちをエキゾティックな土着民、茶色い肌のあばずれ呼ばわりする連中だ。イギリス文学をひもとけば、非白人種を性的対象と見なす狂気じみた話がいくらでも出てくる。だがこれまでセシリーの見てきたところ、イギリス女性にはたった二つの表情しかなかった。嫌悪と被害妄想だ。非難するようにすぼめられた口元、自分たちよりも肌の色が濃い人間との接触を強いられた時に見せる、弓なりに吊り上げられる眉。こうしたものはたしかに不快ではあったが、セシリーとしては順応してきたものでもあった。だがこんなことは——なんと呼んでいいのかわからなかったが——思いもよらなかった。

女性たちは休むことなく話し続けた。「ゴードン・アルカンターラ。彼も——」ルウィシャム卿夫人は、そこでセシリーのほうに向きなおった。そして、まるで彼女がここにいることを突然思い出したとでも言うように、「アルカンターラさん、お気を悪くしないでね」と話しかける。セシリーは黙ったままうなずいた。気の利いた言葉など思いつかなかった。

「あの人は少し、声が大きくて背が低いわ。でしょ?」

セシリーは、ひときわ明るく輝いている床のタイルを見つめた。下品な人たち。でも言っていることは間違っていない。

「さて、次はあなた、チャンさんの番よ!」ルウィシャム卿夫人は、陽気に酩酊しながらジントニックをあおる。

セシリーは床から視線を上げ、リーナの様子をじっと見つめた。表面上、リーナは平静を保っているようで、抜け目なくうなずいたりほほえんだりしていた。まるで相手の女性たちが、フラワーアレンジメントだとか野菜と果物の価格のような、月並みなことを話題にしているかのように。だが、膝の上に置かれたリーナの拳はきつく握りしめられ、関節が白ばんでいた。

「わたしたちをもてなしてくれている人に、失礼はよしましょうよ」とセシリーは言った。

「しらけること言わないの、アルカンターラさん!」ルウィシャム卿夫人がけたけたと笑った。その呼気とともに、ジンの匂いがあたりに広がる。「リーナは、わたしたちの馬鹿話には慣れてるんだから！」

「あのビングリー・チャン。背が低いでしょう。ものすごくおちびさん」ワージング卿夫人はそう言うと、背もたれにゆったりともたれかかった。これからはじまる長時間の議論に備えるかのような姿勢だ。

「でもあの声ときたら！　ほんとにもう、イギリス本国のパブリックスクールから飛び出てきたみたい。姿を見なければ、ハロウ・スクールの卒業生が話しているのかと思うわよ」ルウィシャム卿夫人はため息をつく。「それ以外の条件がぜんぶ揃えば、わたしたちの一員になれたのに。ほんとうに残念なこと。でも、欠点のない人はいないということよね」

「ねえ、チャンさん、先にお詫びをさせてちょうだい。わたし、あの人なら大歓迎なの。チャンさん、あの人って獣みたいにすごいんでしょう？　正直言って、あの人がどうして白人のガールフレンドとくっつかなかったのかが不思議」チャンドラー夫人が場違いなことで不平を漏らしてから、リーナを見やる。

「そんな罰当たりなこと言ったりして、あなたったら！」ルウィシャム卿夫人の頰は興奮に赤らんでいた。セシリーはその萎んだ頰を張り、思い上がりを正してやりたいという衝動に駆られた。

リーナは上半身を傾けて、自分のティーカップに紅茶を注いだ。ほほえみに歪みはなく、顔の表情はおだやかそのものだった。「お茶のお代わりは？」と言いながら、ケトルを持ち上げてみせる。

夫人がたはそれを無視し、おしゃべりを続けた。リーナがケトルを傾けた時、カップに注がれる紅茶が震えたことに気づいたのは、セシリーだけだった。わずかにこぼれた紅茶がソーサーに茶色く溜まっていることに気づいたのは、そして両手が激しく震えているせいで、リーナがティーカップを持ち上げられないでいることに気づいたのも、セシリーだけだった。

「みなさん、わたし、あんまり体調が良いとは言えないみたいなんです。そろそろお暇《いとま》しようかしら。チャンさん、途中まで送ってくださらない？」とセシリーは言った。

「あらまあ、あなたってしょっちゅう気分が悪くなるのね」ルウィシャム卿夫人が言った。「わたしも失礼しなくちゃ。夫がお客さんを招いているというのに、現地人の召使いたちではきちんと準備ができないのよ、イギリスとは違って――」

「あなた、ほんとうに大丈夫なの？」チャンドラー夫人がセシリーに向かって言う。

「ええ、大丈夫です。ちょっと目眩がしただけなの」

イギリス人女性たちは持ち物をまとめて、玄関へと向かった。「すばらしい午後だったわ、チャンさん。ぜひまた呼んでくださいな」ワージング卿夫人はそう言いながら、握手を求めて萎びた手を伸ばした。

「ぜひぜひ、そうしましょ」リーナは言った。だが、彼女がワージング卿夫人の差し出した手を握らなかったことに、セシリーは気づいた。夫人はすぐに手を引っ込めた。

「ではさようなら」ルウィシャム卿夫人がそう宣言し、三人は出ていった。

門扉を閉める音がするやいなや、セシリーはリーナに向きなおった。憤りを抑えきれなかった。

「あの人たちよくも――。あなた、よく大目に見て――。なんて人を馬鹿にした――」

「ねえ、セシリー」リーナは疲れた様子でそう言うと、セシリーの座っていた籐椅子に、沈み込むようにして腰を下ろした。

見下ろすように立つセシリーの影が、身体を丸めたリーナの上に落ちていた。その姿がひどく小さく見えることに、セシリーは気づいた。

「あの人――あの人が、仲良くしろって言うのよ。それでようやく彼女たちの仲間に入れてもらったところ。わかるでしょ?」リーナが言った。「実際、くたびれはてることもあるわ」そして、長々とため息をついた。「でもありがとう。あの人たちを――帰らせてくれて」

リーナは目を閉じていた。セシリーはリーナを見つめた。この人はすっかり別人みたいに変わったけど、ヤップ夫人の中にあったこういうところだけは手放さなかったのね。そんな考えが、セシリーの頭に浮かんだ。ある役割を果たせと要求する夫の目の前で、彼女は強い女性を演じている。そしてそうすることによって、リーナが少しずつ蝕まれていくという事実については、彼女自身もその夫も気づいていない。社会全体の利益は、なにものにも優先されるというわけだ。

「わたしたち、男たちにはもったいない存在よ。でしょ?」とセシリーは言った。「男たちのためにいろんなことをしてやってるけど、それがあの人たちの目には見えないんだから」

「いつかうっかり間違えて恥さらしなことをしてしまうんじゃないかしら、って心配なの」リーナは、目を閉じたまままそう言った。瞼が疲労にわななないている。いったい、フジワラはわかっているのだろうか? わたしたち二人に着けることを強いた仮面が、どんな影響をわたしたちの身に及ぼすのか。そんなことを気に懸けることはあるんだろうか?

「洗いものをするわ」セシリーはそう言い、テーブルの上にある空になったジンのグラスや飲みかけのティーカップを集めはじめた。

「だめよ」リーナはそう言いながら目を開くと、慌てて立ち上がった。「母に叱られてしまう。母は亡くなってるんだけど、きっと墓から出てきて、どうしてお客さんに皿洗いなんかさせるの、って問い詰めてくるわ」

「母親って、きついことを言うこともあるから」とセシリーは応え、積み重ねたカップをキッチンへと運ぶ。「うちの母は、わたしがもっとかわいければよかったのに、って言ってた」

「うちのは、わたしにおちんちんがついてたらよかったのに、って言ってたわ！」リーナは陽気に高笑いした。かつてのヤップ夫人が、奥のほうからもう少しだけ顔を覗かせていた。「母は信じられなかったのよ。生まれてきたわたしのあそこがぺったんこだったことが。それで、産婆にしつこく尋ねたわ。『おちんちんはどこ？　おちんちんはどこ？』って。あとでわかったんだけど、最初の子どもは男の子だって、占い師に言われてたらしいのよ。イポーにいる占い師の中でも、最悪なやつだったに違いないわ！」

リーナは高らかに笑い、セシリーも思わず噴き出した。かつてのリーナの姿が蘇り、男子のおちんちんについて大声で話していた。そういう彼女を目の当たりにしたセシリーは、笑いが止まらなくなった。冷えた紅茶を飲んで抑え込まなければならないほどだった。

二人の背後で門扉がガシャンと音をたてて、ヘアクリームのミントの香りが室内に漂った。リーナが満面の笑みを浮かべる。「おかえりなさい、あなた！　よかった」そしてセシリーを身ぶりで指し示す。「お客さんよ！」

「アルカンターラさん」フジワラは一瞬の躊躇も驚きもなくそう言った。いかなる表情も浮かばなかった。

セシリーはフジワラの肩を掴んで揺さぶりたかった。「わたしよ！」そう叫びたかった。「気にならないの?」と。だがミントの香りで、セシリーは目眩がした。「わたし、書類をお持ちし――」そう口をついて出ていた。

「リーナ、きみの笑い声が通りの向こうまで届いていたよ。いったいなにがそんなに可笑し――?」同時にそう話しはじめたフジワラは、そこで言葉を切った。セシリーは、フジワラが深く息を吸い込みながら喉を震わせる様子を眺める。彼は、まばたき一つすることなく妻を見つめ続けていた。セシリーのほうには決して視線を向けない。

「ゴードンから、あなた宛ての書類があるんですってよ。キッチンに置いてあるわ」そして、リーナはフジワラの胸の中に飛び込み、きつく抱擁された。その親密な姿に気まずさをおぼえ、セシリーは視線を逸らす。

「そうなのかい?」リーナのつややかな頭越しに、フジワラがはじめてセシリーを見やる。疑問と驚きをたたえた黒い両目が、燃えるようだった。

これは勝利なのだろうとセシリーは考えた。今や、意表を突いた行動に出るのはこちらの側なのだ。セシリーはフジワラの視線を捉え、目を逸らさなかった。

「ご主人に……よくお礼を言っておいてください。だいぶ長いあいだご無沙汰しましたから……またお互いに近況報告をしましょう、と」フジワラはそう言った。

セシリーは息を吐いた。自分でも気づかないうちに、呼吸を止めていたのだ。そして目を細め、フジワラから視線を逸らすことなく、こう言った。

「リーナ、お茶をごちそうさま。お邪魔してよかったわ」

第十六章

エイベル

カンチャナブリ収容所（ビルマとタイの国境地帯）

1945年8月24日

日本占領下のマラヤ

「見せたいものがあるんだ」フレディの声が、エイベルの頭蓋骨の内側で太鼓のように反響した。

「なあ、起きろってば、ほら」

フレディがエイベルの脇腹を蹴った。爪先が、腹の最もやわらかい部分をえぐる。どうにかして叩き起こそうとしているのだ。エイベルはうめき声をあげた。頭の中は地面のぬかるみのように濁っている。しかも、急な動きによって全身に吐き気の波が広がった。

フレディを見上げながら嘔吐《えず》く。「おまえのせいだぞ」

フレディはあきれたように目を回してみせる。「がまんしろよ、エイベル。ここではだめだ。みんなに殺されるぞ」

「あいつらなんかどうでもいいさ。おれは……」そこで吐き気がこみ上げ、宿舎を飛び出るとバナナ畑に駆け込んで嘔吐した。エイベルの胆汁はバナナよりも黄色く、臭かった。

ブラザー・ルークを殺してからほぼ六日が過ぎていた。食べる量を減らして大量に飲めば、悪夢を、時間軸を無視して忍び寄ってくる記憶を退けておけることに、エイベルは気づいたのだった。ぐしゃりと叩き割る鋼材の音を、裸足の足元に噴きかかる血液を、怒ったようにコッコッと啼く鶏たちを、少年たちの歓声を、そしてブラザー・ルークが起きあがるのを今か今かと待っている観衆を呑み込む張りつめた静寂を、さらには、もう起きあがってこないとわかった時の罵声を。エイベルを痛めつけてきたアキロウ親方の姿は、ここのところほとんど見かけなくなっていた。これまでであれば、ただ打ちのめしたいがためにエイベルを探し出し、鶏小屋に放り込んでは、日没とともに襲いかかってきたものだった。それが今では、アキロウ親方は顔を不安にこわばらせたまま、ただぼんやりと歩き回っているようだった。エイベルを襲ったのも、トイレで用を足していた時の一度きりだった。だがそれについても、トディのおかげでほとんどなにも感じなかった。終わったあと、小便の臭いをさせながら屋外便所からさまよい出てきたエイベルは、木の根元で酩酊したまま眠りに落ちた。壁に押しつけられた手首には青痣ができていた。

その後、いつものようにフレディがエイベルを探し出し、嘔吐物で窒息しないように身体を引き起こしたのだった。それから宿舎まで引きずって行くと、脱水状態になるのを避けるためにむりやり水を飲ませた。二人の関係は変質していた。時折訪れた短い覚醒状態のあいだにそれを認識したエイベルは、いやな気持ちになった。かつて二人のあいだに存在していた、対等な協力関係を汚《けが》しているように感じられたのだ——もはやいっしょに座り込んで、絵を描いたり記憶を掘り起こしたりすることはなかった。その代わり、時々フレディが身体を洗ってくれていることをエイベルは知っていた。下半身を剥き出しにして倒れ込んだ時に、着ているものを整えてくれることも。ほかの少年たちが、じろじろと眺めながらこちらを指差したりしていることもわかっていたが、そんな野次馬連中を追い払ってくれるのはフレディだったし、どん底にいるエイベルに手を差しのべ、人間らしさを取り戻させてくれるのもフレディだった。二人ともいつの間にか変わってしまっていた。それは、二人のあいだにあった力のバランスが、大きくフレディのほうに傾いたからなのだろう。これほどまでに急激な変化を持ちこたえる友情など存在しない。相手を哀れむ気持ちがこれほど強いところに、友情が築かれることなどないのだ。フレディはフレディなりに、成長を遂げたようだった。あいかわらず寡黙で目立とうとすることはなかったが、仲間のあいだでは人気者でもあった。エイベルが酩酊状態でぼんやりしている時でさえ、ほかの少年たちとともに歌うフレディの声が聞こえてくることがあった。時には、そこに笑い声も混ざっていた。しゃくりあげるようなその笑いかたに、エイベルはほほえみを浮かべた。

日々を過ごすのは楽になっていた。過酷な労働をさほど求められなくなっていたからだ。中には仕事熱心な少年たちもいて、毎日数時間は線路を敷く作業を続けていたが、彼らを監視する者はいないも同然だった。少年たちは一日の大半を、食糧を漁ったり、ところかまわず腰を下ろしてうとうとしたり、新しい〝劇場〟を建設する作業に加わったりすることで過ごした。竹とヤシの葉を組み合わせてできたその建物はラーマの発案によるもので、夜ごと披露される演《だ》し物のために作られたのだった。エイベルは、まだ自分の目で見たことがなかった。最近では日々の境目がほとんど融け合ってしまっていたからだ。どれがどの日なのか、エイベルには区別がつかなかった。だが、おおぜいが毎晩の演し物に取り組み、時にはコンテストの様相を呈するという話は耳にしていた――音楽と踊りのコンテスト《タレンタイム》、寸劇、歌唱コンテスト、本格的なコンサート、腕相撲の試合、そして走り幅跳び。フレディによると、アズラーンによる女装ショーが頭抜けてすばらしかったらしい。ミルズ夫人というイギリス貴婦人を演じたアズラーンには、大きな不揃いのおっぱいが備わっていたという。少年たちが、布きれに木の葉を詰めて作ったものだ。

状況はかなりましになったみたいだな、とエイベルは推測した。今こそ反乱を起こして収容所を占拠すべきなのかもしれない、とも考えた。だがその途端に、ライフルを手入れしているアキロウ親方と兵士の一団を見かけ、その考えも消え去るのだった。それでも、脱走を試みる価値はあるのだろうかと思案はした。長くて危険な道のりを踏破し、家族のもとへと帰るのだ。エイベルは、フレディの描いたジャスミンの絵を見つめた。だがトディのせいで、妹の顔を思い浮かべるのは難しかった。ジャスミンはどんな目に遭ってるんだろうかと考えるのは、おそろしかった。身の毛のよだつような娼館の話を聞いていたのだ。日本軍はそこに若い娘たちを放り込み、強いる——エイベルはぎゅっと目を閉じた。その先を考えるのは無理だ。数日前、勇気を振り絞って収容所の端まで足を運んでみた。心臓は激しく打ち、両足には羽が生えてふわふわと飛んでいるように感じられた。できるぞ。やろうと思えばできる。こんなところ、逃げ出してやる。だが、見わたすかぎり広がる茶色の熱い地面を睨みつけていると、トディの酔いが醒めはじめ、またしても記憶の呪いに責めたてられたのだった。鋼材、血、苦痛、ブラザー・ルークの目に浮かんでいた獣のような表情。トディのほうが簡単だった。トディの力を借りれば、自分の内側へともぐり込んでいき、そのままなにもしないでいられた。現実をどうにかしてやりたいという衝動を抑え込むことができたのだ。なぜなら、今のこのみじめな毎日の中で目指せるのは、生き延びることだけだったからだ。そこで、エイベルはふらふらと間近にある木の裏へと歩いていき、トディのボトルをラッパ飲みにした。トディのおかげで生き延びていた。

「さあってば、行くぞ」フレディはエイベルを引っぱり、立ち上がらせた。そして、鼻に皺を寄せる。嘔吐物とアルコールと、不潔な身体の発するむっとする臭気が混ざり合っているのだろう、とエイベルは想像する。こんなに早く目覚めたことに腹が立った。陽光はまだ斜めから差しているし、昼下がりほどの暑さでもない。日中の猛烈な暑さがはじまるまであと何時間か、酔っ払ったまま寝ていたかった。エイベルは、床に置いてある生ぬるいトディのボトルに手を伸ばした。

「そんなの必要ないだろう」とフレディは言うが、エイベルは彼を睨みつける。なんにも知らないくせに、いいかげんなこと言うな。エイベルは、ボトルから直接ぐびぐびと飲んだ。ぬるい液体が食道の内側を覆い、エイベルの身体を貫く道に光をともした。そうして、生者の側へと蘇らせる。

「なんなんだってんだよ」エイベルは呟く。ようやく話せるようになったのだ。

フレディが首を振り、頬をすぼませる。落胆しているせいなのか、苛立っているせいなのか、エイベルにはよくわからない。身体がぐらつき、フレディの腕を脇の下に感じたかと思うと、それに支えられる。こうして手を押しつけられている感触は、なじみのものだった。気を失ったエイベルを見つけるたびに、フレディがそうしていたからだ。鶏小屋の中でも、木の下でも、食事のあとにも、糞のあとにも。今や二人は、これら一連の動きに熟練していた。背の高いエイベルが、目の焦点を合わせようとしながらよろめく。すると背の低いフレディは膝関節に力を入れ、両腕を伸ばしながらエイベルを導く。

二人は小道を歩いていく。草はまだ夜露で濡れていた。蒸発するほど陽光が強くなっていないのだ。足下を見やり、自分がサンダル履きだと気づく。だが、いつ履いたのかは思い出せない。フレディが足にはめてくれたのだろう。二人はよろよろと食堂の脇を進んでいく。そこはほとんど無人で、早起きをした一人か二人が朝食の準備を進めていた。エイベルは、シュー・センの姿に気づく。少年たちの食事について考えることを日本兵が放棄して以来、厨房を指揮している仲間だ。今や、朝食は以前よりも良い香りを放つようになっていた。シュー・センが、わずかばかりの材料と収容所のあちこちに植えては収穫している香草を使って作り出すスープが、湯気を立てていた。さらに歩を進めて鶏小屋の脇に差しかかると、エイベルは激しく身震いした。そこにいた鶏たちは、すでに一羽残らず死んでいた。あの頑固な茶色の雌鶏ですら例外ではなかった。ある日、横たわったまま啼いているその雌鶏を、シュー・センが見つけた。両目には生気がなかった。雌鶏は切り分けられ、その夜、収容所の少年一人ひとりが一筋の鶏肉にありついた。それから、シュー・センはその骨を使ってスープを作り、エイベルを除く全員が、熱狂的にその味を褒めたたえた。

エイベルは立ち止まった。自分が毎晩ここに来ていることは、フレディから聞いて知っていたが、鶏小屋に近寄ると皮膚がひりひりと痛んだのだ。両耳のあいだでまたしても、骨を砕く鋼材の音が鳴った。

「戻らなきゃ」エイベルはそう言いながら、フレディの腕を振りほどこうとする。

「エイベル、鶏小屋には入らないよ。ぜったいだから。とにかくいっしょに来て」

エイベルは少しばかり身体を引き、フレディから逃げようとなげやりに試みる。

「さあ、行こう」

エイベルは、その言葉に身をゆだねた。最近ではフレディが話すと、その声が自分の中を通り抜けながら、胸の奥でわだかまっている硬い結び目のようなものを一つ残らずほどいていくように感じられた。自分が制御不能の状態に陥っていると思ったら、フレディの声に意識を集中しさえすればよかった。あのおだやかに安定した、低いテノールの声に。

足をもつれさせながら鶏小屋から離れるにつれ、エイベルの身体には力が戻り、まっすぐ立てるようになっていった。「どこに連れてこうってんだよ、おまえさんは」そう言いながら、フレディの肩を小突く。そして、衰弱しきっている自分の繰り出した拳など、フレディにはほとんど響いていないことに気づき、悲しくなった。かつてはパンチを繰り出すと、フレディは身体を二つ折りにしたものだったのだ。

「酔っ払いのくせに、おしゃべりし過ぎだぞ」フレディがにやりとした。エイベルは、胃にずしりとのしかかっていたものが軽くなるのを感じる。

数分後、二人は背の高い建造物に辿り着いた。納屋に似たその建物の屋根にはヤシの葉が葺かれ、それを長い柱が支えている。側面は吹きさらしだが、床は大量のヤシの葉で覆われていた。編み合わされて敷物のようになっている部分もあれば、ゆるく重なっているだけのところもある。一方の隅には木箱で作られた〝ステージ〟が設けられている。その背後に渡されたロープには、茶色く染まった布きれが掛かっていて、間に合わせの背景幕の役を果たしていた。おそらくは着古したシャツを使っているのだろう。

「すげえ、劇場、完成してたんだな!」エイベルは驚嘆の声をあげ、あたりを見回した。

「鉄道用の資材を流用したんだ。もうだれも気にしてないからね。こっちに来なよ、見せたいものがあるんだ」

「ここを見せたかったんじゃないのかよ」エイベルは片眉を上げた。だがフレディはすでに、納屋の奥のほうの一角へと駆け出していた。エイベルは、可能なかぎりの早足でフレディに追いつこうとしたが、そのせいで息が切れた。昨日からなにも食べていなかったことに気づく。幕に近づくと、ある音が耳に入った。かすかなうめき声だ。

「フレディ、止まれよ。カーテンの後ろにだれかいるぞ」

「そうだよ」とフレディは言いながら、ステージによじ登った。「いくぞ?」

フレディは幕を引いた。床の上で丸く縮こまり、顔面や両腕を切り傷だらけにしながら口に大量の葉を押し込まれ、両手両足を結び合わされた状態で豚のように転がっていたのは、アキロウ親方だった。身に着けているのは下着だけだ。

「フレディ、なんだよこれ——?」

「エイベル。思い知らせてやれるんだぞ。ぜんぶぶちまけてやれよ」

「いったいおれに、なにさせるつもりなんだよ」エイベルは身体を引きずるようにしてステージに上がると、その場でうずくまった。束ねられていないヤシの葉が、サンダルの下でカサカサと音をたてた。エイベルは両手で頭を抱えた。

「この間抜けに、どっちが偉いか、わからせてやれよ」とフレディが言う。

エイベルは立ち上がり、後ずさりしながらフレディから遠ざかった。だがその時、納屋に人が集まっていることに気づく。少年たちが、蜜に引き寄せられる蜂のように群がっていたのだ。これから繰り広げられる暴力の予感が、彼らの肉体を強烈な衝動で駆り立てていた。ブラザー・ルークとともに鶏小屋にいた時とおなじだった。彼らはひたとエイベルに視線を据え、足を踏み鳴らしはじめた。それが轟くような音へと高まっていく。

「エイベル、おまえ臆病者なのかよ」フレディの声はこわばり、甲高かった。記憶にあるあの低くおだやかで、いつもこの世に連れ戻してくれた声音ではない。

「おれには無理だよ」転倒しそうになったエイベルは、屋根を支えているぐらつく柱を掴んだ。おれのせいなんだ。おれがあまりにもみじめな状態になってしまったせいで、こうするほかないとフレディは考えたんだ。

「こいつには当然の報いだろう。ブラザー・ルークとおんなじだよ」とフレディが言った。

「違う、おれは――ブラザー・ルークは――あれはおまえのためだったんだぞ！」エイベルは叫んだ。

フレディの瞳が翳《かげ》る。青かった空が、嵐雲に覆われたようだった。「おまえ、眠れてないじゃないか。このままじゃだめだよ。まさかおまえが――まさかおまえが、そんなにひどい状態になるとは思わなかったんだよ」

だからフレディはずっとそばにいてくれたんだろうか、とエイベルは考えた。辛抱強くつき合ってくれて、毎回絶望の淵から引き上げてくれたのは、罪悪感に苛まれていたせいだったんだろうか。

「おまえ、頭はたしかか?」エイベルは叫び、自分の声の大きさに驚いた。「ここにはまだ日本軍がいるんだぞ! 日本軍に追い回されることになるぞ」

「ほらな、そいつには無理だって言っただろ!」人ごみの中でラーマが声を張りあげた。

「なあ」とフレディが言った。「いっしょにやろう。みんなで、おまえとぼくとほかの連中で。今じゃあいつらより、こっちのほうが数が多いんだよ。ぼくたちみんなのためにやろうよ」

アキロウ親方が足下でうめいた。その両目が、かつてはあれほどエイベルを震えあがらせたあの細い寄り目が、今では自分自身の恐怖をたたえていた。アキロウ親方の顔面に浮かぶ苦痛には、たしかにエイベルの気持ちを昂《たかぶ》らせるものがあった。これからひどい目に遭わされるということを知っている目。これまで幾度となく、おなじ目をしているエイベルを、アキロウ親方は眺めてきたに違いなかった。

フレディはかろうじて聞き取れる程度にまで声をひそめ、囁くようにしてこう言った。「鶏小屋でこいつになにされたのか知ってるんだ。おまえを犬にした。むりやりに。その代償を払わせろよ、エイベル。あんなことしたやつを許すわけにはいかないだろ」

エイベルは胃の底が抜けたように感じた。恥ずかしさが全身を駆け巡った。そうか、フレディは知ってたんだ。

「だれにも言ってないよ。でもあいつらに見せつけてやらなきゃ――ぼくに見せてくれよ。おまえは……強いんだってことをさ。もとのおまえに戻ってもらいたいんだよ」フレディの瞳は、そう言いつのる自分の言葉にきらきらと輝いていた。

フレディは、隅に積まれているアキロウ親方の制服の中から太い杖を拾い上げ、それをエイベルに手渡した。衰弱しきっているエイベルは、両手で握りしめなければその杖を持っていられない。

「エイ、ベル！　エイ、ベル！　エイ、ベル！」少年たちが、熱に浮かされたように唱えはじめた。納屋の内側は汗だくになるほど暑かった。彼らの叫び声が、頭の中に反響した。

エイベルが、震える両腕で頭の上まで杖を振り上げると、アキロウ親方が悲鳴をあげはじめた。口いっぱいに詰められた葉でくぐもった叫び声は、ほとんど子どものように聞こえた。またしても、エイベルは自分の足許に広がる血だまりを目にしていた。ブラザー・ルークの顔面を打ち付ける鋼材のたてるぐしゃりという音が聞こえた。そのすべてが正しい順序で、一つまた一つとエイベルの中に蘇ってきた。エイベルは杖を落とし、少年たちをやみくもに押しのけ、こみ上げる胆汁に嘔吐《えず》きながら駆け出した。それを止める者は一人もいなかった。外の草むらで吐いていると、蹴り上げる足の音や折れる骨の音が、劇場から聞こえてきた。

いずれにせよ、アキロウ親方は死ぬと決まっていたのだ。

第十七章

セシリー

ビンタン地区（クアラルンプール）

1937年

8年前、イギリス統治下のマラヤ

わたしたち女が、がまんをしながら腹立たしい男たちの相手をしてやるのは、人格的にすぐれているその妻たちと親しくなるためなんだろうか？　セシリーはそんなことを考えた。リーナ・チャンは、表面上のあらゆる点においてセシリーとは正反対の人間だった。セシリーが群衆の中では目立たなくなるのに対して、リーナはどうしても注目を集めた。セシリーは寡黙で、言葉を発する時にも本心を話すことは決してなかったが、リーナは頭に浮かんだとりとめのないことをすべて口に出さずにはいられなかった。如才なさなど糞食らえ、といった調子だったのだ。セシリーは人づきあいが苦手で、孤立している自分の状況を、相手側の俗物根性のせいにしていた。リーナはどんな場所でも浮游するようにして横切り、そのあとにはうっとりと魅了された人々の一団を残していった。それでも、八月の暑さが毛穴に浸み込み、服が汗でびしょ濡れになる頃、セシリーは気づいた。自分とリーナは、それぞれ自分自身とは正反対の役柄を演じる者同士なのだということを。リーナの活力溢れる姿とセシリーの控えめな姿は、二人きりになった時にだけ脱ぎ捨てられる擬装のようなものだった。

二人は、頻繁に互いの家を訪れては午後をともに過ごした。猛烈な勢いで大声を張りあげて話し、時には互いの言葉が重なり合うこともあった。臆面もなく、ほかの女性たちの噂話をした。二人とも、人生に行き詰まった時に母親を頼れないまま生きてきた者同士だった。そういう娘として育った人間に特有の孤独感について話し合った。そして、互いに打ち明け話をし合った。リーナは、生まれたばかりの赤ん坊を友人たちに抱かされて、よしよしとその子に声をかける時、胸を刺されるような痛みを感じるようになったと話した。子どもといっしょに過ごしたり、遊んだりすることを楽しいと思ったことは一度もなかったにもかかわらず感じる、この新しい痛みに困惑しているのだと。家族との暮らしを愛すると同時に憎むなんて、わたしにはどうしてそんなことができるんだろう？　セシリーは、思わずリーナにそう尋ねていた。おかげでわたしは罪悪感でいっぱい。二人は互いを慰めた。互いの温かい身体を、きつく長々と抱きしめ合った。二人は、そうして心温まる午後を過ごした。甘い紅茶をすするのさえ忘れることがあった。やがてティーカップは冷え、砂糖とミルクは分離して白い粉のようになって底に沈み、夕暮れのオレンジ色の陽光が部屋の中に差し込んできた。別れの時間がやってきて、それぞれの家に帰り、家族のために食事を用意しなければならない段になると、いつもセシリーの心は重く沈み、ある種の不安でいっぱいになった。まるで魔法が解けて、現実の生活がセシリーの意志に反してこの世界に侵入して来ようとしているかのように感じられた。これが愛というものなのかもしれない、と彼女は考えた。緊張と警戒を必要としない、こういう関係こそが。フジワラといる時には、いったいこの人はなにを考えているのだろうかと思案させられ、それが苦痛だった。だがリーナといる時には、探るまでもなく彼女の考えていることがわかった。不可解な謎という重みから解き放たれた女性たちの友情は、こうして花開いた。それは心安まる、活き活きとした関係だった。

「ねえ、いやなことはたくさんあったけど、わたし自身が変わるつもりはまったくないの」そうした日々のある午後のこと、玄関の扉を颯爽とくぐり抜けながらリーナはそう話した。全身から香水の匂いを発し、荒い息をつきながら。

「あら、こんにちは」とセシリーは言った。「ジュジューブ、弟を見ててちょうだい！　リーナおばさんがいらしたわよ！」

「こんにちは、リーナおばさん」キッチンにいるジュジューブは、ほとんど本から顔を上げることもなく唱えるようにそう言った。エイベルは挨拶をしに駆け込んできたかと思うと、すぐに引き返した。最後の瞬間になって恥ずかしくなったのだ。戸口からこちらを覗き、手を振ってから姉のもとに駆け戻っていく。

リーナはそんなエイベルの姿に笑い声をあげてから、話を続けた。「真剣な話よ。今日思いついたことなの。たぶん」彼女はそこで言葉を切り、セシリーの用意した伝統菓子のクエを一口食べた。「なにもかも運命だったのよ。理由があって起こったことなの。一つのことが別のことにつながって……」

「後悔はないの？　カピタン・ヤップを捕まえに来た連中への怒りは？」セシリーの身体に力が入る。だいぶ長いこと、カピタン・ヤップのことは考えていなかった。セシリーのしたことで、ヤップが受けることになった報いのことも。

「わたし……わたし、そういうことすべてがなければビングリーに会えてなかったと思うの。おかげで、あなたと親しくなれたわけだし！　いろんな経験を積んできた甲斐があったってこと」リーナは、セシリーの家にあるお気に入りの椅子に落ち着き、子どものように足を折りたたんで座った。紅茶を一口飲み、「熱っ！」と声を張りあげると、自分のことを笑った。

この人はいつでも物事の明るい面だけを見てるんだ。なんて不思議ですばらしい生き方なんだろう、とセシリーは感心した。自分のほうは、いつでも不満を抱えてきた。途切れることのない欠乏感とともに生きてきたのだ。目には入っているのに、まだ手に入れていないものすべてを熱望しながら。満たされた気持ちでいられたら、人生はどれほどすっきりすることか。

「さあ」リーナはティーカップをテーブルに置き、自分の指先に息を吹きかけた。「手を出してちょうだい。うちのお手伝いさん《アーマ》が話してたの。手相を見ればその人の一生がわかるってね」

セシリーは笑ってから、掌を開いた。そのたぐいの話は信じていなかったが、リーナがこういうはしゃいだ気分の時に断るのは難しかった。彼女の明るさは周囲の人間にうつりやすいのだ。リーナは細い人差し指で、セシリーの掌を走る最も長い線をなぞる。指先にできているたこが、心地よくセシリーをくすぐった。

「ここを見て。生命線が深くて長いでしょう。うちのアーマなら、あなたは長生きするって言うでしょうね」

「ハンドクリームをちゃんと使ってないから皺が深くなってるだけなんじゃないの？　乾燥してるだけなのかもよ」とセシリーは言った。

「ふざけないの！」とリーナが応える。「真剣な話なんだから。ここを見て。生命線が二本に分かれてるでしょう」

「それって、どういうこと？」

「あなたには二つの側面があって、二人の人間に分裂するってこと。で、こっちを見て。これが愛情線」リーナは、指の根元近くにある線を指差した。「で、これが子ども線、あとこれがさっきも話した生命線。わあ、ここ見て、太い線があるでしょ？　三本の線ぜんぶを斜めに横切ってる」

「で、その意味は？」

「激動がやって来る」口をすぼめたせいで、リーナの下唇に皺が寄った。

「いやなかんじ」とセシリーが言う。

「大きな裏切り。それか大混乱。平和が失われる。だから気をつけること！」リーナは口を大きく開き、ふざけて恐怖の表情を作ってみせた。すると、リーナの態度からは深刻ぶった雰囲気がすっかり消えていく。それから彼女は大声で笑いはじめ、胸の奥から小刻みに陽気に息を吐き出した。リーナも知っていたらよかったのに、とセシリーは考えた。セシリーがこの間ずっと、だれの目にも留まらない純情娘の役を演じているに過ぎないのかもしれないということを。リーナを引き込めたらいいのに。彼女の持っている、人をすばらしくわくわくさせるこの感覚を、フジワラと自分の推し進めている計画の中に溶けこませることができたら最高なのに――リーナがいれば、世界ははるかに明るくなる。

「こわがらないで、セシリー。手相なんて嘘なんだから。わたしのを見て」リーナは、セシリーに向かって自分の手を突き出し、鼻先で掌を傾けてみせた。かすかにジャスミンの花の香りがした。「わたしの生命線って、ものすごく短いのよ。ね、要するにわたしはもう死んでるってこと」そして、自分の顔の前で両手をひらひらと振る。それはおそろしいほど幽霊らしい姿だった。「わたしは今、あなたに取り憑いてるのかもよ、うううぅ！」

セシリーは、リーナの掌を自分の手で捉えた。リーナの言うとおりだ。人の未来を掌の皺から読み取るなんて不可能だ。それでも、セシリーはこうして二人で座っているのが楽しかった。少女に戻ったようなふりをしながら、掌が伝えてくる激動の未来を笑い飛ばしているのが。

⁂

この時期にセシリーとフジワラは、再びオリエンタル・ホライズンズで会いはじめた。初回は堅苦しく、ほとんど無言劇のようなものだった。セシリーは、ゴードンの机の上にあった書類の束を携えて7A号室に歩み入った。そしてフジワラはそれにざっと目を通すと、セシリーとは目を合わせることもなく、汗とミントの匂いをあとに残して立ち去った。二回目の時は、セシリーが先に出ていった。立ち去る男の背中を見送る、苦悩にみちた無力な女性になることを拒絶したのだ。部屋をあとにしようと踵を返した時、フジワラの顔が目に入った――細い目とくぼんだ頬。口の内側を噛んでいるのだ。その仕草を見て、セシリーは痛いほどの欲望を感じた。

三回目に会った時に、二人ははじめて寝た。起こるべくして起きたこと、とセシリーは考えた。緊張と怒りは高まる一方で、どこにも行き場がなかったのだから。とはいえ、リーナの話していたことは正しかったのかもしれない――平穏な生活に満足できない女もいる。セシリーは、今にも大混乱が噴出しそうな状況を必要とするタイプの人間なのだ。この時は、7A号室に到着するなりフジワラと目を合わせた。そして、その顔に欲望の影が差すのを見つめた。「これからはじまる」セシリーの肉体がそう告げていた。骨盤がきゅっと締まり、それから開くのを感じた。受け入れる態勢は整っていた。

フジワラは思いやりのある愛人だった。残念だったのはそのおかげで、セシリーからするとセックスがぬるく凡庸なものになったことだった。黴臭いベッドに掛けられた、毛玉だらけでザラつくシーツ。そこに横たわるセシリーの上に、フジワラはやさしく身体を重ねた。ゆっくりとセシリーを下着から解放してゆきながら、熱心に彼女を見つめた。なにを求める視線なのか、セシリーにはわからなかった。中に入ってこようとするフジワラに、セシリーは励ますようにうなずきかけた。フジワラの動きはどこまでもおとなしく慎重で、セシリーはあやうく、あきれ顔で目玉をぐるりと回しそうになった。

「大丈夫かい？」フジワラはそう囁きながら、やわらかい指先でセシリーの頬に軽く触れた。「いやならやめてもいいんだよ」

「やめないで」セシリーは息を吸い込んだ。目を閉じて、フジワラの荒々しい怒りを頭の中に蘇らせようとした。この男はわたしを不潔な壁に向かって突き飛ばし、わたしの首に指をかけた。そうすることでセシリーは欲望を体内に押し戻し、その欲望が自分を崖から突き落とすにまかせたのだ。セシリーはあえいだ。身体が絶頂を迎えつつあった。あと少し、あとほんの少しだ。目を開くとちょうど、彼女の身体を突いていた男の全身にオーガズムが波打つように広がり、為す術もなくぐったりするところだった。

でもセックスは悪くなかった。彼女は、自分にそう言い聞かせた。身体の角度をうまく調整すれば、感じる瞬間だって何回かはあったんだから。しかも凡庸さの中には、独特の心地よさもある。風船は破裂し、緊張は解けたのだ。セックスは、習慣の一部となった。セシリーは、ゴードンの書類入れから首尾良く抜き取れた報告書を手渡す。あるいは、ゴードンやその上司たちの会話から聞き取った、役立ちそうな情報を話して聞かせる。それからセシリーとフジワラは事もなげにすばやく服を脱ぎ、ベッドに倒れ込む。フジワラが達して、無言のままセシリーの上で身震いすると、二人はぐったりと汗まみれになったまま、息を切らしながら日本からのニュースについて話し合う。セシリーは、帝国陸軍が中国で膠着状態に陥っていることを知った。ドイツとの同盟が不安定なものであることや、日本軍が軍服に改良を加えて、ジャングルの中でより静かに迅速に行動できるようにしたことも知った。それが、二人の逢瀬の中でセシリーがいちばん好きな時間だった。フジワラの胸に頬をのせ、その身体から立ちのぼる汗とミントの匂いを嗅ぎながら、彼の呼吸音に耳を傾けていると、頭の上からフジワラの囁き声が聞こえてくる。このおだやかで親密な時間。そこにはおそらく、ついに二人の関係が対等になったという感覚があったのだろう。

「リーナとはどうやって知り合ったの？」ある晩、セシリーはそう尋ねた。部屋の外では、本降りになったり小雨になったりしていた。空は暗くなり、灰色の光で浮かび上がる薄汚れた室内が、不思議と立派に見えた。

「知ってるだろう。公使公邸だよ。任務のために、一回だけきみといっしょに行ったじゃないか。彼女がヤップ夫人だった頃だ」フジワラはベッドの上で身体を起こし、伸ばした背中を壁に当てていた。顔に影が落ち、髪が突き立っていた。奇妙な灰色の光のせいで、それが不格好な小さな冠《コロネット》のように見えた。

セシリーは食い下がった。「そうね。でも、旦那が逮捕されたあとのことは？　彼女と会ったのは偶然？　それとも、最初から目をつけてたの？」

フジワラはベッドから抜け出して、窓から差し込む光の中に立った。ベッドの足もとにある水差しから自分の分を注ぐ。そして「いるかい？」とセシリーに向かってうなずいた。

セシリーは首を振る。「つまり、ぜんぶ計画してたことなの？」

フジワラは踵を返すと、窓に打ち付けられる大粒の雨を眺めた。二枚の大きな窓のあいだに立つその姿は、驚くほどちっぽけに見えた。もっとはるかにがっしりしていて、背筋もまっすぐに伸びていた時代のことを、セシリーはおぼえている。

「どうでもいいことだろう。今はきみといるんだから」

「違うの。これは――そういうことじゃなくて――」セシリーは口ごもった。

フジワラは、嫉妬した愛人が問いただしていると理解したのだ。女友だちが、ただの好奇心から尋ねているとは受け取らずに。きまりの悪さが、胸の中で泡のようにこみ上げた。こぬか雨が嵐になりつつあった。ホテルの木製の梁が、風に揺れた。早く通り過ぎてくれたらいいのに、とセシリーは願った。モンスーンの嵐が長引いたら、この建物がもつかどうか怪しい。

「どうぞ」そう言いながらセシリーの分を注いだフジワラは、二人で湿らせた箇所を避けながらベッドに再び腰かけた。「いいかい」フジワラは、セシリーの腿の内側に手を滑らせ、産毛をくすぐった。「リーナは私たちのことを知らない。このことはなにも知らないんだ。私が必要だったのは、彼女の人脈だ。彼女は、社交界に戻ってくるための夫が必要だった。要するに……簡単だったのさ」

「罪悪感はある?」セシリーは尋ねた。

リーナの開けっぴろげな顔が冗談に明るく輝いたり、両目に涙を浮かべたりするのを見ながら、セシリーは自分自身におなじ質問を投げかけることがあった。悲しい話にも、可笑しい話にも、楽しい話にも、リーナはすぐに泣いた。リーナは、セシリーにとって大切な人だった。セシリーは、断固として二人の楽しい午後を守った。会っていない時にも二人の会話を思い出してくすくす笑った。リーナがフジワラを愛していることには、疑いの余地がなかった。あの人は救世主なの、やりなおす機会をくれたんだから。リーナはいつもそう話していた。

「さあね、きみはどうなんだ? 罪悪感はあるのかい?」フジワラはそう言った。その低い声は、空を切り裂く稲妻に呑み込まれそうだった。フジワラは再び窓辺にいて、降りそそぐ雨を眺めていた。セシリーは、嵐の時にはいつもするように、息を止めたまま、稲妻のあとでやって来るはずの雷鳴を待ち構えた。

「大昔、ドイツの指導者について、善人でもあり悪人でもある男だと話した時のことを、おぼえているかい？ その時、きみがなんて言ったかおぼえてるかな」フジワラは、激しさを増す嵐に向かってそう言った。

人間なんて、みんな善人でも悪人でもあるんじゃないの？ セシリーはそう問い返したのだ。あの日の太陽は、苦痛を感じさせるまでに明るかったことをおぼえている。フジワラの近くにいるというだけで身体に震えが走った。あの日の自分が、今日の天候と同様、今の自分とどれほど異なっていたことか。

雷が鳴る前に、再び稲妻が雲を切り裂いた。セシリーはベッドから起きあがると、窓辺にいるフジワラの傍らに立った。無言のまま並んで立ち、互いに触れ合うこともなく、嵐が巷に混乱をもたらす様子を眺めた。

⁂

四月、セシリーとリーナはともに妊娠した。喜びを分かち合えないのは、これがはじめてのことだった。リーナは怯えるというかたちで歓喜した。それは、最初の子を孕んでいると知らされた女性に特有の反応だった。ハーブを摂取し、ひっきりなしに腹を撫で、仏壇にもカトリックの礼拝堂にも供え物をした。頭を下げたりひざまずいたりして、苗字を継いでくれる男の子の誕生を祈った。女性たちは甘い声を出しながらリーナの周囲に群がり、望みもしないアドバイスを浴びせかけた。

「魚をたくさん食べたら、子どもは水泳が得意になるのよ！」ロウ夫人はそう主張した。口を挟む者はいなかった。夫人の息子の一人が、何年も前に、鉱山の採掘現場に溜まった水で溺れていたからだ。

「東の窓に顔を向けて寝るようにしたら、子どもは朝日をたっぷり浴びるから太陽みたいに明るい性格になるわよ！」チン夫人はそう告げた。チン夫人自身は過ちを犯してそうしなかったに違いない、とだれもが推測した。夫人のもうけた五人の息子たちは不機嫌で怒りっぽく、みんなに避けられるような性格だったからだ。

一方でセシリーはと言えば、二カ月目がほとんど完全に過ぎるまで、生理が来なかったことにすら気づかなかった。それを知った時には、大慌てで日数を数えてみた。だが、父親を確定するのは不可能だった――お決まりの習慣として、ゴードンともフジワラとも関係を持っていたセシリーの中では、どちらか一方との記憶が際だつこともなく融け合っていたのだった。

妊娠の報に接し、ゴードンは感激した。彼は、赤ん坊の頃のジュジューブとエイベルが大好きだったのだ。二人の小さな指に感動したり、まばたきもせずに見つめている好奇心旺盛な瞳に感心の声をあげたりしていた彼は、おなじことをもう一度できるとわかって興奮した。そして、赤ん坊を迎えるために、あまっていた部屋をただちに整えはじめたのだった。セシリーは毎晩、ゴードンがさかんに両腕を振り回しながら、物置部屋の模様替えを進める姿を眺めた。ジュジューブとエイベルは、家具の配置についてぶつぶつ呟いている父親のまわりを駆け回りながら、数え切れないほどの質問を浴びせかけた。それが心温まる光景であることは、セシリーもわかっていた。人がうらやむほどしあわせな家族なのだと。ところが、彼女の中に芽生えたのは軽蔑だった。ゴードンの見せる素朴な感激ぶりが、弱さの顕れと感じられた。ささやかな望みを抱く彼の気持ちが、向上心の欠如した退屈なものと感じられた。不快だった。

「妊娠したわ」次にホテルで会った時に、セシリーはそうフジワラに告げた。晴れた日の夕暮れだった。あたりは病的なまでに陽気な気配に満ちていて、鳥の啼き声ですらいつにも増してけたたましく聞こえた。

セシリーは、フジワラの頬のやわらかさと顎の硬さを観察した。かすかな表情の変化を見逃すまいとしたのだ。それは、他人の嘘を見破る方法として、フジワラに教えられたことだった。顎は静止したままだったが、下唇が引き下げられた。不満の顕れなのだろうか？ あるいは羞恥心の？ それとも無関心の？ セシリーは解読が苦手だった。

「きみはきちんと後始末をしていると思っていたんだがね」フジワラはそう言いながらネクタイをゆるめ、部屋の中にある醜い緑色の椅子にそれを掛けた。「あとで、きみはきちんと洗い流していたんだろう？」

よくもぬけぬけとそんなことが、とセシリーは苛立ちをおぼえた。こちらに責任を負わせると同時に、自分のものですらないかもしれない赤ん坊の所有権を主張する、こんな言い草を思いつくとは。

「わたしの望んだことではないのよ、あなたがそういうことを言いたいのなら」セシリーは応えた。

「だいいち、あなたの子かもしれないし、ゴードンの子かもしれないんだから」

フジワラの顎の線に震えが走ったのは、たしかに意外だった。傷ついたということなのか、怒りなのか、それとも両方なのだろうか。シャツのボタンを外す指の関節が白かった。だがそのかすかな表情は、出現した時とおなじくらいすばやく消えた。フジワラの顔には、再び鷹揚とした表情が戻っていた。

「なるほど、ではそれで解決だな。きみの家族が一人増えるわけだ。ゴードンにおめでとうと伝えてくれ」カフスボタンを外しながら、フジワラはそう言った。

セシリーの胃は沈み込み、それからねじれた。フジワラの声にある冷たいいたずらっぽさが、彼女を呑み込んだ。だがいくら抗おうとしても無駄だった――骨盤の下にある空間が拡張するのを感じたのだ。いかなるものにも注意を逸らされることのない冷淡さ、やっかい事をものともせずただ前だけを見つめ続ける能力、感情の重みを平気で無視する態度――なにもかもが不意打ちの謎に満ちていて、たまらなくそそられた。これがセシリーの壊れているところなのだろう。こちらを力で支配し、いつでも怒りに血をたぎらせ、他人の都合など歯牙にもかけない。そういう男にしか欲情しないのだ。セシリーは濡れ、欲していた。フジワラをベッドに押し倒し、その上にまたがった。セシリーの放つ熱が、二人を昂らせた。フジワラと過ごしたその日、彼女の身体は波打ち、よじれ、迸《ほとばし》った。それまでは一人でしか達することのできなかった高みに、上りつめることができたのだった。

⁂

おなじ妊娠という状態にありながら、セシリーとリーナの肉体の変化は大きく異なっていた。セシリーの欲求はあらゆる面で亢進した。きみに食い尽くされて僕は破産してしまうんじゃないかな、それともセックスのし過ぎで殺されてしまうのかもね、とゴードンは冗談を言った。以前であれば、フジワラと会う時には、まず事務的な会話を交わしてからセックスをする、というのがお決まりだったが、今やセシリーは、待ちきれなくてうずうずしている自分に気づいた。肉体同士を打ちつけ合っている最中に、セシリーは重要な機密情報を思い出した。そしてあえぎ声とともにそれを伝えるあいだにも、溢れかえる欲望が二人の全身をかき乱すのだった。

リーナの身体には、直接的にも間接的にも彼女のほんとうの姿が現れ出た。急速に膨れあがり、曲線のないすっきりとした優美さは消滅した。その代わりに厚みが加わり、両腕や太腿、腹部を覆った。嘔吐のし過ぎで毛細血管が破れ、顔は赤く浮腫《むく》んだままになった。吐息には胆汁の酸っぱさが混ざった。水を一口するだけで吐き気に襲われたのだ。リーナはトイレに駆け込むと、身体の奥からこみ上げてくる黄色い泡に息を詰まらせた。社交界では評判になっていたハウスパーティーを開くことはなくなり、舞踏会に顔を出すこともまれになっていった。顔を合わせるのはセシリーだけなんて日もあるの、とリーナは話した。夫とすら顔を合わせなかった。彼が帰宅する頃には、リーナは疲れ果てて眠りに就いていたからだ。

友だちが気の毒だった。セシリーの訪れている二時間のあいだだけでも、リーナが何度も嘔吐する日がたびたびあったのだ。真っ赤な顔で震えながらトイレから出てきたかと思うと、すぐにまた飛び込んで吐いた。最初の何回かは、セシリーも彼女に付き添ってトイレに入り、髪の毛を後頭部で押さえてやったり、全身を震わせているリーナの手を握ってやったりしたものだった。しかし時が経つにつれ、いつの間にかリビングに留まるようになっていた。そして、リーナの嘔吐する声が家中に響く中、身をすくませた。吐き気にあえぐ合間に、リーナは弱々しく泣いた。夫を失うのではないかとおそれていたのだ。夫に求められるような存在であり続けることができず、社交界を魅了することもできず、このままでは自分が築き上げてきた良好なつき合いも、自分のもたらしたさまざまな変化も、すべては水の泡になってしまいそうだ、と。

「気分が悪い時、旦那さんはちゃんと面倒を見てくれてる?」セシリーはそう尋ねた。

リーナは気だるげにほほえんだ。「子どもとわたしが、世界でいちばん大切だって言ってくれるわ。

やさしい人なの。夕食を作れなかったり、気分が悪くて寝てたりしても、文句は言わないし。でもね——」

「でも?」とセシリーは言った。

「毎朝、行ってきますって言う時、わたしのことを見なくなった」

⁂

一九三七年末の二カ月間、モンスーンは変わりなくやってきた。はじまりはいつもおなじだった。空が灰色になり雲が集まってくると、大粒でねっとりとした雨がパタパタと屋根を打つ。すると数分のうちに、雨の幕が轟音をたてて壁を震わせはじめ、静寂を求めるセシリーの気持ちを打ち砕くのだ。イギリスの小説に登場する、おだやかな雨について読んだことはあった。ジェーン・オースティンの描く田舎にはこぬか雨が降るし、イーニッド・ブライトンの児童文学に登場するコーンウォール地方の寄宿学校には、湿っぽく霞んだ海風が吹き寄せる。だがマラヤでは、雨が怒りを解き放とうとするかのように叫ぶのだ。しかも不便なことこのうえない。セシリーはうんざりしていた。午後や夕方に降る雨は激しく、不意にやってくる。そのせいで、フジワラと会う予定を組むのが難しかった。どこに行くのにも時間がかかり、不測の事態も起こりやすかった。

毎週火曜日の放課後、ジュジューブとエイベルは学校に残った。二人ともスポーツをはじめたのだ——エイベルは予想どおり走り幅跳びとランニングのチームに参加し、ジュジューブは意外なことに、そこそこ優秀なネットボール選手となった。これによって、セシリーは決まった時間が確保できた。

家を抜け出してオリエンタル・ホライズンズ・ホテルに向かい、フジワラと会うための、正確には二時間半を手に入れたということだ。セシリーはいつも時間ぴったりに帰宅し、子どもを迎え入れた。夕食の準備をはじめ、服や髪の毛に残るフジワラの残滓を洗い落としたのちに、仕事から帰宅するゴードンを迎え入れた。

だが、モンスーンの季節がすべてを滞らせた。セシリーの傘はひっくり返り、靴は水浸しになり、抱えている書類入れはホテルに向かって歩くうちにびしょ濡れになった。フジワラの到着も遅れるようになった。二人はいつも濡れそぼり汗まみれで、むっと息詰まるような部屋の空気には、互いの身体から放たれる湿気が加わり、じっとりとした足の臭いが欲望を萎えさせた。言葉を交わしながら、セシリーは雨に濡れた髪の毛を絞り、フジワラはその姿を眺めた。そして、梁を震わせる雨の轟音が、明確な意思を持って邪魔だてを企てているかのような勢いで部屋に押し入ってくる時には、生温かく濡れた互いの身体を持ち上げるだけでも、とてつもない気力を要するように感じられることがしばしばあった。セシリーの身体は、ますます不格好になってきていた。しかも、すでに二度の出産経験があったにもかかわらず、今回もやはり消耗させられた。それで二人は、ぐしょ濡れの靴下を脱ぐと水を絞り出してから、唸りをたてて回っている扇風機の前に置かれた椅子の上に広げた。それから、愛情のこもった、ほとんど夫婦のような雰囲気で、互いの身体をタオルで拭った。フジワラは、セシリーの全身にやさしく触れていきながら時折手を止めて、彼女の丸みを帯びた腹部に掌を押し当てた。そして赤ん坊が蹴るのを感じると、目元に皺を寄せた。リーナにもおなじことをしてるのかしら、とセシリーは考えた。彼女のお腹にも手で触れて、生命の兆候を探るのだろうか。だが、尋ねはしなかった。

それでも、フジワラとの関係がここまで来たことに、ぎょっとすることがあった。ほんの数年前の自分が、どれほど愚かで怯えきった女子だったことか。男たちの抱えている謎や、人を支配し蝕む力は、実際のところ、彼ら自身の強い望みが剝き出しになり、ひどく容易《たやす》く満たしてやれそうな肉欲の脆さが露わになった途端に、輝きを失うのだ。わたしは、フジワラという謎を解きたかっただけなんだ、とセシリーは気づいた。それができたと感じている今、フジワラへの欲望はすでに変化を遂げていた。欲望を超えるなにかへとかたちを変えていたのだ。フジワラの魅力は認めていたし、尊重してもいた。彼が部屋に入ってくると、今でもセシリーの背筋は自然と伸びた。人を惹きつける彼の力に敬服する気持ちも変わらなかった。しかし、フジワラの中にあるセシリーへの欲望が、彼女の力そのものとなった。フジワラのように人々の気持ちを掴むことはできないかもしれない。それでもセシリーはフジワラを掴んでいる。セシリーはフジワラというパズルを解いた。それによって、二人はおなじ地平に立ったのだ。

一度身をまかせると、男は敬意を払わなくなるものよ、と母には教えられた。純潔であることが、女に備わっている唯一の駆け引きの材料なの。それを手放した途端に、男としてはその女といっしょにいる理由がなくなるのだから、と。だが、母は間違っていた。セシリーは、男がするようにセックスを扱った。それによって、フジワラはセシリーを男のように扱うようになったのだ。たとえ彼自身がそのことに気づいていなかったとしても。騒々しく雨の降る午後に、暑く薄汚いホテルの部屋の中で、二人は未来や軍事戦略について議論を交わした。自分には知る権利のない話であることを、セシリーは承知していた。そういう時のフジワラは、セシリーの知る、心を閉ざし気難しくて寡黙な男ではなく、あたかも、その週のあいだじゅうだれにも言えないまま内側に抱えてきたものを、彼女に向かってありったけ吐き出しているとでもいうように、開けっぴろげな性格になるのだった。

　そうしたある午後のこと、フジワラは片腕いっぱいに地図を抱えて密会場所にやって来た。「セシリー、この作戦についてきみと話しておく必要があるんだ」そう言いながら長い巻物を床に広げ、カーペットに座っている自分の傍らに腰を下ろすようにと、手招きした。そしてセシリーが妊娠していることを思い出し、椅子を引き寄せたのだった。

「これはなに？」

「中国大陸での戦果を踏まえて、天皇陛下からマラヤ侵攻作戦の立案を仰せつかったんだ。私にとっては晴れ舞台だ」

　興奮を悟られないように、セシリーは唇を静止させた。ラジオを通して耳にしたことがあった——上海での大規模な戦闘、何カ月にも及ぶ膠着状態、だがようやくのことで、ついに日本は中国を落としたのだ。それでもこれまでの二人は、作戦について話し合う時にはたいてい、より間接的で理論的な言葉遣いに終始してきた。しかし、これは具体的な話なのだ。フジワラは、軍の指揮官を相手にしているような調子で、セシリーに話しかけていた。これこそ、これのためにこそ、わたしは闘ってきたんだ、と彼女は意気込んだ。対等な立場で男と並び、自分の考えを意味あるものにし、変化をもたらす。フジワラの傍らに立ち、日本がイギリスを駆逐するに際して重要な役割を果たした人物として、独立国マラヤがアジアの姉妹国の仲間入りを果たせるように尽力した女性として、そう、女性として天皇に紹介される光景をセシリーは思い浮かべた。太っちょで汗まみれ、いつも慈悲を乞うているようなゴードンの姿が、心の片隅にはあった。だが、セシリーはそれを振り払った。ゴードンは職を失うだろう。だがフジワラが救ってくれるはずだ。フジワラに言って、職をあてがってもらおう。ゴードンは、自分の仕える上司という存在さえいれば問題ないはずだ。ゴードンはセシリーとは違うのだ。おかれた環境に適応するすべを見つけることだろう。

「天皇には会ったことあるの?」とセシリーは尋ねた。天皇裕仁の写真は見たことがあった。若々しく、ひどく上品な髪型をしていた。地元の新聞各紙には〝怪物〟、〝中国人殺し〟と呼ばれ、マラヤに住む中国系住民は天皇をおそれた。

「一度だけ」とフジワラは答えた。「上官とともに皇居を訪れた。上官だけが中に入り、私は外で待った。だが今回の作戦は、天皇陛下から直々の御下命だ。これ以上の晴れ舞台はない」

床に広げた書類は、端がめくれ上がっていた。それはマレー半島の大判地図だった。赤い点は軍事拠点の位置を示しているのだろう、とセシリーは推測した。地図の端にはフジワラの走り書きがいくつもあり、彼がかつて雑貨店の生理用品売り場の背後に残していた、そっけない指示書きのことを思い出させた。大胆にも直接会うようになる前の、自分でも全体像が掴めないほど複雑に互いの人生がからみ合うようになる以前の話だ。床にしゃがみ、身体を傾けた体勢のまま、フジワラはセシリーを見上げた。その角度から見る彼は、子どものようだった。息子のエイベルが、支離滅裂だけれど可笑しいお話をいくつも話して聞かせる時の姿を思い起こさせた。

「だから、わかるだろう、セシリー」フジワラは、彼女の足もとにある地図の上で大きく腕を振り回した。「南の国境沿いに配置されている機関砲を、無力化しなければならない。わが軍の艦艇がやられてしまわないようにね」

その言葉にイギリス特有の表現を聞き取り、セシリーは笑った。ビングリーが少し顔を覗かせたというわけだ。フジワラはおしゃべりを続けながら両手をさかんに揺り動かし、床を這うようにして点やピンを指し示していった。セシリーは両の足首を重ね、フジワラとの未来を、父として、夫として、家庭人としての彼の姿を思い描いてみた。迫り来る戦争とスパイ活動、そして壊れそうになるほどの感情の動揺を経て、ようやく退屈させられることのない人間と出会えたのだ。セシリーは、足もとの地図を仔細に見つめた。フジワラの大きな爪先のところには緑色の半島の先端があり、淡い青色の海が三方を囲んでいる。陸地が細長く延びた先は、シャム王国と接していた。

何年も前、まだ小学校に通っていた頃のことだ。セシリーは、地理を教えていた白人の修道女に、陸地が細長く延びているところの名前を尋ねた。修道女は答えられず、セシリーに激怒した。自分が暮らすことを強いられている、この身の毛がよだつほど暑く不快な東南アジア。その土地に関する知識の貧しさを非難する、無礼な振る舞いをされたと修道女は受けとめたのだ。その日、セシリーは鞭打たれた。尻を打つ鞭の刺すような痛みが脊柱を駆け上がり、目から涙を絞り出した。だがなによりも鮮明に記憶しているのは、同級生の目の前でスカートをめくり上げ、自分が厚かましくも質問を投げかけた地図の前で身体を二つに折りにするという、屈辱を舐めさせられたことへの怒りだった。

「北は?」セシリーはフジワラにそう問いかけながら片足を伸ばし、踵で細長い陸地を叩いた。はるか昔、災難に巻き込まれる原因となった土地だ。

「北?」

「地峡――クラ地峡って呼ばれてる」

「馬鹿言っちゃいけないよ」

セシリーは鋭く息を吸い込んだ。喉の奥にこみ上げた憤懣《ふんまん》を抑え込むためだ。落ち着いて、と自分に言い聞かせた。扱いかたはわかってる。男たちはみんなこう――耳慣れないことを言われると、もっと知ろうと質問を繰り出すのではなく、まずは反射的に女を無視し、下に見る。ここで癇癪を起こしても意味がない。

「兵士たちは、ジャングルを駆け抜けたり、暑さに耐えたりする訓練を受けてるって話してたでしょう。ならば北から駆け込んでくるっていうのはどうなの？　もしイギリス軍の防御兵器がぜんぶ南を、逆方向を向いてるのなら……」セシリーの声は低くなり、そこで途切れた。フジワラの眉間に皺が寄る。セシリーは、自分の親指の爪をいじった。言い過ぎたかもしれない。自分に与えられた役割の外に飛び出てしまったのかも。そこで、セシリーは引き下がってみせた。「でももちろん、わたし、軍隊のことはなにも知らないから。ただの思いつき……」肩を小さく丸め、椅子の背に押し当てた。かすかに肩をすくめ、身体を縮こまらせ、こんなに上からフジワラを見下す位置に座っていなければよかったのにと考えた。

二人の周囲では、その日も変わることなく空が暗くなりはじめた。しゃがんでいるフジワラの身体が窓から差し込む灰色の光を遮り、マレー半島の地図に影を投げかけた。母なら不吉な兆候と見なしたんだろうな、とセシリーは考えた。だがフジワラを見下ろす位置にいる彼女には、彼のこめかみの曲線をうっとりと眺めることができた。そこには、白いものが交ざりはじめていた。乾いて剝離した皮膚片が、撫でつけられた黒髪についている。やさしい気持ちが波のように湧き起こった――妊娠したせいなのかしら、感情がめちゃくちゃになってるみたい、と彼女は考えた。自分を抑えようとするよりも先に手が伸びて、払いのけていた。セシリーの指が耳のうえをかすめるとフジワラは向きなおり、伸ばした両腕を彼女のウエストに回して、自分のいる床に下ろした。地図の上にやさしく横たえられながら、セシリーは二人の影が自分の国の上で踊るのを見つめた。自分の身体で地図が折れて皺になるのを感じ、背中を弓なりにした。フジワラは、指先で彼女の頬を撫でた。

「きみはすごい、自分でわかってるかな」フジワラは、自分の身体をセシリーに押しつけながらそう言い、彼女の中へと入ってきた。嵐はいつもどおりの最高潮を迎え、セシリーは自分の下で地図が裂けるのを感じた。

「気にしないでいい」フジワラは、セシリーの上でそう言った。切羽詰まる欲望に、顔がこわばっていた。「もっときみが欲しい」

終わる頃には雨が土砂降りになり、排水路の水が通りに溢れていた。そして、セシリーが帰路につくべき時間は過ぎていた。付近一帯が水浸しになり、塵屑が小舟のように浮かんでいるのを、彼女はホテルの窓から眺めた。荒々しい風が、あらゆる方向から吹き付けた。通りに人影はなかった。自分以外のだれもがまともな判断をして、家の中に留まり、嵐が過ぎるのを待っているのだ。

セシリーの背後でフジワラがくすくすと笑った。

「なに?」と彼女は言った。

「こっちにおいで。お尻に地図がついてる」

肌にへばりついた緑の地形図と青い海の切れ端をフジワラが擦り落とすと、セシリーは身をくねらせながら慌てて服を着た。「行かなくちゃ」と彼女は言った。

「もう?　掃除を手伝ってくれないと」フジワラはそう言いながら腕を伸ばし、引き裂かれた地図とひっくり返った塵箱を指し示した。

セシリーは首を振った。

「しかし」と言うフジワラの顔は心配そうだった。「雨がひどい。やむまで待ったほうがいい」

「だめよ。子どもたちが……」とセシリーは言葉を途切れさせた。

フジワラはうなずいた。セシリーが子どものことに触れると、決して反論しなかった。それはまったく別個の生活なのであって、フジワラがそこに足を踏み入れることはなかった。決して関わろうとはしなかったのだ。セシリーは、たまには質問を浴びせてほしいと感じることもあった。セシリーの不実を心配されたり、ほんのわずかでも嘘をついているのではないかと疑われたりしたかった。とはいえ、訊かれないということは、疑わせるようなことはしていないということなのだろう、とセシリーは考えた。こちらは、呼び出されればすぐに出てくるのだから。そのうえ、今はそんなことを考えている余裕もなかった。子どもたちに食事をさせなければ。帰宅した時に妻が不在では、ゴードンがいやがるはずだ。セシリーは傘を開き、水浸しの通りに足を踏み出した。

傘は役に立たなかった。ぜったいにひっくり返らないのが謳い文句の大きな傘を差していても、すさまじい風で四方八方から雨に打たれた。空気が普段よりも冷たく感じられた。それも風のせいだった。もともとずぶ濡れの服を着ていたセシリーは、ぶるぶると震えた。風向きに対して身体を斜めにすると、ブラジャーの位置がずれていることに気づいた。ねじれたフロント部分が胸に当たって痛かった。フジワラの姿が見えるかとホテルのほうを振り返ってみた。窓からこちらを見つめているかもしれない。だが、渦巻く雨に視界を遮られ、なにも見えなかった。いずれにせよ、フジワラにできることはなにもない。薄汚れたホテルからいっしょに出るところを、人に見られるわけにはいかないからだ。

セシリーは歩くことに集中した。一歩踏み出し、また一歩を踏み出す。風が胸に吹き付けたかと思うと横から吹き付け、身体がゆらゆらと揺れた。普段であれば家から徒歩十分の距離で、平坦で歩きやすい街路だった。サンダルで歩くことも多かった。だがその日は、用心のために足首まで覆う靴を履いてきていた。おかげで滑りにくさで言えばましだったが、排水路から溢れ出て通りを流れる茶色い水にはかなわなかった。深い水たまりが次々と踝の上まで押し寄せ、靴はぐしょ濡れで重くなった。あとで悪臭を放つことを思い、セシリーは顔をしかめた。傘はしっかりと頭の上にかざしていた。頑固さの表れなのか、人に見られたくない一心からなのか、自分でもわからなかった。セシリーは、風に抗いながら進んだ。

二十分のあいだに二度吹き飛ばされそうになりながら、セシリーは疲労困憊の状態で自宅の門に辿り着いた。びしょ濡れだった。細い髪の筋が、べったりと顔にへばりついていた。身体の隅々まで、いつにも増して重く感じられた。セシリーは疲れ切っていた。腹に手を当ててみると、赤ん坊は静かだった。たぶんこの子も疲れているのだろう、とセシリーは考えた。門をいじっているあいだにも、激しく叩きつけられる雨が痛いほどだった。大粒の水滴が身体を伝い、太腿のあいだも背中も滑り下りていった。傘が、謳い文句に反して潰れた。家の前にある、ジュジューブが好んで中に入る浅い排水路の流れはすさまじく、あたり一面に水が溢れかえっていた。セシリーは腕時計に目をやり、自分が正確にはどれほど遅れたのかを確認しようとした。だが止まっていた。秒針が力なくぴくぴくと震えている。子どもたちは、雨が降りはじめる前に学校から帰ってきていたらいいのだけど。でも、嵐が来たら安全な学校に留まるように、とも伝えてある。雨がやんで、歩いて帰ってこられるようになるか、セシリーが迎えに来るまで。

門の掛け金がカタカタと苛立たしい音をたて、セシリーの目には雨が入った。「いいかげんにして」と彼女は呟いた。ようやく掛け金が外れると、空気を切り裂くように突風が吹き、貧弱な門扉をしたたかセシリーの身体に打ち付けた。

「痛っ!」セシリーは大声をあげた。腹を抱えるようにして、よろよろと後ずさりする。濡れた靴の中でぎこちなくねじれたと思った瞬間、水路の縁に足が引っかかり、足首から力が抜ける。地面に倒れ込む寸前、子どもたちの張りあげる声が聞こえた。「ママ! ママ!」そして、聞き慣れたハスキーな叫び声が。「セシリー!」

それから、すべてが闇に呑まれた。


気がつくと、ひどく暑かった。窒息しかけているようだった。セシリーはパニックに駆られてあたりを見回した。寝室の見慣れた天井が視界を横切る。手足をばたつかせたところで、大量の毛布にくるまれていることに気がついた。その重みで、ベッドに押さえつけられていたのだ。

ジュジューブ、エイベル。意識が朦朧としたままセシリーは考えた。あの子たちはどこ?

どうにかして身体を引き抜き、毛布の熱から逃れ出ようとする。ようやく半身を起こせたセシリーは、着ている服が乾いていることに気づいた。だがあたりには、汚れた雨の湿った黴臭さがあいかわらず漂っている。

「シーッ。ゆっくり休むのよ」ビロードのようになめらかで心地よい声。

ぎくりとしたセシリーは、ベッドの隅に腰かけているリーナの姿を目にする。長く白い腕がこちらに伸び、なにか温かいものを手渡そうとしていた。リーナの目は大きく黒々としていて、心配そうに見開かれている。妊娠のせいで顔はふっくらしたけど、リーナが際だって美しい女性だってことは変わらない。セシリーはそんなことを考えながらティーカップに手を伸ばし、身体のほかの部分は汗をかいているにもかかわらず、自分の指先が冷たいことに気づいて驚いた。両手でカップを包み込んだ。濃くて苦い、紅茶の香りがしていた。

「安心して、セシリー。ぜんぶちゃんとしておいたから」とリーナは言った。それから声は低くなり、かすれた。「みんなほんとうに心配したのよ」

セシリーが紅茶をすするあいだ、リーナはそこまでの出来事を口早に話して聞かせた。リーナは、顔を見せに立ち寄った。久しぶりに体調がよかったのだ。もしかすると、快方に向かいはじめたのかも。セシリーはどう思う？　それはともかくとして。リーナは、セシリーを驚かせるつもりだったのだが雨が降りはじめ、家まで歩く気になれなかった。しかも運良く、雨が危険なまでの激しさになる前に、セシリーの子どもたちが帰ってきた。二人は、まるで黒い雲と競争でもしてきたように興奮して歓声をあげていた。そこでリーナは子どもたちを家に入れ、温かいホーリックを淹れてから、かつて父の店を切り盛りしていた頃のお話を聞かせた。そこは、生きている動物ならなんでも扱う店だったのだ。リーナはくすくすと笑った。「そうなのよ、セシリー。驚かないでちょうだい。わたし、動物のことならなんだって知ってるのよ。動物のお医者さんになりたかった時期もあるんだから。でもねえ、ああいうのは女の子の仕事じゃないでしょ？　魚も鶏も猫も犬もいたけど、子どもたちが夢中になったのは、父の売っていたいろんな種類のトカゲだった。首筋まで青いやつがいたんだから！　なんの話だったっけ？　そうそう、エイベルが眠くなってきたから、二人ともお昼寝させたの。ジュジューブは、もう大きいんだからもっと起きてるって言い張るから、寝るまでベッドで本を読ませたわ。二人ともちゃんと床に就く頃には嵐がいちばん激しくなっていて、セシリー、あなたのことが心配だったからここに残ったのよ。で、椅子に腰を落ち着けてから何分もしないうちに、門のところで音が聞こえた。だから入れてあげようとしたら、あなたがあの危険な排水路の縁で頭を打ってたってわけ」

「赤ちゃんは……」セシリーはすすり泣きを漏らした。

「大丈夫。すぐにブキャナン先生に電話して、あなたが眠っているあいだに診てもらったわ。すべて順調。ちょっとショックを受けただけ」リーナは、片手をセシリーの腹に押し当てた。フジワラがこれまでに何度もしてきたのとおなじ仕草だった。「赤ちゃんがちょこんと蹴るのだって感じたんだから。この子は強い子よ」そう話すリーナの目はやさしく、表情もおだやかだった。「さあ、飲んで」ティーカップを指し示しながら、彼女は言った。セシリーは温かい紅茶を一口すすった。リーナは、セシリーの手にあるカップを持ち上げると、テーブルの上に置いた。

セシリーは、これほど手厚い看護には慣れていなかった。それで涙がこみ上げてくるのを感じて、毛布の中でもぞもぞと身体を動かした。

「あ、そうだ、あなたの旦那さんはパニックになって、なにがなんだかわからなくなってたわ。だから、あなたは大丈夫だっていう先生の診断が下りたらすぐバーに行ってもらったの。男って、ほんとうにストレスに弱いでしょう?」リーナは一人でくすくすと笑った。「あと、子どもたちには夕食に麺を食べさせておいたから。あなたって、鍋の片づけかたがわたしと違うのね! いちばん大きい鍋を見つけるまで一苦労だったわ!」

わたしは間違っていた、とセシリーは気づいた。リーナがいつでも感情を露わにして押し出してくることや、肉体的につらい思いをしていることを、この人の弱さだと誤解していた。でもリーナは今、恐慌状態に陥った一家の面倒をてきぱきと冷静に、しかもたっぷりと気持ちを込めながら見てくれている。セシリーは感情の波に呑まれた——感謝と驚嘆、そしてなによりも罪悪感があった。腹に触れたリーナの手が、まだ感じられるようだった。自分には受け取る資格のない愛情を伝える、そのひんやりとした感覚が。

セシリーは苦心して上半身を起こした。「リーナ、ありがとう。わたし、もう大丈夫だと思う。あなたはおうちに帰ってちょうだい。おたくのビングリーが——あの人が心配するから」

「馬鹿言わないで！　わたしはここに残るわよ。うちには、先生に言づてを頼んでおいたから。わたしは今晩ここに泊まるって」

セシリーはうろたえ、喉を詰まらせた。リーナは、その不安げな表情を見て取った。「あ、もちろんあなたが怪我をしたなんて知らせてないのよ。男って、そういう細かい話を聞かされたらいやがるでしょう！」そしてうっすらと笑いを浮かべてから目を閉じ、頬に皺を寄せた。激しい表情の変化に、内なる苦しみが露わになっていた。それがあまりに剝き出しで、セシリーは目を伏せた。「最近ではあの人、どっちにしろわたしのことなんか気づきもしないんだから」リーナはそう囁いた。

セシリーは、ベッドの上で自分の傍らをぽんぽんと叩いた。足もとにいたリーナが、枕の近くに移動する。セシリーはようやくのことで毛布から逃れてベッドの左側に移り、リーナに場所を空けた。二人とも、その動作のせいでハアハアと息を切らした。

「わたしたちのありさまを見てよ。馬鹿みたいに妊娠なんかしちゃって」リーナがそう言い、セシリーは思わず笑いを漏らした。二人の女性は並んで横たわり、天井を見上げた。

雨はようやくやんでいた。そして窓の外では、雲の背後から半月が覗いていた。リーナはセシリーの肩に頭を載せ、セシリーの首筋に吐息をかけた。すっかり心を預けた様子で、息はくすぐったかったがセシリーには不快ではなかった。

「ひどい」とセシリーは漏らした。リーナに見られていないことを願いながら、まばたきをして涙をこらえた。「あの人がちゃんとあなたのそばにいないなんて」フジワラは、二人のあいだにいる影、友情を脅かす存在だった。圧倒的なまでの驚きと感謝の気持ちを抱きながら、セシリーが築き上げてきたこの友情を。「どうしてそんな仕打ちを許すの?」そう口走るやいやな、セシリーは後悔した。フジワラの行動を取り締まるのは、リーナの仕事ではない。相手はだれにも支配されない男なのだ。そのことをいちばんよくわかっているのがセシリーだった。

リーナは、セシリーの肩に載せていた頭を起こし、反対側に向けた。顔をそむけているので、セシリーに見えるのは頬だけになった。月光に照らされた肌が、ほとんど青色になっていた。

「愛って、そんなものでしょう?」と彼女は言った。「その人の中にある悪の存在を知りながら、それでも愛するのが。最初の夫の時もそうだった」

「あの人がいなくても、あなたは大丈夫」セシリーはそう言いながら半ば身体を起こし、リーナのほうを向いた。胸がひどく痛み、毛布の中で両の拳を握りしめなければならなかった。

「もしかしたら悪いところがあるからこそ、あの人を愛してるのかも。母が昔言ってた。愛っていうのは、悪を見逃してやることかもしれないね、って」とリーナは言った。セシリーを見上げるその顔は、涙と月で輝いていた。「わたし、どこかおかしいのかな?」

「そんなことない」セシリーは、悲しみに胸を打たれた。「あなただけはおかしくない」

すると、皺が寄った時とおなじくらいあっという間に表情が変化し、リーナは再びほほえんでいた。

「やめましょ。いやな話をするのは。横になって」と彼女は言った。

指示を受けた子どものように、セシリーは仰向けになった。そして、両膝を腹に引きつけてからリーナのほうを向いた。リーナもまたおなじように身体を曲げ、セシリーと向き合った。鏡像だった。リーナは自分の手をセシリーの手に重ねた。腹が触れ合っていた。そうして二人は眠りに落ちた。二匹の海老のように縮こまり、向かい合わせになって。

第十八章

ジュジューブ

ビンタン地区（クアラルンプール）

1945年8月25日

日本占領下のマラヤ

既視感があった——ジャスミンが逃げ出してからの日々、隣人や友人たちが集まってきて、エイベルが消えた時とおなじようにアルカンターラ家で寝ずの番をしたのだ。近所のおばさんたちは全員、カルヴァーリョ夫人、チュア夫人、リンガム夫人、ムイおばさん、それから母が嫌っている金持ちのファリダーおばさんにいたるまでが料理を作り、同情心たっぷりに舌を鳴らしながら、「あの子はすぐに見つかるさ」と話し、「あの子は小さいけど勇ましい子よ、すぐに帰ってくるわ」と熱心に語りかけた。近所のおじさんたちは捜索隊を組織し、日本軍を罵り、ぜったいにジャスミンを見つけ出してやると誓った。だがにぎやかな活動が続いたのは数日のことだった。その時期が過ぎると、人々はまるでたいしたことはなにも起きなかったかのように自分の暮らしを続けた。大人たちは食糧配給の列に並び、レシピを交換した。食糧を長持ちさせようと、配給された米に、煮たタピオカやサツマイモ、そして紙までをも加えた。子どもたちは、睨みつけてくる憲兵隊の視線を避けながら遊んだ。隣人たちは柵にもたれかかりながら交わす、他愛もない噂話へと戻っていった。セキエーラ家の男の子とタン家の女の子が色目を使い合っていたよ。いったいメノン家の奥さんときたら、また妊娠したのか前の出産から体重が戻らないだけなのか、はっきりしないわね。最近兵隊の数が減っているようだ、もしかするとアメリカ軍はほんとうに勝ったのかもしれないぞ。

エイベルがさらわれた時、彼らの恐怖と同情心はもっと長く続いた。おそらくは占領初期のことだったために、苦痛を日常の一部として受け入れるほど感覚が麻痺していなかったのだろう。それかもしかすると、こういうことが起こっていちばんつらいのは最初の時だけで、その後に起こる悲劇についてはもっと楽に受けとめられるものだ——ちょうどかさぶたのできた傷が割れる時のように。そんな認識が共有されているのかも、とジュジューブは考えた。だから、長期にわたって慰め続ける必要はないのだ、と。

実際、隣人の中には厳しいことを囁きはじめる者たちもいた。ジュジューブは、チュア夫人が意地悪くこう囁くのを耳にした。「アルカンタータラのうちはどこかおかしいのさ。いちばん下の女の子が家出するなんてさ！」ほかのおばさんたちは、ジュジューブが通りかかったのに気づいて、シーッと言った。だがジュジューブには、背中に食い込むような視線が感じられた。でも、あの人たちの言うことは正しいのかもしれない、と彼女は考えた。ジュジューブの胸は、罪悪感で腫れ上がっていた。要するに、あの子を追いやってしまったのはわたしなんだから。

家の中にいると、壁から苦痛と緊張が浸み出てくるようだった。しかも耐えがたいほど静まりかえっていた。かつては、家族のたてる騒音には、それぞれに独特のメロディーがあった。父は大声で、しかもものすごく早口にしゃべるせいで言葉が混ざり合い、一度聞いただけでは意味がわからないくらいだった。母の声は驚くほど抑揚豊かだが、がまんの限界に近づいてくるとおそろしいほど低くなった。エイベルの声は不安定で低かったり高かったりして、声変わりのせいでかすれることがあった。ジャスミンは甲高くて鼻にかかっていて、まるで左の鼻の穴だけを使って声を張りあげているように聞こえた。

その昔、ジュジューブには学校の友だちがいた。フローレンスというその子の家は、気味が悪いほど静かだった。彼女の母親が亡くなった時に、ジュジューブは母に強くうながされて、家を訪れてはフローレンスといっしょにいるようにしたのだ。だが、ジュジューブは行くのがいやだった。日中は家の中が完全な静寂に包まれていて、唯一それを破るのが、突然聞こえてくるドスンという音だった。飲み過ぎたフローレンスの父親が、足や腕を壁やテーブルにぶつけていたのだ。どうして、音楽かなにかとにかく音を鳴らして静寂を埋めようとしないのかな、とジュジューブには不可解だったが、こわくて訊けなかった。今や、自分の家がおなじように静まりかえっている。静寂を引き裂くのは、だれかが足を引きずるようにして歩く時に木の床を軋ませる音だけだった。悲しみはすべてを呑み込むのだ。人の中に穴を穿《うが》ち、それを埋められるものはなにもない。音楽でさえも。

ティーハウスではもっとひどかった。一週間後に仕事に復帰すると、あやういところだった――支配人のドライサーミはすでに、《女給求む》の貼り紙を扉に掲げていたのだ。ジュジューブは手書きのチラシを一枚掴み取って店内に入り、つかつかとドライサーミに歩み寄って手渡した。するとドライサーミは恥ずかしげもなく肩をすくめ、しかたなく厨房のほうを身ぶりで示した。汚れたティーカップやポットが所狭しと危なっかしく積み上がり、食器の中に澱む茶色い水や茶葉が悪臭を放ちながら渦巻いていた。自分がいないあいだに、ドライサーミが客に提供していたティーポットやカップの衛生状態を想像したジュジューブは、怖気《おぞけ》を震った。そして布巾を一枚手に取ると、水に濡らしてからカップを擦りはじめた。こうして、ジュジューブは変わり映えのしない日常生活を再開したわけだが、胸の中にできたジャスミンとおなじ大きさの穴は、今にも彼女を生きたまま窒息させようとしていた。

⁂

ティーハウスの雰囲気には変化が感じられた。噂話があいかわらず飛び交っていた。曰く、裕仁天皇は間もなく降伏文書に署名をする。日本軍の補給物資は底を突き、兵士たちは今にも投降しようとしている。森の際にいる中国系の自由の闘士については、さらに頻繁に耳にするようになっていた。夜闇に隠れて日本軍を攻撃しては、暗く湿った森の奥に逃げ込んで姿を消す部隊がいるのだ、と。少なくともジュジューブは、彼らを自由の闘士と呼んでいた。イギリスのラジオニュースは、彼らを共産主義者たち《コミュニスト》と呼んでいた。だがそれでもジュジューブには、タカハシ氏は反乱軍と呼び、ジュジューブはまたしても反感をおぼえた。だがそれでもジュジューブには、そうした話をなに一つ真実だとは思えなかった。最近では、なにかを期待するだけでも贅沢なのだ。しかも、いずれにせよ元どおりにはならないだろう。日本軍が去ったとしても、家族の半分はいなくなったままだ。ジャスミンとエイベルのいない戦後の生活など、想像もつかなかった。うちの家族は、今みたいにおそろしい沈黙の中で暮らし続けるのだろうか？　自宅の中を疲れた亡霊のように、自分の悲しみに押し潰されそうになりながら、軋みをたてて歩き回るのだろうか？　ジュジューブにとって、もはや正常なものなどなかった。家への帰り道すらわからなかった。

兵士たちは、集団ではなく一人で店にやって来るようになった。だれもが、目の前の空間をじっと見つめた。両手で顔を覆う者もいた。泥だらけになった緑褐色の軍服が、痩せ細った肩やくっきりと目立つ鎖骨に掛かっていた。顔だけが膨らんでいるように見えた。息は酒の苦い匂いがし、店内の空気は口臭でむせかえるようだった。不機嫌に黙り込んでいるだけの兵士も何人かはいて、ジュジューブにはそういう連中がありがたかった。彼らは店の隅に座り、持参のフラスコからこっそりと酒をティーカップに滴らせ、それから顔を寄せ合うようにしてそれをする。だがそれ以外の人間の場合、不機嫌であるということはすなわち意地が悪いことを意味した。以前でも、ジュジューブの腰に腕を回して引き寄せ、首筋にたっぷりと息を吹きかける乱暴者の兵士が時々は現れたものの、たいていの場合は彼女の存在を無視するだけだった。だが最近では、ジュジューブをぎらつく目で眺め、お代わりを求めて彼女を引き寄せる時に背中に指を差し込み、ときにはその指先を上下に動かしたり、乳房の脇やウエストに押しつけたりすることがあった。それはまるで、やろうと思えばなんでもできるのだと、ジュジューブに釘を刺そうとするかのような振る舞いだった。俺たちを抑えるものなどなにもないんだ、と言いたげだった。失うものなどないんだぞ、と。はじめて触られた時には両目を見開き、助けを求める視線を無言でドライサーミに送ったものだったが、彼は目を逸らしただけだった。ジュジューブは孤立無援だった。

以前は、タカハシ氏が盾となってくれた。だが、彼のいる時間帯はまちまちになっていた。一日のどの時間にでもやって来たのだ。日に何度も姿を現すこともあれば、何日間もまったく来ないこともあった。食糧配給券を持ってきてくれることもまれになった。学校が閉鎖されて、規則正しい休み時間がなくなったのです、とタカハシ氏は説明した。日本人は退却をはじめているようですが、あなたはどうするのですか？とジュジューブが尋ねると、タカハシ氏は目を逸らして質問をはぐらかした。それが彼女を苛立たせた。自分がここを離れて日本に帰国したら、わたしが気にするとでも思っているんだろうか？　自分がいなくなったら、わたしが馬鹿な子どものように悲しがるとでも？　わたしは子どもではない。あの人はわたしの面倒を見ようと不器用にがんばっているけど、そんなものは必要ない。結局のところ、タカハシ氏だってあいつらの仲間なんだから。残虐で、うちの家族が苦しむのを眺めて楽しむような連中の。自分の中にある敵意の激しさに、ジュジューブは衝撃を受けることがあった。

しかもタカハシ氏は店に来ると、イチカのことを話しどおしだった。娘の話になんか耳を貸すんじゃなかった、とジュジューブは悔やんだ。おかげで、今や娘の話が止まらなかった。南京袋の底に開いた穴からこぼれ出るおがくずのように、言葉が溢れ出てきたのだ。慌ただしく切羽詰まった口調で、ずっと長いあいだジュジューブに話すのをがまんしていたとでも言うように。

最悪なのは、イチカからの手紙を受け取った日だった。

「やっとです」そう言いながら、タカハシ氏は封筒を胸に当てた。彼の喜びようが、ジュジューブには突き刺さるように感じられた。まるで、強過ぎる太陽の光が両目を射るように。

タカハシ氏が喜ぶのは当然だとわかってはいる――無事を知らせる電報を除けば、イチカからは何カ月も便りがなかったのだ。手紙の消印は、爆撃前の日付だった。到着まで六週間以上かかったことになる。タカハシ氏は、どうしてもジュジューブに読んで聞かせたいと言い張った。日本語をたどたどしい英語に訳しながら。わたしに口元を殴り付ける勇気があったら、とジュジューブは考えた。顔面をテーブルに叩きつけて黙らせてやるのに、と。その代わりに彼女は、顔に皺を寄せてかすかな笑みを浮かべると、どうぞとうながす仕草をしたのだった。

「看護婦の資格はまだ取得していないけれど、病院で奉仕活動をしているそうです。負傷兵がおおぜいいて、あの子はその人たちのお世話をしているのです!」汗でつるつるの顔を喜びでいっぱいにし、これから大きく開けていくであろうイチカの将来に両目を輝かせていた。ジュジューブは、自分の両親がタカハシ氏のように誇らしげな表情を浮かべるところを見たことがなかった。あの人たちが誇らしく思うようなことを、わたしたち子どもがしていないからだろうか？　ジュジューブにはわからなかった。しかし、きらめくようなタカハシ氏の声を聞いていると、身体の内側がぎゅっと締まるようだった。イチカは、病院棟とおぼしき建物の中に立っている自分の写真を送って寄こしていた――べッドのほかにおおぜいの人々、医師たち、そして円錐形の帽子を頭に載せた看護婦たちが写っていて、彼女の周囲を動き回っていた。イチカは私服だった。またしてもあのぶかぶかでウエストのところが絞られたズボンを穿いていて、シャツはボタン付きの男物だった。

怒りに腹を締めつけられるような感覚をゆるめようと、ジュジューブはイチカのあら探しをはじめた。写真の中のイチカは、以前見せられた写真よりもはっきりと老けて見える。ジュジューブはそう考えて、内心ほくそ笑んだ。以前より疲れているようだ。いやなところに肉がついているがために、ゆったりした服を着ているんだろう。身体を隠すためだ。だが、どれほど欠点をでっちあげようとしたところで、イチカの顔の輝きが、目尻の皺が目に入った――この女性は賢く活き活きとしていて、しあわせなのだ。完璧なイチカ、広い心と人の役に立つ技術を身につけ、服は着心地がよく、志を持っている。ジュジューブは、絞め殺してやりたいと思った。

イチカの手紙と写真について細かく語り終えたら、タカハシ氏はわたしのことを尋ねてくれるだろう、とジュジューブは待ち構えていた。それに対して、自分がどう答えるのかはわからなかった。言葉では自分の痛みの深さを言い表せなかったのだ。胸の奥は常に疼いていた。まるでネズミに内側を囓り取られているようだった。おかげで、自分はもはや欠陥品に過ぎないのだと、常に思い知らされた。うちの家族とおなじだ。

ジュジューブは、超然とした態度を取ろうと心に決めた。静かに自信を持って答えるのだ。「わたしはいつでも元気ですよ」と。そして、タカハシ氏が心配そうに眉間に皺を寄せるのを待つ。ジュジューブが隠し事をしているとわかった時に、この人がいつも浮かべてきた表情だ。そのあとで、もしかしたらほんの少しだけ、うちで起きていることについて打ち明けてもいいかもしれない。母親がおかしくなっていること、父親が病気になっていること、身のまわりのものすべてが深い悲しみに押し潰されそうになっていることを。ただし、その話をする時には同情心をかきたてる程度に抑えて、哀れみを感じさせないようにする。タカハシ氏に同情されるのはごめんだ。

ジュジューブは待った。タカハシ氏はイチカの手紙を畳んだ。それから慎重に便箋と写真を封筒に滑り込ませると、テーブルの上でそれを撫でつけた。タカハシ氏の指は、顔とおなじくらい皺だらけだった。彼はその手を髪の毛に走らせる。緊張しているのだ、とジュジューブは推測した。話しにくいことを話すために心の準備をしているんだろう、と。そしてジュジューブのほうは、いつでも自分の台詞を言う用意ができていた。

やがてタカハシ氏は、ティーカップを口元まで持ち上げて紅茶を飲み終えると、ジュジューブに向かってうなずき、快活な笑みを見せた。そしてひと言も発することなく、ティーハウスをあとにしたのだった。

第十九章

セシリー

ビンタン地区（クアラルンプール）

1938年

7年前、イギリス統治下のマラヤ

全世界で、ドイツ軍と日本軍の侵攻が激しさを増していた。ビンタンの住民たちはラジオ放送を通して、またたく間に破壊された都市のことや、入念に構築された西欧諸国の防衛網をやすやすと打ち破っていく日本軍の、そして一戦も交えることなく降伏するイギリス軍司令官の話を耳にしていた。日本軍は一つまた一つと戦果を積み重ねている、とフジワラは目を輝かせながらセシリーに話した。日本軍の作戦は、常に敵の数歩先を行っているのだ、と。数週間単位、数カ月単位の時間を要するのがあたりまえな距離を、今や数日のうちに進軍する勢いだった。

クアラルンプール市のビンタン地区では、イギリス人たちの意見が二分していた。半数は大英帝国を信じる気持ちに変わりなく、〝吊り目の野蛮人どもの群れ〟によって暮らしを乱されてなるものかと躍起になった。そして彼らの暮らしぶりは変わらないどころか、パーティーや舞踏会はさらに贅沢になっていったのだった。加えて、避暑地《ヒル・ステーション》もまた次々と建設され、涼を求めて高地にもうけられるその保養地に、イギリス人たちが家族づれで毎週末押し寄せた。だが残りの半数は恐怖に震えあがり、もうおしまいだと囁き合った。彼らはトランクやバッグに荷物を積め込み、ルウィシャム港を発つ週一回の便に乗り込んだ。若かりし頃を過ごした、じっとりと寒い気候の土地へと帰っていったのだ。

年が変わって一九三八年になる頃、モンスーンの嵐は最後の一荒れをしてから鎮まった。その代わりにどんよりと重苦しい湿気がやって来た。新年の訪れとともにいいことが起こるだろうとセシリーは考えていたが、ただ疲れ果てているだけの日々が続いた。オリエンタル・ホライズンズの廊下を歩いていると、太腿の内側がベタベタとへばりつき、不快だった。

セシリーが扉を開けるのとほぼ同時に、フジワラがこう告げた。「私はここを発つ。中国に派遣されることになったんだ」

　セシリーは肘で扉を閉め、すぐに閉めたことを後悔した。室内は真空状態のように息苦しかった。

「大丈夫かい？」背骨を駆け上がる痛みに身をすくめたセシリーを見て、フジワラはそう尋ねた。

　セシリーは腰のあたりに手で触れながら、ドスンと倒れ込むようにして椅子に腰を下ろした。ゆったりとしたマタニティドレスが、身体のまわりでふわりと膨れた。先に到着していたフジワラは床に座っていた。伸ばした背中を壁に預け、足を前に投げ出している。ズボンにつけられたナイフのように鋭い折り目が、ぴんと伸びていた。フジワラのそんな姿を見るのははじめてのことだった。薄汚いホテルの部屋で、足を前に投げ出したまま床に座り込むような、くだけた男ではないのだ。

　二人のあいだのなにかが、またしても変化を遂げていた。フジワラが、嵐の夜について触れることはなかった。リーナが帰宅せず、言づけを託された医師が緊張の面持ちで姿を現した、あの夜のことだ。セシリーとリーナがどんなおしゃべりをしているのか、尋ねたこともなかった。そして自分と会っていない時のセシリーが、眠る以外のほとんどの時間をリーナといっしょに過ごしている事実を認めることもなかった。セシリーとフジワラはこれまで、それぞれの生活を分けておこうと懸命に努めてきた。ところがついにここにきて、二人の暮らしは重なり合いはじめていたのだった。しかしフジワラはあたかも、そうしてからまり合う現実を無視し、リーナとセシリーの子どもが生まれようとしていることを認めさえしなければ、これまでどおりなにも変わらないふりを続けられるのだ、と期待してでもいるかのようだった。

「中国ではどんなことをさせられるの？」体調についての質問は無視し、セシリーはそう尋ねた。

「おそらく訓練を受けることになるな。それから訓練をする側に回り、準備を整える。膠着状態だった中国での戦況が、ようやく好転しはじめたんだ。あとほんの少しだ。私には感じられる。ここだ」

フジワラはそう言いながら、頭上で大きく腕を振り回した。「次はここ、マラヤだ」

セシリーにもそれは感じられた。彼女の身体は、いつでもフジワラの昂《たかぶ》りを映し出す鏡となる。今は胸が高鳴り、それでなくても息苦しい部屋の中で体温を過剰に上昇させていた。熱が指先まで伝わり、座り心地の悪い椅子に押しつけている全身をちりちりとくすぐった。

だがフジワラにはこう話した。「あなたがいなくなったら、あの人、壊れてしまうわよ」

膝の裏に汗が溜まっていた。滴が二つ、左のふくらはぎを伝い下り、足首で止まったのをセシリーは感じた。床の上で体勢を変えるフジワラを見つめる。まるで立ち上がろうとしているかのように、片方の尻からもう片方へと重心を移していた。気を悪くさせたのかもしれない。立ち上がって出ていくのだろうか。

「今は、そのことについて考える余裕がない」とフジワラは言った。カーペットにすばやく視線を下ろし、それから再びセシリーに向ける。自責の念がちらりと閃いたように見えたのは気のせいだろうか、と彼女は考えた。フジワラは、背中を重たげに壁に預ける。「次の段階に来ているんだよ、セシリー。われわれがこの機会を逃すわけにはいかない。ほかの選択肢はない」

われわれ。いまだに、これほど長い年月が過ぎたあとでもなお、フジワラが二人のことを一心同体のものとして言及する時、セシリーの中を喜びが駆け抜けるのだった。

「わかってる」

今回は、セシリーが打ちのめされることはない。フジワラは、過去に姿を消したことがある。だから、再びおなじことをする可能性が高いことを彼女は承知していた。だが今回は、以前のように無言で姿を消すのではなく、そのことをあらかじめセシリーに伝えたのだ。つまり今や二人は成長し、進歩したということだ。共謀者として、対等な協力者として。それでも、次におなじことが起きたら前回よりは楽にこなせるはず、と思い込んでいたのは、甘かったのかもしれない。今後も変わらぬ人生を歩んでいけるはず、二人が分かち合っている一人の女性、分かち合うこともできる子どもたち、自分たちを結び合わせるそうした新しい要素が、二人にとって負担になることはないはずだと考えていたのは。はじめて出会った頃、フジワラは独身だった。当時の自分の姿を蘇らせたセシリーは、身のすくむ思いがした。ひりひりするような自分の欲望、どれほど彼を求めたか、どれほど自分の渇望が少女じみていたことか。セシリーはあやうく、「赤ん坊はどうなるの?」と口を開きかけた。だがその言葉を呑み込み、不快な咳のように抑え込んだ。今ではない。

その代わりにこう尋ねた。「新しい世界はどんなかんじになると思う?」

セシリーはフジワラをじっと観察した。彼は息を吸い、ズボンの折り目を手で押さえた。「われわれの世界は完全に自律し、西洋に頼ることはなくなる。日本はアジアを先導して近代化を成し遂げ、新たな時代に入る。これまで以上の速度で物事が進んでいくだろうな。人々の生産力は上がる。経済成長が起こり、すべての人がさらなる繁栄を手に入れる。搾取を排し、子どもたちが窒息死するような危険な鉱山労働はなくなる。荘園で過酷な労働を強いられる労働者もいなくなる。マラヤですらやがては、独立国としての機能を備えるだろう。そして、平和裏に日本と共存するんだ。想像できるかい? きみの国が、このマラヤの国境の内側で生まれた人間によって導かれるんだよ? きみは生まれた時から支配下にある。日本は、きみの国に新しい未来を提供するのさ。きみが想像したこともないような未来をね!」フジワラはそこで口をつぐんだ。自分の言葉の激しさに、われながら驚いたとでも言うように。そして、きまりが悪そうに壁を見つめる。

きみの国か。マラヤを自分の国と呼ばなかったところで、驚くことではない。フジワラは天皇に仕え、いつでも日本の伝統を誇りにしていた。だがそれでも、セシリーの心はチクリと痛んだ。ということはつまり、日本軍がやって来ればフジワラはマラヤを去ることになるんだろうか？　その時は、わたしもいっしょに行くのかしら？　フジワラの展望は政治的なものであり、経済的、思想的なものだった。赤ん坊のおかげで背中が痛くて眠れない夜に、鼾《いびき》をかいているゴードンの隣で、セシリーもまた未来を思い描くことがあった。だが、それをフジワラに語って聞かせるのは恥ずかしかった。はるかに平凡で、家庭的ですらあったからだ。セシリーは、フジワラの傍らでパーティーを主催したいと夢見ていた。その時、彼は目尻に皺を寄せて、笑い声をあげる子どもたちを見つめるのだ。フジワラの横に腰を下ろし、戦略や法制度について語り合うことを夢見ていた。子どもたちの可能性を夢見ていた。すばらしく賢いジュジューブには、大学に行ってもらいたかった。そうして医者に、科学者に、性別による制限を受けることなく広い視野を持った女性になってもらいたかった。セシリーは首を振った。もっと大きな夢を持たなくちゃ。この人のように。わたしときたら、ジュジューブの教育のことなんか考えて。ほんとうだったら、一国全体の教育と繁栄について構想することだってできるのに。

セシリーは唾を呑み込み、集中して、と自分に言い聞かせた。「中国にはどのくらいいるの？」

「わからない」フジワラは、いつものそっけない自分に戻っていた。そして、先ほどの昂りで消耗したようにため息をついた。

「あの人には話すの？」

フジワラは、ほんの一瞬だけ長く目を閉じた。瞼が痙攣している。はじめて見る表情だったが、セシリーにも意味はわかった。固い決意だ。フジワラは前に進んでいくのだ。気を散らすものを切り捨て、優先すべきことを見失うことなく。セシリーは、そう自分に釘を刺した。「セシリー、われわれが望んできたことすべてがかなうんだよ」

もはや自分は、おしゃべりをし、計画を立て、夢を見ていたあの素朴な女の子ではないのかもしれない。かつて、自分では想像することもできない未来について、月明かりを浴びながら語る一人の男を見つめていた、あのひたむきな女性ではないのかもしれない。だがそれでもなお、フジワラの昂る気持ちは否応なく伝わってきた。二人に向かって今、時代の大きなうねりが押し寄せている。思い描いてきたことがあと一歩で現実に、真実になるのだ。そしてその夜ほんのひとときのあいだ、彼らは二人きりで、互いの家族のしがらみからも、未来からも、リーナからも解き放たれていた。

「わたしたちが望んできたことすべて」セシリーは、フジワラに向かってそう繰り返した。室内の空気が息苦しくなり、彼女の上唇で汗が輝いた。緊張していた背中の筋肉が痙攣した。

フジワラは、マラヤの人たちが好む曇りの日に姿を消した。雨は降らないが、外をそぞろ歩きできる程度には気温が下がるという天気の日だ。涼しい微風が腕を撫で、浮き毛の中を吹き抜けていった。子どもたちは遊び、人々はおしゃべりをした。そしてその夜、太陽が沈み、蚊の大群が唸り声をあげはじめた頃、リーナは、セシリーとゴードンの家に飛び込んで来た。髪の毛は乱れ、両足は小さ過ぎるサンダルから飛び出ていた。

「セシリー！」とリーナは叫んだ。「ビングリーが帰ってこなかったの。帰らないなんてこと、一度もなかったのに！」

ゴードンが跳び上がるようにして腰を上げ、食卓に膝を打ちつけた。「大声をあげるのはやめなさい」とリーナを制止する。「感情的になり過ぎだよ」

いつ出発するのか、フジワラは正確な日付をセシリーに伝えなかった。「静かに行くほうがいい」と彼は言った。だれにとっていいの？とセシリーは尋ねたかった。だが、フジワラを追いつめることはしなかった。フジワラの話していることが、危険を避けるためには正しいとわかっていたからだ。しかもリーナがこんなふうになるのを、恐怖にわれを忘れてぼろぼろに乱れた顔になるのを防ぐために、自分にできることはなかった。セシリーは深く息を吸い込み、リーナを胸の中に抱き寄せた。

ゴードンが言う。「忙しい人なんだよ。もしかしたら手が離せない状態になって……ビングリーはどんな仕事をしてるんだっけな？　ものを売っているんだっけ？」だが、セシリーの胸に顔を押し当ててすすり泣いているリーナの頭が揺れる上で、ゴードンは眉を動かして、「ほかの女？」と口のかたちだけで尋ねた。

セシリーは歯を食いしばり、リーナを落ち着かせるためにその肩に手を押し当てた。

ほんとうの犠牲者はゴードンなのかもしれない。身のまわりで張りつめている緊張感には気づかず、自分の心酔している世界がどれほど急速に変化を遂げているのかもわからず、妻の孕んでいる子どもが自分のものではないかもしれないことも知らないままなのだから。哀れみをかけるべき相手、セシリーに同情を寄せられて当然の人だ。だがその瞬間のセシリーは、ゴードンの顔面に拳を叩き込みたいという衝動に駆られていた。

とにかく待つの、とセシリーは考えた。何日間にもわたって固く緊張していた彼女の身体は、闘いの準備が整っているように感じられた。鋭く獰猛に、いつでも相手かまわずに飛びかかってやるのだ。


ビングリー・チャンはほぼ一夜にして消えた。そのことが人々の知るところとなった時——しかも、口をつぐんでいられないゴードンのおかげで話はたちまち広がったのだが——ビングリーの側の動機や彼の身の安全について疑いの目を向ける者はひとりもいなかった。彼らからすると、なにもかもリーナが悪かったのだ。逃げ出したくなるようなことをリーナがしでかしたか、リーナでは物足りなくなったんだろう。とにかく、夫を一人失うだけでも不運なのに、二人目もいなくなるなんて。こうなってくると、妻として不注意だったというよりも、かぎりなく疑わしい話としか思えんじゃないか。

「あの人では、奥さんとして不釣り合いだったのよ」とワージング卿夫人は言った。

「まったく、妊娠中だっていうのにあんなにいいかげんな生活をしてたんだから、だれも旦那さんを責められやしないわ。そうでしょう?」とロウ夫人は言った。

セシリーは、友だちに関する悪意に満ちた噂話に腹を立てた。隣人たちはイギリス人も現地人も区別なく、取り乱しているリーナの姿を一目見ようと、チャン家の周囲でだらだらと立ち話をした。だれもが自宅の柵越しに囁き合い、商店でセシリーを追いつめては、立ち入った質問を浴びせた。だれもが無遠慮な視線を剝き出しにしたまま、スープや花束を携えてチャン家に〝立ち寄ろう〟とし、玄関で応答がないと傷ついたような顔をしてみせた。そのすべてが、セシリーをうんざりさせた。リーナの主催するパーティーや彼女の美しさを、なにも言わずに受け入れた彼らの態度は、嫉妬を覆い隠すための仮面だったのだ。今やだれもが気持ちよく、心ゆくまで本心をさらけ出していた。

　はじめリーナは、ビングリーの身になにかあったのではないか、カピタン・ヤップに起きたのとおなじことが、と心配した。だが、夫が身のまわりの必需品をほとんどすべて持ち去っていたこと、そしてそれらを収めていた埃っぽい棚が空っぽになっていることに気づいた時、リーナはもう一度打ちのめされることになった。そしてビングリーが自らの意志で姿を消したという事実を受け入れてからは、絶望と、それでもなにか納得のいく説明がつくはずだという思いとのあいだで揺れ動いた。

　セシリーは奇妙な中間地帯にいた。同時に二つの人格でいるのは、驚くほど容易だった。ただ割り切るだけではなく、それぞれの人格において必要とされる感情がほんとうに湧き起こり、リーナとフジワラ、両方の側に立つ女になることができたのだ。日中は、揺らぐことなくリーナに寄り添い、手がかりを見つけ出そうと、ビングリーとの会話を繰り返し繰り返し再現するリーナに耳を傾けた。その話はぐるぐるとおなじところを回り、どうにもならないことを何度でも蒸し返した。あの人がなにも言わないで出ていくなんてあり得ないわ、商用でヨーロッパに行ったのよ、きっと赤ん坊のために戻って来るはずだわ。リーナとともにセシリーは、ぶっきらぼうな言葉、そむけた顔、逸らした視線、あきれた表情、不服そうにすぼめられる唇、そうしたものの一つひとつを蘇らせ、分析を加えていった。

　夜には、しかしながら二人目のセシリーが存在した。時が来たという思いに、フジワラとともに夢見た大胆不敵な未来に、そしてそれらすべてが現実のものとなりつつあるという事実に、アドレナリンをたぎらせている女性だ。このセシリーは、キッチンに立ったまま何時間もかけてつまみを回して周波数を探り、ラジオを耳に押し当てて放送に耳を傾けた。僻地での反乱や、反植民地主義感情の高まりが大英帝国の隅々まで広がっていることについて、興奮したアナウンサーが声を張りあげながら表明する困惑の思いに。このセシリーは、夜ベッドに横たわったまま、フジワラはどこにいるのだろうと考えた。船尾に横たわり、わたしとおなじように月を見上げているのだろうか？　それとも、どこかのぬかるんだ塹壕にかがみ込み、兵士たちを指揮しているのだろうか？　すばらしい未来の予感に、肌がむずむずすることもあった。セシリーの夢は、気持ちよいほど暴力的かつ鮮明になった。パラソルの下から引きずり出される、ビンタン在住の気取った白人女たち。堅苦しい白のスーツを剝ぎ取られ、だらしなくゆるんだ下着姿でぶるぶる震えている公使のフランク・ルウィシャム。フジワラの指揮下にあるとセシリーが想像している、軍服を身に着けた騎兵隊の男たち。セシリーはさまざまな展開を思い描いた。破壊されて柱と瓦礫のみになったザ・クラブの跡地を見わたし、イギリス的男らしさの象徴が丸裸にされた光景に、フジワラとともに笑い声をあげるのだ。こうした想像の中の勝利に目を覚ますと、肌は汗と渇望に濡れ、手の指は腹に触れ、両脚の内側は固く張りつめていた。

時には、正義が現実のものとなったあとのことを想像してみることもあった。すべてが終わった時、自分の暮らしはどうなるんだろう？　だが、そうした見通しはぼんやりとしていた。フジワラは、理想について語るばかりだったことに、セシリーは気づいた。あの時、思考を平静に保ち、もっと聞き出すことができていればと悔やまれた。もしかすると、なにもかもがうまくいったのはわたしのおかげなのだと、上司に報告するのかもしれない。協力者、そして着想の源として称揚してくれるのだ。もしかすると、勝利を収めた英雄よろしくこの家に飛び込んで来て、欲望を剝き出しにしたままわたしを壁に押しつけるかもしれない。その間、裏切られたゴードンはみじめに二人の姿をただ見つめるのだ。だが、こうした想像はどれも現実的ではなく、滑稽ですらあった。時折、かすかな恐怖の震えが全身を駆け抜けることもあった。日本軍がやって来たあとには、家庭内のささやかな喜びでいっぱいの、平凡な暮らしが再び戻って来るのかもしれない、とセシリーはおそれた。子どもをしつけ、夫の面倒を見るという、悲惨なまでに味気ない家庭生活の醜さが、またしても立ち上がってくるのではないだろうか、と。そうした懸念で頭の中がいっぱいになった日には、時間を止められたらいいのに、とセシリーは考えた。二人の勝利が目の前に迫り、全身をアドレナリンが駆け抜けているこのかがやかしい瞬間の中で、永遠に生きたいと願った。

やがて、はじまった時とおなじくらい急速に、隣人たちはリーナへの興味を失った。好奇の目を向けられなくなるとともに、リーナは単純に、社交界から締め出されていった。ゴードンは、セシリーも引き下がるべきだとうながした。リーナが舐めることになった、社交界からの二度目の失墜が、感染症のように二人にもうつり、悪影響を及ぼすのではないかと懸念したのだ。

だがセシリーは夫を無視した。毎日、料理を持ってリーナの家まで歩き続けた。毎日、ぐるぐると回り続けるリーナの話に耳を傾けた。毎日、セシリーは慰め、安心させ、抱きしめた。そして毎日、あとどれくらい待てばフジワラがまったく新しい世界をもたらしてくれるのだろうか、と考えた。

第二十章

エイベル

カンチャナブリ収容所（ビルマとタイの国境地帯）

1945年8月29日

日本占領下のマラヤ

人々を導いた指導者たちは、歴史上の空白と混乱の中から現れ出た。幼かった頃、母はエイベルにそう教えた。なぜなら結局のところ人間っていうものは、命令してくれる人間を求めているからなのよ、と母は話した。その前提に、エイベルはいつでも異議を唱えた。自分はだれかに指図されるのが大嫌いだったからだ。指示の内容に納得がいっても、指示を出された途端に、その人間に抵抗したくなることがあった。そのことを話すと、母は笑ってこう応えた。「それは要するに、あなたは指導者になるってことよ」

その気分をどう呼べば良いのかわからないほど幼い時期に、自らのカリスマ性が与えてくれる強さと影響力を味わうのはめくるめく感覚だった。エイベルは、自分には力が備わっているということを知ったのだ。部屋の中に入っていくと、自分の持っているなにかが人々に強い印象を残すこと、そして自分がその場を立ち去ったあとでも、人々が自分について長々と話し続けるだろうということがわかっていた。自分は人の記憶に残る人間なのだ。その理由を理解するには、エイベルは幼過ぎた――なにしろ、スポーツがだれよりもできるというわけではなかったし、いちばん面白い人間でもなければ、いちばん賢い人間でもなかったのだ（とはいえ、尋ねる相手によっては、エイベルはいちばんハンサムだ、と話すかもしれない。だがそれは、だれもが同意する事実というわけではなかった）。それでも、学校ではグループのリーダーだった。エイベルの座る場所を空けるためにだれもが席を詰めてくれたし、男の子たちは自分もエイベルのようだったらと考え、いたずらをしても見逃してもらえた。特にひどいいたずらをした時、エイベルを放免した一人の教師は、彼のことを〝愛嬌者〟と呼んだ。

母はエイベルに向きなおると、彼にしか見せないやさしいほほえみを浮かべ、「先生は、カリスマと愛嬌を取り違えてるのね」と言った。

「カ、リシュ、マ？」エイベルは舌を丸め、口蓋の唾液を捉える、慣れない感覚を味わいながら発音した。

「惜しい」母はくすくすと笑い、エイベルの耳を引っぱった。そして、息子には聞こえていないつもりでこう漏らした。「昔、そういう人を知ってたな」

「だれのこと？」とエイベルは尋ねた。

母は顔を赤らめ、耳の先が見たことないほど紅潮した。「なんでもない。だれでもないの。ただの昔の知り合い」

もちろん、もとを辿れば、まさにその反抗心と人々を導きたいという衝動のせいで、収容所での苦難がはじまったのだ。みんなとおなじように従順に線路を敷き、重い資材を一定の速度で運び、おとなしく視界の外に留まっていることはできなかった。日本人はご主人様であり少年たちは奴隷であるという、収容所内にある単純なヒエラルキーをほかの連中が受け入れていることに、エイベルは愕然とした。学校ではエイベルのカリスマ性は祝福され、だれもが彼のあとに付き従ったわけだが、収容所ではそれが裏腹に、ほかの少年たちに恐怖を与えることになった。「おまえのせいで、おれたちみんなが殺されてしまう」早い段階で、ラーマはそう言った。だがカリスマと反抗心もまたほかのもの同様、叩き潰せる。どれほど獰猛で野生化した動物でも、充分に殴り付けてやれば、本来の自分自身のすくみ上がった影のような存在となり果てるのだ。どんな獣でも、黙らせることはできる。エイベルの場合は、甘苦いトディがあればそれでよかった。

「おまえ、変わっちゃったな」劇場でのアキロウとの一件があった翌日、フレディはそう言った。糞の臭いがしていたが、それが自分の臭いだとエイベルが気づいた時には遅かった。思い出せるのは歓声と蹴る音、骨の折れる音までで、その後は甘美な暗闇に呑み込まれていた。

「おれにあんなことができるなんて、どうしてそんなこと考えたんだよ」エイベルはフレディに向かってそう言った。だが口が言うことを聞かず、言葉にならなかった。「ほっといてくれ!」そう言おうと再び力を振り絞る。しかしフレディはただ首を振り、離れたところにいるだれかに向かってうなずいた。一人の少年が駆けてきた。水の鋭い冷たさを感じたかと思うと、ぐしょ濡れになった。その後は、バケツ何杯分もの水が次々と身体を流れ続けた。フレディの指示により、ほかの少年たちが糞を洗い流していったのだ。エイベル自身の糞を。そして彼の中に残っていた最後の自尊心を。

当初エイベルは、アキロウ親方を殺さなかった以上、自分はのけ者にされるのだろうと考えていた。少年たちがやって来て、アキロウ親方にしたように蹴ったり殴ったりしてくるに違いない。そして慈悲を乞うまでやめないのだろう、と。だが現実は、さまざまな意味でもっとひどかった。ある種の傷病兵として、守り、閉じ込め、やさしく扱わなければならない、か弱いものと見なされるようになったのだ。毎朝、目覚めると枕元に食料があった。膀胱を空にしようと立ち上がるたびに何人かがすばやく顔を上げて、エイベルが転ばないように見守った。そして案の定しばしばつまずいたのだが、そのたびに必ずだれかが手を差しのべ、エイベルを引き起こした。以前、その役を担っていたのがフレディだった頃には、友だちの変わらぬ支援を甘受できた。酩酊による気絶から目覚めた時にフレディがいてくれると、心が鎮まりすらしたものだった。フレディの声の心地よさが、自分はまだ大丈夫なのだと思い出させてくれたのだ。だが今では、フレディは副官に囲まれた司令官よろしく、その任務を、収容所にいるすべての少年たちに一任したようだった。ほかの少年たちは、哀れみのこもった視線を向けてきた。エイベルが通りかかると声をひそめ、傷ついた獣をあやすようにしてやさしく背中を叩いた。そういうふうに弱さを剝き出しにしたまま見せびらかすのは、圧倒的なまでの屈辱だった。エイベルは自分の中に沈み込み、身を隠したかった。だがそれと同時に、やさしく身体を叩いてくる慰めの手を、一つ残らずへし折ってやりたかった。

　あのあと少年たちは、フレディの指示によって、バナナの木の傍らにアキロウの死体を埋めたのだった。彼らが囁き交わしている内容から、エイベルはそのことを知った。気まぐれに選ばれた場所ではなかった。多くの仲間たちが、バナナの木は復讐心に燃える女性の精霊に取り憑かれているという言い伝えを信じていた。だから、収容所に生えているバナナの木に近づく少年はほとんどいなかった。死んだ淑女の怒れる霊が飛び出てきて、生殖器を切り落とすと信じ込んでいたからだ。そして死後の世界でも、身体を切断しようと狙う霊に取り憑かれるのだと。それこそアキロウにふさわしい罰だとフレディは考えたのだろう。エイベルは、その手の恐怖は感じなかった。母親は、歴史と科学で息子を育てたのだ。だから、女性の幽霊にまつわる伝承に脅かされることはなかった。そのバナナの木はエイベルにとって、みなから離れられる場所だった。影や孤独や静寂が必要になったり、非難の視線を浴びることなくゆっくりと飲みたくなったりした時に足を運ぶ先だった。それが今や、その木ですらがエイベルを見棄てたのだ。腐敗しつつあるアキロウの死体が地中浅くに埋められている墓の近くでくつろぐなど、考えるだけでおぞましかった。

収容所に配属されている日本軍の士官たちは、少年たちに近づこうとしなかった。エイベルには、彼らがアキロウのことをどう捉えているのかわからなかった。ほかの多くの兵士たち同様、単に脱走したと考えたのか、彼の身に起きたことをうすうす感じ取っていたのか、あるいは事実を承知してすらいたのか。だが真実がどうあれ、士官たちは距離をおき、自分たちの宿舎に閉じこもった。夜になると一人か二人が姿を現し、道の先に明るい未来が待ち受けていることを期待して荷物を担ぎ、収容所を抜け出していった。

日本兵の脱走が続くにつれ、食糧をはじめとする収容所の物資は枯渇し、補給も途絶えた。かつては米袋を積んだトラックが数週間おきに到着した。少年たちはそれを危なっかしく背中に担いで降ろしていたわけだが、バランスを崩して一粒でもこぼそうものならすぐに打ちすえられたものだった。だが、最近ではなにも届かなかった。最初のうち少年たちは、無人になった日本兵の宿舎を漁り、珍しい日本の菓子やはじめて目にする珍味を見つけて喜んだ。素人演芸会のあとみんなで輪になって腰を下ろし、歯触りのいい異国の菓子を一口食べてはうれしそうにうなずいたり、慣れない味に顔をしかめたりしたのだ。しかしやがてはその菓子も底を突いた。厨房係の少年たちの中には、商売をはじめる者もいた。収容所中からかき集めた薬草や植物を売ったのだ。だがおおむねだれもが飢えていた。そして、日本軍による厳格な配給制がなくなると、みながみな次々とお代わりに手を伸ばすようになった。それでたちまちのうちに、食糧の備蓄が危険なまでに減っていった。エイベルはこうしたことのすべてを、自分は参加していないひそひそ話から知った。今では、一日に一食しか取っていなかった。食べる量を減らせば減らすほど、すばやく酔いが回ったのだ。酒だけは唯一、枯渇しそうになかった。日本兵の宿舎では、トディを収めた木箱がいくらでも見つかったからだ。エイベルはその事実に感謝した。

指導者が不在だったこの時期に、フレディが浮上してきた。痩せっぽちでおだやかな口調の、かつては日本兵全員によってたかって殴り付けられていたフレディ。そのフレディがどういうわけか、カンチャナブリ収容所で途方に暮れていた少年たちのリーダーとなった。靄のかかった頭で眺めているエイベルにも、その見事な采配ぶりが見て取れた。フレディは予定表を組んで、常に三人が監視の任に当たるように工夫し、仲間以外の人間が近づいてきた時にはすぐに知らせが来るようにした。最後の日本兵が立ち去る前に、フレディは仲間の一人にトランジスターラジオを盗み出させた。数時間おきに、雑音混じりの日本語が聞こえてきた。日本語のできる少数の少年たちが雑音の中から単語を拾い上げ、可能なかぎり訳していった。「爆弾」、「降伏」、「アメリカ」という言葉があった。

収容所での反応はさまざまだった。

「おれたちは救出されるぞ！」と言う者がいた。

「おれたちは飢え死にするぞ」と言う者もいた。

「ぼくらは忘れられたんだ」とフレディは言った。「つまり、自分たちの面倒は自分たちで見なきゃいけないってことだ」

彼らは議論を交わした。だれもが大声を出し、互いの声が聞こえなくなった。無数の蠅と暑さが唸りをあげ、緊張が高まった。

「食糧がもうなくなるよ」とラーマは言い、悲しげに自分の腹を撫でた。「食糧を手に入れるにはどうしたらいいんだろう」

「土砂崩れがひどくなってる」と別のだれかが言った。「このままじゃぼくらも流されてしまうぞ」

敷くための線路がなくなり、作業がなくなると、収容所での日々は長くだらけたものになっていった。やり場のないエネルギーが、落ち着きなく四方の壁に跳ね返った――恐怖にさらされる日々に慣れ、生き延びる方法を見つけ出すことに懸命だった少年たちは、今や目的を失ったようだった。エネルギーをありあまるほど抱えた少年たちは神経を昂らせ、喧嘩っ早くなった。毎日のようにだれかがだれかを、些細なことでぶちのめした。ちょっとしたことで腹を立て、馬鹿げたことが理由になった――食べ物を盗んだな、なんだその目つきは、ゲームでインチキしただろう。取っ組み合いの深刻度はさまざまだった。ほとんどの場合は青痣をいくつかこしらえる程度の単純な喧嘩に終わったが、時には、だれかが血を流しながら地面に倒れ込み、傷ついて苦しげに息をつくことになった。皮肉だな、とエイベルは考えた。あれだけの生き地獄、あれだけの苦痛に怯えながらいつの日か反乱を起こすことを夢見ていた少年たちが、結局そういう経験をしてきたせいで、日本兵たちの望みどおりの存在と化していたのだから――暴力に屈従させられた人間たちに。

だが、エイベルが自分の身を心配する必要はなかった。哀れみの視線を避けるためにエイベルは飲み、ほかの少年たちはそんな彼に手出しをしてこなかった。これってありがたいことなんだろうな、と彼は考えた。もはやエイベルは、だれとも闘える状態ではなかったのだ。だが時には、だれかが小突き回してくれたらいいのに、と願うことがあった。どうせ喧嘩の相手にはならない、相手にするには壊れ過ぎている。みなに避けられているということは、そう思われていることを意味したからだ。

⁂

「おまえが必要なんだよ」ある朝、フレディがおだやかな声でそうエイベルに話しかけた。朝の早い時間で、どこかで雄鶏が啼いていた。空はまだ暗く、オレンジ色の輝きははるか彼方にあった。太陽はエイベル同様、自分の身体を持ち上げることができずにいたのだ。エイベルは宿舎の外に座っていた。背中は、積み上げられた木切れで支えられているばかりだ。今やエイベルは、狩り立てられている獣のようになっていた。みなに見つかりたくない一心で、建物の中や下、そして周辺に身を隠していたのだ。だがもちろん、フレディには見つけ出された。

「あっち行けよ」とエイベルは言った。お説教はいやだったし、必要でもなかった。フレディの顔を見ると、恥ずかしさが全身を駆け巡り、吐き気がした。

「話し合う相手が必要なんだよ。どうしたらいいのか、ぼくにはわからない。計画を立てなくちゃ。ぼくらは窮地に陥ってると思うんだ」

フレディの口調は落ち着いていた。だがその目が、かつては心を鎮めてくれた青色の瞳が、その声にある安定した倍音の響きを裏切っていた。珍しく、視線がせわしなくあたりに走り、虹彩の背後には、百人近くの少年たちに対する責任からくる不安感が透けて見えた。

「おまえがあいつらの面倒を見てやる必要なんて、ないんだぞ」とエイベルは不機嫌そうに言った。「だれかが死んで、おまえを収容所のイエスにでも据えたのかよ?」

フレディは、ぎょっとしたように身をすくめた。「おまえいったいどうしたんだよ。なんで……こんなふうになってしまったんだよ?」

「こんなふうってどんなふうだよ?」と問い返したかったが、エイベルはもはや、フレディにどう思われても気にならなかった。そこでボトルから一口含み、空っぽの胃の中を滑り下りていくトディを味わった。なめらかな、焼けるような感触だった。ぴかぴかと輝く黄金の道が身体の中から延びていくさまを、エイベルは思い描いた。

だがフレディはそこで口をつぐみ、エイベルは激怒した。だれもが自分を守ろうとしてくれる状況にはうんざりだった。そのうえフレディは、身体だけでなくこちらの気持ちまで守ろうとしている。それが耐えられなかった。守ってもらう必要などないのに。ましてや、痩せっぽちのフレディなんかに。

「こ、こ、こんなってどんなだよ?」エイベルはそう尋ね、自分の声の大きさと明瞭さに驚いた。フレディには罵倒させておけばいい。思い知らせてやる。

「ここを出なくちゃ」とフレディは言った。ほとんどため息のような声だった。「手遅れになる前に」なにが手遅れになるんだよ?とエイベルは思った。だれにとっての手遅れだよ?　だが考えをまとめた頃、フレディはすでに歩み去っていた。

⁂

それから数日のあいだ、少年たちは活発に動き回った。そして言うまでもなく、フレディはそのすべての中心にいた。エイベルは信じられない気持ちで彼らの姿を眺めた。ほんの何日か前まで殴り合っていた連中が整然と列を成し、流れ作業をこなしていたのだ。山積みにされた物資が一つずつ詰め込まれ、補給物資のバッグができあがっていった。その中には食糧と水、それからエイベルの見るところ包帯として使うとおぼしきぼろ切れ、それ以外にもよくわからないものがいくつか入っていた。

フレディはこの場所の支配者であるかのようにのしのしと歩き回り、作業を監督した——このバッグにはもっと詰めて、もっと早く手を動かして、必要なものだけだぞ、早く出発しなくちゃいけないんだ、などなど。

「なにが起こってるんだ?」エイベルは、ヴェールーにそう尋ねた。彼は、自分のバッグにアコーディオンのようなものを押し込んでいるところだった。

「ここを出ていくんだ。早く出発しなくちゃって、フレディが言ってる」

出発か、と考えて、エイベルは苛立った。先に思いついたのはおれだぞ。一週間前のことだ。日本軍に対して反乱を起こし、ここを出て家に帰るべきかもしれないと思案したのは。だが酔っ払いの智慧などものの数には入らない。おれも手を貸すべきなんだろうな、とエイベルは考えた。ここを出なければならないということは、基本的に異論はなかった。いつ何時、日本軍の戦車が現れて柵を押し倒し、みなを撃ち殺すかもしれないという点についても同様だ。なにしろ、少年たちはもはや不要な存在なのだから。しかし最近では、立ち上がるという基本的な動作をしただけでも目眩がした。時折、間違った場所を選んで一日を過ごしていると、知らないうちに作業場所の真ん中にいることもあった。少年たちはエイベルを避けながら補給品を運び、大声でおしゃべりをした。その騒音が脳を刺し、頭が痛み、エイベルを苛立たせた。時折だれかが「なあ、頼むよ」と呟き、エイベルの脇の下に手を入れてその身体を持ち上げ、人々の動線から外れた場所に移動させることもあった。とはいえほとんどの場合、みなはエイベルの存在を無視した。酩酊状態で不平を漏らしている者は、作業の使いものにならない。だから不可視の存在になったというわけだ。

おおわらわで荷造りを進めて二日目のこと、ラーマがずり落ちたズボンを押さえながら屋外便所から飛び出てきた。手には、それまで耳を傾けていたトランジスターラジオがあった。

「裕仁天皇がマラヤを明けわたすぞ！」と叫ぶラーマの声が、収容所中に響きわたった。

真剣な声がいくつもあがりはじめた。「どうする？　どこに行く？　救出されるかな？　だれが救出してくれるんだろう？」

息詰まるような空気が、収容所全体を満たした。そしていつものように、パニックが高波のように押し寄せようとしたその瞬間、理性の声があがった。

「明日、出発しよう。荷物はもう充分だ」フレディの声は低くおだやかで、少年たちの心は鎮められた。言葉尻に震えを聞き取ったのは、エイベルだけだった。

第二十一章

ジャスミン

ビンタン地区（クアラルンプール）

1945年8月29日

日本占領下のマラヤ

ジャスミンがフジワラ将軍のもとで暮らしはじめて十三日目、ユキは手押し車の待ち合わせ場所に現れなかった。その日の午後早い時間帯に、ジャスミンは将軍宅をこっそりと抜け出し、スキップをしながら〈ようこそ〉の看板まで道を歩いてきたのだった。そこはいつもよりにぎやかで、熱に浮かされたようだった。高らかに軍靴を鳴らしながら歩き回っている兵士の数も多かった。だがジャスミンは、そんなことは気にもしなかった。自分の存在になどだれも気づかなかったし、気づいたとしても関心を寄せる者はいなかったからだ。ジャスミンはすぐに、手押し車に掛かっているシーツの様子がいつもと違うことに気づいた。片方にずれて、内側の鮮やかな青色が露わになっていたのだ。ジャスミンは笑い声をあげ、シーツの中に勢いよく飛び込んだ。ユキはそこに隠れていて、わっと飛び出て驚かすつもりに違いないと踏んだのだ。だが、シーツはただうつろにはためいて地面に落ちた。ジャスミンは手押し車によじ登り、待った。ユキはただ遅れているだけなのだろうと考えたのだ。もう間もなくやって来るはずだと。ジャスミンは、ユキがいつもしているように手押し車をシーツで覆い、湿った温かい空気に包まれながら身体を丸めて眠りに落ちた。心配はなにもない。ユキは帰ってくる。

「ミーニ、ミーニ」

ジャスミンの目がパチリと開いた。口を大きく開けて欠伸《あくび》をすると、暑くて喉が渇いていることに気づいた。舌が口蓋にへばりついた。「ユキ？」

ユキは手押し車の中にいて、ジャスミンの目の前で背中を丸めていた。その両腕には、大きなミミズ腫れがいくつも浮き上がっている。

「痛い」ユキはただひと言そう言った。両目から涙がこぼれ落ちる。身じろぎするとナイトガウンが持ち上がり、ユキの左腿に走るギザギザの切り傷がジャスミンの目に入った。

ジャスミンは友だちから顔をそむけた。耐えられなかったのだ。「どうしたの、ユキ?」

「今日、おじさんにぶたれたの」

ユキはジャスミンにもたれかかり、両腕で抱きついた。

「いっしょに逃げよ?」ユキはジャスミンの腕の中ですすり泣いた。「すごくこわい」

二人はひしと抱き合った。ジャスミンの心は、ユキの身体とおなじくらい傷ついていた。


その日の午後、将軍の屋敷に辿り着いた二人の少女たちは、気づかれずに忍び込むことができた。奥のほうにいるハウスボーイが、すり鉢とすりこぎでなにかを叩き潰している音がジャスミンの耳に届いた。夕食のための、生姜か生唐辛子《チリ・パディ》かなにかだろう。すりこぎの丸みを帯びた先端部が鉢を打つリズミカルな音が、ジャスミンには心落ち着かせる鼓動のように感じられた。このようにしてユキを将軍の家に連れ込むのは、おそろしくてしかたがなかった。将軍のいやがることをしているとわかっていたし、将軍がユキのことを気に入らないだろうということもわかっていたからだ。だがこうするほかなかった。ユキのすすり泣きには耐えられなかったし、どれだけ変な顔をしてみせても、冗談を言っても、くすくす笑いをしても状況は良くならなかった。とにかく、死んだ目の少女たちと半裸の兵士たちがいる悪い場所からユキを遠ざけたい一心だったが、ほかに行ける場所はなかった。ここまでの道のり、ユキは黙ったままだった。ジャスミンにもたれかかり、とぼとぼと歩くだけですべての力を使い果たしてでもいるかのように荒く息をついた。はじめていっしょに走った時とは大違いだった。あの時は、追いつくので精いっぱいなのはジャスミンのほうだったのに。ユキの腫れた目からの出血は止まっていたが、青痣が盛大に広がりはじめていた。その顔を見るたびに、ジャスミンは身のすくむ思いがした。

二人で将軍の家に入ると、ユキはあたりを見回して衝撃を受けた。「この家、ものすごく大きい!」と彼女は囁いた。「あんた、ここに住めるの?」

「シーッ!」ジャスミンは怯えた。ハウスボーイに聞かれてしまう。

二人は手に手を取り、忍び足でジャスミンの部屋へと向かった。戸口に立ったユキは目を見張った。はじめて将軍に案内されてこの部屋に入った時に自分が感じたのとおなじ畏敬の念が、ユキの顔に浮かんでいることにジャスミンは気づいた。姉といっしょに使っていた薄いマットレスしか知らなかったジャスミンは、分厚いマットレスの載っている頑丈な四柱式ベッドが備わっていることに驚嘆したものだった。これほど大きなものは見たことがなかったのだ。シーツの中にもぐり込みながら、妖精たちが雲のあいだを飛ぶ時はこんなかんじなのかな、と考えたことをおぼえている。それから深い眠りに落ち、朝起きた時には顔面が皺だらけになっていた。

二人はベッドによじ登り、ユキは鳥の羽のように両腕を広げて横になった。ユキの汚れた首や手首、そして顔の切り傷から出た血が、シーツに小さな茶色の点を残していることに、ジャスミンは気づいた。細菌のように無数の染みが広がっていた。ジャスミンは顔をしかめたが、なにも言わずにユキの隣に横たわった。

「ずっといっしょにいたい」ユキは、ジャスミンの髪の毛に向かってもごもごと囁いた。

ジャスミンは唇を噛んだ。こうなることをおそれていたのだ。将軍の家のすばらしさを目の当たりにしたら、ここに残りたいと言い出すのではないかと。

「どうかなあ」とジャスミンは口ごもった。

「将軍に訊けばいいんだよ！　この家にはこんなにたくさん部屋があるんだもん！」世界一良いことを思いついたような調子で、ユキは声を張りあげた。「そしたら毎日いっしょに遊べるよ！」

その会話に、ジャスミンは胃を締めつけられる思いがした。ユキのことは大好きだった。嘘偽りなくそうだった。ユキは自分の一部みたいなものだ。いっしょにいる時には完璧な自分になれるけれど、離ればなれになると自分の中にぽっかりと欠けたものがあるように感じられる。風に吹かれた本のページが、ばらばらになって飛んでいくのにも似た感覚だった。しかも、ユキが暮らしている場所ではなにか悪いことが起きていることもわかっていたから、助けたいという気持ちもあった。自分の一部なのだから、ユキを救い出さなければ。だが同時に、顔に傷のあるユキの存在を、将軍が喜ばないこともわかっていた。将軍は他人を家に招き入れたくない人で、ジャスミンだけは特別なのだ。将軍が泥を嫌い、無秩序を憎んでいることも知っていた。軍服に染みがついているのを見つけて、ハウスボーイを叱りつけているのを見かけたことがあった。その夜、ハウスボーイは何時間もかけて軍服を擦り洗いし、シャッシャッという水の音がジャスミンを眠りへと誘ったのだった。

ユキを会わせたら、彼女の臭いや泥汚れ、それに大声のせいで、ジャスミン自身まで嫌われるのではないかとこわかった。将軍のお気に入りではなくなってしまったら、お話を聞かせてくれなくなるだろう。そうしたらこの大きな寝心地の良いベッドは自分のものではなくなってしまう。そうなったらどうしたらいいんだろう？　どこに行ったらいいんだろう？　将軍にいろんなことを説明するには時間がかかる。ユキをここに置いておくわけにはいかない。ベッドとこの家から出させて、あのこわい場所に送り返さなきゃ。でもそれはあとで考えればいい。ジャスミンはひとまずユキの手を掴み、蚊帳を指差した。ハウスボーイの手によって、二人の頭上に丁寧に吊されていたのだ。網は、不規則な模様を描いていた。「ユキ、あれなんに見える？　わたしは、象のおしり！」

ユキはきゃっきゃっと笑い、目を閉じた。そして何分も経たないうちに寝入り、間もなくジャスミンもまた、眠りに落ちかけている自分に気づいた。ユキの脂じみた髪の麝香《じゃこう》を思わせる匂いが、二人を守るように包み込んだ。

第二十二章

セシリー

ビンタン地区（クアラルンプール）

1938年

7年前、イギリス統治下のマラヤ

先に生まれたのは、セシリーの茶色くて毛が生えていない赤ん坊だった。暑く晴れわたった一月の午後、産婆に赤ん坊を手渡されたセシリーは、小さな女の子の赤い顔を見つめて、その子の血筋を見きわめようとした。布にくるまれた子どもをあちらへこちらへと傾け、娘の血に混ざり込んだわずかなフジワラの痕跡がないかと探した。わからなかった。そもそもわかるはずもない、とセシリーは考えた。リーナは、家の中に飛び込んで来てゴードンをひどく苛立たせた。彼女自身が臨月を迎えているにもかかわらず驚くほど軽い足どりで、押しのけるようにして産婆の脇を通り抜けたのだ。

「なにしに来たんだい?」ゴードンはむっとして尋ねた。社交界でリーナに着せられた汚名が、わが家に及ぶのではないかとあいかわらずおそれていたのだ。

「セシリー! かわいい女の子だこと、この子の顔を見てちょうだいな」とリーナは甘い声をあげた。それを見てセシリーはほほえんだ。フジワラが去って以来、かつてのリーナと変わらぬ様子で喜びを露わにしたのは、はじめてのことだった。「この子の名前はどうするの?」赤ん坊のむっちりとした腕をしなやかな指で押しながら、リーナは尋ねた。

「僕の母の名前をつけようと考えてるんだ」ゴードンはそう言いながら、リーナを押しのけるようにして赤ん坊に手を伸ばした。「アガサ。短くアギーと呼んでもいい」

「ダメ、ダメ、ダメ」ゴードンの背後にいるリーナは、口のかたちだけでそう伝えた。ぐったりと消耗していたセシリーだが、くすくすと笑った。彼女もその名前が気に入らなかったのだ。茶色い赤ん坊がおくるみの中でもぞもぞと動き、リーナは忍び笑いを漏らした。「ほらね、この子もいやだって」

ゴードンが踵を返すと、リーナはそうセシリーに囁いた。

騒ぎにうんざりしたゴードンは、部屋を出ていった。リーナは自分の身体を持ち上げ、セシリーのベッドに横になった。

「あなたの子はどうするの?」とセシリーは尋ねた。

「そうね、もし男の子だったら、ビングリーはアストンって呼びたいんだって」リーナが現在形を使ったことに、セシリーは気づく。まるでフジワラがまだ姿を消していないかのように。

「アストン? イギリスの自動車みたいに?」

リーナの顎が震えた。「最近は」と彼女は囁いた。「女の子だったらいいのに、って思う。わからないの、わたしにできるか――男の子を育てられるか……ひとりだけで」

セシリーは薄い毛布の下で手を伸ばし、リーナの手を撫でてから握った。

「ごめんなさい……」リーナは、セシリーの手をきつく握り返した。「今日はあなたの日。わたしのことなんかどうでもいいわ」

空気が静止した。セシリーの赤ん坊が小さな小さな咳をし、リーナの表情がゆるんだ。身じろぎする赤ん坊を見つめるその瞳も、やわらいだ。

「花の名前はどう?」とリーナが言った。「ローズは?」

セシリーはその名前を頭の中で転がした。「威圧的過ぎるわ」

「リリーは?」

「学校にリリーっていうお高くとまった女の子がいたの。大嫌いだった」

リーナはくすくす笑った。「嫌われて当然の子だったんでしょうね」

「ジャカランダはどう?」とセシリーが言った。

「ぜったいにだめ」リーナが応える。「あなた、こういうことにぜんぜん向いてないのね! わたしがいて運が良かったわよ」
やがて遠くで、太陽が静かに沈みはじめた。それでも二人は横たわったまま、お互いに、そして赤ん坊に向かって囁きかけるのをやめなかった。その瞬間だけは、なにもかもが以前のままのように感じられた。そしてもしかするとなにもかもうまくいきそうな、そんな気がしたのだった。

リーナの赤ん坊は、五日後の真夜中に生まれた。その日は新月にあたり、夜空に月は見えなかった。産婆から、不安を感じさせるそっけない書き付けが届いた。それを受け取ったゴードンは怒り、声を張りあげて反対した。「夜遅過ぎるよ。ご近所の噂になってしまう。頼むから朝まで待ってくれないか」
だがセシリーは取り合わなかった。破り取った紙切れに不揃いな文字で走り書きされたその書き付けには、どこか人を怖じ気づかせるところがあった。

奥さまがお呼びです。

セシリーが到着すると、チャン家の屋敷は不気味なほど静まりかえっていた。頭上で情け容赦なく光っている白い明かりが、彼女の腕の毛穴に反射した。
「ご家族ですか？」産婆が寝室から姿を現した。小柄な女性で、両頰を除く全身が乾燥しているように見えた。脂ぎった頬にできたにきびに、明かりが無情にも反射していた。「ご家族ですか？」断固とした調子で、彼女が繰り返した。「ご家族を呼びにやったつもりです」セシリーは首を振った。「ご家族はいらっしゃいますか？」と産婆は重ねて尋ねた。

セシリーは視線を逸らした。この女性の立ち入った質問に、真正面からは返答したくなかったのだ。「友だちです。親友なんです。なにがあったんです？　なぜわたしを呼ぶ必要があったの？」

脂ぎった産婆は、無言のまま くるりと踵を返した。セシリーはそれを、ついてくるように、という意味に受け取った。

リーナの寝室は、血と汗と消耗の匂いがした。ほんの数日前の自分の寝室とよく似ていたが、それでも臭気に打たれてたじろいだ。あらゆるものに浸み込んでいるようだった。セシリーは吐き気をもよおすと同時に、狭い空間に閉じ込められたようなおそろしさを感じた。

リーナの頭は、毛布の海から突き出ているように見えた。髪が顔面にへばりつき、汗で輝いている。目は閉ざされていた。近づいていくと、リーナの顔がみじめに血の気を失っていることに気づいた。ひび割れた唇は青みがかっている。

「終わったの？　赤ちゃんはどこ？」とセシリーは言った。

鼻を突く臭気に満ちた部屋の中でなにかが軋み、セシリーははっとしてあたりを見回した。すべてがあまりに静かだった。自分の子が生まれた時は、家の中はてんやわんやの大騒ぎだった。狂乱状態のエネルギーが空中を飛び交い、セシリーの叫び声と陣痛の合間に、家族はそれぞれに最新の情報を求めて声を張りあげた。だがリーナの住むこの輝くように白い家では、静寂の中でひりつくような感覚がすべてを呑み込み、あらゆる輪郭をぼやけさせていた。

「なにかあったの？」とセシリーは繰り返した。

産婆は、身ぶりで若い女性のほうを指し示した。するとその女性は、布の包みをセシリーに手渡した。赤ん坊へと手を伸ばした時、女性の手をセシリーの指先がかすめた。ひんやりとべとついていた。彼女はセシリーと目を合わせようとしなかった。

生まれたての女の子の顔は、潰れているように見えた。まるで片側だけが膨らむことを忘れなかったかのように。もう片方はへこんでいて、そこに畝《うね》のような線が走り、まだらになっていた。赤ん坊はおくるみの中で身体を動かし、閉じていた目をしばたたかせた。傷がついている側の目玉は、飛び出たようになっている。

両脚の力が抜けかけて、セシリーは椅子に腰を下ろした。「いったいなにをしたの？」彼女は産婆を問いただした。「こうなったのは、あなたのせいなの？」

「その子は窒息しかけていたのです」と産婆は言った。声は低く、震えていた。「彼女はご主人を待ちたいと言い張りました。どうしてもと。そのために、自分で子どもを体内に留めておこうとしたんです」

「この人のせいだと言いたいわけ？」セシリーは、自分の目が閃光を放つのを感じた。この錆臭い部屋の中で声を張りあげるわけにはいかない、と全力で自分を抑え込んだ。背後で、リーナが身じろぎした。

「赤ん坊を取り上げるために、鉗子を使わざるを得ませんでした」と産婆は言った。

「そのせいで顔がこうなったの？　それとも生まれつきこうだったの？」セシリーは問い詰めた。この子が中にいる時からだめになっていたのかもしれないと考えると、おそろしかった。まだ生きはじめてもいないうちから、人生の悲しみに焦がされていたかもしれないとは。

脂ぎった産婆は、セシリーの質問を無視した。「手は尽くしました。出血が多過ぎたのです」

「待って、それって――?」セシリーはベッドの端に腰を下ろした。指先でリーナの疲れ果てた顔を撫で、その頰の熱さに息を吞んだ。そして、自分が呼び出された理由を理解した。顔の変形してしまった子どもではなく、リーナのためだったのだ。

「あとどのくらいもつの?」セシリーは心を鬼にして、声の震えを抑えた。

産婆は顔をそむけた。わが身を守ろうとするかのように、両肩をちぐはぐに持ち上げている。「もうあまり長くはありません」

「セシリー、あの人、来てくれなかったの」ベッドの上でリーナが囁いた。「来てほしかった。そう祈った。来ないだろうってわかってたけど、でも――祈るくらいいいでしょう? 希望を持とうとしたの。この子のために」

「シーッ」とセシリーは言った。布にくるまれた赤ん坊をリーナに手渡しながら、なにもかもの痛ましさに心臓が張り裂けそうだった。リーナと傷ついた子どもは、巻き添えになった被害者だ。これほど悲惨なことはない。

リーナはその子の、なめらかで無傷でクリームを思わせる、光沢のある側の頰を撫でた。

セシリーは戸口へと突進した。「リーナ、あなたはここにいて。ほんもののお医者さんを連れてくるから。こんな状態のあなたを放っておくなんてできない」

「だめ」とリーナが囁いた。「こっちに来て。お願い」

セシリーはベッドに戻り、リーナの頰に手を当てた。乳白色の肌と褐色の肌との対比は、はるか昔、リーナが自分の手で包み込むようにしてセシリーの手を取り、そのままパーティー会場を引っぱりながら導いてくれたあの時のことを思い出させた。なに一つ恥じることなく、足を踏み入れる部屋の空気を片端から明るくしていくようだったこの女性に、感嘆したあの時の自分の気持ちが蘇った。

「行かないで。この子たち、姉妹になれるかもしれないんだから。ここに来て、名前を考えましょう」リーナは弱々しくそう言い、ベッドの清潔な部分をぽんぽんと叩いた。そしてためらう友だちの姿を見て、こうつけ加えるのだった。「セシリー、いまだにあの子のことを〝赤ちゃん〟って呼んでるなんて、どういうつもり？　もう五日が経つのよ」リーナはくすくすと笑い、それだけで疲れ果てて目を閉じた。「お願いだからここに座ってちょうだい」

セシリーは涙でいっぱいの目をしばたたかせた。いつの間に頰を伝いはじめていたのだろう。「デイジーは？」彼女は小声で呟いた。

「イギリスふう過ぎね」赤ん坊の頰を撫でていたリーナの手が、これ以上は続けられなくなったというように力なく毛布の中に沈んだ。

「ヒヤシンス？」とセシリーが言う。

「あなたは——」リーナはゆっくりと苦しげに呼吸をしていた。「娘をロマンス小説作家にしたいの？」それでも彼女はかすかな笑みを浮かべた。それは、耐えがたい苦しみに満ちたこの部屋に差し込む、一条の陽光だった。

セシリーは激しく目をしばたたかせた。涙のせいでなにもかもがぼやけていた。心臓を切り裂かれるようなすさまじい痛みに全身が震えた。「ジャスミン？」

「ジャスミン」とリーナは名前を発音してみる。「気に入ったわ。静かだけど、太陽のような香りを放つ花。この……名前に決めなさい」それから彼女はセシリーの手を掴むと、指が痛くなるほどきつく握りしめた。「疲れちゃった。セシリー、お願い。あの人が帰ってくるまでこの子のこと見ててね」

❖

死は、セシリーが予期した以上に時間をかけてやって来た。数時間のあいだ、産婆と恐怖におののく助手と三人で、交替しながら看病を続けた。次第にゆっくりとした呼吸になり、やがてリーナは意識を失った。青ざめた貝殻のように横たわったまま、何時間も身じろぎ一つせず、しゅうしゅうとかすかな呼吸音だけをたてた。それも徐々に小さくなっていき、ついに産婆はぐったりとしたリーナの手首を持ち上げて脈拍を確認すると、臨終を告げた。その緩慢な死には、どこか見ていられない許しがたいものがあった——まるでリーナの魂が抜け出ていき、最終的には恥辱だけが完全に剝き出しになって残るのを、三人揃ってただ眺めていただけというような感覚があった。

「もしご家族でないのなら……」と産婆が言った。一人の人間をともに看取らざるを得なかったことから親密さが生まれたことで、その声は当初よりもやさしく響いた。「赤ん坊はどうしたらよろしいでしょう？」

もはや取り繕う必要はなかった。リーナとフジワラの狭間にあった、半端な真実でできたぐずぐずの世界で生きる必要は、もはやなかった。自分自身を二つに引き裂く必要はもうないのだ。決断の時だった。部屋はじっとりと汗をかいていたが、セシリーの心は決まっていた。この部屋に足を踏み入れ、崩壊の臭いに鼻を突かれた瞬間からわかっていたことだ。何年も前に、白い月の下で、輝ける新しい世界を築きたいとフジワラに告げられたまさにあの瞬間から、決まっていたことだった。

「どうしましょう？」産婆はそう言いながら、ベッドの上から布の包みを持ち上げた。

セシリーは壁のほうを向き、剝がれかけの白いペンキをつまんだ。傷ついた顔の女の子とおなじ色だった。それから、産婆にうなずいてみせる。「わたしは家族じゃないの。自分の子どもを三人抱えてる。手続きをしてちょうだい。別の手続きを」

こうするほかなかったの、とセシリーは考えた。その背後で、傷ついた顔の赤ん坊が楽しそうに小さな声をあげた。

第二十三章

セシリー

ビンタン地区（クアラルンプール）

1945年8月29日

日本占領下のマラヤ

一九四一年一二月に日本軍がやって来た当初、ゴードンは反抗的な姿勢を崩さなかった。ビングリー・チャンとして知っていたあのかんじの良い貿易商が、進駐する日本軍の将軍であったという事実に衝撃を受け、立ち直れなかったのだ。軍用車列が町中を通り抜けた時、はじめゴードンは表に出ることを拒んだ。丸い籐椅子に身体を押し込んだまま、断固として「いやだ」と言い張ったのだ。「あの二枚舌の悪党に頭を下げるなんてごめんだ」

時の支配者には恭順の意を示すべき。なにも跳び上がって喜ぶことはないけれど、あなたにも自分と家族の将来を考える義務がある。最初のうちは辛抱強く、その後は怒りを込めて、そうセシリーに諭されてようやく、ゴードンは玄関口に立つ妻の横に並び、近づいてくる行列に視線を向けることは拒んだまま地面を見つめたのだった。

その後は何週間ものあいだ、ゴードンは元同僚たちと互いの家に集まり、たくわえていたウィスキーの残りをすすりながら、イギリスが日本軍からマレー半島を取り戻すための作戦について知恵を絞り合った。

「日本軍は軍艦を持っていない。だから、洋上から接近すべきだ」隣家のアンドリュー・カルヴァーリョはそう主張した。

「英国王室にとって、われわれは大切な存在さ。野蛮人の群れに囚われたまま放っておくわけがない！」リンガム氏はそう言った。

「事実、これは信頼できる筋から聞いたことなんだが、MI6は諜報員を送り込んでいるんだ。日本軍を内側から粉砕するためにね」タン氏は、大声を張りあげて自信たっぷりにそう話した。

諜報活動のことなんか知りもしないくせに。セシリーは意地悪く、そう考えた。

だが、ウィスキーの残りが少なくなるとともに食糧も不足しはじめ、いっしょに働いていたイギリス人たちは次々と捕らえられてチャンギ刑務所へと送り込まれていった。そうなると男たちは、次は自分の番ではないかと怯えるようになった。内通の疑いをかけられた者たちが、残忍な拷問を受けているという話も伝わってきた。ゴードンにとって最後の一撃となったのは、公使ルウィシャムのもとに日本兵たちがやって来て、豚のように後ろ手に縛り上げた彼を、屋敷から連れ去ったという出来事だった。あれほど崇拝していた白人が、下着一枚で命乞いをする立場にまで堕ちたのだ。その場面を目撃したゴードンの唇が苦痛に歪むのを、セシリーは見つめた。それからの日々、以前はどうやっても黙らないほどおしゃべりだったゴードンが、なにか言いかけては途中で口をつぐむようになっていった。

実際、数年が過ぎるうちにセシリーもゴードンも変わった。セシリーの変化は、気まぐれな行動に顕れた。けたたましいおしゃべりをとめどなく続けたり、突如として活動的になって突風のように家の中を動き回り、料理や掃除や繕いものをしたりした。そして耐えがたい闇に呑み込まれるのを感じると家事を投げ出し、家庭生活の残り滓《かす》をほったらかしにした。生焼けの肉を油の中に放置し、汚れものを洗いかけたまま手桶の中に残し、野菜の漬物が入った瓶には蓋もせず、蟻がたかるまま放っておいた。

最悪なのは、逆上することだった。身体の中で怒りがふつふつと煮え立つのが自分でもわかった。渦巻く怒りは胸の中で大きくなっていき、そのすさまじい圧力に爪先や耳が熱くなった。どうにか制御して押し戻そうとするのだが、それは金切り声をあげながら、出口を求めて全身を駆け巡った。だから、セシリーは怒りを解き放った。自分がどれほどひどい言葉を吐いたのか、思い出せないことすらあった。ただ、ゴードンや子どもたちの顔に刻みつけられた苦痛の痕跡を目にした時の、膨れあがるような満足感だけが残っていた。それでいて、彼らの悲しげな表情が忘れられず、その後何日間も寝込むことになった。配給食糧を受け取りに行ったゴードンが牛の睾丸しか持ち帰れず、エイベルが男の子らしくにぎやかな笑い声をあげた時もそうだった。自分の声が頭の中で響きわたるほどの大声を張りあげたセシリーは、わが子の顔を痛みとショックの色が染め上げるのを見た。その夜遅くなってから目を覚ました彼女は、眠っている息子のところまで歩いて行き、その整った無邪気な顔にかかる縮れ毛を払いのけてから、自分ひとりでは抱えきれなくない苦しみに泣いたのだった。家族にどう説明すればいいのかわからなかった。自分が怒るのは彼らの振る舞いのためではなく、今の現実をもたらすために自分が手を染めた行為のせいなのだということを。

セシリーが怒りで膨れあがる一方、ゴードンは萎んだ。顎の下や腕の下など、以前はふっくらしていたところの皮膚がたるんでいった。だがそれにも増して萎んだのは、その人格だった。ゴードンは、それまでの暮らしを支配していたイギリスの植民地行政府と社会の中で、階層を上りつめることだけを考えて生きてきた男だった。だから、そうしたものがなくなると錨を外されたようになった。それでもセシリーとは異なり、ゴードンは務めを果たした。毎日、配属された板金工場にきちんと向かい、夕方には両手を傷だらけにして、配給された肉を一袋持ち帰ったのだ。とはいえ、その様子はまるで、体内にあるスイッチが切られたようだった。二人で使っていたベッドから退き、寝室の片隅に敷いたマットの上で身体を丸めた。何事にも心を動かされなくなったようで、目には暗い影が落ちていた。ほんのつかの間のことに過ぎなかったが、それでも唯一ゴードンをこの世界につなぎ止めたのはジャスミンだった。いつでも巧みに父の膝に這い上がると、調子外れの鼻歌を歌ったのだ。するとやつれてうつろなゴードンの顔にかすかなほほえみが浮かんだ。だから、ジャスミンが家から逃げ出すと、ゴードンは存在しなくなった。明かりが完全に消されたのだ。

医者は首を振っていた。「もしかすると」ジュジューブに向かってそう話しかけた。髪の毛をぼさぼさにして下着も着けていないセシリーに、視線を向けないようにするためだった。「これがいちばんいいのかもしれません。お父さんにとってはこのほうが楽なのです」

咳がはじまった当初は、ゴードンも肺結核による消耗を心配し、口に当てた掌やハンカチに血がついていないかを確認したものだった。だが咳に慣れてしまうと、口を覆うのをやめた。咳の発作から喘鳴《ぜんめい》がはじまり、最終的には浅速呼吸《せんそくこきゅう》の状態に達するまで放っておくようになったのだ。しばらくすると、ゴードンの咳の響きは、子どもたちの声と同様、この家の日常の生活音となった。

ジャスミンがいなくなって十日が過ぎた時、ゴードンはひどい喘鳴を起こし、唇が紫色になった。もともとゴードンは学究肌で、事務作業や数字を扱う仕事に向いている人間だった。それが板金工場での労働に身体を蝕まれ、かつてセシリーを苛立たせた、ぽっちゃりとしてもったいぶった男の面影はどこにもなくなっていた。その代わりに姿を現したのは、疲れ切り、ひっきりなしに咳き込む亡霊だった。そして、ゴードンは昏睡状態に陥った。あまりに事もなげで、ひっそりとしていた。こんなに地味で目立たない出来事になるなんて、この人らしくもない、とセシリーは考えた。

「どういう意味ですか?」いつでも几帳面なジュジューブは、そう問い返した。医者の言葉に正確さを求めたのだ。

　セシリーは、娘が涙をこらえてごしごしと目を擦るのを眺めた。両親とは異なり、ジュジューブはだめになっていなかった。たったひとりでこの家を支えていた。食糧を確保して食卓に載せるのはジュジューブだった。父親が目を覚まさないとわかり、医者を呼びに行ったのはジュジューブだった。いまだに毎日ジャスミンを探しに出かけているのもジュジューブだということを、セシリーは知っていた。長女に手を差しのべて抱きしめたかった。あなたはまだ子どもなんだよ、だめになってもいいんだよ、感情を抱いてもいいんだよ、と思い出させてやりたかった。だがセシリーは自分を抑え、両腕を下ろしたままこらえた。ジュジューブの悲しみは、ほかのすべてとおなじくセシリーの犯した過ちがもたらしたものなのだ。どれだけ慰めてやったところで、なんの意味もない。

「お父さんの肺はきちんと機能していないのです。このほうが苦しみが少なくて済みます。帰るべきところに戻り、ゆっくりと休むことができるのですから」医師は、ジュジューブにそう答えながら、二本の指で髪をかき上げた。言うまでもない明白なことを、言葉にする気はないのだ。七年前のリーナとおなじく、無辜《むこ》の者が今再び目の前で、自分ではそうと知ることもなく、セシリーの目からするともはや無意味なものとなった大義のために、自らの命を譲りわたそうとしているのだと、彼女は悟った。

「父は……もう助からないのですか？」ジュジューブは、目をしばたたかせながらそう尋ねた。

「そうよ」セシリーがそう口にするのと同時に、「せめて――できるだけ楽にしてあげましょう」と医師は応えた。

　そうして医師は、二人の女性の目を見ることなく、悪臭を放つ窮屈な家からそそくさと立ち去った。

昏睡状態のゴードンは、土気色の顔を枕に包まれたまま、開いた唇のあいだからひゅうひゅうと音をたてて不規則な呼吸をしながら、安らかに眠っているように見えた。たぶん、ほんとうに心安らかなんだろう、とセシリーは考えた。この人と入れ替わりたい、と願った。かつては五人いた家族が、今や二人だけ、ジュジューブと自分だけになってしまったというおそろしい事実を、消し去ってしまいたいと切望した。

「どうしてこんなことになってしまったの?」ジュジューブが囁いた。今回はすばやく目元を擦ることもなく、涙がぼろぼろとこぼれ落ちた。

セシリーは、すべてを認める言葉が喉元まで出かかっているのを感じた。長く退屈な裏切りの物語が、身体の中から飛び出てきそうだった。娘の悲しみに追いつめられ、なにもかもを打ち明けたいという衝動に駆られていた。舌の先を前歯で捉え、噛みしめる。血の味がした。だめ、とセシリーは自分に言い聞かせた。この三年で、うちは家族を三人も失った。それが、新しいアジアを築くという嘘のために払った代償だったのだ。ジュジューブには決して、決して理解できないだろう。

それからゴードンが咳をした。騒々しく、ごろごろとからみつく痰を叩き切る音が、寝室に木霊《こだま》した。ジュジューブは向きなおり、「パパ」と言った。その瞳には、目が覚めますように、という念がこもっていた。

だがゴードンの目は閉じたままで、開くことはなかった。その時点の二人には知る由もなかったが、それから一週間後、ゴードンは咳き込むのをやめ、やがて完全に呼吸しなくなった。

第二十四章

1945年8月30日

マレー半島において日本軍が降伏する2週間前

エイベル

　珍しく朝早く起きられた時には、日の出を見るのが好きだった。その時ばかりは収容所の中が静かになったたし、自分自身もほかの連中も心底がっかりさせていることを実感しなくて済む、唯一の時間帯でもあったからだ。そしてトディのボトルから一口すすりながら、かつて母親が朝食に淹れてくれていた苦いブラックコーヒーを飲んでいるつもりになる。いつも待ちきれずに熱いまま飲んでしまうのだが、喉を焼かれる苦痛の感覚もまた、ほとんど喜びだった。収容所では、遠くから忍び寄る風に身震いする朝もあった。そんな時は、風の音をかき消さんばかりにコオロギが鳴いた。だがその日の朝は霧雨が降っていた。細かな雨滴が、エイベルの首筋や背中を縮みあがらせた。そうしたすべてのことが、少なくとも、自分は生きているのだという事実をエイベルに思い出させた。

　痛みを丸ごと忘れ去ろうと飲んだところで、思い出したくない記憶を堰き止めておくために必要なトディの量は増える一方だった。だがそれでもなお、ほんとうのことを言えば、エイベルは死にたくなかった。頼むから放っておいてくれ、死なせてくれ、とうめくことはよくあったし、そう言うたびにフレディは悲しげに顔をそむけたものだったが、それはいつでも嘘だったのだ。

　収容所での生活は、自分もまた死すべき運命にあるという事実を、日々エイベルに突きつけてきた。アキロウに特別激しく痛めつけられた日には、自分が、死にたいと考えるタイプの人間だったらよかったのに、と考えたものだった。傷だらけで衰弱しきっていたエイベルには、簡単にかなえられる願いだったはずだ。ただ木に登って飛び降りれば済むことだったし、収容所中に転がっている鋭利な道具を使って手首を切ってもよかった。だが、死にまつわる不確かな部分がおそろしかった。あとに残された人々はどうなるんだろう、とエイベルは思いを巡らせた。家族には愛されていたし、母には特に愛されていた。死ぬということは、意図的に母を傷つけるということだ。そう考えると、エイベルの内側は固まってしまうのだった。母を悲しませるのは耐えられなかった。

　そういうわけで、エイベルは死の恐怖に駆り立てられることで、基本的な生命活動を維持してきたのだった。忘れずに時々は食べるようにしたし、地滑りが起こったり、木材が崩れ落ちてきたりする危険のない安全な隠れ家を確保するようにした。それで、その運命の朝、霧雨が灰色の空を呑み込みながら空気をじっとりと湿らせる中、エイベルが最初に爆撃機を見つけることになった。翼を並べて編隊飛行をしているその姿は、よろよろと昇りつつあるオレンジ色の太陽を背中にしていっせいに飛び立つ白い鳥の群れのようだった。トディが胃の中で渦巻き、いつもの酸っぱさが凝縮されてガスの塊となり、頭蓋の中では轟音が響きはじめた。だが、頭はぼんやりしていたもののエイベルにはわかった。彼にはわかったのだ。生き延びるために、エイベルの身体はもつれた手足をほどいた。立ち上がろうとすると両膝がポキリと痛そうな音をたてた。そして、一歩踏み出してから次のもう一歩を、というふうにぎくしゃくと移動しはじめた。

　走れ、エイベルの全身が叫んだ。逃げろ。

ジュジューブ

　ジュジューブの生活は、その全域に絶望の亀裂が走っていると言っても過言ではなかった。ジャスミンがいなくなってから、もうかれこれ丸二週間が過ぎていた。妹の身になにが起きているのだろうかと考えると、圧倒的な恐怖に呑み込まれ、息ができなくなる日もあった。病気が深刻な状態にある父は、家のベッドの中で身じろぎもせずに横たわっていた。目を閉じたままで意識はない。あと数日でしょう、と医師には告げられた。昨日のことだ。医師が立ち去ると、ジュジューブはベッドの傍らで寝ずの看病をした。父に話しかけるのだ、娘の声を思い出させるのだ、戻って来るよう懇願するのだ。ジュジューブはそう心に決めていた。だが、どう話しかければいいのかわからなかった。ジュジューブは、息が詰まりそうなほど燃えたぎる怒りを抱えて毎日を過ごしていた。うちの家族がこんな目に遭わなければならないなんて理不尽過ぎる。そうしたことを、父に説明する言葉が出てこなかった。だから、ジュジューブはただ静かに座り、壁にある暗い影を見つめた。父の苦しげな息づかいだけが、部屋に響いていた。

　母は、何日間もひと言も話さないことがあった。ほとんどなにも食べず、ほとんど微動だにせず、寝室の窓際でスツールに腰かけていた。かと思えば急に話しはじめ、よく意味のわからない情報のごたまぜを垂れ流しにした。半狂乱のようになって、「あの人に会いに行く」のだとか、「女をこういう目に遭わせる男」なのだとかぼそぼそと呟いた。最初のうちは、父のことを話しているのだと考え、「パパは病気だから休まなきゃいけないんだよ」と懸命に諭した。だが、母の耳には届かないようで、苛立たしげに手を振り回しては娘を追い払った。そして、「あの人には貸しがあるんだから」と口の中でもごもごと言った。それでジュジューブは諦めて歩き去り、母の部屋の扉を静かに閉めたのだった。

過去にもそうだったように、いつか母が正気に戻ってくれることをジュジューブは願った。だが、今回は悪くなる一方のようだった。食事の回数が少ないせいで痩せ細り、しかし同時に、睡眠時間が不規則なために浮腫《むく》んでもいた。夜になると、部屋の中で行きつ戻りつしている足音がジュジューブの耳に届いた。木の床板が軋み、壁の中にネズミがいるような音をたてた。そして明け方になると疲れ果てて眠りに落ちるのだが、一、二時間もすると再び起き出して窓際で寝ずの番をはじめた。

ティーハウスでは、厨房から出てきたドライサーミが、ジュジューブの鼻先でいやらしく指を鳴らした。「もしもーし、ジュジューブ、起きてるか？ 働く気はあるのか？ 替わりの子はいくらでもいるんだぞ。わかってるな？」

ドライサーミの曲がった指に嚙みつかないようにするためには、意志の力を総動員しなければならなかった。ジュジューブは布巾を抜き取り、外したエプロンとともにドライサーミの手に掛けた。

「すみません。昼食の用意のために家に帰らなくちゃ。すぐに戻ってきます」

「ぜったいに首にしてやるからな」立ち去るジュジューブの背中に向かって、ドライサーミはそう叫んだ。それから、その場で自分の判断に再検討を加えたかのように怒鳴った。「必ず一時間で戻って来るんだぞ！」

家に着く頃には、灼熱の太陽が昼前の空にかかっていた。シャツが背中にへばりついた。汗の染みが見苦しく浮き上がり、それでなくても薄い綿の生地が透けていることは自分でもわかっていた。

「お母さん？」とジュジューブは声をあげた。習慣からしていることだ。部屋に閉じこもっている母は、最近ではほとんど呼びかけに応えることがなかった。「ねえ、早く帰ってきたから、わたし、お昼になにか作れるよ！」

ガチャガチャと物音がして、ジュジューブは凍りついた。母が寝室から出てきたのだ。身に着けている茶色のワンピースの前面に、黄色い染みがついている。なんの染みなのかは知りたくもなかった。母は腐った魚のような臭いがした。脂ぎった髪の毛は量感を失い、からみ合って束になっていた。

「お母さん」とジュジューブは呼びかけた。心臓が激しく脈打った。「今日は部屋から出てきたんだね。気分はどう？」

「ほんとうにごめんなさいね。話さなければならない人がいるの」

「だれになにを話すの？　お母さん、いいかげんにしてよ」

ジュジューブは母を浴室に引き込んだ。赤い柄杓を使って貯水槽から水を汲み、臭い髪にかけようとするが、母は身をよじって逃げ出す。驚くほどの力でジュジューブを押しのけて、脇を通り抜けた。

「あなたの妹を見つけられる人を知ってるの。ぜんぶお母さんのせいなの。でも、あの人なら力になれる。ぜったいに」母はぶつぶつと支離滅裂なことを話した。

「お母さん、意味がわかんないよ。ジャスミンは家出したんだよ。わかってるでしょう。しかもあれはわたしのせいで、お母さんのせいではないの」そのことを、ジュジューブが声に出して認めたのははじめてだった。喉元に楔《くさび》のように打ち込まれた罪悪感を、ぐっと呑み込みながらまばたきをし、目の前に浮かんだジャスミンの顔を消し去ろうとした。地下室に押し込められる時の、あの泣きじゃくりながら懇願していた顔を。

「お母さんはね、何年も前に、ある人に手を貸したの。そいつは悪い男だった。だからけりをつけなきゃ」母はそう続けた。娘の言葉は耳に届いていないようだった。

ジュジューブは、疲労感に全身を呑まれてぐったりとした。これ以上こんなふうに母と言い合いを続けることはできない。「お願い。いっしょにベッドに戻ろうよ、ね、お母さん。お昼になにか作るから。だからやめて」ジュジューブは母の背中に腕を回し、押した。もしかすると、いつもよりほんの少し強めになっていたかもしれない。だがそうするつもりはなかった。ジュジューブは、とにかく疲れ切っていたのだ。

不意に、母がジュジューブを浴室の濡れた床に突き飛ばした。なにかが割れるような音がして、目の奥に閃光が走った。あれはコンクリートの床に打ちつけられた自分の頭蓋骨がたてた音だったのだと悟るよりも先に、世界は真っ暗になった。

セシリー

大きな白い屋敷に近づいていくと、なじみのある芝生とジャスミンの香りがセシリーの鼻を打った。セシリーの中では、そこはいまだに旧公使公邸だった。ビングリー・チャンを名乗っていたフジワラと、はじめて出会った場所だ。日本軍のおかれた状況から想像されるほどには、建物は変わっていなかった――あいかわらずすべてを見下ろすようにして町外れに立っていたし、私道は長く急で、芝生はきちんと刈り揃えられていた。白く清潔な外観は、年月を経て多少はくたびれていたものの、全体としてその堂々たる姿は損なわれていなかった。わたしはイギリス公使の招待客として、この邸宅を一度は訪れたことがあるんだ。美しく着飾り、敬意を払われる地位にある者としてこの屋根付きの車寄せに立ち、広間で鳴り響いている音楽を聞きながら、雨の爽やかな香りを吸い込んだこともある。そんなことを考えながら、セシリーは自分の身体を見下ろした。乾燥した爪先が、使い古したサンダルから突き出ていた。しかも右足の親指の爪はギザギザになり、水虫菌に感染して灰緑色だった。身に着けている茶色の部屋着は、入浴もせず部屋にこもって横になったり、身体を前後に揺すったりしていたあいだ、何日間も着たきりにしていた。自分の臭いが鼻先をふわりとかすめた。今のセシリーは、酸っぱく、苦く、腐敗していた。かつてフジワラの知っていた女の影でしかない。以前はもの静かだったところが情緒不安定になり、以前は強かったところが壊れてしまっていた。

そのセシリーを哀れむかのように、昼前の太陽が雲に隠れた。セシリーは大股で足を高く持ち上げながら、急な私道を進んだ。壊れた女性が震える脚で歩くためではなく、自動車のために設けられた道を。太陽が出ていなくても空気は暑く、セシリーの部屋着は汗の噴き出ている部分に、脇の下や膝の裏、乳房のあいだに貼り付いた。汗の味がした。上唇から伝い下りて、荒い息をついている口の中に入ったのだ。

もっと早くフジワラのところに来ておけばよかった。だが脳が混乱状態に陥ると、時間の流れ方がおかしくなった。まるで、なにもかもが夢と融け合いぼやけてしまったようだった。ジャスミンはもうすぐ帰ってくる、ほんとうにもうすぐ帰ってくるんだから。セシリーは毎日そう考えた。そして時には自分自身を騙して、家の中で響きわたるジャスミンの甲高い笑い声が聞こえる、と思い込むことに成功したこともあった。だがやがて目が覚めると、絶望に釘付けにされて動けなくなった。そして過去の出来事が繰り返し繰り返し蘇った。すべてをはじめたのは自分自身であるという事実を突きつけられた。

私道を上りきり、見おぼえのある車寄せの下に立った。はるか昔、ビリー・ホリデイの歌う火傷しそうなほど熱い旋律に耳を傾けながら立ったのとおなじ玄関口だ。

「すみません」そう声を出すと、灰色の服を着たハウスボーイが出てきて、セシリーの全身を頭の上から爪先までじろじろと見つめた。

「こちらのご主人に会いたいの」セシリーはそう言い、少年に向かって一歩踏み出した。すると彼は、自分の身を守ろうとするかのように両腕を上げた。セシリーからなのか、セシリーの放つ悪臭からなのかは、わからなかった。

「ここにいてください」ハウスボーイは、犬に「待て《ステイ》」と命じるような口調でそう告げた。そして、後ずさりしながら屋敷の中へと戻っていった。

だが、セシリーには失うものがもうほとんどなかった。少年の言葉を無視し、彼のほうに向かって大股で歩き、敷居をまたいで玄関ホールに入った。「だめだめ、ここにいて」と少年は懇願したが、セシリーは廊下に立っていた。

パーティーのために布を掛けたり、飾りたてたりされていない邸内は、様子が違って見えた。天井は高くアーチを描き、心地よい微風が壁に沿ってさわさわと音をたてていた。それが、邸内の気温を外気よりも低く保っているようだった。ほっと一息つくと同時に、周囲に漂う自身の脂ぎった臭気を思い出していやな気持ちになった。セシリーはひとりぼそぼそと呟いていた。台詞を練習していたのだ。「あなたの子かもしれないのよ。あなたの血を引く。だから見つけるのを手伝ってちょうだい」

ジャスミン

フジワラ将軍邸の四柱式ベッドの上で、ジャスミンとユキのお腹が同時に、ひもじそうにぐうと鳴った。二人は長々と眠り続け、すでに翌日の日も高い時刻になっていた。ジャスミンは、腹の中できゅっと胃酸が分泌されるのを感じた。ユキがくすくすと笑い、ジャスミンが「シーッ」と言う。だれかに聞かれないかと心配だった。室内は湿度が高く息苦しかった。澱んだ空気の中では、ユキの臭いはさらに強烈だった。まだ眠気でぼんやりとしているジャスミンには、ユキのことをどうしたらいいのかわからなかった。

「お腹すいた」とユキが言った。

ユキの脚にある長い切り傷は出血が止まり、かさぶたができかけていた。ジャスミンは、友だちから顔をそむけた。ユキのことはかわいそうだと思ったが、同時に苛立ってもいた。大きな危険を冒して将軍の家に連れて来たのだ。なのにユキは、一度もありがとうと言っていない。

「お願い、静かにして」とジャスミンは言った。

「でもわたし、ものすごくお腹が空いたんだもん。あんたの腕だって食べちゃうよ！」ユキはそう応えると、どれほど空腹かを示そうと、ジャスミンの右腕の、特に肉付きのいいところを目がけて飛びかかった。そして噛みつくふりをしながら「むしゃむしゃ！」と言う。

「やめてってて！」とジャスミンは叫んだ。ユキの馬鹿みたいなごっこ遊びにつき合う気分にはなれなかった。失うものが多過ぎた。さまざまな考えが頭の中で渦巻き、自分には制御できないように感じられた。もうすぐ将軍が上がってくる。おそろしくて今にも息が詰まりそうだった。ユキと将軍、その時が来たらいっぺんに二人とも失ってしまうかもしれない。それがこわかった。

「どうしてそんなにいじわるなの！」ユキが叫び返した。その腕に走る赤いミミズ腫れが、責めたてるようにジャスミンを睨みつけていた。

セシリー

女の子たちの甲高い叫び声が響きわたった。セシリーは籐椅子から立ち上がり、自分のサンダルにつまずきかけた。間違いない。言葉は聞き取れなかったが、幼い少女だ。あの声の高さは、細くて喉にかかった幼い子どものものだ。

ハウスボーイもそれを耳にしていた。若々しい顔に困惑の皺を寄せながら、セシリーのもとへと駆け寄ってくる。

「あれはだれなの？」セシリーは声を張りあげ、ゆっくりと尋ねた。「ここには女の子たちがいるの？」フジワラがその手の男だとは考えたこともなかった。〝クーニャン〟を求めてうちまでやって来るようなひどい男たち、自宅に幼い女の子を監禁する手合いのひとりだとは。ハウスボーイが足早に廊下を歩きはじめ、セシリーは慌ててそのあとを追った。

「だめ！」ハウスボーイが、どうすることもできずに両手を振り回しながら言う。英語力が不充分なために、自分の警告に強度を持たせることができないのだ。セシリーは廊下の奥の部屋を目指して走った。近づくほどに、女の子たちのわめく声が鮮明になった。扉に接近するにつれ、セシリーの激しい怒りは揺るぎないものとなっていった。フジワラを殺してやる、とセシリーは考えた。いつでも死の痕跡を残していく男。そのうえこんなふうに純潔を奪うとは。セシリーは拳を固めた。

「だめ！」ハウスボーイが再び叫んだ。大慌てでセシリーに追いつき、彼女の部屋着を引っぱる。

「ママ？」

⁂

ジュジューブ

どのくらい気絶していたのかはわからない。だが気づいた時には、母の姿はなかった。ジュジューブの身体の前面はぐしょ濡れで、胸にのっている赤い柄杓が、噴火口が血を流しているように見えた。耳鳴りがしたまま、つるつると滑りやすい床からどうにか身体を起こすと、よろめきながら雑貨店を目指した。そこではムイおばさんが瓶詰めを並べ、チョンおじさんが看板を塗り直していた。

「あらまあ、あんたいったいどうしたの?」ムイおばさんが声を張りあげ、老人にしては驚くほどのすばやさで棚の背後から飛び出して来た。ジュジューブはと言えば、目眩と痛みと疲労に呑まれ、ただ店の床に座っていた。滴りおちた血液が、床の上で完璧な円を描いていることに気づき、いくばくかの満足感をおぼえながら。ムイおばさんはチョンおじさんを薬屋にやり、おじさんは紙袋いっぱいの軟膏やクリーム、そしてガーゼを持ち帰った。二人は、スツールにジュジューブを座らせた。両隣のスツールには、別の老人たちが座っていた。臭いクリームを頭の傷に塗りつけ、それをガーゼで覆いながら、ムイおばさんは舌を鳴らし続けた。そして、「お医者さんに診せなきゃ」とか「お母さんはどこにいるんだい?」とか「今日は食事をしたのかい?」と話しかけた。だがジュジューブは沈黙したまま座り続けた。「あの子、仮面のような顔をしてたよ」ムイおばさんは、その後店を訪れた人たち全員にそう話した。

一時間後、ティーハウスに戻ったジュジューブは、ムイおばさんが頭の片側に貼ってくれたガーゼの包帯を指先で押してみた。傷口の粘り気とおばさんの塗ってくれた軟膏が、ガーゼに浸み込むのがわかった。それから、ドライサーミのうんざりした顔に気づく。

「なにがあったんだ? そんなかっこうでフロアに出すわけにはいかんじゃないか」と彼は言った。

ちょっと血が出ているくらいでフロアに出られないというのが、ジュジューブには皮肉に感じられた。最近では、さまざまな傷を負った男たちがティーハウスに入って来るからだ。酩酊状態で自ら負った傷もあれば、ジャングルの際《きわ》でゲリラと闘って負った傷もあり、顔を殴り合って青痣だらけになっている者もいた。自ら進んで青痣を作りたいという欲求は、行動の結果を自分の手で制御したいという欲求から来ているのかもしれない、とジュジューブは想像を巡らせた。頬を腫らしたら必ず青痣になる。その事実を、自分の目でたしかめたいのだろう。なぜなら最近では、なにかを自分の手で制御できている者など一人もいないからだ。雑音まじりのラジオ放送は、各地で進む降伏、ナチス占領地での膨大な数の犠牲者たち、そして日本の占領地での地元民による武装蜂起について伝えていた。こうした切れ切れのニュースは、ジュジューブにとって希望となってしかるべきだった。だが、日本軍からの解放が自分とはあまりにかけ離れたものとなっていて、もはや彼女には、それがなにを意味するのか想像もできなくなっていた。

ジュジューブはぐったりと力なく毎日を生きていた。たしかに生きてはいたし、手足や身体は無傷だった。しかし、考えをまとめるのがますます難しくなっていた。夜寝ている時には、壁の中のシロアリよろしく、思考が頭のまわりで猛烈な勢いで蠢《うごめ》き、決して静止しなかった。時には、ばらばらになった死体が弟妹のものだとわかるのだが顔がないという、あまりにあからさまで笑ってしまうようなイメージも浮かんだ。ラジオや本のページから雑音まじりの呟きが聞こえてくるのだが、言葉を聞き取ったり読み取ったりすることはできないという、一見意味のわからない、より陰湿なものもあった。こちらを見つめている自分自身の鏡像が視界に入ると、その瞳には自分自身への失望が正確に映し出されているということもあった。唯一、夢の中に登場しなかったのが希望だった。ジュジューブの家族が再び勢揃いしているという未来が、夢の中で描き出されることは決してなかったのだ。

セシリー

　こんなに簡単だなんて、ありえない。セシリーはとっさにそう考えた。清潔でしあわせそうなわが子ジャスミンが、目の前に立っていたからだ。顔を上向きにして、信じられないと言いたげな、子どもらしい表情を浮かべていた。その瞬間にいたってようやく、自分がどれほどジャスミンの無邪気な声を恋しがっていたのかがわかった。いつも片方の鼻の穴が詰まっているような、鼻にかかった低めの声。世界が傾いたように感じた。それはセシリーの全身が、これまで無視してきた苦痛を突如として認識した瞬間だった。胃の中は空っぽ、頭の中は押し寄せる安堵と恐怖でぼやけていた。反射神経だけの働きでセシリーはかがみ込み、ジャスミンを腕の中に引き寄せた。セシリーは、呼吸に合わせて怒ったようにあえいだ。それが止まると、実のところ自分はジャスミンの小さな肩にすがってむせび泣いていたのだ、と気づいた。セシリーは娘の髪の毛を引っぱった。最後に鋏でざくざくと切り落とした時から、少し伸びていた。ミルクを思わせるジャスミンの匂いを吸い込む。成長して赤ん坊ではなくなってからも、消えそうになかった香りだ。

「さあ」セシリーは、娘の髪に顔を埋めたままそう言った。「この家を今すぐ出なくちゃ」

質問はいくらでもあった。フジワラがここにジャスミンを閉じ込めていたんだろうか？　ジャスミンがたまたまここに来たんだろうか？　ジャスミンになにかしたんだろうか？　殺してやる、とセシリーは考えた。ぜったいに殺す。でもまずは、ジャスミンを連れ出すことが先決だ。しかも遠くへ。

壁が翳《かげ》っていた。午後の嵐が生まれつつあったのだ。それを待ち構えているように、空気は重苦しく静止していた。稲妻が光り、薄暗くなった廊下を照らした。ジャスミンがぎくりと身をすくませるのが見えた。だが、かつて稲妻を見るたびに小さく縮こまっていた頃とは違っていた。セシリーの小さな娘は、たくましくなったのだ。

その先の計画は立てていなかった。フジワラには、ジャスミンの捜索に協力してほしいと懇願することになるだろうと考えていた。まさかジャスミンがここにいて、連れ出せばいいだけになるとは予想していなかった。この呪われた白い家から、このまま歩み去ればいいのだ。とはいえ、その後の捜索の手からどのように逃れたらいいのか、どうすればフジワラの追跡を止められるのか、セシリーにはわからなかった。しかしそんなことは問題にならなかった。わたしには家族しか残されていない。家族を元どおりにしなければ。妹に会ったら、ジュジューブは大喜びするだろうとセシリーは考えた。長女との衝突を思い出すと心が沈んだ。ジュジューブを叩くなど、許されないことだった。だが、ジュジューブは獣のように怒り狂っていた。人が違ったようにわれを忘れていた。でももう大丈夫。ジャスミンを家に連れ帰れば、問題は解決する。なにもかも許されるはず。

「さあ」とセシリーはもう一度言い、ジャスミンの細い手首を強く握りしめた。「お母さんが、ぜんぶちゃんとしてあげるからね」

ジャスミン

　ジャスミンはこれまでも、さまざまな衰弱状態にある母の姿を目にしてきた。エイベルが家に帰ってこなかった時は、飼い主の帰りを待つ動物のように毎日窓辺でうずくまっていた。物音の一つひとつにびくりとし、通りかかる人を片っ端から呼び止めては、町の少年たちの失踪について、なにか見たり聞いたりしたことはないかと尋ねた。そしてほんのちょっとした情報を――たとえば少年たちでいっぱいのトラックが町中から出ていくのを見た、あるいはエイベルが昔通っていた学校の教師だった男が、子どもたちをそそのかして日本軍とともに出発させているといったことを耳にすると、母は猛烈な勢いで飛び出していき、頼りにならない情報源一人ひとりに向かって、熱っぽい身ぶりを交えながら質問を浴びせたものだった。だが毎日が過ぎていき、エイベル自身も帰ってこなければ、エイベルに関する情報も出てこなくなった。寝ながら叫ぶ母の声が、ジャスミンの耳にも届いた。泣きながら静かに鼻を鳴らすだけの時もあれば、大声を張りあげて、父が懸命に黙らせることもあった。

　それでも、苦しみのあまり身ぎれいにすることまでやめた母の姿は見たことがなかった。ジャスミンが生まれてからずっと、ほぼ八年間にわたって、母は常に朝早く起き、服を着替え、家の中も自分自身もきちんと整えてきた。日本軍の占領が長引くにつれて、近所に住むほかの母親たちの中には、苦悩が表に出がちになる人もいた。だがジャスミンの母は、いつでも簡素で清潔できれいにアイロンがけされた服を着ていた。それなのに今日、目の前に立っている母が着ている部屋着は、今まで見たことがないほど不潔だったし、嵐のあとで干上がった排水路に転がっている死んだ魚を思わせる臭いがしていた。

「だれなの？」ユキが背後で口ごもった。ジャスミンはユキの姿を見られないように、寝室の暗がりの中へと押し返した。

ハウスボーイが喉の奥を鳴らすような音をたてた。「そこにいっしょにいるのはだれ？」という意味なのは、ジャスミンにもわかった。招かれざる客たちに対して、ハウスボーイは興奮しながら両手を振り回した。将軍が帰宅して玄関をくぐった時に自分がなにを言われるのか、それを案じていることが、その場にいる者全員に理解できた。彼方では太陽が顔を隠し、今にも降り出しそうな空模様になっていた。

「そこら中を探し回ったのよ！」ジャスミンの母はそう言った。声が甲高く、震えていた。ユキには気づかなかったようだった。それから泣きはじめた母は、吠えるような声を家中に響かせながら泣きじゃくり、ジャスミンを困惑させた。母は両腕を伸ばして抱き寄せようとしたが、ジャスミンは後ずさりした。耐えがたい臭いだった。ママが、こんなふうになるなんて。

その時、全員がその音を聞いた。扉が開き、閉じる音、廊下を進む足音。ハウスボーイが喉を絞められたような音を出しはじめ、接近しつつある主人のもとへと廊下を駆けていった。そして一息に日本語をまくしたてた。ジャスミンには意味がわからなかったが、その背後でユキが身体をこわばらせた。

「気の狂った女が家の中にいるって話してる」とユキがジャスミンに囁きかけた。

ジャスミンは、「気の狂った女じゃないよ。わたしのお母さんだよ」と言った。

将軍は大股に二歩で廊下を横切り、ハウスボーイを両手で脇に押しのけた。そして立ち止まると、目の前にある光景を見て取った。ジャスミンの後ろにいたユキは、影の中へとさらに後ずさりした。

「なるほど。全員が勢揃いというわけか」と将軍が言った。顔の表情は変わらず、声はどこまでも落ち着いていた。緊張のあまり、ジャスミンの膀胱からは尿が迸《ほとばし》り出そうだった。寝室の影の中から、ユキがジャスミンの手首をぎゅっと握りしめた。

セシリー

最初に気づいたのは姿勢のことだった。もともと背は高くなかったが、フジワラはいつでも背筋をまっすぐに伸ばして立った。なにかに気だるげにもたれかかるような柔軟さは、持ち合わせていなかったのだ。それは、主導権を握る男の厳格さを示す立ち姿だった。すべてを冷徹に選り分け、秩序に喜びを見いだし、理想の追求や憎しみ、あるいは信念といった、自分の心を捉えるものには揺らぐことなく身を捧げる男の。だがこの屋敷の中で今、セシリーの目の前にいる男は、背中が曲がっていた。まるでだれかが首のつけ根にあるネジをドライバーで回し、全身を支えるためにぴんと張っていた針金をゆるめたようだった。ほかの人々の目には、猫背気味の男としか映らないのだろうが、その湾曲した背中はセシリーを驚愕させた。前かがみになって歩くせいで、どしんどしんと聞き慣れない大きな足音をたてることもそうだった。そのぎこちない脆さに、セシリーは驚いた。

次に気づいたのは、香りがしないことだった。どこに行くにもついて回っていたミントの香りのヘアクリームと、つややかできれいに撫でつけられた髪は、彼の徴《しるし》そのものだった。セシリーの身体はそれに反応し、それによって虜にされていたのだ。だが今、二人を包み込んでいるのはセシリー自身の匂いだった。酸っぱく脂じみていて、身体を洗っていない臭気だ。フジワラ将軍の髪はぺたりと潰れていて、セットされた様子もなく額にかかっていた。その前髪のせいで、とてつもない年寄りの身体の中に閉じ込められた少年のように見えた。フジワラは、鋼のような瞳でセシリーを睨んだ。どのような進化を遂げていたとしても、この男はあいかわらず自分のやりかたをすべてに押し通す男なのだ。そしてセシリーは侵入者だった。彼の家に押し入り、自分の中に抱えている狂気と穢《けが》れと臭気を彼の領土に持ち込んだのだ。

「セシリー――」

だがセシリーには、最初に口火を切らせるつもりはなかった。「いったい」と彼女は鋭く言い放ち、フジワラを黙らせた。「わたしの娘となにをしていたの？」セシリーはわが子に手を伸ばすと、乱暴に引き寄せた。

「いや、わたしいやだよ、ママ」ジャスミンが金切り声をあげた。その抵抗の激しさに、身をひねって逃げ出した末娘の力に、セシリーは驚いた。生まれてからずっと、まわりの人を喜ばせることだけを考えて生きてきたこの子なのに。

「これでわかっただろう。私が閉じ込めていたわけではない。出ていきたければいつでも出ていけたんだからな」とフジワラが言った。

セシリーは、自分の中でなにかがほどけていくのを感じた。彼女の正気をつなぎ合わせていた細い無数の糸がばらばらになっていくようだった。フジワラのせいでこんな女になってしまった。すべてを失い、わめくことしかできないこの哀れな女に。最後の糸が弾けたセシリーは、フジワラに突進した。両手を突き出し、髪の毛を振り乱しながら全身で掴みかかった。

「ママやめて！　だめ！」ジャスミンが叫んだ。「わたし、なにもされてないよ！」

フジワラはセシリーの腕をぴしゃりと打ち払い、彼女を押しのけた。顔には嫌悪が剥き出しになっていた——彼女の放つ悪臭に、唾棄すべき感情の爆発に。ハウスボーイは、目の前で繰り広げられている狂乱に圧倒されて悲鳴をあげると、廊下の壁の暗がりの中に逃げ込んで小さくなった。そしてセシリーは、あきらかに幼い少女の叫び声が、はっきりと二人分聞こえたと思った。

「やめて、やめて」とわめき立てる声がした。それで視線を下ろすと、セシリーの脚にしがみつき、フジワラから引き離そうとしている人間がいた。ジャスミンではなかった。見えたのは、髪の生え際が後退している小さな頭頂部だった。その子が顔を上げてこちらを向いた時、ひきつれた片目と、おそろしいくぼみとまだら状の傷痕がある、青ざめた頬がセシリーの目に映った。彼女が対峙したのは、死んだことにして久しい秘密の顔だった。

⁂

ジュジューブ

ティーハウスにいるジュジューブは、包帯をおそるおそる外した。傷口は乾いていたが、あいかわらず疼いていた。ジュジューブはヘアピンを一つひとつ抜いて、いつもは結っている巻き髪を下ろして、顔を覆った。ひどい髪型だが傷は隠せる。その作業をしただけで疲れたジュジューブは厨房で腰を下ろし、カウンターの上で袋から突き出ているキャッサバの根を眺めた。その筋張った褐色の表面は、ジュジューブの肌の色合いとよく似ていた。

ジュジューブの心は、ジャスミンが失踪して以来、片時も落ち着くことがなく動揺の坩堝《るつぼ》と化していた。ところが今、変化が起きていた。心が鎮まったように感じられたのだ。それはまるで、浴室のコンクリートの床に頭を打ち付けたことで思考の焦点が一つに定まり、ジュジューブが本来持ち合わせていた合理的な判断力が回復したかのようだった。鮮明な視界が戻ってきたようだった。痛めつけてやる。この手で痛みを与え、苦しむ様子をじっくりと観察してやる。そのための方法を、ジュジューブは手に入れたように感じた。

人を殺したいという気持ちは、徐々に形成されるものなのだろう、とジュジューブは想像していた。心の中に霧のように立ちこめていき、やがてはそれが濃くなり過ぎて、外に解放するほかなくなるのだ、と。だがその衝動は今、不意にジュジューブの中に生まれた。前触れもなく襲いかかり、消えない痕をくっきりと刻み込み、ジュジューブをそのことしか考えられない状態にしたのだ。もちろん殺人が罪であることはわかっていたし、それについて考えることもまた罪であることはわかっていた。

だが、自分の心が澄みわたったことに、ジュジューブは興奮した。彼女はあまりにも長いあいだ、激しく揺れ動く自分の感情に呑み込まれ、その先を見わたすこともできないままあてもなく漂っていた。ところが今ではすべてが単純明快に感じられた。しかもそれが正しいことのように思えた。毎日死なないことだけに意識を集中させなきゃいけないような、こんな生き方をわたしたちは強いられている。その一方で圧制者たちは、希望を抱くという尊厳を認められているのだ。そんなことを許す神なんかいるはずがない。ジュジューブは、タカハシ氏の愛するイチカのことを苦々しく思い浮かべた。大きな志を持ち、だれに気兼ねすることもなく好きな服を着て、人の助けになりたいという思いをはっきりと表明できるイチカ。人に共感できるほど心に余裕があるのは、イチカが幸運な生き方をしていることの証左だ。

数週間前のティーハウスで、タカハシ氏は自分のことを平和主義者だと宣言した。「彼らの方法論は信じていません。ほかにもっと良いやりかたがあると思います」

「でも彼らの方法論を見れば、わたしたちは生きる資格を持っていないと見なされていることがわかります」とジュジューブは言った。

タカハシ氏にはそれが聞こえなかったのか、あるいは聞かないことにしたのか、そのどちらかだった。紅茶に息を吹きかけてからこう言ったのだ。「白人がすべてを手に入れるような世界ではいけない」

だが、いったいなにがジュジューブとその家族を、みなで奪い合う景品のような、屠《ほふ》られる牛のような、強姦される娘たちのような、飢えに苦しむ獣のような存在にしたのだろう？　人を奴隷にするという行為は、肌の色の違う者同士がお互いを売買することだけを指すのではない。敵が自分に似た姿をしていれば、敵の中に自分自身を見いだすことになる。その場合の敵は、こちらの抱えている闇をすべて映し出してみせる存在となるわけで、はるかにたちが悪い。通りでは毎日、ステーキのように切り刻まれた人間が転がっていた。死体が大量に埋められた場所には、生きたまま穴に落とされて重なり合った人たちもいる。弟や妹が空気を求めてあえぎながら、死体のあいだの狭い隙間でむなしくあがいている夢を見ることもあった。ジュジューブの心に開いた穴は、今にも彼女自身を呑み込もうとしていた。なにか手を打たなければならなかった。どんなことでもいいから、ほんのわずかでも、自分にも力があると感じられるようなことを、日本軍にも奪えないものがあるのだということを、自分自身に思い出させるようなことを、なにかしなければ。

タカハシ氏は変わってしまったのだろうか？　それとも、失ったもののせいで変わってしまったのはジュジューブのほうなのだろうか？　あるいは、二人の運命のあいだに走った断裂——タカハシ氏の娘は生き延び、ジュジューブのほうは家族をもう一人奪われるというこの断裂は、二人の友情に打ち込まれた楔として、このまま永久に抱えて生きていくべきものなのだろうか？　タカハシ氏はいい人間かもしれない。だが、悪いことを信じている者は悪い人間だ。そしてジュジューブはタカハシ氏を、あるいは彼ら日本人たちを、許せる日が来るのかどうかわからなかった。

まだら顔の少女が後ずさりした。片方の眉は顔の中央に引き寄せられたが、もう片方の傷んだ側の眉は微動だにしなかった。セシリーは、その子の腕が殴打された痕で覆われていることに気づいた。ミミズ腫れや青痣、そして拘束の痕が白い肌を縦横に走っていた。

「なんだ？　だれなんだ？」とフジワラが問う。

ハウスボーイの顔には、警戒と恐怖の色が浮かんでいた。見知らぬ獣を一匹ならず二匹までも、隅々まで秩序の行きわたった将軍の家に招き入れてしまったという事実に怯えているのだろう。外では、やわらかな霧雨が降りはじめていた。

自分とおなじ立場におかれたら、ほとんどの人が、見棄てた子どものことをことあるごとに思い出して、今頃どうしているんだろうか、と考えたに違いない。それはセシリーにもわかっていた。死の床でリーナと交わした約束を、はっきりと破ったのだから。だが、はじめのうちこそ強い罪悪感があったが、それは歳月とともに弱まり、意識の外に押し出せる程度のかすかな疼きへと変化を遂げていったのだった。

「あなたはわたしたちから奪い過ぎたの。わたしたちを解放して」セシリーは言った。

「奪った？」フジワラの声が、危険なほど低くなった。「私はより良い世界を作ろうとしただけだ。かつては、きみも理解していたことではないか」その唇が嫌悪に歪む。

セシリーの娘は、小さくて痩せっぽちの娘は、寝室の戸口に立ったまま、大人二人の姿を混乱し涙に濡れた目で見つめていた。セシリーの心臓は激しく打っていた。フジワラがどんな企みを押し進めているのかはわからなかったが、ジャスミンを引き離さなければならないことだけはたしかだった。そうしなければ、人の心を蝕む毒に満ちた渦の中心へと、娘が吸い込まれてしまう。それこそがフジワラという存在なのだと、セシリーは今ようやく理解したのだった。自分を愛する女性たちを引き裂き、彼女たち自身ですら見分けがつかないほど人格を歪めてしまう男。フジワラは変革をもたらす人間なのだと、かつてのセシリーは考えていた。理想や生きる目的をもたらし、自分自身が大きくなったような気持ちにさせてくれる男。しかもやっかいなのは、彼自身もそう考えているということだ。フジワラは、自分がセシリーとリーナを、そして二人を取り囲む世界全体を良くしたと信じている。自分は善良な男であり、理想主義者であり、信念にもとづいて行動しているに過ぎないのだというその誤った思い込みこそが、セシリーを含む全員を壊したものの正体にほかならない。そんなものに触れさせないように、ジャスミンを守らなければ。大昔にあの子の名前をつけてくれた女性とおなじくらいに純粋で、素直に愛を受け入れる心を持つあの子を。

ジャスミンの下唇が震え出し、セシリーは無意識のうちに手を差しのべていた。だがフジワラのほうが一瞬早くジャスミンを抱き寄せていた。娘の鼻が、フジワラの軍服のボタンに押しつけられた。

フジワラはジャスミンに話しかけた。やさしさの溢れるその口調に、セシリーは驚いた。「さあ、ジャスミン。そこにいるお友だちはだれなのかな？　どうしてうちにいるのかな？」

ジャスミンは身を振りほどき、小さな身体で精いっぱいに背筋を伸ばして立った。そして、「将軍様」と口を開いた。

この機会を捉えようというジャスミンの真剣な思いは、こんな状況にあってもセシリーの心の琴線に触れ、その顔に笑みがこぼれた。そうして、フジワラがやさしく寛大な表情を浮かべながらジャスミンを見つめていることに気づいた。一度も見たことがない顔だった。セシリーは唇に力を入れ、ほほえみを押し殺した。そんなことをしている場合ではない。

「なんだい、ジャスミン？　なにがお望みかな？」フジワラは身をかがめて膝をつき、視線をジャスミンに合わせた。そして二本の指で彼女の顎の下に触れる。セシリーには、その指を感じることができた。たこのできている指先と、関節部のなめらかさの対比を、彼女の身体がおぼえていた。

「この子はお友だちのユキです」ジャスミンはそう言い、もう一人の子を指差す。「なにかひどい目に遭っているから、助けてあげたいんです」

ユキ。セシリーは頭の中でためつすがめつその名前を見つめながら、自分の膝を引き寄せた。そして、自分も床にしゃがみ込んでいたことに気づいた。もう一人の子は立ち尽くしたまま、腕を胸の前で組んでいる。フジワラは眉をひそめ、視線をユキに向けると、そのぼろぼろの服と傷痕のある顔に見入った。

ジャスミンは続きを早口でまくしたてた。「ユキは、ようこその看板があるあそこに住んでるの。女の子だらけでみんな悲しい顔してて、男の人たちもいてみんな怒ってて、ユキは時々怪我するからわたしは悲しくてユキは親友で、だからお願いユキもここにいていいですか？」

言葉はジャスミンの口から転がり落ちるように出てきて、最後には子どもらしい涙まじりの声になった。ジャスミンはユキに手を伸ばし、二人はフジワラの前にちょこんと座り込んだ。胡座をかき、指をからませ、二つの毒キノコのように背筋をぴんと伸ばして。

この場面にいたるまでのなりゆきは、ほかにもあり得たはずだった――セシリーが路上で少女とばったり出会い、見おぼえある顔に目を留め、足早に逃げ去る。そしてその罪悪感を抱えたまま生き続ける。あるいはある日、死亡証明書を携えた警察官が玄関口に現れて、セシリーを後ろ手に縛り上げる。もしくは少女自身が玄関口に現れ、どうして見棄てたの?と問い詰める。だが実際には、これほどまでにきれいで詩的なかたちで全員の顔が揃ったのだ——セシリーがフジワラと出会った風通しの良い白い家で、少女二人が腕を取り合いお互いを親友だと宣言する。その不条理なまでに完璧な円環を描く物語には、どこか残酷な凡庸さがあるように感じられた。だが、嘘をついた張本人は、いずれ必ず自分の嘘と対峙しなければならなくなる。それだけは避けられない真実だったのだろう。傷ついた子どもが今、二人の目の前にいた。そしてそれは、セシリーとフジワラが作り出した現実だったのだ。

「リーナの面影はある?」

セシリーは自分の声の冷たさに、そしてすべてを変えることになるとわかっている言葉を口にする自分の、長い年月抱えてきた秘密の封印を解く自分の口調の、揺るぎなさに驚いた。

「ようやく自分の娘に会えてうれしい?」

⁂

エイベル

太陽の光が、厚い雲の隙間から差した。フレディの姿を必死になって探しながら走り続けるうちに、エイベルの目は光になじんでいった。爆撃機は高度を下げ、エンジン音が高まっていた。収容所中に振動が響きわたっている。宿舎からは、ほかの少年たちも出てきはじめていた。眠い目を擦りながら、わけもわからず空を見つめている。爆撃機は編隊を組み、きれいなV字形になった。そのうちの一機が太陽の中に入り、静止する。機影による日蝕が起こった。

「フレディ！」エイベルは叫んだ。しわがれて軋むような声だった。喉が声を出すことに慣れていないのだ。「フレディ！」エイベルは、補給品袋の山の脇を通り過ぎた。今日の出発のために、フレディが少年たちに命じて収容所の中心部に積み上げさせたものだ。

「伏せろ、身体を低く！」だれかがわめいた。エイベルは地面に身体を伏せた。少年たちが宿舎から駆け出してきて、その周囲でうつ伏せになる。卵に似たいくつもの白い球が、爆撃機から斜めに投じられた。上空から見える建物すべてに狙いをつけているのだと、エイベルは気づいた。まずニッパヤシでできた手作りの劇場がやられ、次は屋外便所だった。

「解放軍の飛行機だ！」だれかが声をあげる。「イギリス軍がおれたちを解放しに来てくれたんだ！」

「じゃあなんで撃ってくるんだよ」

「逃がしてくれるんじゃないのかよ？」

ラーマが宿舎から飛び出してきて、シーツに足をからませて転んだ。そこには、〈POW《捕虜》！　爆撃をやめろ！　われわれは味方！〉と泥で記されていた。

少年たちはシーツの四隅を引っぱって伸ばし、パイロットたちの目に止まりますようにと願いながら、空に文字を向けた。エイベルの周囲は煙に覆われはじめていた。落下する白い卵がオレンジ色の球へと変化し、触れるものすべてを焼き払っていた。厨房で働いているデイヴィッドソンという少年がひとり立ち上がり、手を振った。「ぼくたちは味方だよ、ぼくたちは――!」そう叫んだ途端に言葉は断ち切られた。飛散した破片の一つが、彼の腕を引きちぎったのだ。喜びの声から困惑の声へと変化しつつあった叫び声はすべて、たちまちのうちに耳をつんざく甲高い悲鳴と化した。少年たちは地面をドスンドスンと踏み鳴らしながら、走り回ったり倒れ込んだりした。

その大混乱の中で、エイベルはいまだにフレディを見つけられずにいた。いつもならフレディの姿はいたるところにあって、指示を出しながら、少年たちを静かに導いているはずだった。エイベルは最悪の事態を考えはじめた。両脚が痛みに悲鳴をあげた。何時間も走り続けていたように感じたが、実際にはほんの数分にも満たないことはわかっていた。地面は腐食性のもので燃え上がり、涙を流しているようだった。なにかがサンダルの底を引き裂き、足の裏がひりひりと痛んだ。

それでも、エイベルは走りながらしゃがれ声をあげた。「フレディ、どこにいるんだ?」収容所の景色は、目の前で変貌しつつあった。オレンジ色の光がすべてを呑み込んでいた。それはまるで、夕陽の精密な模造品のようだった。ただしその光は焦げ臭い匂いと、空気中を満たし、鼻の中にへばりつく白い灰をともなっていた。煙で目も痛かった。そして世界は、情緒たっぷりにくすんだ黄昏の光に包まれた。ただしそれは、死体が燃え、建物が燃え、少年たちの敷いた線路が溶けていることを意味していた。波打つような轟音が聞こえた。エイベルは耳鳴りの向こうに、うめき声と悲鳴の奏でる不協和音を聞き取った。少年たちは身体を折り曲げ、なにも映っていない目を見開いたまま地面に転がり、腕を失ったまま煙の中をのろのろと歩き、血だらけになった自分の身体を引きずりながら地面を這い、母を父を姉妹をお互いを求めて泣き叫んだ。固まりかけた血が彼らの腕や足や腹を覆い、それが煮詰め過ぎたジャムを思わせた。疲れ果てたエイベルが荒く息をつくと、新しい臭いが襲いかかってきた。酸っぱく錆っぽく、ほんのわずかだけ柑橘類の香りも混ざっている。それは四方から圧倒的な強さで押し寄せてきた。エイベルはなじみ深い不快感が胃の中で蠢くのを感じた——吐き気だ。だが今回にかぎっては、酒を飲んだせいではなかった。

いつものように、フレディは正しかった。イギリス軍がやって来て、日本軍の補給路を完全に一掃しようと徹底的な爆撃を加えている。それなのに、灰だらけの地面に散乱する無数の切断された手足とともに横たわっているのは、徴用され強制的に働かされていた少年たちだった。日本軍による虐待を生き延びた挙げ句、救い主とされる人々の手にかかって死んでいくのだ。見慣れたはずの場所が、知らない景色に見えた。エイベルは食堂を通り過ぎた——かつては少年たちが痛めつけられる場所だったそこは、その後笑い声の溢れる場所となり、今や焼けた木材の山と煙の塊と化していた。エイベルは、崩壊した劇場の横を通り過ぎた。フレディが、エイベルにアキロウを差し出した場所だ。そうしてついにエイベルは、なじみ深い青い瞳の少年を見つけた。フレディは鶏小屋の外にかがみ込み、地面を掘り返していた。

「フレディ!」エイベルは周囲に広がる混乱の中でフレディのところにまで届かせようと、声を振り絞った。近づいていくと、黄褐色の紙切れが地面に散乱していた。自分の家族や収容所の少年たちの、よく知っている顔がそこにあった。月光のもとで、フレディとともにちり紙に描き留めた絵だった。エイベルが愛する人たちの姿を説明して聞かせ、フレディがそれに命を吹き込んだものだ。

「こんなとこでなにしてるんだよ、フレディ。行くぞ!」

「絵を持って行かなきゃ。エイベル、ぜったいに持って行かなきゃ。わかるだろ。おぼえておくために、前にも言ったけど……」いつもはおだやかに響くフレディの声が次第に細くなっていき、囁き声となった。そして、かがんでいた姿勢が崩れ、朝露に濡れた地面を膝が打った。エイベルはフレディのところまでひと跳びし、倒れる前にその身体を捉えた。

フレディは負傷していた。エイベルはようやくそのことに気づいた。両手首に深い傷があり、そこから流れ出た血が掌を茶色く染めている。だがなによりも心配なのは、右足に円形のぬらぬらした部分があることだった。まだ新しそうだった。その円は驚くほど左右対称形で、縁がぞっとするほどなめらかだった。

「フレディ、血が出てる」

「この傷は、止まらないやつだよ」

収容所の少年の中に医師は一人もいなかった。だが必要に迫られて、彼らは怪我や傷の重さに精通するようになっていた。表面を切っただけの傷と深い傷の区別がついた。痣の種類を見分けたり、敗血症の兆候を察知することもできた。そして、打ち身や切り傷が大きな動脈に達し、止血不可能な手の施しようのない状態に陥っている時は、そうとわかった。これはそういう傷だったのだ。フレディの怪我は深く、血液が一定の速度でゆっくりと足を伝い下りていた。凝固の兆しはまったくなかった。

「フレディ、痛いか?」

フレディは首を振った。「これを持って行って」そう言いながら、紙切れをエイベルに手渡す。ちり紙に描かれた絵の中には、端のちぎれているものもあった。フレディの声は揺るぎなかった。

エイベルは絵の束をぎこちなく手で掴み、ズボンのゴムの内側に押し込んだ。「フレディ、連れ出してやるからな。おまえには生きて帰る義務がある。この糞だめの中で、そこら中におれを引きずり回してくれたんだからな。今度はおれがおまえを引きずる番だ」

　エイベルの繰り出した弱々しい冗談に、フレディはくすくすと笑った。だが彼の吐息は、シュウと鳴っただけだった。長いあいだ煮立っていたせいで、蒸気になる水もなくなってしまった湯沸かしが出すような音だった。

セシリー

　日が暮れて、フジワラの指示を受けたハウスボーイは、邸中に設置されている統一感のない明かりを一つひとつ点けて回った。彼らの身体は長い影を落とし、その影が怒ったように壁の上で動いた。コオロギが鳴きはじめ、蚊の大群が唸りをあげた。一匹がフジワラの眉に止まった。彼がうわの空で叩き潰すと、額に死骸と血の汚れが付着した。セシリーは力を込めて、両手を自分の脇に留めた。フジワラの顔を拭ってやろうと、手を伸ばしそうになったからだ。これほどの怒りに全身をたぎらせている今でさえ、セシリーの身体はフジワラに触れようとしたのだ。フジワラの背後では少女たちが肩を寄せ合っていた。ジャスミンの腕は、ユキの身体に回されている。今や二人は一体化し、不定型な存在となっていた。

「ウーンおばさんは、わたしのお父さんは偉い人なんだっていつも言ってた！」それまで黙り込んでいたユキが、甲高い歓声をあげた。それから、良いほうの目を喜びに輝かせながらジャスミンに向きなおる。「これでいっしょに暮らせるね！　ずっとずっとずっと！」

外では、まるで長いあいだ止めていた息を吐き出すように、嵐が本格化していた。雷も稲妻もなく、ただ轟音とともに大粒の雨が降りそそいだ。

「どういうことなんだ。ジャスミンによればこの子は」とフジワラはユキを身ぶりで指し示した。「慰安所で暮らしているそうじゃないか」

セシリーは暗い廊下に向かって目を細め、押し寄せる情報を処理しようとしているフジワラの表情を、じっと見つめた。

「きみは、私の娘を売春宿で腐れるがままにしたのか？」フジワラが声を張りあげた。ほとんどの人にとってはあたりまえの声量になったに過ぎなかったが、セシリーは経験から、危険な領域に入ったことを察知した。「あんなところに放り込んで見棄てたのか？」

「見棄てたのはあなた」セシリーはそう言い、壁にもたれかかった。自分の喉からすすり泣きが漏れるのを聞く。「あなたが二人とも見棄てた。わたしたちみんなを」

「ママ、大丈夫だよ。ママの面倒はわたしが見てあげるから」ジャスミンが叫び、ひょいと立ち上がるとセシリーの腹に顔を埋めた。その慣れ親しんだ抱きつきかたに、セシリーの背中をどうしようもなく震えが走った。ジャスミン、いつでもなにもかもを良くしようとしてくれるジャスミン。たとえ自分には理解できないことが起こっている時でも。

「その子は私と暮らしたがっているんだよ、セシリー。私ならましな生活をさせてやれる」フジワラの声はいつもの低さに戻っていた。かろうじて囁きを上回るその声を、だれもが、ハウスボーイですらもが、無意識のうちに首を伸ばして聞き取ろうとした。いまだに変わらないんだ、とセシリーは気づいた。いまだにこの人は、自分の望みだけで世界をかき回しているんだ。欲しいものだけを、ジャスミンだけを奪い去り、目の前にいる自分の娘、ユキのことなど眼中にない。

「ジャスミンを引き取れば、それだけで父親になれるっていう話じゃないのよ」

「私はこれまでずっと正しいことだけをしてきた。だが報われなかった……」フジワラの声は低くなり、途切れた。額に手を当てて、蚊の死骸をさらに擦りつける。「状況は変わった」そう言いながら腕を大きく広げる。「もうすぐなにもかも終わる。きみもわかっているだろう、アメリカ軍がやって来る……。自分がなにを遺せるのか、男はそういうことを考えはじめるんだ」

　ジャスミンは、二人の大人をすばやく交互に見やった。必死に意識を集中させ、言葉に表れていない意味を読み取ろうとする。「わたしが選んでもいい？」と彼女は尋ねた。「ユキが選んでもいい？」

　フジワラの顔は夕暮れの影に覆われつつあった。だがセシリーには、その目が悲しみに沈んでいることがわかった。幕がつかの間上がり、その奥にある絶望がちらりと見えたのだ。一瞬、セシリーの心は揺れた。手を伸ばし、フジワラの額から蚊の死骸と血を拭い取った。だが、すぐにその手を下ろした。セシリーとフジワラには、贖《あがな》いの物語など用意されていないのだ。戦争が二人を生み出した。そして二人の行動の巻き添えとなった犠牲者が、今目の前に小さな人間のかたちをして立っていた。

「いいえ」セシリーはそう言いながら立ち上がり、遅れて嵐に加わった雷の轟音に負けじと声を張りあげた。「選ぶとか選ばないの話じゃないの。わたしはあなたの母さんなんだから」

「じゃあ、ユキを連れて行っていい？」ジャスミンが顔にかかった髪を苛立たしげに払いのけると、逆毛が立った。セシリーはそれを撫でてやりたくてうずうずしたが、そうする間もなくユキが将軍に飛びつき、将軍の胸元に顔を押しつけた。それはほんの数分前、将軍に抱き寄せられたジャスミンが顔を埋めたのとまったくおなじ場所だった。

「将軍様、わたしはあなたを選びたいです」ユキが声を漏らした。

ジャスミン

ユキはわたしの真似をしてる――ジャスミンを抱き寄せる将軍の姿を見ていたユキは、おなじことが自分の身にも起きてほしいと願ったのだ。だがユキはわかってない。将軍はほかの大人とは違う。

「だめ、ユキ、だめだよ！」ジャスミンは叫び、ユキを将軍から引き離そうとした。

自分にしがみついているユキを、将軍が睨みつけるのが見えた。ジャスミンの時には、両腕で身体を包み込んでくれた。最初は居心地が悪かった。軍服の生地が熱かったしざらざらしていたからだ。だがそのうち身体がなじんでくると、ジャスミンは心が軽くなったように感じた。そして、将軍はユキのことをなんて言うだろうかという心配はすべて消え去ったのだった。だがユキは今、そうしたことをすべて台無しにしようとしていた。

「放して！　どうしてあんただけぜんぶ手に入れるの！」ユキがジャスミンに向かってわめいた。その声は、将軍の軍服でくぐもっている。

たいていの場合はユキのほうがはるかにもの知りだと思っていたが、今この瞬間は違った。心臓の鼓動が速まり、衝撃を受けたジャスミンは身体を二つ折りにした。

母の声が聞こえた。「やめて」それから、「ジャスミン、大丈夫?」と。そしてジャスミンがそれに答える間もなく、耳を突き刺すような音が部屋に響きわたった。顔を上げると、ユキがよろめきながら後ずさるのが見えた。傷痕のある側の頰を手で押さえている。そしてフジワラは自分の手を揉んでいた。ユキは尻餅をつき、それから横様に倒れた。ジャスミンには、自分の喉から出ている悲鳴が聞こえた。身体全体が自分の声で振動しているのを感じた。ジャスミンがなによりもこわいと感じたのは、ユキが叫ばなかったことだった。ただ死んだように横向きに寝転がっていた。掌でぎゅっと押さえている頰の傷痕に、赤みが広がっていった。

ジャスミンはユキのところに駆け寄り、かがみ込んだ。

「小さな女の子を殴るなんて!」母がそう叫びながら、フジワラのほうへと一歩踏み出した。

「少なくとも私は、その子を見棄てて、野良犬のように死なせるような真似はしていない」と彼は言った。

もうたくさんだった。ジャスミンには、もはやなに一つ意味がわからなかった。そして足もとにいるユキは、痛ましい悲鳴を小さく漏らした。

ハウスボーイが、布と湯を手に急ぎ足でやって来た。許可を求めて将軍を見やり、かすかにうなずくのを確認してから、ユキの身体を起こして座らせた。そして、温かい布を彼女の頰に当てる。

ジャスミンの背後では、母と将軍が言い争っていた。断片だけが彼女の耳にも届いた。母が「ああするしかなかったの」、「あなたはあの子を望んでいなかったじゃないの」と言えば、将軍は「いずれにせよ、すでに傷ものだ」と応えた。

ジャスミンは、これ以上なにが起こっているのか知りたくなかった。ユキを見つめると、押さえている頬が青くなりはじめていた。ハウスボーイは待っているようにと手ぶりで告げ、湯の入ったボウルを持ったまま、おそるおそる立ち上がった。両掌をその縁に当てて、湯がこぼれないようにしている。そうして踵を返すと、キッチンに向かった。

ハウスボーイが背中を向けるのと同時に、ジャスミンはユキの手を握った。母と将軍は議論に夢中になっている。二人は身体の向きを変え、鋭く囁き合いながら玄関ポーチのほうへと歩いていった。ジャスミンにはすべきことがわかっていた。今だ。ジャスミンはユキと腕を組んだ。二人は一体となって立ち上がった。ワンピースをたくし上げて脇の下に挟み、べたつく手を握り合いながら裏口の扉を目指して駆け出した。

エイベル

エイベルはありとあらゆる手を尽くした。フレディを持ち上げようとしたが、力が足りなかった。しかもそのせいで、フレディの太腿からはさらに激しく血が流れはじめた。両腕を掴んで引きずろうとしたが、負傷した足が地面に擦れて、フレディは悲鳴をあげた。引き上げて立たせ、歩くのを助けようとしたら、こちらに倒れ込んできた。

「フレディ、移動しなきゃ！」エイベルは叫んだ。苛立ちのあまり涙がこみ上げてきたのが恥ずかしかった。「なんでそんなに頑固なんだよ」

フレディが目を剝いてみせようとしていることに、エイベルは気づいた。だが、それだけのことをするのにも、力を振り絞らなければならないようだった。フレディは言葉を発することなく、ただ鶏小屋の外壁に背中を預けて、ぎこちなくずり落ちていった。砂まじりの茶色い地面に、赤い痕が残った。エイベルはあたりを見回し、ほかの少年を探した。だれか、フレディを抱え上げるのに手を貸してくれる人間がいれば。爆撃機が頭上に現れた。だが煙は晴れつつあった。走ってだれかを捕まえて来られるかもしれない。フレディを一人で鶏小屋に残すのはいやだったが、しかたがない。

「フレディ、すぐ戻って来るからな。心配するなよ」

熱気がエイベルの身体を打ちすえた。阿鼻叫喚の光景が二人を取り囲んでいた。叫びや怒声が空中を満たし、その中に思いがけず生姜とハーブの鋭い香りが混ざり込んだ。ラーマが、鶏小屋の裏の菜園で育てていたものだ。

「だめだ」フレディが威厳のある落ち着いた声でそう言い、エイベルは振り返った。「頼む。一人になりたくないんだ」

それで、二人は並んで座った。痩せた二つの背中を、鶏小屋の外壁に押し当てながら。エイベルを粉々に打ち砕いたその小屋が、今ではフレディの身体を支える唯一のものとなっていた。あたりには航空機の轟音が響きわたり、惨《むご》たらしい死の匂いでいっぱいだった。だが二人を包む繭の中には、奇妙な静けさがあった。もしかしたらここで死ぬのもいいのかもしれないな、とエイベルは思った。灰が鼻と喉をくすぐった。それで、フレディも灰を吸い込んで苦しんでいるのではないかと見やった。おだやかな眠りに就いているように目を閉じていたフレディが、片目を開いて囁いた。「ぼくのほうがハンサムだからな。うらやましがってもしようがないぞ」

おかれている状況の深刻さにもかかわらず、思わずエイベルの口角が上がった。そして腹がひくつき、笑いになる。この数カ月ではじめてのことだった。するとフレディが、エイベルの肩に頭をもたせかけた。「首が痛いんだ」と彼は言った。

エイベルは身体の角度を変え、肩に頭を載せやすいようにしてやった。壁に当たっている背中がちくちくしたが、エイベルは微動だにしなかった。

「ごめんな」フレディは咳き込んだ。

エイベルは、首筋に飛ぶ唾を感じた。酸っぱく苦い臭いがした。だがエイベルはひるまなかった。

「アキロウのこと、ごめんな。ただ……ただおまえに元気になってもらいたかっただけなんだ」

「シーッ。フレディ、おしゃべりはもうやめたほうがいい」エイベルは、フレディの両頬をやさしく指で挟んだ。指先に砂埃と汗の固まりを感じた。

「かあさんがいたらいいな……これから行くところに」フレディがかすれ声でそう言った。「ぼくこわいよ」

「ばか言うな。おまえはどこにも行かないよ」エイベルは、自分の肩にもたれかかっている痩せた身体が震えるのを感じた。息を深々と吸い込んでいるようだった。

「たぶん、かあさんには会えないな。おまえにあんなことしたんだもん」

フレディの足のどす黒い円は大きくなり、左右対称でもなくなっていた。手の施しようがないとエイベルにはわかった。二人は、残された最後の時間を過ごしていた。

「〝星への願いごとは〟」とエイベルは歌った。フレディのお気に入りの歌だ。声に震えが出ないように、エイベルは頬の内側を噛んだ。赦しはさまざまなかたちで訪れる。今赦しを与えるのは、エイベルなのだ。

「〝だれにだってできる〟」フレディがそれに応じて囁いた。酸っぱい息が、エイベルの首筋にかかる。

エイベルが歌い終わる前に、フレディは静かになった。その呼吸は短くざらついていた。それでもエイベルは歌い続けた。一曲また一曲と、二人が好きだった歌を。それは聖歌のようなものだった。

やがてフレディの呼吸は止まり、無音になった。酸っぱい息がエイベルの首筋をくすぐることもなくなった。そしてエイベルにはその意味がわかっていた。完璧にわかっていた。

⁂

ジュジューブ

「ジュジューブ」タカハシ氏が、ティーハウスのホール側から呼びかけた。その声が、厨房にまで届く。

ドライサーミが振り返り、睨みつけてくる。「ジュジューブ、ちゃんとお客さんを見てるのか？」

「はい」と彼女は応える。頭がずきずきと痛んだ。

「私物は自分のところに置くんだ。食中毒が出たらかなわん」と彼は言った。

ジュジューブは、カウンターの上に剝き出しで置かれているキャッサバの根に手を伸ばしてから、従順そうにうなずいてみせた。ドライサーミもやってやろうかと考え、それは違うと思い直す。そんなことしたら、ただ頭がおかしくなったってことになってしまう。でもそんなのぜんぜん違う。わたしは頭がおかしくなったんじゃなくて、復讐に燃えているだけなんだから。ジュジューブは、立ち去るドライサーミの背中を見つめた。白いシャツに、汗が蛇行する線を描いていた。

それから、ジュジューブはティーハウスのホール側に出た。握りしめている指の爪が、半月形の痕を掌に刻みつけていた。「お茶のお代わりはいかがですか？　お湯を沸かしてきますよ」

「ありがとう、そうしよう」タカハシ氏は上機嫌な声でそう言った。ジュジューブの頭にできている生傷と、それを髪の毛で不器用に覆い隠してあることには気づいていなかった。タカハシ氏はうわの空だった。その夕方、彼は紙の束を脇の下に挟んで店に入ってきたのだった。遅れていたイチカからの手紙が、まとまって届いたのだ。手紙を順番に整理するつもりなのです、とタカハシ氏はジュジューブに告げた。それから一枚ずつ読んでいく。そうすれば物語が時間軸に沿ってきれいに流れて、まるでイチカが話して聞かせてくれているように感じられるからだ。

厨房に戻ったジュジューブは、装飾付きの青いケトルに水を注ぎ、火にかけた。蓋を開け、底にできた泡が内側の側面を上りながら大きくなり、それが弾けて沸騰する様子を眺めた。それから茶葉を放り込み、水が濁った褐色になるのを見つめる。

ジュジューブはキャッサバの根に意識を移し、かつて母が、生の根に含まれているシアン化合物を取り除くために下茹でしていた時の姿を思い浮かべた。母はそうやって毒抜きしたキャッサバの根を、米に混ぜていたのだ。それからみんなで――その頃はまだ五人家族だった――呑み下すのも難しいほどねばつくそれを食べた。そうしてもうお腹いっぱいと互いにごまかし合い、食後には心配顔でラジオニュースに耳を傾けたものだった。当時ですらすでに、生活が荒廃し、なにもかも絶望に支配されているように感じていた。それからどれほど状況が悪くなっていくのか、わたしたちはまだなにも知らなかった、とジュジューブは考える。

ジュジューブの心はまだ決まっていなかった。死体を見下ろすようにして立ち、殺したのは自分であることを宣言するべきか、シアン化合物が効きはじめる前に逃げ出すべきか。いずれにせよ捕まることにはなるだろう。毒を盛ったのがわたしだっていうことは、すぐにわかるはずだ。手を下したと認めて、痙攣しているあの人を眺めるほうが簡単かもしれない。腹の中が溶けて鼻や口から血を流して死んでいく姿を眺め、そうやって眺めているわたしの姿をあの人に見せつけることで、犯人はわたしだと教えてやる。そしてイチカと会うことはもうないのだと悟ったあの人の目から、希望が失われていくところをじっくりと見つめてやるんだ。

ジュジューブは引き出しの中からナイフを取り出し、その鋸歯状《きょしじょう》の刃をほれぼれと見つめた。ほかの多くの例に漏れず、そのナイフは実際以上に危険な見た目をしていた。鋸歯状の刃は実のところ鈍《なま》っていて、研ぐ必要があったのだ。身を守るための武器としては役立たずだったが、ジュジューブの目的にはかなっている。生のキャッサバの根を削ると、ソーサーにこぼさないように気をつけながら、タカハシ氏お気に入りの緑のティーカップに細かな薄片を入れた。そしてそこに紅茶を注ぐ。キャッサバの根の薄片は錨のない小舟のように浮いて、ケトルの注ぎ口から出てきた茶葉とともに漂ってから沈んでいった。ジュジューブはそれをスプーンですくい出しながら、底に残っているより細かい粉末状のものを攪拌した。

ジュジューブは、厨房からホールへと大股で出ていった。片手には、緑のティーカップがある。扇風機が音をたてて回転し、午後の湿気がジュジューブの背中に貼り付いた。一人の老人がいくらか苛立ち気味に、テーブルの脚を靴でこつこつと鳴らしていた。

ジュジューブの頭の中は澄みきっていた。

セシリー

玄関ポーチには籐椅子があり、いつでも座れるようにやわらかいクッションが載っていた。だがフジワラは重い軍靴を脱ぐと、それを柱の背後に揃えてからゆっくりとぎこちなく木の床に腰を下ろして胡座をかいた。セシリーは驚いた。怒鳴り合いが続くと考えていたからだ。嵐は過ぎ去り、明るく白い月がフジワラの剝き出しの足を照らしていた。なめらかで繊細な足だが、おそらく硬い軍靴のせいなのだろう、踵にまめができていた。

フジワラは自分の前の空間を身ぶりで示した。「さあ、きちんとけりをつけようじゃないか。あの子たちにわれわれの争いを見せることはない」その顔は影に包まれ、頬が落ちくぼんでいた。セシリーはフジワラにならい、胡座をかいた。

セシリーは、幽霊の存在を強く信じるほうではなかった。たしかに、夜中に聞こえてくる物音が、古い木造家屋が伸び縮みする耳慣れない軋みが、こわいと感じることもあった。だが、死者にじっと見つめられているのではないかと心配する人々とは違った。それでも、なにもかもが特別にどんよりとして感じられる夜には、リーナが影の縁に浮かんでいるのではないかと思うことがあった。リーナの呪いでこんな人生になってしまったのかも、そのせいで愛する人々がこんな目に遭ったのかもしれない、と。

「で、どうして今さら家族が欲しくなったの?」セシリーは、自分の指をねじりながらそう尋ねた。「前は違ったのに」

「終わりが来たのだと思う」とフジワラが言った。月光がその顔の片面を照らしていた。もう片方は闇に呑まれ、影の刻まれた山のように鼻筋が隆起していた。「私たちが力を尽くして実現させたものすべての終わりだ」フジワラは玄関ポーチの柱に背中を預け、そよともしない夜の空気の中へと静かにため息をついた。「男にとって、自分の生きた痕跡をこの世界に残すというのは大切なことなんだよ」

「こんな世界、あなたの話と違うじゃないの」セシリーは怒りのあまり言葉が見つけられなかった。何年にもわたっていくつもの約束を破られ、いくつもの人生を破壊され、目指したものは実現せず、なに一つ報われなかったことを、どんな言葉で言い表せるだろう?

「自分が家族を持っていたとしたら、私たちが家族を持っていたとしたらどんなものだったのか、見てみたかっただけなんだ。ほんの数日のあいだだけだったが、あの子にはいろんなものを見せてやれるはずだと思った」そこでフジワラは言葉を切り、眠り込んでしまったのかとセシリーが訝しむほど長いあいだ沈黙した。それから、「こんな世界、あの子にはふさわしくない」と囁いた。それに対してセシリーが応える前に、フジワラはこうつけ足した。「もう一人の子については知らなかったんだ。信じてくれ」

セシリーは両脚を胸に引きつけた。部屋着が足に貼り付く。おそらくこれは、フジワラのできる最大限の謝罪、後悔の念の吐露なのだろう。こんなもので足りるのかはわからなかった。だが、フジワラの苦い罪悪感は伝わってきた。二人の悲しみが混ざり合い、ほとんど味覚となって感じられそうなほどだった。

「いい子だね、ジャスミンは」と彼は言った。「しかしもう一人の子は……」

セシリーはフジワラの顔をじっと観察したが、身体のほうが雄弁に物語っていた。月はほとんど雲に隠れていて、セシリーに見えるのは、フジワラの両の肩がちぐはぐな高さになっていることだけだった。その時におそらくははじめて、セシリーは彼を理解した。すべてを奪い去っておきながら、自分自身の手もとにはなに一つ残らなかった男のことを。

「わたしたちがこうなったのは報いなのかも」セシリーはそう言い、泥まみれになって荒れ果てている自分自身と、苦悩に呑み込まれて背中が曲がってしまったフジワラを、身ぶりで示した。それから、月をまっすぐに見つめる。明るくて目が痛いほどだった。太陽をまともに見つめるのと、さほど違わなかった。

フジワラは沈黙していた。かすかな口笛のような息づかいだけが聞こえた。

「二人ともうちに連れて帰るわ」セシリーはフジワラに向きなおり、そう言った。「あの子たちには家が必要なの」

フジワラはうなずいた。「間もなくイギリス軍が私を捕らえにやって来る」その声はおだやかで、やわらかかった。短い一瞬のあいだ、かつての日々が蘇ったようだった。二人きりで、どんな未来を実現させようかと囁き交わしていたあの頃が。セシリーはよろめきながら立ち上がり、痺れた足を振った。フジワラは両腕を伸ばしてポーチに寝転がり、顎を空に向けた。

セシリーの背後の屋敷の奥から、ハウスボーイの叫び声が聞こえてきた。けたたましい動揺の声が、夜の空気を貫いた。

⁂

ジュジューブ

イチカの手紙は、海緑色《オーシャングリーン》のテーブルの上に、クラゲのように浮いていた。ジュジューブは、丁寧に一枚一枚便箋を抜き出していくタカハシ氏を見つめた。彼はそれを手で伸ばしてから、それぞれの入っていた封筒の上に、きれいに載せた。手紙は長いあいだ折られていたせいで半開きの状態になり、それがテーブルの上に並んでいる光景はアコーディオンを思わせた。便箋の状態はまちまちだった。染みのついたものもあれば、インクが滲んでいるものもある。だがイチカの丸く輪を描くような、大きくて自信たっぷりな筆跡は見誤りようがなかった。

「おっと、気をつけて!」ジュジューブがティーカップをテーブルに置こうとすると、タカハシ氏が声をあげた。熱い湯をタカハシ氏自身か手紙の上にでもぶちまけてやりたいという衝動が全身を貫いたが、ジュジューブは息を吸い込み、それを抑え込んだ。今はそうする時ではないし、計画していたこととも違う。

「ごめんなさい」タカハシ氏は、ジュジューブの腕をぽんぽんと叩きながらそう言った。「大声を出すつもりはなかったのです。興奮していただけです」目尻にあるかすかな皺が、ほほえみとともに深くなった。ジュジューブは、お代わりの入ったティーカップを、手紙から離れたところにある隙間に置いた。それから一歩さがり、うなずく。謝罪を受け入れたという印だ。

「お願いです」と彼は言った。「ここに座ってください」タカハシ氏は、空いているスツールを指し示した。

ジュジューブはためらった。これは予期していなかった。こんなふうに親愛の情を示されるとは思っていなかったのだ。それでしかたなくティーカップを指差した。「でもお茶が」

「支配人が出てきて怒ったら、私がお願いしたと話します」と彼は言った。「お願いです、座ってください。いっしょに……」タカハシ氏はそこで間を空け、言葉を探した。「いっしょに分かち合いたいのです。喜びの時間を」

そうするほかなかった。ジュジューブはタカハシ氏の隣に腰を下ろした。スツールの下で足の指を丸め、落ち着かない気持ちで爪先を靴の内側に押し当てた。ティーカップの蒸気が勢いよく立ちのぼっていた。すぐに冷めてしまうだろう。だがタカハシ氏はうわの空だった。

「どこからはじめましょう?」と彼は陽気に問いかける。「最初からに決まっていますね」自分の冗談にくすくすと笑いながら、整理された列の最上段、左端に置いてある手紙に手を伸ばす。タカハシ氏は咳払いをし、朗読しはじめた。
イチカの手紙の内容は平凡だった。日常生活の些事でいっぱいだったのだ。

今日わたしは病院に行きました。患者さんたちはやさしくしてくれました。苛立っているお医者さんはいましたが、もちろん、お医者さんはたくさん考えることがあるのだと思います。市場に行った時に、わたしたちの大好きな根菜を買えたのがうれしかったです。それで出汁を取るつもりです。天気が変わりやすく、今日は肌寒かったです。今日は空を描きました。色も塗りたいと思いましたが、絵の具がありません。だから今は色無しの絵で満足しています。

イチカの書きぶりはひどく大雑把だった。良い書き手ではない、とジュジューブは見下すような気持ちで考えた。感情をかきたて、読者の目の前にありありと情景を描き出すことはできていなかった。子どもの手紙のようにたどたどしく、退屈な事実を述べ立てているに過ぎない。価値判断もなければ詩心もないし、劇的な展開もない。事物を描写しているだけだ。自分の感じることではなく。にもかかわらず、タカハシ氏の途切れがちな翻訳に耳を傾けているジュジューブは、どうしようもなく気持ちを惹きつけられた。タカハシ氏は手紙に目を通しながらすばやくまばたきをし、一、二行黙読してからゆっくりと一文一文英語に訳していった。時制につまずき、縮約形や代名詞を間違えた。
手紙からは、イチカが長崎を離れて小さな町に移ったことがわかった。彼女はそこで、戦争中であるにもかかわらず静かな生活を送っていた。質素な暮らしではあるが、満たされた気持ちと澄んだ心と、そしてなんとも奇妙なことに、しあわせを感じていたのだ。ジュジューブは、イチカの手紙の行間を埋めていった。するとこんな光景が頭の中に浮かび上がった。毎朝、イチカはおなじくらいの時刻に起きる。黄色い太陽の光が、決然と雲を貫いて差す頃だ。彼女は高齢の伯母とともに暮らしていて、朝ご飯をいっしょに取る。一杯のお茶、野菜の漬物が載ったご飯、酸っぱい漬物の香りに熱いお茶の湯気が混ざり込み、どういうわけか甘さも酸っぱさも引き立つように感じられる。それからイチカは、ゆったりとしたおしゃれな男性用ズボンを穿いて、病院に向かう。そこでは、あらゆる雑用をこなす。兵士たちの傷の手当てをしたり、怪我人に本を読んで聞かせたり、病院中を駆けずり回り、医師や看護婦たちのあいだでやり取りされる書類を運んだり。そうして疲れて凝った足の裏の筋肉をもみほぐすために爪先を丸めると、土踏まずが痛む。仕事のあとは伯母と夕食を取り、本を読み、絵を描き、それから静かな日常がいっぱいに詰まった父への手紙を書き、返事が来ますように、と少女らしく願うのだ。

ジュジューブはまた、イチカが父親に話していないのはどんなことだろう？とも気になった。手に手を取り合い、新しいデザインの服を店でいっしょに眺め、ひょろりと背の高い勉強熱心な男が通りかかった時にカフェでいっしょにくすくす笑えるような女友だちのこと。あるいはそういう話で言えば、道端で呼び止めて、イチカの黒くて長い髪を褒めたりするような男たちのことはどうだろう。あるいは、きゅっとつままれたようなかたちになっている鼻のせいで、イチカの顔は今にも笑い出しそうに見えるのだが、その鼻をじっと見つめるような男たちのことは。病院に勤めている看護婦が、指先をイチカの手首に押し当ててほんの一秒ばかり必要以上に長くそのまま触れ続ける時、もしかしたら彼女は腹部に広がる強烈な欲望に困惑することすらあるのかもしれない。その看護婦はじっとイチカを見つめているのだが、イチカのほうは彼女のことを見ることもできないし、視線を上げることとすらできないのだ。ジュジューブの頭の痛みは薄らぎ、その代わりに心の底から、もっと知りたいと思う気持ちが生まれていた。イチカの内面の生活には、詩のような優雅さがあった。愛と欲望としあわせと奇跡に満ちていた。そしてジュジューブはもっと聞きたいと切望した。イチカの生活のすべてを。

ジャスミン

ジャスミンには、隣にいるユキの息づかいが聞こえていた。二人は暗い手押し車の中に横たわり、両腕は身体の脇に置いたまま、拳を固く握りしめていた。ユキの脳も自分のとおなじくらい高速回転していて、大人たちの怒鳴り声とやり取りのすべてを、過去数時間に起こった入り乱れる感情のすべてを、読み解こうとしているに違いない、とジャスミンは考えた。

今はお互いに触れ合っていないのが奇妙に感じられた。あの家からここに来るまでのあいだ、ずっと手を握り合ったまま走ってきたというのに。日が沈むと同時に蚊が出てきて、唸りをあげながら腕を刺しはじめた時でさえ、ジャスミンはユキの手を放さなかった。空いているほうの片腕を振り回して蚊を追い払い、目眩がするほど激しく首を振って、顔にたかろうとする蚊から逃れた。だが今、ユキは手押し車の中で隣に寝転がったまま、ひと言も発さない。

「ユキ、お腹すいた？　わたしはすぅぅぅんごくすいた！」二人は、ハウスボーイにもらった魚の匂いのする菓子を食べていたが、あれはスカスカで食べ応えがなかったのだ。ジャスミンは、ずっしりとした米が恋しかった。腹に溜まり、満腹のまま気持ちよくうとうとできるようなものが食べたかった。両手で腹をぎゅっと掴み、空腹を強調してみせた。その時、ユキには自分の姿が見えていないことに気づいた。両手を脇に下ろすと、はずみでユキの腕に触れた。ところがユキはその瞬間に身を引き、横向きになって身体を丸め、ねじ曲がったCのかたちになった。ジャスミンの肘に、ユキの螺旋《らせん》状の背骨が当たる。「ユキ?」

ユキは黙っていたが、呼吸音が大きくなっていた。鼻と口の両方から息を出しているようで、低い唸り声とくしゃみの混ざったような音がしていた。いつものジャスミンならくすくす笑ってしまうところだが、今はいやがられるかもしれないと考え直した。口を開いたユキの声はがさがさだった。喉が渇いている朝や、長いあいだなにも話さなかったあとのジャスミンの声とおなじだった。

「ずるいよ! あんたにはパパが二人とママもいるのに、わたしは、わたしは……」ユキはそこで口をつぐみ、それから、「わたしがあんただったら、家出なんかしてない」と言った。

ジャスミンは、自分の耳の先が赤くなるのを感じた。地下室に閉じ込められるのがどんなかんじか、ユキはわかっていない。日本人たちがやって来てからみんな変わってしまって、ジャスミンの家族は全員悲しみの固まりになってしまったこともわかっていないし、母の空っぽな目の中を覗き込むのがどんな気持ちか、そしてあんなことがあった今でさえ、母が凶暴な獣のようになるのを見るのがどれほどつらいか、ユキはわかっていないのだ。どうやったらみんなを楽しい気持ちにさせられるかといつも考え続け、自分が気を配ってさえいれば家族をしあわせにしてあげられると思い続けるのがどんなかんじか、ユキは知らない。みんなが目の前で変わり、ばらばらに砕け果ててしまうのに、自分にはなにもできないでいるのがどんなかんじか知らないのだ。説明するのはすごく難しかった。突飛過ぎて大き過ぎてつら過ぎた。ジャスミンは再び手押し車の中で横になり、ユキに背中を向けた。胃がきりきりした。その後ろで、ユキが腹立たしげに息を吐いた。

ジュジューブ

ジュジューブは、かれこれ四、五十分はタカハシ氏の隣に座っていた。太陽は完全に沈み、ティーハウスの中は荒涼とした人工の明かりで照らされている。天井に取り付けられた埃まみれの電球を見上げると、小さな黒い影がいくつもこびりついていた。光を目指して飛んでいき、不運にもその中に囚われてしまった虫たちの死骸だ。ドライサーミは、ホールに出てくるたびに、ジュジューブをいやな目つきで見てきた。彼女がほかの客をほったらかしにしていたからだ。しかし、常連客中の常連客であるタカハシ氏といるため、口出しはしてこなかった。

タカハシ氏は、いずれも便箋数枚にわたるイチカの手紙を四通朗読し終え、その間一度も休んで紅茶をすることがなかった。タカハシ氏の読みかたは、夜ごと物語をつむいでくれた母の、悠々として巧みな語りぶりとは違った。途切れがちで堅苦しく、日本語を英語に訳すためいたるところに隙間が空いた。そして、難しく感じる単語を口にする時には声が揺れた。「娘は、近所に男の子が住んでいると言っています。近所の子はその……ただわんぱくなだけではない。なんて言うのかな。極端ないたずらっ子、彼女は言います。その子は矯正不能だと娘は考えています」

「手に負えないんですね」とジュジューブは言った。

「手に――」と口にしかけて諦め、「すごくわんぱく」と言い、くすくす笑った。「わかりますね」

今晩はイチカの夢を見るのかな、とジュジューブは考えた。揺るぎなく誠実に綴られた手紙の内容を、夢の中で追体験できるんだろうか。ほんとうの意味での可能性が開けている暮らしを、演じることができるのだろうか。

タカハシ氏は打ち解けた調子で咳払いをした。「声が疲れました」そう言い、自分の喉を指差す。

「しかし、あなたに手紙を読むことができてよかった。手紙のおかげで、わたしたちは少し現実から逃げられますね、そうでしょう?」タカハシ氏は震えるような笑みを見せた。やさしげで、信頼のこもったほほえみだった。「さて、どう思いますか、ジュジューブ?」と彼は尋ねた。

「娘さんの手紙についてですか?」

「娘について」

タカハシ氏はなにを言わせたいんだろう、とジュジューブは測りかねた。あるいはより正確に言えば、どんな言葉を聞きたいのか、ということだ。単純に認めてもらいたいだけなのかもしれない。娘が立派に成長したということを、娘は彼が考えているとおりの善良な人間であり、彼の育てかたがよかったおかげで父親の誇りとなるような女性に成長したのだと。イチカは大丈夫ですよ、と安心させてもらいたいのかもしれない。娘にはまた会えるし、この戦争のせいで彼の家族は修復不可能なほど壊れてしまったなどということはなく、いつの日か一家はまた一つになれるのだ、と。

「娘さんはいい人です」とジュジューブは言った。「あなたは幸運な人です」

タカハシ氏は顔をそむけた。その表情は沈み、疲れていた。「この戦争」と彼は口を開いた。「この戦争」

ジュジューブの胸に開いた穴が、ジャスミンがいなくなった日に開いた穴が、内側に向かって締めあげられるように痛んだ。

タカハシ氏はぎこちなく咳払いをした。「正しさなどありません。この戦争がどんなことになるのか、私にはわからない」そう彼は言い、皺の走る手を、ジュジューブの手の上に載せた。

「娘さんと会ったらなにをするんですか？」ジュジューブはそう尋ねながら、手を引いた。父と娘がいっしょにいる光景を思い浮かべてみた。タカハシ氏とイチカは再会し、互いの物語を語り合う。その時ジュジューブは、遠くの、ほとんど忘れ去られた記憶でしかないのだ。

「私は――」とタカハシ氏は話しはじめた。封筒を一つ取り上げ、イチカの書き文字を見ながら悲しげにほほえんだ。「できれば――小さな印刷所をはじめたいと願っています。本ではありません。本は難しいですから。たぶん、ノートやカレンダーを。そして、イチカの絵や写真を中に印刷するのです」

「静かな暮らし」とジュジューブは言った。

「静かな暮らし」とタカハシ氏はおなじ言葉を返した。「病院もなければ死者もいない世界」

ドライサーミが、厨房でけたたましく音をたてはじめた。ガシャガシャと皿を鳴らし、モップの柄を繰り返し壁に打ち付けている。店じまいしたがっているのだ。

タカハシ氏は小さく咳をして、ようやくティーカップに手を伸ばした。シアン化合物が、触手を伸ばすようにして紅茶全体に行きわたり、毒の純度が上がっていく光景をジュジューブは思い浮かべた。

「これを飲み終えたら帰ります。支配人が出ていけと言っているようですから」タカハシ氏は力なくほほえんだ。「許してください私の……爆発する感情のこと」

「感情の爆発、ですね」ジュジューブは思わずそう言った。

「あなたがいなくなったら、私はどうしたらいいのでしょう?」タカハシ氏はそう言い、ティーカップを唇に寄せた。激しく立ちのぼる湯気を予期していたかのように、少し目をしばたたかせる。そこで紅茶が冷めていることに気づき、ふっとひとりで顔をほころばせ、口のほうにカップを傾けた。

ジュジューブは無意識のうちに腕を突き出していた。指先が手紙の海を横切り、ティーカップに手が当たる。取っ手を持つタカハシ氏の指先で、カップがぐらぐらと揺れた。

「ジュジューブ、いったい……?」タカハシ氏が怪訝そうにジュジューブを見つめる。

「だめ」ジュジューブはそう言うと再びカップを叩き、今回はひっくり返した。濁った褐色の水が波となって溢れ、タカハシ氏の指を濡らし、一通の手紙の上に降りかかった。インクが流れ、アコーディオンのようだった折り目は伸びて広がった。ぼやけて読めなくなった手紙は、死んだように静止する。

タカハシ氏は跳び上がるように立ち上がった。こぼれた紅茶がテーブルの縁へと押し寄せてきたので、それを避けようとしたのだ。

「なにをするんですか」そう言う彼の声は震え、頬が赤らんでいた。それはジュジューブが見てきたタカハシ氏の顔の中で、最も怒りに近い表情だった。彼は濡れた手紙に手を伸ばし、指先を曲げてテーブルから剝がそうとする。

ジュジューブはタカハシ氏とテーブルのあいだに立ち塞がった。紅茶が静かにテーブルの縁から滴り、ジュジューブのスカートに浸み込んでいった。彼女は両手をあげて、濡れたテーブルにタカハシ氏が触れないようにする。

「ごめんなさい」とジュジューブは言い、それからほかに言葉が思いつかず、「こうしたほうがよかったんです」とつけ足した。

タカハシ氏の濃い茶色の瞳と目が合った。だが、自分がなにをされかけていたのか、彼が理解したのかどうか、ジュジューブには判断がつかなかった。勝ち鬨《どき》をあげ、計画したとおりに彼を怯えさせ、自分が毎日闘っているのとおなじ苦しみを味わわせてやるべきなのかな、と考えた。だが実際に彼女がしたことは、「ごめんなさい」と繰り返し繰り返し囁くことだった。その間、タカハシ氏は黙したままイチカの手紙のうち無傷なものを集め、脇の下に挟んだ。それが済むとジュジューブの顔を見つめ、それから、紅茶とインクに浸っている手紙に目を向けた。ジュジューブはなにか言おうとして口を開いたが、言葉がなかった。自分の鼻から出ていく息が、口笛のように鳴るのを感じた。

タカハシ氏はゆっくりとティーハウスから歩み去った。

厨房にいるドライサーミが、再びモップを壁に打ち付けた。ジュジューブはぼろ切れを掴み、へばりついている便箋を剝がし、汚れた床にモップをかけた。その夜、ようやく店を出た時には、夜空に満月が低くかかっていた。丸々とした完璧な球体が、ジュジューブに冷たい光を投げかけた。それはだれしもが、希望か赦し、あるいはなにか良いことが起こる兆しと受け取るはずのものだった。だれしもが顔を上げて、壮麗な月のすばらしさを見つめたはずだった。だがジュジューブは、あの銀色の月は今宵、そしてこれからの毎夜、ほかにどんな恐怖を照らし出すのだろう、と考えただけだった。

エイベル

新たな混沌が収容所を呑み込んだ。航空機が爆撃をやめ、地上に降り立ったのだ。そして着陸した途端に、軍服を身に着けた白人男たちを吐き出した。彼らは歓声をあげたり、両腕を振り回したりしながら、勝利に酔いしれた。イギリス軍がやって来たんだ、とエイベルは思った。日本軍はほんとうに戦争に負けたのか。灰だらけの空気の中で閃光が炸裂した。パイロットたちが戦勝記念の写真を撮っていた。互いの身体に腕を回しながらポーズを取る彼らの姿を、エイベルは見つめた。イギリス空軍の制服がずらりと並び、その背景には死んだ仲間たちの姿。こいつら、殺したのは日本人だけだったと思っているのかな？　巻き添えで殺しまくったことなんか、気にしないんだろうか？　積み上がった手足の上で、シャッター音が響いた。彼らは死体や瓦礫をまたぎながら歌っていた。一曲だけ、エイベルにもわかった。学校でブラザー・ルークたちにむりやり歌わされた賛歌、「神よ、国王陛下を守りたまえ《ゴッド・セイヴ・ザ・キング》」だ。

間もなく、イギリス兵たちは生き残った少年たちを一カ所に集めた。少年たちの目は、煙と恐怖から涙で濡れていた。服はぼろぼろに裂け、痩せ細った身体からは血が流れている。エイベルは、アズラーンがどんよりとした目でよろめいているのを見た。ラーマは脇の下に腕を差し込まれ、二人の少年に体重を支えられながら足を引きずっていた。兵士たちは全員を並ばせると、何人かの顔をぼろ切れでゴシゴシと擦った。

「さあ、にっこり笑ってみせろ！」彼らは叫んだ。「おれたちが解放してやったんだぞ！　神よ、国王陛下を守りたまえ！　おまえら野蛮人は自由の意味もわからんのか？」

　カメラのシャッターが次々と切られた。

　イギリス兵たちは、鶏小屋の中でうずくまっているエイベルにはまだ気づいていなかった。フレディが死んだ時、エイベルはほとんど緊張病《カタトニア》の状態で座っていた。身体を動かせなかった。どうしても支え続けたかった。フレディの肩を崩れ落ちさせたくなかった。だがやがて、エイベルの身体は引きつりはじめた。肩が、死んだフレディの重みをそれ以上は支えていられなくなった。エイベルは、肩からすべり落ちていくフレディの頭を手で受けとめ、親友の頭を慎重に地面に下ろした。首がおかしな角度に曲がり、ねじれていた。心を鎮めようと、四つん這いになって鶏小屋に移動した。腹のところに挟んであるちり紙の絵が、ガサガサと擦れて気持ち悪かった。

　眼前で繰り広げられている光景を、鶏小屋の金網越しに目を細めて眺めているうちに、やるべきことは一つしかないことに気づいた。フレディならしたはずのことだ。ズボンの引き紐を絞って、身体に絵をしっかりと押さえつけてから、エイベルは立ち上がり、走った。全速力で、できるかぎり静かに走った。人形のように整列させられている仲間たちからも、シャッターを切り続けているカメラのレンズからも、勝利の喜びに沸くイギリス兵たちからも、紐のようによじれて地面に転がっているフレディからも離れていった。消耗しているエイベルの身体は悲鳴をあげた。もう何時間もなにも食べていなかったし、トディも口にしていなかった。生き残れそうにもなかった。兵士たちのあいだをかいくぐり、収容所のゲートを通り抜けるのは不可能に思えた。歩いてタイを横断することなどできそうにもなかった。だがそれでも、そうするほかなかった。出発の時が来たのだ。

⁂

ジャスミン

目覚めた時にはまだ夜だったが、ユキはいなくなっていた。シーツがまくり上げられていて、ジャスミンの顔は夜露で湿り、両腕は蚊に刺された痕にびっしりと覆われ、胃が空っぽで痛いほどだった。ユキはここにずっといるだろうと考えていたのかどうか、自分でもわからなかった。沈黙しているユキの呼吸音を聞きながら、ジャスミンは眠りに落ちた。二人のあいだには、言葉にしていないことが大きな穴のようにぽっかりと口を開いていた。だが今、ジャスミンはこわかった。前回この手押し車でひとり目覚めた時には、ユキが怪我をして帰ってきた。ユキを将軍の家まで連れて行くことになったのは、そのせいだったのだ。しかしこれからは、将軍の家に行けるかどうかもわからなかった。そもそも自分に帰る家があるのか、信頼できる人がいるのかもわからない。ジャスミンの喉は水を求めて悲鳴をあげた。起きあがって、これからどうするか決める必要があった。ジャスミンはよろめきながら膝立ちになり、シーツをすべて引き剝がした。湿った夜気が顔に触れた。あたりは静まりかえり、人影もなかった。

ジャスミンは懸命に考えをまとめようとした。頭の中をいろんなものが駆け巡るせいで、気分が悪かった。気にかけなければならない人がものすごくおおぜいいた——ユキを探し出さなければいけないし、母になにが起こったのかたしかめる必要もある。だがなによりも、ジャスミンは空腹だった。立ち上がると倒れそうだった。手押し車から這い出て足もとを確認しようとするが、暗くてなにも見えなかった。靴がきつく、爪先を締めつけられているように感じた。そこでジャスミンは靴を脱ぎ、手押し車の中に入れた。まだひんやりとしている地面に両足をつけて、立ち並んでいる小屋の一つにゆっくりと向かう。もしかしたら食べ物や飲み物があるかもしれない。だれかあそこにいる女の子が助けてくれるかもしれない。そのあとで、ユキを見つけよう。

ジャスミンは、いちばん手前の小屋の戸をおそるおそる叩いた。「すみません」怯えた声で、囁くようにそう言った。

中からものの擦れる音がして明かりがともり、扉が開いた。戸口に男が立っていた。将軍よりも少し高いくらいの背丈だった。上半身に着ている軍服はおなじだったが、こちらのほうが汚れていたし、肩章の線が少なかった。ジャスミンは、男の脚が剝き出しになっていることに気づいた。ピンク色の太腿に、黒い毛がまばらに生えている。男は眠そうな声で、ジャスミンになにか言った。だが彼女には理解できなかった。日本語だったのだ。それから男は小屋の中に向かって大声を出して、だれかに呼びかけた。逃げる時だとジャスミンにはわかった。全身が痛かった。剝き出しの足で地面を踏みしめると、土踏まずのやわらかい部分が痛み、塵の欠片や小枝、そして乾いた泥がそこにめり込んだ。視界に点が現れた。白地に黒い点が見えたかと思うと黒地に白い点が見え、それが踊り回った。ジャスミンは立ち止まり、身体を大きく波打たせながらぜえぜえと息をついた。空気がヒュウヒュウ音をたてながら身体の中を通った。

小屋の正面にある扉から見えないように注意しながら、ジャスミンは別の小屋の壁にもたれかかった。全身の神経に火がついたようだった。それがあまりにも激しく、絶望的な気持ちになった。この場所全体が彼女を脅かしていた。ほかでは感じることのないおそろしさだった。心の奥底では、逃げ続けるのをやめたら、人目につかないようにするのをやめたら、このあたり一帯にいる死んだ目の少女の一人に、自分もなってしまうのだとわかっていた。あまりにも無力で孤独だった。そのうえひどく空腹だった。ユキにすら見棄てられた。いっしょになって逃げ出した時の、ユキの短くて太い指の感触がまだ掌に残っていた。ユキはジャスミンよりも背が高かったが、指は短く、手も小さかった。だから、ジャスミンがユキの手を握ると、いつもすっぽりと掌の中に収まった。そのおかげで、自分はユキの面倒を見ることができるのだという気持ちになれたのだ。

目の前に浮かぶ無数の点が大きくなってきた時、ユキの頭の嗅ぎ慣れた脂っぽい匂いがしたかと思うと、親友の鋭い囁き声が聞こえた。「どこ行ってたの？　いなくなったかと思ったじゃないの！」

「あんたを探してたの」ジャスミンは力なく囁くと、両手で頭を抱えたまま膝をつき、地面にうずくまった。

「ウーンおばさんの部屋に行って、これ取ってきたよ」ユキは、ジャスミンの鼻先に丸パンのようなものを突き出して振った。それにかぶりついた瞬間、ジャスミンは泣きそうになった。丸パンは温かくてやわらかかった。

ジャスミンはあたりを見回し、自分の分の丸パンを手にしたユキが目の前にしゃがみ込んでいるのを確認した。背後の小屋から男のうめき声があがり、二人が沈黙したまま咀嚼するリズミカルな音を乱した。ジャスミンは跳び上がり、ユキは嫌悪の表情を見せた。

「わたしたちは姉妹《きょうだい》だよ。なにがあっても」ユキはじっとジャスミンを見つめてから、ジャスミンの肩に両腕を回した。ジャスミンは、自分の身体の隅々までぐっと大きくなったように感じた。特にそうだったのが心臓で、しあわせな気持ちでいっぱいになり破裂しそうだった。いつも考えていたことがついに裏付けられたのだ。大人たちがなんのために争い合っているのかなど、ジャスミンにはどうでもよかった。大人たちときたらいつでも頭の中はめちゃくちゃだし、不しあわせだ。考えることが多過ぎて、いちばん大切なものを忘れてしまうことがよくある。そしてジャスミンにとっていちばん大切なのは単純なことだった——ジャスミンとユキは、これからずっといっしょにいる。どんなことも、どんな人間も、もう二度と二人を引き離すことはないのだ。

丸パンを食べ終わると、ユキが引っぱり起こしてくれた。少しふらついたし、ひりひりしているところもあったが、食べたおかげではるかに力が出てきた。二人は軽やかな足どりで手押し車に戻り、シーツを頭上に引き上げると手足をからませ合って一体の生き物のようになった。

「ここ、暑い」ユキはそう言い、片腕を抜き取ってパタパタと扇いだ。

ジャスミンは、薄いシーツ越しに閃光を見たような気がした。明るいオレンジ色のものがさっと横切っていったのだ。それから、ジャスミンも暑くなった。二人の周囲が騒々しくなっていた。足音が駆けていき、人々の叫び声がした。ユキは困惑の表情を浮かべ、なにが起きているのかをたしかめるために、シーツの中から頭を突き出した。

「みんな走ってるよ、ミーニ」ユキが言った。振動が手押し車にも伝わってきた。重い足音をたてながら、人々があたりを駆け回っているのだ。「こわい」

「わたしは気にしない」ジャスミンはユキにそう言った。ますます暑く、息苦しくなっていた。そして騒ぎは次第に大きくなっている。だがジャスミンは、もう走るのはうんざりだった。大人たちが物事を正してくれると期待するのも、うんざりだった。そんなことぜったいにしてくれないからだ。ユキの手を引っぱり、二人で手押し車の中に寝転がった——大切なのはわたしたち二人だけ。腕から腕へ、肩から肩へ、顔から顔へと伝わってくる脈打つような熱に誘われ、二人は深い眠りに落ちていった。外では、慰安所が熱に浮かされたように燃え上がり、炎が蛇のようにのたくりながら地面を伝い進んでいた。

❧

セシリー

あの子たちが逃げ出すのも当然だわ、とセシリーは考えた。わたしたち大人は、あの子たちをがっかりさせるばかりだった。わたしたち大人ときたら、わけもわからず苦しんでいるあの子たちを放っておいて、自分を夢中にさせるものを——怒りとか欲望とかそのほかありとあらゆる、そんなものではとうてい自分たちの人生の深い悲しみを覆い隠すには足りないものばかりを、身勝手に追い求めてきたんだから。ハウスボーイが駆け寄ってきて、女の子たちがいなくなったと告げた時にはじめて、恐怖と不安がフジワラの顔をよぎった。自分の作り出したこの世界が、愛としあわせだけを求める二人の少女たちには、なんの価値も持たないことを悟ったのだ。あの子たちは間違った道を歩むかもしれない。間違った選択をし、間違った人々を信用してしまうかもしれない。フジワラは、ハウスボーイを厳しく咎《とが》めた。二人はどちらに向かったのだ。物音に気づかなかったとはどういうわけだ。あの二人を逃がすとはいったいどういうことなのだ——それは、セシリーとフジワラこそが浴びせ合うべき問いかけだった。

「どこなの？」セシリーはわめいた。「あの子たち、どこに行ったの？」

ハウスボーイは、遠くのほうを弱々しく指差した。だがフジワラはそれで理解したようだった。

「慰安所だ」そう話す彼の瞳は燃え上がっていた。「行こう」

すると、ものの燃える匂いがあたりに漂いはじめ、鼻を刺した。セシリーは、それが嗅ぎおぼえのある臭いであることにハッとした。何年も前の、ルウィシャム港の臭いに似ていたのだ。煙の背後ではオレンジ色の炎が、小さな手を差しのべながら闇の中を広がっていた——火事だ。大昔に日本軍が、港に格納されていたイギリス空軍機に放ったのとおなじだった。炎はさらに大きく、明るく、熱くなり、こちらに近づいていた。

セシリーは驚き、フジワラを見つめた。「あれはどこから来てるの？　どこなの？」

「なんてことだ」とフジワラは言った。「いかん、だめだ、だめだ、だめだ」

二人はともに炎を目指した。次第に濃くなる煙を吸い込み、咳き込んだ。セシリーはでたらめに走り回り、腹の底から声を張りあげた。「ジャスミン！　ユキ！」フジワラはどのようにしたのか、隊列を組んで通りを歩いていた若い日本軍士官の一団を捉まえていた。いっしょになって、二人は熱に向かって突き進んだ。隣近所の人々が、汗まみれで新鮮な空気を求めながら、逆方向に駆けていった。

その列をかき分けながら二人は進んだ。

⁂

ジュジューブ

慰安所の入り口にいる母と男の姿が、ジュジューブの目に映った。直感の導くままに、火のほうへと駆け出していた。好奇心に駆られたのか、助けたいという気持ちがあったのか、あるいはなにかまったく別のもののためなのかはわからない。だが今、母の姿が近づいてくると、浴室の床に打ち付けてできた頭の傷が、再び脈打つように激しく痛みはじめた。

「ジュジューブ、ああ、なんてこと」母はジュジューブを悲しげに見つめた。そしてジュジューブは、この人、自分のしたことをおぼえているのかな、と訝しんだ。母も、自分とおなじくらい苦しんでいるんだろうか、と。しかし母はまばたきをし、その瞬間は過ぎ去った。「ジュジューブ、早く！　ジャスミンを探すのよ。将軍は、あの子がここにいるかもしれないって言うの」

母の隣には、やつれ果てた〝マレーの虎〟が立っていた。三年前の歓迎パレードで見た、背筋をぴんと伸ばし、颯爽と街路を進んでいったあの人物だ。わけがわからなかった。母は将軍となにをしていたんだろう？

「行かなくちゃ、早く行かなくちゃ！」母が叫んだ。

焼け焦げた肉の臭いが、ジュジューブの鼻を突いた。空中に漂う細かな燃えかすが目に入った。ジュジューブは母と並んで走った。二人のサンダルはぬかるみでグシャグシャと音をたてた。かつては慰安所の正面入り口に立っていた看板が斜めに傾き、その隣には陰毛に覆われた下半身が転がっていた。看板の文字は焼け、〈ようこそ〉ではなく、〈こそ〉となっていた。ジュジューブはその傍らを走り抜けた。

三人はかすれ声で叫んだ。「ジャスミン！　ジャスミン！」

ジュジューブと母は、次第に将軍と離ればなれになっていった。最後に見たのは、彼はあたりを駆け回りながら人々に大声で指示を飛ばしている姿だった。なぜ施設を焼き払う命令が下ったのかわからない。最終判断をしたのは私ではないんだ。将軍はそう繰り返していた。それを聞いたジュジューブは、火の中に突き飛ばしてやりたいという衝動に駆られた。言いわけやら良心の呵責やら、そんなもの今さら遅過ぎる。これはあの男の仲間の所業だ。この土地から追い出される前に、最後の暴力をふるっているのだ。そうすれば、自分たちのしてきたことをすべてもみ消せるとでも言うように。

ジュジューブは、息を整えるために立ち止まりたかった。内臓が飛び出てきそうなほど脇腹が痛かった。だが、ジュジューブは立ち止まることを自分に許さなかった。ジャスミンはすぐそこにいるかもしれないのだ。母とともに、走りに走った。扉にカーキ色のズボンが隙間なく掛けてある小屋をいくつも通り過ぎ、血を流している少女たちや、焼けた少女たちの傍らを走り抜けた。ジャスミンの甘く輝く瞳を探して、生きている者の顔をすべて確認していった。何百もの星々に明かりをともせるジャスミンの笑顔を求めて。二人は声を合わせて叫びに叫んだ。

「ジャスミン！　ジャスミン！　ジャスミン！」

第二十五章

1945年12月

門扉を叩く音がする。コツ、コツ、コツ。あまりにかすかなので、ジュジューブは気のせいだろうと思う。夕暮れ時だが、閉めきった家の中にいるとよくわからない。窓も扉も一日中、茶色の外壁がどれほど熱くなっても閉じたままにしているのだ。

コツ、コツ、コツ。門が執拗に鳴り続ける。今度は、さっきよりも大きい。それに、声がする。

「母さん！　母さん！」そこで間が空き、「ジャスミン！」

しゃがれて震えているが、聞き間違いようのない声だ。ジュジューブは勢いよく窓を開けて外を見る。だがなにか言うよりも先に、母が、過去三カ月のあいだ寝室から一歩も出て来なかった母が駆け出していて、門の掛け金を外すと息子が地面に倒れ込む前に抱きとめる。

エイベルはあまりに痩せている。灰色の瞳と明るい色の髪の毛は死人のようで、今にもぼろぼろに崩れそうだ。サンダルの底は擦り切れ、両腕はかさぶただらけ。それでもエイベルは、ここのところビンタンの町を歩き抜けていった人々の中で最悪の状態、というわけではない。三カ月前に戦争が終わって以来、さまざまな人たちがよろめきながら町に入ってきた。だれもがぼろぼろで息も絶え絶えになり、疲れ果てて血を流していた。ジュジューブは外に駆け出し、母に手を貸す。そしていっしょにエイベルを抱え上げる。背中や肩の骨は不規則な曲がり方をしていて、皮膚の下からおかしな角度で突き出ている。自力で立ち上がれただけでも奇跡だ、とジュジューブは考える。

ジュジューブと母は、口をつぐんだままエイベルをきれいにする。ジュジューブは、弟の身体を覆う、じくじくと液を滲ませている切り傷や痣、それから百匹の蚊に刺されたような痕を見て、身をすくませる。どういうわけか、エイベルは八カ月前よりも背が伸びている。痩せ過ぎたせいなのか、それともすさまじい逆境にもかかわらず弟は成長したということなのか、ジュジューブにはわからない。

母とともに身体を洗い終えたところで、なにが起こったのか、エイベルから聞き出そうとする。

「どこにいたの？」ジュジューブは懇願するように尋ねる。「どうやって帰ってきたの？」

だが母は、ジュジューブの口を手で押さえる。それでジュジューブは思わず後ずさりする。あの日、浴室で突き倒されて頭に怪我をして以来、母に触れられるといやな記憶が蘇るのだ。

エイベルは眠りに眠る。起きて少し食べるが、なにも話すことはなく、一週間のあいだ、ただ眠る。

⁂

エイベルの夢には、頻繁にフレディが出てくる。時には、夢がひどく真に迫っているせいで、フレディはすぐ隣にいて鼻歌を歌っている、と信じ込んだままハッと目を覚ますこともある。だがたちまち、がらんとした部屋と、自分を押さえつけている母と姉の心配そうな瞳が目に入る。ついにエイベルは、すでに答えのわかっている質問をする。

「ジャスミンはどこ？」

ジュジューブは唇を噛みしめ、そこが切れる。「大切なのはエイベルが帰ってきたってこと」とジュジューブは言う。「ジャスミンもパパも喜んでるはずだよ」

そんなことを決める権利なんて、だれが持ち合わせているのかな、とエイベルは不思議に思う。おれみたいな穀潰しの酔っ払い、人を何人も殺した臆病者が生きるのを許すような、魂と魂を天秤にかける方程式を生み出す権利なんて、だれが持っているんだろう？　おれの命なんかに、妹一人と父一人分の価値があるなんて。何週間もかけて、サンダルの底が抜けるまでおそろしい土地を歩き続けて、這うようにしてタイの国境からマラヤに入るまでのあいだ、自分自身が死ぬ機会はいくらでも訪れた。エイベルのまわりには、ぼろぼろになった人々の一団がいた。落伍者が倒れ、負傷者が飢え、飢えた者が死んでいった。それでもどういうわけか、生き残ったのはエイベルだった。

焼けるように暑い午後だったが、エイベルは寒さを感じる。慌てふためいてあたりを見回す。「絵は」とエイベルは声をあげる。「絵はどこ?」

再びジュジューブ。「ごめんね、エイベル。絵はここだよ」

ジュジューブはきちんと絵を重ねて、それをベッドの足もとに積んでいた。それを弟に手渡す。ちり紙の切れ端、乾いて茶色くなり、染みだらけで黴臭い、素朴な絵。

エイベルは、姉に一枚のスケッチを見せる。大昔、エイベルの記憶をもとにしてフレディが描いたものだ。「ジャスミンに似てる?」と彼は尋ねる。

妹の顔の輪郭は、はるかに遠ざかってしまっていた。ジャスミンの記憶を捉まえておけないのが、エイベルにはおそろしかった。ジュジューブがうなずき、彼はほんの少しのあいだ希望に満たされる。エイベルは思い出したかった。自分の代わりに、ジュジューブに思い出してもらいたかった。だがそれ以上なにかを話す前に、ジュジューブは下唇を震わせながら、どさりと床に崩れ落ちる。母が足を引きずりながら、部屋から出てくる。二人の身体が背負っている苦しみに、エイベルは気づく。母はそれに押し潰されて、まっすぐに立てないのだ。肩は傾いていて、あとほんの少しでも重みが加わればひっくり返ってしまうだろう。それはジュジューブの顔にも刻み込まれていて、両目は腫れぼったくなり、悲しみのせいで半ば閉ざされている。

その時、エイベルは悟る。ジュジューブは嘘をついているのだと。自分はただやさしく接してもらっているだけなのであって、スケッチはジャスミンには似ていない。もう二度とジャスミンの顔を思い出すことはできないのだ。

それから数週間かけて、エイベルの傷は癒えていく。だがうつろな瞳は変わらない。歩けるようになると、ジュジューブの腕に掴まって、足を引きずりながら町中を歩き回る。エイベルはよくつまずき、そのたびにジュジューブの腕に爪を食い込ませる。腕には痕が残り、小さく引っ込んだ痣となるが、ジュジューブは気にしない。時々、自分でも気づかないうちにエイベルを見つめていることがある。まばたきをした隙に弟がいなくなるのではないかとおそれたのだ。

「そんなに見るなよ」とエイベルは呟く。

ビンタンの街路を歩きながら、ジュジューブは弟に、かつて町の目印《ランドマーク》となっていた場所を指差す。

「ほら、ここは雑貨店があったところ。チョン家の息子は、日本軍と戦うために志願していったの。で、みんなの予想に反して生きて帰ってきた。両手の親指がなくなってたけどね。ほら、あれは学校。再開したんだよ。エイベルも戻らなくちゃね。受け入れてくれるはずだから」

エイベルは目もくれない。その代わり、会った人間全員に尋ねる。フレディという名前の、ユーラシア系の少年のことを知らないか、と。フレディの特徴を訊かれると、エイベルはジュジューブの腕を握りしめながら記憶を呼び起こし、明るい青の瞳、真面目な性格、星への願いごとについての歌が好きだったと話す。そのことが人から人へと伝わり、あらゆる種類の人々がアルカンターラ家を訪れはじめる。彼らはフレディの母親を、父親を、従兄弟を、遠い親戚を名乗る。エイベルの顔は希望に満ちる。どうしても、なにがなんでもあいつの家族を見つけなきゃ、とエイベルは話す。見知らぬ人々が門扉を開け、玄関口にしゃがみ込み、青い瞳の少年のことなら知っていると主張する。彼らは期待を込めてエイベルを見つめる。金、もしくはなんらかの報償が与えられるものと思い込んでいるのだ。だが、エイベルが薄汚い染みだらけのちり紙に描かれたスケッチを見せると、彼らは嫌悪の表情を浮かべてこそこそと立ち去る。

そして新しい年、一九四六年が明ける。一月のあいだは、まるで歴史の破片を洗い流そうとしているかのように、モンスーンの雨が毎日やって来る。ジャスミンとユキの八回目の誕生日となるはずだった日が近づいてくると、セシリーは二人の夢を見る。二人の少女の幽霊。夢には、肘の先を舐める炎が、白いナイトガウンに燃え移る火が出てくる。時には、可笑しな歌をいっしょに歌っている二人が出てくることもある。だがすぐに、慰安所の中を駆けずり回り、悪臭を放つ絶望に取り巻かれながら二人の名前を叫んでいる場面の断片がそれに代わって立ち現れる。この戦争の代償として失われたのは無垢な心なのであって、少女たちは理由もわからず自らの命でそれを支払ったのだ。そう悟って全身から力が抜けてしまった時の、打ちすえられるような痛みをセシリーは再び味わう。

ジュジューブとエイベルの横に並んで、セシリーは骨の欠片と灰を埋める。慰安所の瓦礫の中で見つけたもので、その骨と灰がジャスミンのものなのかユキのものなのか、あるいはどちらでもないのかははっきりしない。結局のところ二人の少女を——生きている時にはばらばらで、死によっていっしょになった姉妹を、区別することはできないということだ。中国系の隣人には、遺体を火葬したあとで、残された生者たちが箸を使って小さな骨の破片をやさしくつまみ上げ、それを骨壺に収め、死後の世界で全員がいっしょになれるように、ほかの家族たちとともに埋葬するという伝統がある。セシリーとその家族は中国系ではないが、おなじことをする。セシリーたちは、二人の少女のものであってほしいと願っている骨の欠片を、ジャスミンが大好きだったチョンカ・ボードのくぼみに注ぎ込み、それをブーゲンビリアの茂みの根元に埋める。そして、病的な振る舞いだとわかってはいても、セシリーはどうしても自分を抑えることができず、骨の欠片を小さなホーリックの缶に入れて窓台に置く。そうすると、満月の夜には銀色の光を浴びて輝く。ジャスミンとユキは夜空を見上げている——セシリーはそんな想像をするのが好きだった。二つの小さな顔が月の光を受け、両腕をからませ合い、ナイトガウンをもつれさせながら、どんなにつまらないことでもいっしょにくすくすと笑っている。ある意味ではこれもまた、この一家に赦しが訪れることは決してないのだと常に思い知らせるものだった。

当然のことながら、式典がおこなわれる。日本の国旗が下ろされ、再びイギリス国旗《ユニオン・ジャック》が掲げられる。その日、空気はそよとも動かず、じっとりと湿気を帯びている。青と白と赤の旗は、旗竿の先でだらりと垂れたままだ。セシリーと隣人たちは、日陰もない広場で立ち尽くす。正面には雑な作りの木製の演台があり、待っている彼らの首筋には太陽が照りつける。

ようやく式がはじまる。ユニオン・ジャックへと導かれていく最初の二人の士官がだれなのか、セシリーにはわからない。二人は降伏の象徴として、ライフルを手渡すようにとの指示を受けている。

そして彼らは、それにふさわしい悔恨の情を身にまとい、視線を地面に向けたままそうする。セシリーの周囲で、人々が拍手をする。ビンタンの住民は、慈悲深い植民者たちの帰還に安堵の気持ちをおぼえるもの、と決められているのだ。

「ママ」ジュジューブの咎《とが》める声が聞こえる。娘は母の両手を、顎の先で必死に指し示す。

セシリーは歯を嚙みしめ、顎に怒りの痛みを感じる。だが求められているとおりのことをする。掌を軽く擦り合わせ、感謝の拍手を真似るのだ。

フジワラが演台に姿を現した時、セシリーははじめ、彼だと気づかない。高く貴族的だった鼻の骨が砕かれていたせいだ。そうなると、彼の顔はまとまりを失う。慰安所でのあのおそろしい夜以来、フジワラには会っていなかった。叫び声をあげている彼の、断片的な記憶だけが残っている。「破壊を命じたのはだれだ?」そして「女の子を探せ」と。だが、たちまちのうちに二人は離ればなれになった。

セシリーはあたりを見回し、ジュジューブがこちらをじっと見つめていることに気づく。あの夜、フジワラといっしょにいた理由について、ジュジューブは一度も質問したことがない。だが今日、娘の視線は突き刺さってくる。そしてあのおそろしい夜以来はじめて、セシリーは絶望以外のものを感じる。恐怖だ。娘には決して知られてはならない。だからセシリーは目を伏せ、演台のほうを見上げない。顔の表情からなにかを読み取られるようなことはしないのだ。手渡されたライフルのカタカタという音を聞く。今にも崩れそうな演台を踏む足音を聞く。そして、連れ去られるフジワラの足音を見つめる。あとになってセシリーは知る。フジワラは数カ月のあいだ裁判にかけられ、フィリピンにおける戦争犯罪によって絞首刑に処されるだろうということを。

ようやく顔を上げると、ジュジューブはもうこちらを見つめてはいない。その代わりに、娘の視線は別のところに向いている。セシリーは、娘が見ているのは息子のエイベルだと知る。エイベルはホーリックの缶を顔の近くまで持ち上げて、囁きかけている。

「悪いやつらを捕まえてるんだぞ。おまえもここにいたらよかったのになあ」

二人の少女の骨は、耳を傾ける。

⁂

帰路につくと、霧雨があっという間に嵐と化していく。三人は、郵便局長が立ち寄っていたことを知る。紐でしばられたぼろぼろの包みが、門扉のところに置かれている。雨でぐっしょりと濡れている。エイベルは眉をひそめる。差出人の住所と消印が日本のもので、しかも小包は三カ月以上前、日本が降伏した頃に送り出されていたからだ。ジュジューブと母は訝しげに視線を交わし、肩をすくめる。なにが入っているのか、だれが送ったのか、彼らにはまったくわからない。

三人は濡れた小包を家の中に持ち込み、それがテーブルの上でうっすらと水たまりを広げていく様子をただ眺める。最初に破るのはエイベルだ。ホーリックの缶を置くと包みに手を伸ばし、濡れた茶色い紙を一枚一枚、まるで果物のように剝いていく。エイベルは、本のように見えるものを取り出す。そして表紙を開いてみて、カレンダーであることを知る。ひと月ごとに異なる花の写真があしらわれている。ひまわり、朝顔、蓮、ラベンダー、菊、椿、桜、チューリップ、そして、三人には名前のわからない花がいくつも。一日ごとに数字が振られていて、その横に漢数字もある。紙は厚みがあり高品質、写真は鮮明、花びらはきわめて明るく写っていて、紙に目を近づけて花を一つひとつ仔細に眺めていきたいという気持ちにさせる。

「なに、これ?」ジュジューブの母が尋ねる。

ジュジューブは母を無視する。両手が激しく震え、カレンダーを取り落としそうになる。心当たりがある、という思いが胸の中で嵐のように渦巻くが、きちんとたしかめなくては。ジュジューブは包みの底に手を入れ、手紙かメモか、なにか花のカレンダーについて説明してくれるものを探す。そうして見つける。表紙の内側のページに、不揃いの手書き文字でこう記されているのだ。

Takahashi & Daughter Printing
(タカハシと娘の印刷所)

外では小雨になりつつある。そして雲の背後から、銀色の三日月が少しずつ顔を見せはじめる。また一日がやって来て、去っていった。ジュジューブはカレンダーを壁に掛け、エイベルはその隣に、ジャスミンとユキのホーリックの缶を置く。二人の母は、その両方を月明かりに向ける。

謝辞

わたしの人生に意味を与えてくれる家族に。この世を去った母のダイアンは、この小説の初期の断片を、目を細めて読んでくれた。そしてわたしは、それをインスタグラムにこっそりと投稿しては、恥ずかしくなって一時間後に消去していたのだった。母はまた、人生というのは、意味のある生き方をしてはじめて価値を持つということを教えてくれた。父のローレンスは、わたしに読書と本への愛を教え、この小説における事実関係の確認について手助けしてくれた。バーニーおばさんはわたしにユーモアを仕込み、一人で歩けるようになる前からずっとわたしのことを誇りに思ってくれている。ヘンリーおじさんは、わたしが歴史小説を書いていると知り、初期のマレーシアを捉えた写真を送ってくれた。祖父は、イギリス文学の授業への送り迎えをしてくれて、いつでもわたしの才能を信じてくれた。祖母は物語を語り、物語を書き留め、それがこの小説の着想源となった。

エージェントのステファニー・デルマンとミシェル・ブラウワーに。この本について話している時の二人の輝く瞳は、これからも変わることなくわたしを鼓舞してくれるだろう。彼女たちはまた、最高の擁護者でもある。トレリス・リテラリー・マネージメント社の一同に。とりわけ、この本を世界中に売ってくれたアリソン・マレカに。そしてナット・エドワーズとカリード・マッカーラに。

担当編集者のメアリースー・ルッチに。わたしの生み出した登場人物と本の不完全さを愛し、その両方にかぎりない改善をもたらしてくれ、しかも正直に言ってしまうと、この作品を選び取ることによってわたしの人生を変えてくれたことに。アンディ・タンに。この本を仕上げるために差しのべてくれた助けの手だけでなく、あなたの友情とメッセージと笑い声に。あなたに出会えたわたしは幸運だ。

メアリースー・ルッチ・ブックス、スクリブナー、サイモン・エレメント、エイトリアのチームのみんなに。とりわけジェシカ・プリーグ、エリザベス・ブリーデン、イングリッド・カラブレアに。そしてマイケル・ティーケンスに。

見事な装丁画を提供してくれた、ファディラハ・カリム、ヴィ＝アン・グエン、そしてタクス・ギャラリーに。装幀を手がけた、スクリブナー社のジェイヤ・ミチェリとシドニー・ニューマンに。

ジーナ・チャンに——いつでも声を張りあげる気満々の彼女は朝まで待ちきれず、真夜中にわたしを叩き起こしてこの本が大好きだと伝えてくれた。ケイティ・ディヴァインに——数かぎりなく叱咤激励をし、愚痴を聞き、初期の段階から何度でも読み返し、悲しみの中で悲しみについて書くことの意味を理解してくれたことに。ジェマイマ・ウェイとグレイス・リューに。おなじ東南アジア出身の親友《ソウル・シスター》である二人は、祖国と誇りについて描くことを思い出させてくれた。

わたしにとって最初の執筆仲間となる人々と出会った、ニュースクール大学に。ケイト・トゥーリー、ローレン・ブラウン、ヴィック・ディルマン、ジョン・カザンジアンは、最も奇妙で先の見えなかった時期にいっしょに執筆し、創造した仲間たちだ。

マイラ・ジェイコブに——書き方を教えてくれるのみならず、作家となり、言葉でできたこの世界で生きていくための術を授けてくれたことに。あなたの指導と友情に感謝する。マリー＝ヘレン・ベルティーノに――この本を書きはじめる手助けをしてくれ、それからは作品を守り抜くように強くうながしてくれたことに。アレクサンドラ・クリーマンに――最初期の粗い数章を読み、それでも良いところを見つけて褒めてくれたことに。

スワニー・ライターズ・ワークショップと、そこで出会ったすばらしい友人たちに。マルセラ・フエンテス、ジャミラ・ミニックス、カースティン・チェン、ジョン・ヒッキー、アンジェリン・スティーヴンス、メアリー・サウス、ナンシー・グエン、デイヴィッド・ヴィラヴェルデ、アリシア・ソーチン、そしてそのほかにもおおぜい。ティン・ハウス・サマー・ワークショップに。とりわけ、この本の冒頭数章を読んでくれたニコール・デニス＝ベン・ワークショップの参加者たちに。アレクサンダー・チーに。あなたの厳しい声のおかげで、この小説から手を離すことができた。

セイロン・フー、ヴォーン・ヴィラヴェルデ、シャーメイン・ウォン、キーナ・ピエイ、スティーヴン・ダウニー、ロザリン・ラウ、ソニー・グエン、ジェローム・シーキャット、ダイアナ・ヘイログ、カルロ・デラクルス、クリス・ジュアン、ジャミール・ウォーカー、エリザベス・ダイアナ、アラン・ウィリアムスに――自分はどういう人間になるべきなのか、とわたしが探究していた時期に、カリフォルニアで友だちになってくれてありがとう。イヴ・グライヒマンに――何年も前に、わたし自身がそう思うよりも早いうちから、わたしは作家になると確信し、実際に作家になるまでのあいだ、友情と励ましで支えてくれたことに。アラム・マジョイアンには駄じゃれと、トライクオータリー誌でともに過ごした時間に。アラン・カラス、ケヴィン・クワン、K＝ミン・チャン、ジェニー・ティンフイ・ツァン、ジェイミ・ナカムラ・リン、ジェサミン・チャン、ドーニー・ウォルトン、ジェシカ・ジョージ、ダフニー・パラシ・アンドレアデス、キアン・ジュリー・ワン、ミシェル・ヤングに

――この本が誕生するまでに、さまざまなかたちで力を注いでくれたことに感謝したい。
マレーシアに――わたしの生まれたかけがえのない場所となってくれたことに、そして文学作品を生み出すための刺激を、いつでもたゆまず与え続けてくれたことに。

解説　記憶の物語としての『わたしたちが起こした嵐』

松岡昌和

本書は、Vanessa Chan, *The Storm We Made*, Simon & Schuster（2024）の日本語訳である。著者はマレーシア生まれの華人で、現在はアメリカ合衆国に居住している。本作はデビュー作でありながら多くの注目を集め、アメリカ合衆国の *New York Times* やイギリスの *The Guardian*, BBCなど大手メディアの書評でも好意的な評価を受けている。日本語版を含め、二〇カ国以上での出版が決まっている。そして、すでに日本占領下のマラヤを描いた英語の作品としては、日本人キャラクターの独特の美意識の描写が特徴的な Tan Twan Eng, *The Gift of Rain*（2007）がブッカー賞候補作に選ばれたほか、同著者の *The Garden of Evening Mist*（2012）（二〇二三年に『夕霧花園』のタイトルで日本語訳が出版された）がある。後者は台湾のトム・リン監督の手により二〇一九年に『夕霧花園』のタイトルで映画化され、阿部寛が日本人庭師を演じたことから日本でも知られている。本書は、これら二作品とは異なる視点から日本占領下のマラヤを描いた作品である。日本占領下マラヤにおける人々の経験がこうしてフィクションとして取り上げられること、そしてそれが日本語訳されることを、この時代を研究対象としてきた歴史研究者として大いに歓迎したい。

本作は、史実をベースとした「歴史小説」というよりも、むしろ歴史を題材としたスリリングなフィクションであると言える。その点で史実を忠実になぞっているわけではないが、物語の理解を助けるという意味で、以下、本解説では、まず物語のキャラクター設定とその背景としての歴史について簡単に触れておきたい。そのうえで、本作を戦争体験の「記憶の物語」として読んだときに前提となる、マレーシアおよびシンガポールにおける戦争の記憶の系譜と現状について述べていきたい。

本作品のキャラクター設定

物語はセシリーとその子どもたちの四人の視点を通じて語られていく。この一家は、一六世紀にポルトガルからやってきた祖先をルーツに持つユーラシアンという設定である。マラヤの後継国家である現在のマレーシアおよびシンガポール（正確には英領海峡植民地の後継国家）はともに多民族・多言語国家として知られる。両国の人口構成の割合は異なるものの、マレー半島やその周辺地域をルーツに持つマレー系、主に中国南部より移住してきた人々の子孫である華人、インド南部を中心として南アジア各地からやってきた人々をルーツに持つインド系が主要な民族である。そのほか、ヨーロッパ系やこの物語の主人公であるユーラシアン（シンガポールなどでは「その他民族」として括られる）が小さな割合であるものの、この両国の人口を構成している。その多くはポルトガル系にルーツを持ち、主に海峡植民地など都市部に居住していた。この物語のひとつの特徴的な点として、マレーシアにおいてもシンガポールおいても圧倒的なマイノリティであるユーラシアンを主人公としている点があげられる。

そして、その四人の中でもセシリーと末娘のジャスミンに対して大きな影響力を持つキャラクターが、日本陸軍の軍人、フジワラである。フジワラは日本陸軍のマレー半島侵攻の中心人物として描かれていることから、そのモデルのひとりはマレー作戦を実行した陸軍第二五軍の司令官である山下奉文《やましたともゆき》と考えられる。山下は一九四二年二月一五日にシンガポールのフォード工場で行われたイギリス軍との降伏交渉に強い態度で臨み、「マレーの虎」の異名を持つ。なお、山下はその後満洲に転じ、一九四四年にはフィリピンに派遣され、敗戦後に戦犯としてフィリピンで処刑されている。フジワラは、軍人であると同時にスパイとしての顔を持つ。そこに、今一人の「マレーの虎」あるいは「マライのハリマオ（マレー語で「虎」の意）」である谷豊《たにゆたか》のイメージが想起される。マレー半島東岸で育った谷は、長じて日本に戻るも、マラヤに戻り盗賊団を組み、一九四一年には日本陸軍に組み込まれて諜報活動に従事した。さらに「フジワラ」という名は、谷を起用した特務機関「F機関」の機関長藤原岩市《ふじわらいわいち》をも想起させる。藤原は、軍事インテリジェンスの訓練を行っていた陸軍中野学校の教官も務め、インド独立運動と連携して捕虜となったインド兵らによるインド国民軍の編成に関わった。戦前には諜報活動を行い、開戦後はマラヤの占領で中心的な役割を果たしたフジワラには、日本軍に関わる複数のキャラクターのイメージが何重にも読み込まれている。

第一の時間軸：一九三〇年代

この物語は、セシリーの視点で描かれる一九三〇年代と、セシリーと三人の子どもたちの視点で描かれる一九四五年の二つの時間軸を揺れ動きながら進んでいく。物語では、一九三〇年代なかばから日本陸軍はマラヤにスパイを送り込み、イギリスとの戦争に向けたさまざまな工作を行っていることになっている。この時代の実際の動きはどうだったのであろうか。満洲事変から第二次世界大戦までを連続したものととらえて「十五年戦争」と呼ぶこともあるが、一九三一年の満洲事変、一九三七年の盧溝橋事件、そしてそれに続く日中戦争と、一九三〇年代の日本では軍部が戦争に向けた動きを見せ、中国との全面戦争に突入する時代である。その舞台は主に中国であった。当時日本陸軍は基本的に対ソ戦を想定した北進論をとっており、東南アジアでの工作活動は活発ではなかった。

参謀本部が部員を東南アジアへと送るようになるのは一九三七年から一九四一年にかけてである。イギリスなど英語圏では、マラヤ・シンガポールの日本人はみな情報機関の組織に組み入れられている、というイメージが強いようである。早くも一九三〇年代半ばから戦争に向けたスパイ活動が行われているというこの物語も、そうした大衆的イメージを下敷きにしているのだろう。ただし、山本文史『日英開戦への道』で示されているように、実際にはそうしたイメージは空想の産物に過ぎないというのが妥当であろう。また、セシリーのような現地住民のスパイ行為についても実際のところは限定的であったと見られる。日本占領下のマラヤについて包括的な調査を行ったポール・クラトスカは、スパイ行為が一般に言われているほど多くないとの見解を採用している。それでも、シンガポールなどでは、戦争にいたる過程でスパイが多く活動していたということが、しばしば歴史の証言などで語られている。

本作品の重要なキャラクターであるフジワラは、東南アジアからイギリス勢力を排除し、「アジア人のためのアジア」を建設するという、戦時期の「大東亜共栄圏」構想を彷彿とさせる「理想」を語り、それにセシリーは共鳴する。実際にはこの時期、「大東亜共栄圏」という概念はまだなく（一九四〇年に国策として採用）、この構想が登場した当初は、むしろ日本が排他的に影響力を持つ「勢力圏」の確立といった意味合いが強かった。また、一九三〇年代の日本陸軍はまだ南進論を積極的に唱えてはおらず、むしろ関心は満洲、そしてその北のソ連を睨むものであった。ドイツとの関係についても、物語のなかでは一九三〇年代の段階で軍事同盟を結んでともにイギリスに対抗する見通しが語られるが、一九三六年に結ばれた日独防共協定は、その名の通り共産主義＝ソ連の封じ込めであり、対イギリスを前提としたものではない。日本とドイツの間に軍事同盟が成立するのは、一九四〇年の日独伊三国同盟である。ドイツとイギリスとの関係では、当時イギリスのチェンバレン政権は、一九三三年に成立したナチ・ドイツに対して宥和的な政策をとっており、一九三五年には英独海軍協定を締結している。これは第一次世界大戦後のヴェルサイユ条約で禁止されていたドイツの再軍備を認めるものであった。日本とイギリスとの関係では、一九〇二年に結ばれた日英同盟が一九二三年の四カ国条約によって破棄されていたものの、日英間の関係は必ずしも対抗的なものではなかった。

　一九三六年に改定された「帝国国防方針」で、イギリスは日本の仮想敵国のひとつとして位置づけられたが、この時点で対英戦争の可能性は相当に低く見積もられていた。日本陸海軍によってマラヤ攻略のための具体的な作戦計画が示されるのは、一九三九年になってからである。関東軍参謀として満洲事変を首謀し、対米戦争を構想していた陸軍の石原莞爾《いしわらかんじ》が一九三五年に述べているように、この時点での陸軍の関心は基本的に満洲と対ソ連の戦争準備であった。しかしながら、フジワラが語ったような、アジアの諸民族が手を携えて西洋列強の侵略に抵抗するという大アジア主義の思想は、「大東亜共栄圏」構想以前から存在する。大アジア主義のイデオローグでもあった石原莞爾は、戦争指導課長に転じていた一九三六年に、ソ連の攻勢を断念させたうえでイギリスの「東亜」における根拠地を奪取し、その勢力を駆逐するという展望を示していた。「フジワラ」の言葉に「イシワラ」の影が見え隠れする、と考えるのは想像力が逞しすぎるだろうか。

第二の時間軸：一九四五年

一九四一年一二月八日未明、真珠湾攻撃の数時間前に、日本陸軍はマレー半島東岸のコタバルに上陸した。マラヤを舞台とした日本とイギリスとの戦争の開始である。日本軍はそこからマレー半島を南下、各地を攻め落とし、一九四二年二月一五日にはシンガポールが陥落し、マラヤにおける日本陸軍の軍政が始まる。日本軍の上陸から一九四五年九月一二日に日本軍がシンガポールで降伏文書に調印するまでの間、マラヤは日本軍による多くの暴力と残虐行為を経験することになる。日本軍による軍政が始まると、華人たちは「敵性住民」とされ、シンガポールをはじめとしてマラヤ各地で虐殺の対象となった（シンガポールでは特に「粛清」と呼ばれる）。林博史の推計によると、シンガポールだけでも最低で五〇〇〇人（日本軍が認めた数字）の華人が占領初期に殺害されている。その後も軍政による華人に対する強圧的な政策は続いた。それまであった華人組織を解体させ、軍政に協力的な華僑協会を設立したうえで、過去の抗日運動に対する「償い」として、全マラヤから五〇〇〇万ドルの奉納金を集めさせた。また、再開された学校でも、華語の使用は原則禁止となった。

一般的に日本のマラヤ占領では、華人に比べてマレー系やインド系は優遇されていたと言われる。しかし、少なからぬマレー系やインド系住民が労務者として、その労働力を収奪され、タイとビルマを結ぶ泰緬鉄道の建設現場などに動員された。そして、そこでは多くの犠牲者を出すことになる。なお、「ロームシャ」は日本軍のためにさまざまな労働に従事するために徴発された人々を指す語として、現地語に残ることとなる。さらに多くの住民を苦しめたのが食糧難である。マラヤの米穀供給は戦前から住民を支えるのに不十分で、多くが輸入であった。戦争はその輸送網を寸断した。マラヤでは米穀の配給制度が施行されたが、それは同時に住民統制を兼ねるものでもあった。以下、本作品に関わる事柄として、エイベルが経験したロームシャ、そしてジャスミンが目撃した「慰安婦」について述べたい。

エイベルが建設に動員された泰緬鉄道は、実際には一九四二年六月に建設が始まり、一九四三年一〇月に完成した。もっとも、その後も連合軍による空爆などで補修が繰り返され、常に労働力が必要とされていた。この事業には約六万の連合軍捕虜と、さらに多数のアジア人ロームシャが動員されていた。ロームシャたちは、「待遇の良い仕事」があると強く勧められて集まった。泰緬鉄道は英語では「死の鉄道」と言われているように、建設現場は死と隣り合わせだった。職務中の事故、病気、連合軍の攻撃などで多くの犠牲者が出た。イギリスの資料によれば、一万五〇〇〇人の捕虜と五万人のアジア人ロームシャが死亡したと言われている。マラヤから徴発されたロームシャでは、四万人が死亡した。エイベルは日本の降伏後、キャンプを離れ自らマラヤに帰還するが、実際に過酷な労働を生き延びたロームシャたちも、多くは日本の降伏後、現地に置き去りにされ、逃げ惑う人が多かったという。ロームシャのなかには、対日協力者とみなされることを恐れて逃亡し、一九四六年になってもなお身を潜めている者も少なくなかったという。

日本軍が各地に展開すると、そこには多くの慰安所が設置された。マラヤにも多くの慰安所が設置され、「慰安婦」の動員が行われた。「慰安婦」についてはしばしば日本と韓国との間の外交問題とされ、そのなかで朝鮮人「慰安婦」が日本軍の戦地に動員されていったことが語られる。マラヤでも多くの朝鮮人「慰安婦」が動員されていたが、そのほかに地元マラヤやインドネシアなど周辺の地域で徴発された「慰安婦」についての実態がこれまでの研究で明らかになっている。「慰安婦」の徴発の「手口」は、ロームシャのそれと極めてよく似ている。また、しばしば「慰安婦」たちは徴発されたところとは異なる地域に移動させられ、慰安所に送られた。これは、地元の少女たちが慰安所に送られたという事実の発覚を避けるためではないかと考えられている。「慰安婦」として慰安所に住み、ジャスミンと親交を深めるユキは、七歳であり、あまりに幼いという印象がある。しかし、現在史料で確認できる限りでも、十代前半の少女が「慰安婦」として徴発されているケースもあり、あながち荒唐無稽とは言えないだろう。本作品には、「思春期前の幼い少女のほうが好まれている」（六二頁）という記述があるが、「慰安婦」の徴発では「性病予防」などの理由で女性の処女性が重視された例などもある。なお、戦争が終わった後も「慰安婦」として徴発された少女たちの苦難は続く。「慰安婦」として負ったトラウマを家族と共有することもできず、また、家族のもとに帰ることのできなかった人たちは「社会問題」として扱われた。現在もシンガポール政府はシンガポール人元「慰安婦」の存在について沈黙を貫いている。

一九四五年の時間軸では、二月にエイベルが失踪した後、物語は八月一六日以降を軸として進み、八月末で物語は急展開する。日本がポツダム宣言を受諾するのが八月一四日で、その翌日には天皇裕仁の肉声録音によるラジオ放送が行われている。戦後日本の歴史観では、それによってすべてが転回したととらえられることが多い。しかし実際にはそうした「八月一五日の神話」通りに歴史は展開していない。戦場となったアジア各地に目を転じれば、北方ではソ連軍との戦闘がその後も続いており、また同時に各地の民族運動や独立運動も展開することになる。日本軍による支配と暴力から脱するという解放感とともに、不安と混乱もまた各地を襲っていた。物語のなかでは日本の降伏がしばらく伏せられていたように描かれているが、実際にマラヤで日本の降伏が発表されたのは八月二〇日である。その後も日本軍は連合軍の上陸までの間、統治の責任を負うことになった。連合軍がマラヤに上陸するのは九月になってからであり、日本軍がシンガポールで降伏文書に正式に調印するのが九月一二日である。その間、作品中では日本軍が依然として権力を掌握していたかのように描かれているが、実際には権威と統治能力を喪失し、力を強めたのはマラヤ共産党が創設したゲリラ組織のマラヤ人民抗日軍であった。現実のマラヤでは、日本軍から連合軍に権力が移管されるまでの間、マラヤ人民抗日軍の活動の先鋭化や住民間の衝突が展開され、治安の悪化と住民の不安が覆っていたのである。

その後マラヤはイギリス軍政を経て、平時への復帰を目指していくことになる。作品中の登場人物であるタカハシは日本内地への帰還を果たすことになるが、マラヤで敗戦を迎えた日本人は、その後収容され、戦犯の裁判を経ることになる。復員については、連合軍による日本人労働力の必要性や船舶の手配の問題から留め置かれる者が多く、内地への帰還は遅れた。引き揚げるべき日本人は、民間人を含め、東南アジアに七六万人以上いた。当初は一九四六年末までの復員完了が計画されていたが、東南アジアからの最後の帰還船が日本に到着したのは一九四八年一月三日であった。タカハシがどの時点で日本内地の土を踏んだのかはわからない。しかし、かれらマラヤにいた日本人もまた、戦後の混乱のなかで復員の遅延という先の見えない状況を生きていた。

物語はマラヤにおけるイギリス軍政の開始とエイベルの帰宅で終わるが、戦争で刻み込まれたトラウマは、体験者のその後の人生にも大きな影響を与える。アルカンターラ家では、戦争末期に日本軍による暴力に怯えるあまり、家族に対して辛く当たったり、そこから不和が芽生えていた。さらにセシリーは娘の死を目の当たりにし、エイベルはロームシャのキャンプでの虐待と性的暴行を受ける。二〇世紀、戦争が総力戦となっていくなかで、世界はそうした戦争が兵士をはじめとしたさまざまな戦争経験者の精神を蝕み、戦争が終わった後も続く苦しみを生み出していく様子を目撃した。この物語のキャラクターたちのその後にまで思いを致せば、日本軍による暴力と残虐行為が残していった傷跡は大きい。

記憶をめぐる物語としての『私たちが起こした嵐』

以上みてきたように、本作品では、歴史を大きく改変している箇所が多くある。それに対して、次のような批判もあり得よう。第二次世界大戦の顛末――つまり世界が日独伊を中心とした枢軸国と英米を中心とした連合国に分かれてヨーロッパとアジア太平洋で戦争が行われ、その結果ドイツも日本も破滅的な敗戦を迎え、ナチ・ドイツや日本軍によるさまざまな暴力と残虐行為が明るみになり、そしてそれが軍事法廷で裁かれる――を知っている立場から、都合の良い前史を描き出してしまっただけではないか、と。しかし、本作品はノンフィクションではなく小説である。こうしたジャンルではしばしば歴史の大きな改変を行うことでメッセージ性を強調することがある。本作品もそのような観点から読まれるべきものではないのだろうか。その点で注目すべきは、マラヤにおける日本占領がいかなるものであったのか、と同時に、それがどのように記憶されているのか、ということである。

本書の舞台となったマラヤは、第二次世界大戦後にイギリスによる軍政と再度の植民地統治を経て、マレーシア（の半島部）とシンガポールという二つの国家になった。戦後、イギリス直轄領である海峡植民地（シンガポール、マラッカ、ペナン）、イギリス保護領である連合マレー諸州と非連合諸州といった戦前の行政区分は見直され、マラヤはマレー半島とシンガポールでそれぞれ異なった統治が行われるようになった。前者は一九五七年にマラヤ連邦として独立し、後者は一九五九年に自治領となった。一九六三年にはマラヤ連邦、シンガポール、ボルネオ島のサバ州とサラワク州が合併し、マレーシアが成立した。一九六五年にはそこからシンガポールが「追放」され、現在の領域が確定する。

マレーシアとシンガポールはともに華人、マレー系、インド系、ユーラシアンを含む「その他」住民からなる多民族国家であるが、戦争の記憶については異なった特徴を示している。マレーシアは一九五七年にマラヤ連邦として独立した後、長い間マレー人エリートが率いる政治体制が続いている。そのもとで、マレー人を優遇するブミプトラ政策がとられ、政治・経済・社会の幅広い領域でマレー人を優遇するための措置が取られ続けてきた。現在でも、華人やインド系に一定の政治的な権利などを保証しつつも、マレー人の指導的立場は堅持されている。これがマレーシアの戦争の記憶のあり方に大きな影響を与えている。

その特徴を一言で言えば、国民的な戦争の記憶の欠如であり、民族集団ごとの記憶の分断である。マレー人を優遇する政策のもと、マレーシアではマレー人ナショナリズムを強調する歴史観が支配的であった。そうした歴史観では、ヨーロッパ人、特にイギリスの植民地統治は「輝かしい」マレー人の歴史を毀損するものであることが強調され、それゆえに日本占領下におけるさまざまな被害は矮小化されてきた。加えて、一九八一年に首相の座についたマハティールのもとで進められた東方政策

（ルック・イースト政策）により日本からの投資やマレーシアの経済発展のための日本の関与が優先され、日本に関わるネガティブな語りは国家レベルでは抑えられてきた。

華人の持つ戦争の被害の記憶は、あくまでもコミュニティ・レベルの語りにとどまり、国民レベルの歴史にはなかなか組み込まれなかった。それは、マレーシアの民族政策のみならず、冷戦という戦後の政治的な枠組みも強く影響していた。華人を中心とするマラヤ共産党は、独立後のマラヤ連邦、そしてマレーシアにとっても大きな脅威であった。ジャングルに潜伏する共産党ゲリラとの対立は、一九六〇年の非常事態宣言解除後も続いた。華人にとっての戦争の記憶は、大雑把に言えば、日本軍による虐殺や経済的な苦難のみならず、共産党ゲリラと日本軍との戦闘やそこでの犠牲をも含むものである。そうした華人の経験を記念する営みは、現在に至るまでマレーシア各地で行われているが、マレーシア政府はそれらを国民レベルの歴史に組み込んでいない。

マレー人政治エリートたちが、マレー人中心の歴史イメージを作り出し、マレー人ナショナリズムを高めるために日本占領期の歴史を選択的に利用するといった状況は、マレーシア社会での民族の分断と深く関わっている。マレーシアはしばしば「親日的」であると言われる。それは戦争の傷跡や戦争に関わるネガティブな記憶が少なくとも表層的なレベルで見えにくいことが深く関係しているのであろう。しかし、それはマレーシア社会のなかで戦争についてのネガティブな歴史が語られていないことを意味しないし、ましてや日本軍の暴力と残虐行為の被害がなかったことを意味しない。そして、マレー人ナショナリズムと日本のマレーシアへの経済進出の「合作」としての戦争被害についての沈黙は、いつまでも続くとは限らない。

これに対して現在のシンガポールでは、国家レベルで戦争の記憶についての明確な立場を表明していると言える。日本からの訪問客が必ず訪れるであろう市の中心部（シティ・ホール駅周辺）を見渡すと、ビーチ・ロード沿いに高さ六七メートルの「日本占領時期死難人民記念碑」がそびえ立つ。シンガポールで毎年開催されるF1グランプリでも、その眼の前をレーシングカーが走るので、目にする機会の多いモニュメントである（日本で放送される解説ではこのモニュメントについての説明はないが）。また、ショッピング街であるオーチャード・ロード方面に向かうと、その途中にコロニアル様式の国立博物館がある。シンガポールの歴史と文化を概観するこの博物館も、多くの訪問客を引きつける。日本占領期の展示は、そのなかで中心的なものの一つと位置づけられている。郊外に足を伸ばせば、一九四二年二月一五日にイギリス軍が日本軍に対して降伏した場所である旧フォード工場が、日本占領下での暮らしを展示する施設として改装されている（斎藤工が主演したシンガポール・日本・フランスの合作映画『家族のレシピ』で主人公がここを訪問する）。そのほか、国内の各地で、日本占領下での出来事を伝える記念碑が建てられている。

これらの施設に共通しているメッセージは、日本占領下での経験をシンガポール全住民の「共通の苦難」として位置づけるということである。シンガポールの人口構成上（約四分の三が華人）華人の経験が中心をなしているものの、マレー系やインド系の経験も取り入れて、分断されがちな記憶を統合していくという方針がとられている。一方で、「共通の苦難」としての物語からは、そこに包摂されない多様な個人の経験が抜け落ちてしまい、また個々の戦争経験者がもつ感情をすくいとるという点でも限界がある。シンガポールの国家レベルでの記憶の形成はまさにそうした個々人の感情を制御して、国民統合のための抽象化された物語を作り出すことでもあった。

本作品は、著者がまえがきに記すように、祖父母から聞いてきた戦争中に関する話がモチーフになっており、いくつかのエピソードは作品のなかでも取り上げられている。慰安婦についてはそれは、マレーシアのマレー人中心の歴史観やシンガポールの抽象化された「共通の苦難」からこぼれ落ちる、個人の経験や感情をフィクションという形で示したものと言えよう。特にこれが女性作家によって、主に女性キャラクターの視点から描かれているという点は重要である。国家や民族の大義といったものの裏側にある多様な声がそこで可視化されている。さらに既に述べたように、マレーシアにおいてもシンガポールにおいても圧倒的なマイノリティであるユーラシアンを中心に据えているという点も特徴的である。ユーラシアンはそのヨーロッパ的外見から日本占領期には「反日」を疑われ、日本への忠誠を試されていた。戦後には、その「対日協力」からユーラシアンの指導者は糾弾された。ユーラシアンの声はまだ十分にマレーシアやシンガポールで語られているとは言えない。その点でも本作品の意義は強調できよう。

日本の敗戦後、「粛清」など特に大きな被害を受けた華人たちは、日本に対して奪われた多数の生命の償いを求めた。「血債」の要求である。こうした声はイギリス植民地政府によって抑圧されてきたが、一九六〇年代になり、シンガポールの国土開発の過程で多くの人骨が発見されると、血債要求の声は再び高まり、華人たちはシンガポールとマレーシア両政府に日本政府との交渉を求めた。日本はそれに応じる形で、両国への「準賠償」（日本政府は「賠償」であると認めていない）という形での援助と借款で解決を図った。シンガポールとマレーシアはこれを受け入れ、それ以上の真相究明を抑え込んだ。両国にとって、経済発展のために日本の投資や関与を最大化することが必要だと考えており、それを歴史が妨害することを避けたかったのである。日本はあくまでそのような両国の政府とだけ向き合い、人々の記憶と記憶によって喚起される感情に向き合ってこなかった。しかし、そうしたマレはいつまでも続かない。シンガポールはすでに大きな経済発展経済的重要性は相対的に小さくなっている。マレーシアにおいても東方政策がつもそのあり方は日本一辺倒ではなくなってきている。また近年のシンガポールでは、これまでの上からの歴史認識とは異なる多様な歴史のあり方を求める声が上がり始めている。そこで浮かび上がってくる多様な戦争の記憶のあり方に、日本側がどのように向き合っていくのかが問われている。

参考文献

本解説文では、煩雑さを避けるためにその記述について出典を明記することはしなかったが、執筆するうえで参照した主要な文献を以下に記す。特に、戦争の記憶については、英文ではあるがケビン・ブラックバーンとカール・ハックの著書が詳細かつ包括的である。

Akashi Yoji and Yoshimura Mako, *New Perspectives on the Japanese Occupation in Malaya and Singapore, 1941–1945*, NUS Press
Kevin Blackburn, *The Comfort Women of Singapore in History and Memory*, NUS Press
Kevin Blackburn and Karl Hack, *War Memory and the Making of Modern Malaysia and Singapore*, NUS Press
VAWW-NET Japan 編『日本軍性奴隷制を裁く――2000年女性国際戦犯法廷の記録　第4巻「慰安

ーシア・シンガポール両国の対日姿勢はいつまでも続かない。シンガポールはすでに大きな経済発展を遂げており、日本の経済的重要性は相対的に小さくなっている。マレーシアにおいても東方政策が堅持されつつもそのあり方は日本一辺倒ではなくなってきている。また近年のシンガポールでは、これまでの上からの歴史認識とは異なる多様な歴史のあり方を求める声が上がり始めている。そこで浮かび上がってくる多様な戦争の記憶のあり方に、日本側がどのように向き合っていくのかが問われている。

参考文献

本解説文では、煩雑さを避けるためにその記述について出典を明記することはしなかったが、執筆するうえで参照した主要な文献を以下に記す。特に、戦争の記憶については、英文ではあるがケビン・ブラックバーンとカール・ハックの著書が詳細かつ包括的である。

Akashi Yoji and Yoshimura Mako, *New Perspectives on the Japanese Occupation in Malaya and Singapore, 1941–1945*, NUS Press

Kevin Blackburn, *The Comfort Women of Singapore in History and Memory*, NUS Press

Kevin Blackburn and Karl Hack, *War Memory and the Making of Modern Malaysia and Singapore*, NUS Press

VAWW-NET Japan編『日本軍性奴隷制を裁く――2000年女性国際戦犯法廷の記録　第4巻「慰安

婦」・戦時性暴力の実態II――中国・東南アジア・太平洋編』緑風出版
川田稔『昭和陸軍前史2　日中戦争』講談社
倉沢愛子『資源の戦争　「大東亜共栄圏」の人流・物流』岩波書店
ポール・H・クラトスカ（今井敬子訳）『日本占領下のマラヤ　1941–1945』行人社（英語版は二〇一八年にNUS Pressより改訂版が出版されている）
後藤乾一『アジアの基礎知識6　日本の南進と大東亜共栄圏』めこん
シンガポール・ヘリテージ・ソサエティ編、リー・ギョク・ボイ著（越田稜監訳）『日本のシンガポール占領　証言＝「昭南島」の三年半』凱風社
高嶋伸欣・関口竜一・鈴木晶『旅行ガイドにないアジアを歩く　増補改訂版　マレーシア』梨の木舎
林博史『シンガポール華僑粛清　日本軍はシンガポールで何をしたのか』高文研
山本文史『日英開戦への道　イギリスのシンガポール戦略と日本の南進策の真実』中央公論新社

◇解説者略歴

松岡昌和（まつおか　まさかず）

二〇一三年、一橋大学大学院言語社会研究科単位修得退学。博士（学術）。日本学術振興会特別研究員、東京藝術大学博士研究員、大月短期大学経済科助教を経て、現在大月短期大学経済科准教授。専門は東南アジア史、文化交流史。日本占領期のシンガポール、シンガポール・香港・日本における戦争の記憶とその表象に関心を寄せている。主な著書に*Japanese Language and Soft Power in Asia*（分担執筆、Palgrave、二〇一七年）、『歴史学者と読む高校世界史』（分担執筆、勁草書房、二〇一八年）、『「歴史総合」世界と日本』（分担執筆、戎光祥出版、二〇二二年）、『近代国家と植民地性』（分担執筆、御茶の水書房、二〇二二年）など。

著者略歴
ヴァネッサ・チャン

Vanessa Chan

マレーシア出身、ブルックリン在住。『ヴォーグ』『エスクァイア』誌などに作品を発表する。2024年に刊行された長編デビュー作『わたしたちが起こした嵐』(Marysue Rucci Books/Simon & Schuster)は20ヶ国以上で刊行が決定し、発売前から大きな話題を呼んだ。2025年に短編集*The Ugliest Babies in the World*がMarysue Rucci Books/Simon & Schusterより発売予定。

訳者略歴
品川亮(しながわ りょう)

Shinagawa Ryo

著書に『366日 映画の名言』『366日 文学の名言』(後者は共著/三才ブックス)、『美しい喫茶店の写真集』(パイ インターナショナル)、『〈帰国子女〉という日本人』(彩流社)など。訳書にウォルター・モズリイ『アントピア』(共和国)、トーマス・ジーヴ『アウシュヴィッツを描いた少年』(ハーパーコリンズ・ジャパン)、ラーシュ・ケプレル『墓から蘇った男』(扶桑社)など。共訳書にポール・ニューマン『ポール・ニューマン語る』(早川書房)、ヤン・ストックラーサ『スティーグ・ラーソン最後の事件』(ハーパーコリンズ・ジャパン)。アンソロジー『絶望図書館』『トラウマ文学館』『うんこ文学』(筑摩書房)、『絶望書店』(河出書房新社)、『ひきこもり図書館』『イライラ文学館』(毎日新聞出版)では、英米仏文学短編の翻訳を担当。映像作品に『ほそぼそ芸術——ささやかな天才、神山恭昭』、『H・P・ラヴクラフトのダニッチ・ホラーその他の物語』ほかがある。

アジア文芸ライブラリー
わたしたちが起こした嵐
二〇二四年六月二五日　初版第一刷発行
著者　ヴァネッサ・チャン
訳者　品川　亮
発行者　小林公二
発行所　株式会社　春秋社
〒一〇一―〇〇二一
東京都千代田区外神田二―一八―六
電話　〇三―三二五五―九六一一
振替　〇〇一八〇―六―二四八六一
https://www.shunjusha.co.jp/
印刷・製本　萩原印刷　株式会社
装幀　佐野裕哉
装画　丹野杏香
定価はカバー等に表示してあります

Printed in Japan, Shunjusha. ISBN 978-4-393-45505-0

アジア
文芸ライブラリー

刊行の辞

わたしたちの暮らすアジアのいままでとこれからを考えるために、春秋社では新たなシリーズ〈アジア文芸ライブラリー〉を立ち上げます。アジアの歴史・文化・社会をテーマとして、文学的に優れた作品を邦訳して刊行します。

これまでも多くの海外文学が日本語に訳され、出版されてきましたが、それらの多くが欧米の作品か、欧米で高く評価された作品です。アジア各地でそれぞれに培われてきた文学は、一部の人気ある地域のものを除けば、いまだ多くの優れた作品が日本の読者には知られていません。アジア文学という未知の沃野を切り拓き、地理的に近いだけでなく、文化的、あるいは歴史的にも深いつながり――侵略や対立の歴史も含めて――を持つ国々の人びとが、何を思い、どのような言葉で思考し、暮らしてきたのか、その轍をたどりたいと思います。

現代では遠く離れた国のことでも、分かりやすく手短にまとめられた知識が簡単に手に入るようになりました。氾濫する情報の波に手を伸ばせば、深い思考や慎重な吟味を経ずとも、簡単に他者や他国のことを理解したつもりになれます。世の中を白か黒かに分けて見るような、紋切り型で不寛容な言葉の羅列も、昨今では目に余ります。しかし、他者を理解することは、文化も歴史も異なる地域の人びとであればなお、容易なことではないはずです。

単純化された言葉や、誰かがすでに噛み砕いてくれた言葉では、複雑で御しがたい現実に向き合うことはできません。出来合いの言葉を使い捨てにするのではなく、自らの無知を自覚し、立ち止まって考えるために、今まさに文学の力が必要です。文学を通して他者への想像力を持ちつづけることで、平和の橋をつないでゆきたいと思います。